KB075169

나의 문화유산답사기
9

나의 문화유산답사기

9 서울편 1

만천명월 주인옹은 말한다

유홍준 지음

창비

자랑과 사랑으로 쓴 서울 이야기

1

『나의 문화유산답사기』가 돌고 돌아 바야흐로 서울로 들어왔다. 내가 어릴 때 단성사, 명보극장 같은 개봉관에 새 영화가 들어올 때면 '개봉박두(開封迫頭)'와 함께 '걸기대(乞期待)'라는 말이 늘 붙어 다니곤 했는데 혹시 나의 독자들이 '답사기의 한양 입성'을 그런 기분으로 기대했는지도 모르겠다. 다른 곳도 아닌 서울이니까.

서울은 누구나 다 잘 아는 곳이다. 굳이 내 답사기가 아니라도 이미 많은 전문적·대중적 저서들이 넘칠 정도로 나와 있다. 그래도 내가 서울 답사기를 쓰고 싶었던 것은 서울을 쓰지 않고는 우리나라 문화유산답사기를 썼다고 말할 수 없기 때문이다.

서울은 누가 뭐래도 대한민국의 자존심이자 세계 굴지의 고도(古都) 중 하나다. 한성백제 500년은 별도로 친다 해도 조선왕조 500년의 역사도시이면서 근현대 100여 년이 계속되고 있는 현재진행형의 수도이다.

대한민국에서 서울의 위상이 너무 커서 '서울공화국'이라는 말까지 생겨났다. 한편 서울은 최고와 최하가 공존하는 도시이고 그만큼 모순과 격차가 많은 도시다. 이것을 하나로 묶어 동질감을 갖게 할 수 있는 것은 역시 문화유산이다. 서울 시내엔 조선왕조의 5대 궁궐이 있다. 이는 누구의 것도 아닌 서울 사람의 것이고 대한민국 국민의 것이며 나아가서 외국인 관광객들 모두가 즐기는 세계유산이다.

또 서울은 다름 아닌 내 고향이다. 서울 사람으로 태어나 서울 사람으로 일생을 살아간 이야기를 들려주고 싶은 마음이 늘 있어왔다. 특히 내가 느끼는 인사동, 북촌, 서촌, 자문밖, 성북동은 지금 젊은이들이 보고 즐기는 것과 너무도 차이가 많아 그 구구한 내력을 알려주고 싶었다. 그것은 훗날 현대 생활문화사의 한 증언일 수 있다는 약간의 의무감 같은 것도 있었다.

2

서울 답사기는 모두 네 권으로 구상하고 시작했다. 첫째 권은 조선왕조의 궁궐이다. 역사도시로서 서울의 품위와 권위는 무엇보다 조선왕조 5대 궁궐에서 나온다. 종묘와 창덕궁은 이미 1995년과 1997년에 유네스코 세계유산으로 등재되었다. 그러나 그때만 해도 생각이 조금 모자랐던 것 같다. 제대로 문화외교 전략을 펼쳤다면 서울의 5대 궁궐을 한꺼번에 등재했어야 했다. 일본 교토(京都)는 14개의 사찰과 3개의 신사를 묶어서 등재했고, 중국의 소주(蘇州, 쑤저우)는 9개의 정원을 동시에 등재했다. 그리하여 세계만방에 교토는 사찰의 도시, 소주는 정원의 도시임을 간명하게 각인시키고 있다. 그런 의미에서 서울은 궁궐의 도시이다.

첫째 권의 제목으로 삼은 '만천명월 주인옹(萬川明月主人翁)은 말한다'는 창덕궁 존덕정에 걸려 있는 정조대왕의 글에서 빌려온 것이다. 궁궐 답사기는 필연적으로 건축 이야기가 될 수밖에 없는데 나는 거기서 나아가 궁궐의 주인인 옛 임금들이 어떤 생각을 하면서 어떻게 생활했는지를 들려주고자 이런 제목을 붙였다.

둘째 권은 조선왕조가 남긴 문화유산들을 답사한 것으로 한양도성, 성균관, 무묘인 동관왕묘, 근대 문화유산들이 어우러진 덕수궁, 그리고 조선시대 왕가와 양반의 별서들이 남아 있는 속칭 '자문밖' 이야기로 엮었다. 둘째 권의 제목은 '유주학선 무주학불(有酒學仙 無酒學佛)'로 삼았다. 술이 있으면 신선을 배우고 술이 없으면 부처를 배운다는 이 글은 오래전에 흥선대원군의 난초 그림에 찍혀 있는 도장에서 본 것인데 석파정 답사기를 쓰면서 생각났다.

나는 처음 이 절묘한 문구를 보았을 때, 이 글의 주제는 술이고, 술꾼이 술이 없을 때 서운함을 스스로 달랜 것이라고 생각했다. 그런데 혹 주제가 술이 아니라 학(學)인지도 모른다는 생각이 스치듯 지나갔다. 아무튼 이 글의 내용은 있으면 좋고 없어도 좋다는 뜻이다. 뒤늦게 이 글이 생각난 것은 점점 삶의 긴장이 이완되어가는 나이 탓도 있겠지만 나의 답사기가 뒤로 갈수록 만고강산을 노래 부르는 느긋함을 배웠기 때문이라는 생각이 든다.

이렇게 시작한 나의 서울 답사기는 역사의 층위를 살피고 그 뒤안길을 더듬으면서 자랑과 사랑의 마음으로 쓴 우리의 서울 이야기이다. 늘 살아가며 보고 있는 서울이지만 문화유산을 통하여 서울의 자존심을 더욱 굳건히 다지고, 생활공간으로서의 서울을 보다 깊이 이해하고 널리 즐기는 계기가 되기를 바라는 마음이다.

아직은 구상단계이지만 앞으로 셋째 권은 인사동, 북촌, 서촌, 성북동 등 묵은 동네 이야기로 내가 서울에 살면서 보고 느끼고 변해간 모습을 담을 것이다. 도시는 시간의 흐름 속에 계속 바뀌어왔다. 과거 위에 현재가 자리잡고 있지만 한편으로는 사라진 과거를 다시 되살리려는 현재의 노력도 있다. 그 이야기를 쓰고자 한다. 내가 서울 답사기를 쓰면서 가장 마음 쓰고 있는 곳이기도 하다.

넷째 권에는 서울의 자랑인 한강과 북한산 이야기를 담을 예정이다. 서울이 확장되면서 편입된 강남의 암사동, 풍납토성, 성종대왕 선릉과 중종대왕 정릉, 봉은사 그리고 사육신묘, 양천관아까지 한강변의 유적들과 북한산 비봉의 진흥왕 순수비, 승가사, 진관사, 북한산성, 도봉서원 터를 이야기할 생각을 하면 나도 모르게 가슴이 열리는 기분이다.

3

강진과 해남 땅끝에서 시작한 지 햇수로 25년 만에 한양으로 입성하자니 감회가 없지 않다. 내가 답사기를 처음 쓸 때는 시리즈의 완간이라는 것은 전혀 염두에 두지 않았다. 그러다 한 권, 두 권, 권수가 쌓여가고, 10년, 20년, 해를 더해가면서 국내편 8권에 일본편 4권이 나오게 되자 나도 모르게 『나의 문화유산답사기』의 최종 형태라는 것을 생각하게 되었다.

사실 내가 아직 가보지 않았다거나 자료가 부족하여 쓰지 못할 곳은 하나도 없다. 다만 그간의 내 인생이 '답사기'에만 매달려 사는 것이 아니었던지라 주어진 시간이 허락하지 않았을 뿐이다. 그런데 점점 글 쓰는 것이 힘들어지면서 답사기의 마감도 의식하기 시작했다.

단정적으로 말해서 완간이란 불가능하다. 내가 국토의 구석구석을 많이 쓴 것 같아도 이제까지 답사기에 쓴 지역은 국토의 반 정도밖에 안 된다. 사찰만 해도 송광사 통도사 해인사 등 삼보사찰과 보림사 실상사 등 구산선문, 화엄사 쌍봉사 운주사 백양사 은해사 법주사 같은 명찰은 문턱에도 가지 않았다.

김해 창녕 고령 고성 등 가야의 옛 자취, 청주 강릉 전주 진주 남원 등

고색창연한 옛 도시도 언급하지 않았다. 수원 화성을 비롯하여 경기도 지역은 거의 쓰지 않았고, 경주도 남산과 왕릉을 빼놓은 상태다. 거제도 진도 보길도 울릉도 독도 등 섬 이야기는 시작도 안 했다.

비무장지대 155마일도 이미 답사해두었고, 북한의 개성과 삼수갑산의 백두산도 이미 두 번 다녀왔다. 게다가 틈나는 대로 중국 답사기도 준비해왔다. 이런 상태에서 완간은 가당치도 않은 일이다.

그래서 나는 비록 미완으로 남겨두더라도 독자들이 이곳만은 꼭 꼼꼼하게 답사해주기를 바라고 나 또한 그렇게 생각하는 곳부터 빈칸을 메워가자고 마음먹고 먼저 쓴 것이 서울편이다.

이제 서울 답사기 두 권을 펴내고 나니 나는 또 어디로 떠날 것인가를 생각하기 시작했다. 앞에 열거한 여러 곳 중 하나일 테지만 어느 책이 먼저 나올지, 그날이 언제인지는 나도 모른다. 언제나 그래왔듯이 어느 날 불쑥 독자 앞에 '걸기대' 하고 나타날 것이다.

4

서울 답사기를 쓰면서는 유난히 많은 분들의 도움을 받았다. 정보의 정확성을 위한 '팩트 체크'를 파트별로 나누어 종묘는 전주 이씨 대동종약원 이용규 부이사장, 창덕궁은 문화재청 최종덕 국장, 덕수궁은 서울역사박물관 박현욱 학예연구부장, 성균관은 대동문화연구원의 김채식 강민정 연구원, 동관왕묘는 장경희 한서대 교수, 창신 숭인지구 답사기는 DDP 디자인연구소 박삼철 소장, 그리고 창덕궁 창경궁 덕수궁 종묘의 관리소장들께도 미리 일독을 부탁드렸다. 그리고 음악, 문학, 건축에 대한 내 상식을 전문가에게 검증받고자 한예종 이진원 교수, 문학평론가 최원식, 건축가 승효상 님께 해당 분야에 대한 검토를 부탁드려 유익한 지적과 조언을 받아 책에 반영했다. 이 자리를 빌려 고마운 마음을 전한다.

사진 게재를 허락해주신 기관과 사진작가분들께도 깊이 감사드린다. 특히 청와대 주변 문화재에 대해서는 대통령경호실에서 펴낸 『청와대와 주변 역사 문화유산』(2007)의 신세를 크게 졌음도 밝혀둔다.

단순한 원고 교정이 아니라 청문회를 방불케 할 정도로 꼼꼼히 사실관계를 확인해준 창비 편집팀의 황혜숙 김효근 최란경 님, 자료 수집을 도와준 명지대 한국미술사연구소 박효정 김혜정 연구원, 예쁘게 책을 꾸며준 디자인 비따의 김지선 노혜지 이차희 님께 고마운 마음을 담아 기록해둔다.

그리고 나의 고참 독자들께 각별히 감사드리고 싶다. 새 독자를 만나고 싶은 마음이야 모든 저자가 갖고 있는 꿈이지만, 답사기가 나오기를 기다리는 오랜 독자들이 있기 때문에 정년(停年)이라는 것을 아랑곳하지 않고 이렇게 답사기를 손에서 놓지 못하는 것도 사실이다.

실제로 답사기를 쓰면서 나는 항시 옛 친구 같은 독자들과 함께 가고 있다는 마음을 갖고 있다. 답사기를 섬세하게 잘 읽으면 문체 자체에 그런 뜻이 들어 있다는 것을 감지할 수 있을 것이다. 동의하든 안 하든 나는 그런 마음으로 답사기를 썼다. 그 점에서 독자 여러분은 『나의 문화유산답사기』 시리즈의 공저자이기도 하다.

내가 삶의 충고로 받아들이는 격언의 하나는 "빨리 가려면 혼자 가고, 멀리 가려면 함께 가라"는 아프리카인의 진득한 마음자세이다. 어쩌면 그렇게 독자들과 함께 가고자 했기 때문에 답사기가 장수하면서 이렇게 멀리 가고 있는지 모른다. 나는 계속 그렇게 갈 것이다.

2017년 8월

유홍준

차례

제1부

종묘

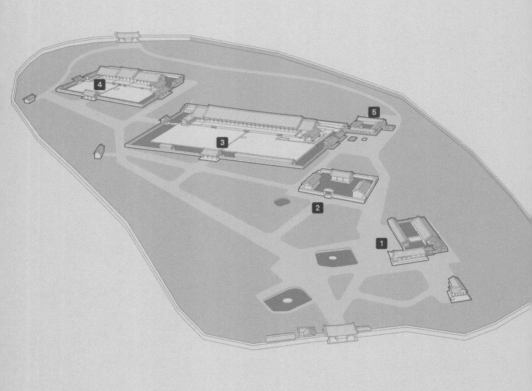

1 향대청 **2** 재궁 **3** 정전 **4** 영녕전 **5** 전사청

종묘 예찬

유네스코 세계 문화유산 / 건축가 승효상의 고백 /
프랭크 게리 / 종묘와 사직 / 영녕전 / 공신당과 칠사당

조선왕조의 상징적 문화유산

인간이 자연계의 어떤 동물과도 다른 점은 자연을 개조하며 살아가면서 문화를 창조하고 있다는 사실이다. 인간이 만들어낸 문화는 정신문화와 물질문화 두 가지가 있는데 정신문화는 무형유산으로 전하고, 물질문화는 유형유산으로 남는다.

조선왕조 500년이 남긴 수많은 문화유산 중에서 종묘(宗廟)와 거기에서 행해지는 종묘제례(宗廟祭禮)는 유형, 무형 모두에서 왕조문화를 대표한다. 유네스코 세계유산 등재가 모든 것을 다 말해주지는 않지만 종묘는 우리나라에서 처음으로 세계 문화유산에 등재(1995)된 유형유산 중 하나이고, 종묘제례는 2001년 유네스코 세계 무형유산에 제일 먼저 등재되었다. 이는 종묘가 조선왕조의 대표적 문화유산일 뿐만 아니라 인류

| **종묘 정전** |　종묘는 조선 역대 제왕과 왕비들의 혼을 모신 사당이다. 궁궐이 삶을 영위하는 공간이라면, 종묘는 죽음의 공간이자 영혼을 위한 공간으로 조선왕조의 신전이다.

의 보편적 가치를 추구하는 유네스코의 국제적인 시각으로 볼 때도 형식과 내용 모두에서 위대한 문화유산임을 확인해준 셈이다.

종묘는 조선왕조 역대 제왕과 왕비들의 혼을 모신 사당이다. 궁궐이 삶을 영위하는 공간이라면 종묘는 죽음의 공간이자 영혼을 위한 공간이다. 일종의 신전이다. 세계 모든 민족은 제각기 어떤 형태로든 고유한 신전을 갖고 있고 그 신전들은 한결같이 성스러움의 건축적 표현이었다. 고대와 중세를 거치면서 동양에서는 불교의 사찰, 서양에서는 기독교의 교회당이 1천 년 이상 신전의 지위를 대신했지만 그 이전과 이후에도 여전히 신전은 존재했다. 이집트의 하트셉수트(Hatshepsut) 여왕의 장제전(葬祭殿), 그리스의 파르테논(Parthenon) 신전, 로마의 판테온(Pantheon), 중국의 천단(天壇, 톈탄), 일본의 이세신궁(伊勢神宮, 이세진구) 등이 대표적이고, 거기에 어깨를 나란히 하는 것이 조선왕조의 종묘이다.

종묘는 이처럼 문화유산의 보편성과 특수성, 전통성과 현대성, 민족성과 국제성 모두에서 조선왕조를 대표할 만한 문화유산이다. 국제적인 시각에서 보면 존재감이 더욱 두드러지지만 정작 우리 국민은 그 가치에 대해 깊이 이해하지 못하고 있다. 그것은 우리가 종묘의 문화유산적 가치를 인식한 지 얼마 안 되기 때문이다.

종묘의 재발견

우리가 종묘 건축에 눈을 뜬 것은 반세기도 안 된다. 전문가든 일반인이든 종묘를 직접 볼 수 있게 된 것은 1970년대 와서의 일이다. 조선시대에 종묘는 일반인 출입금지의 성역이었으니 논의거리가 아니며, 일제강점기에도 역시 마찬가지였다. 초기 고건축 연구를 주도한 세키노 다다시(關野貞) 등 일본인 미술사가들은 주로 사찰 건축에 집중했다. 조선왕조의 정통성을 없애기 위해 궁궐을 파괴하던 그들이 종묘에 주목할 리가 없었던 것이다.

해방 후 정인섭, 윤장섭, 주남철 등 한국인 건축사가들이 등장하여 우리 고건축의 실체를 파악하면서 비로소 한국건축사가 정립되었고 이분들에 의해 종묘의 가치가 점점 드러나기 시작했다. 그러나 이 선구적인 건축사가들은 편년사를 세우고 구조적 특징과 형식적 변화를 연구하는 데 집중하여 종묘 건축 자체가 가진 미학적 가치까지 적극 드러내지는 못했다.

그런 상태에서 종묘가 새롭게 조명된 것은 종묘제례가 다시 재현되어 일반에게 공개된 1971년부터였다. 김수근, 김중업 등 해방 후 제1세대 건축가들이 종묘에 주목하면서 오랜 침묵이 깨지기 시작했다. 특히 이들은 외국을 경험하고 모더니즘의 세례를 받은 건축가로서 민족적·애국적 관점에서 주목한 것이 아니라 종묘 건축의 미학적 함의에 놀라움과 경의를 표했다. 전통 건축물임에도 현대 건축의 관점에서 볼 때 더욱 감동적인, 거의 불가사의한 경지라고 예찬했다.

이후 많은 젊은 건축가가 종묘에 관심을 가져 오늘날 건축학도들에게 종묘는 거의 전설적인 탐구의 대상이 되었다. 이런 과정 때문에 종묘의 미학에 대해서는 미술사가나 건축사가보다도 건축가들이 더 많이 탐구했다. 그리고 사진작가들도 종묘의 아름다움을 담은 명작들을 여럿 내놓기 시작했다.

종묘를 종묘답게 담아낸 최초의 건축사진집은 사진작가 임응식(1912~2001)의 『한국의 고건축』(광장 1977) 3권 종묘편이라 할 수 있는데 이 책에서 건축가 김원은 종묘에 대해 다음과 같이 말했다.

종묘의 좁고 긴 평면 형태는 아무런 거리낌 없이 펼쳐진 조형의지의 표현으로 볼 수 있다. 기단은 대문으로부터 점차 높아져서 경건하고 엄숙한 분위기를 만든다. 건물 역시 기품 있는 자세로 그 분위기의 주역이 된다. 이런 건축적 표현과 공간의 구성은 대단히 세련된 솜씨로 그 세련미는 겉으로 뛰어나게 돋보이기보다는 깊은 곳에 감추어져 있어서 그 공간적인 감동을 더욱 영속적인 것으로 만들고 있다. 건축으로서 이런 정밀(靜謐)의 공간을 만들어냈다는 것은 놀라운 일이다. 이것은 어떤 조형의지의 발로이기보다는 영원에의 염원이 격조 높은 솜씨를 통하여 자연스럽게 빚어진 일품이다. 조형의지라는 것은 인간적인 한계를 갖지만 어떤 염원이 만든 작품은 그 한계를 초극한다는 사실을 웅변하고 있다.

건축가 승효상의 고백

사적이라면 아주 사적인 이야기 같지만 건축가 승효상이 종묘 건축에서 받은 감동의 고백은 더욱 절절하다. 1970년대 말에 그는 나와 함께 김수근 선생의 '공간'에서 함께 일한 바 있는데, 선생 사후 건축사무소 공간의 운영을 맡아 일하다가 1990년에 15년 만에 해방되어 비로소 자신의 건축을 찾아가기 시작했다. 어느덧 나이 마흔을 바라보게 된 이 중년의 건축가는 그 시절 2개의 건축에서 자신의 길을 찾았다고 그의 저서 『오래된 것들은 다 아름답다』(컬처그라피 2012)에서 고백했다. 하나는 루이스 칸(Louis Kahn)이 설계한 소크(Salk) 연구소였고 또 하나는 종묘였다.

종묘 정전은 우선 그 크기가 압권이다. 동서로 117미터 남북으로 80미터의 담장을 두른 이 정전은 예상을 깬 그 길이가 주는 장중한 자태가 보는 이들을 압도한다. 정문인 남쪽의 신문(神門)을 들어서면 한

| 승효상이 본 월대 | 건축가 승효상은 종묘의 박석을 두고 "불규칙하지만 정돈된 바닥 박석들은 마치 땅에 새긴 신의 지문처럼 보인다"라고 찬탄해 마지않았다. 사진은 승효상이 촬영한 월대의 박석이다.

눈에 들어오지 않는 길이의 기와지붕이 지면을 깊게 누르며 중력에 저항하고 있다. 지붕 밑의 깊고 짙은 그림자와 붉은색 열주는 이곳이 무한의 세계라는 듯 방문객을 빨아들인다. 일순 방문객은 그 위엄에 가득 찬 모습에 침묵하지 않을 도리가 없게 된다. (…)

(외국인들이 종묘를 보고 감동한 것은) 파르테논 같은 외관의 장중함이었을 게다. 그러나 종묘 정전의 본질은 정전 자체의 시각적 아름다움에 있지 않다. 바로 정전 앞의 비운 공간이 주는 비물질의 아름다움에 있다. 굳이 비교하자면 가없이 넓은 사막의 고요나 천지창조 전의 침묵과 비교해야 한다.

그렇다. 가로 109미터 세로 69미터의 월대(月臺)라고 불리는 이 공

| **정전 앞 월대** | 신문 앞에서 정전을 바라보면 넓은 월대가 보는 이의 가슴 높이에서 전개된다. 이 월대가 있음으로
해서 종묘 정전 영역은 더욱 고요한 침묵의 공간을 연출한다.

간은 비움 자체이며 절대적 공간이다. 1미터 남짓하지만 이 지대는 그
사방이 주변 지면에서 올리어진 까닭에 이미 세속을 떠났으며, 담장
너머 주변은 울창한 수목으로 뒤덮여 있어 대조적으로 이 지역을 완
벽히 비워진 곳으로 인식하게 한다. 마치 진공의 상태에 있다.

　제관이 제례를 올리기 위한 가운데 길의 표정은 우리를 피안의 세
계로 이끄는 듯하며, 불규칙하지만 정돈된 바닥 박석들은 마치 땅에
새긴 신의 지문처럼 보인다. 도무지 일상의 공간이 아니며 현대 도시
가 목표하는 기능적 건축이 아닌 것이다. 그래서 물신주의와는 반대
의 편에 있으며 천민주의와는 담을 쌓고 있다. 바로 영혼의 공간이며
우리 자신을 영원히 질문하게 하는 본질적 공간이다.

이처럼 건축가가 건축을 보는 눈은 미술사가가 보지 못한 건축 본질에 관한 것을 건드린다. 미술사를 공부하면서 내가 절감하게 된 것 중 하나는 평범한 작품은 그 작품의 유래를 따지게 하지만, 명작은 거기서 받은 감동의 근원이 무엇인가 하는, 예술 본질의 물음에로 이끈다는 사실이다.

프랭크 게리의 종묘 참관

종묘에 대한 예찬은 한국 건축가에 국한된 것이 아니었다. 외국의 안목 있는 건축가들도 전 세계 어디에서도 볼 수 없는 이 건축물에 놀라움과 함께 저마다의 찬사를 아끼지 않았다. 일찍이 일본 건축계의 거장이었던 시라이 세이이치(白井晟一, 1905~83)는 1970년대에 이 종묘를 보고 "서양에 파르테논 신전이 있다면 동양엔 종묘가 있다"라고까지 극찬한 바 있다. 이는 이후 많은 일본의 건축가와 건축학자가 종묘를 방문하는 계기가 되었다.

21세기 들어 우리나라의 살림살이가 커지고 그만큼 국제적 위상도 높아지면서 세계적인 건축가들이 한국을 찾는 일이 많아졌다. 한국에서 건축 의뢰를 받으면 당연히 한국 전통 건축물을 참관해보기 마련인데 그들은 한결같이 종묘에 무한한 찬사와 존경을 보냈다.

삼성미술관 리움을 설계한 렘 콜하스(Rem Koolhaas), 마리오 보타(Mario Botta), 장 누벨(Jean Nouvel), 뮤지엄 산과 본태박물관의 안도 다다오(安藤忠雄), 동대문디자인플라자(DDP)의 자하 하디드(Zaha Hadid) 등이 그들이다. 그중 렘 콜하스나 안도 다다오처럼 미니멀하고 절제된 단순미를 추구한 건축가들이 종묘를 보고 감탄한 것은 충분히 이해하고도 남음이 있다.

그런데 파격에서는 타의 추종을 불허하는 프랭크 게리(Frank Gehry)

가 종묘를 다녀간 이야기는 우리에게 참으로 많은 것을 느끼게 해준다. 게리는 스페인 빌바오의 구겐하임 미술관에서 보이듯 스테인리스스틸과 티타늄 같은 금속 재료를 즐겨 사용하고 사각의 틀을 벗어난 독특한 형태미를 구사하여 때로 악명을 사기도 했다.

1997년 게리가 한국을 방문한 적이 있다. 당시 삼성은 창덕궁 맞은편 운니동에 삼성미술관을 지을 계획으로 프랭크 게리와 아이 엠 페이(I. M. Pei) 두 사람에게 설계를 의뢰하여 최종적으로 게리의 안을 따르기로 결정했다. 그러나 IMF 구제금융 사태로 이 계획이 무산되고 삼성미술관은 훗날 오늘의 한남동 리움으로 탄생하게 된 것이다. 2007년에는 통영시에서 프랭크 게리에게 윤이상 음악당의 설계를 의뢰한 바 있는데 이 또한 계획이 무산되어 그는 아직 한국에 자기 작품을 남기지 못하고 있다.

그런 프랭크 게리가 2012년 9월 로스앤젤레스에서 운영 중인 건축사무소의 50주년을 기념해 부인과 두 아들 내외와 함께 15년 만에 한국을 찾았다. 종묘를 다시 한번 보고 싶어 가족여행을 한국으로 온 것이다. 그때 게리는 가족들에게 "이번 여행에서 다른 일정은 다 빠져도 좋은데 종묘 참관만은 반드시 우리 가족 모두 참석했으면 한다"고 재삼 당부했다고 한다.

그때나 지금이나 평일의 종묘는 안내원이 인솔하는 단체 관람만 가능하다. 그런데 게리는 홀로 여유롭게 이 건축물을 음미할 수 있게 해달라고 삼성문화재단을 통하여 문화재청 종묘 관리소에 협조를 구했다. 문화재청의 허락을 얻은 게리는 단체 관람 시작 전인 아침 9시에 가족들과 조용히 종묘를 관람할 수 있었다.

프랭크 게리가 왜 다시 종묘를 보고 싶어했는지, 그리고 무엇을 느끼고 무어라 말했는지 궁금하지 않을 수 없다. 마침 당시 게리와 동행했던 기자가 쓴 글이 『S매거진』 9월 16일자에 실려 있어 그 기사를 따라가본다.

"한국인은 이 건물에 감사해야 한다"

2012년 9월 6일 오전 8시 50분, 게리 가족은 종묘에 도착하여 안내를 받았다. 게리는 안내하러 나온 직원에게 곧장 정전으로 가겠다며 부인의 손을 꼭 잡고 휘적휘적 발걸음을 옮겼다. 신문인 남문에 당도하여 정전의 기다란 맞배지붕이 시야를 완전히 압도하는 순간 그는 문득 멈추어서서 마음을 추스르는 듯, 기도하는 듯 합장을 하고 머리를 숙였다. 그러고는 아주 천천히 고개를 들었다. 종묘를 감싼 공기 한 모금조차 깊게 음미하는 듯했다. 이윽고 그가 말문을 열었다.

"15년 만에 보아도 감동은 여전하군."

소감을 묻는 질문에 그는 조용히 대답했다.

"정말 아름답지 않은가. 아름다운 것은 말로 설명할 수 없다. 마치 아름다운 여성이 왜 아름다운지 이유를 대기 어려운 것처럼. 이곳에 들어서는 순간 누구나 그것을 다 느낄 텐데."

신문에서 박석이 촘촘하게 깔려 있는 월대로 올라가는 계단도 그는 성큼 내딛지 않았다. 안내원이 "올라가시겠습니까?"라고 묻자 그는 "아니, 아직은"이라고 답했다. 그러면서 큰며느리에게 말했다.

"이 아래 공간과 위의 공간은 전혀 다른 곳이란다. 그 차이를 생각하면서 즐기렴."

| 정전 앞에 선 프랭크 게리 | 파격적인 건축으로 이름 높은 프랭크 게리는 단순하면서 장엄한 종묘 정전 앞에서 조용히 이 건축의 미학을 음미하고 있다.

동양의 목조건물 중 가장 길다는 정전을 보면서 그는 "민주적"이라고 했다. 똑같이 생긴 정교한 공간이 나란히 이어지는 모습에서 권위적이지 않고 무한한 우주가 느껴진다는 것이다. 그러면서 이렇게 덧붙였다.

"이같이 장엄한 공간은 세계 어디서도 찾기 힘들다. 비슷한 느낌을 받았던 곳을 굳이 말하라면 파르테논 신전 정도일까?"

그리고 또 말을 이어갔다.

"흥미로운 것은 이것이 미니멀리즘이 아니라는 사실이다. 심플하고 스트롱하지만 미니멀리즘이 아니다. 간단한 것을 미니멀리즘이라고 많은 사람이 오해하는데, 미니멀리즘은 감정을 배제한 것이다. 하지만 이것에서는 살아 있는 느낌이 든다. 당시 이것을 만든 사람들의 감성과 열정이 느껴지지 않는가.”

월대를 지나 왕이 출입했던 동쪽 문으로 나아가 거기에서 정전을 바라보며 그는 자신의 사무실에서 건축가로 일하고 있는 둘째 아들 샘에게 말했다.

“이 문의 스타일을 새로 짓는 집에 적용해보는 게 어떻겠니?”

그때 일본인 관광객 수십 명이 우르르 들어왔다. 그는 15년 전 처음 왔을 때는 이곳을 구경하는 사람이 거의 없었다며 이렇게 말했다.

“한국 사람들은 이런 건물이 있다는 것을 감사해야 한다. 자기만의 문화를 이해하고 존경하는 것은 참으로 중요하다.”

관람을 마치고 나오는 길에 게리 일행은 종묘 신실을 재현해놓은 공간과 종묘제례 DVD를 10여 분간 관람했다. 안내원이 게리에게 매년 5월 첫째 일요일 여기에서 종묘제례가 열린다고 하니 이렇게 물었다.

“그때 오면 나도 볼 수 있습니까?”

역시 대가는 명작을 그렇게 바로 알아보았다. 게리의 건축과 종묘는 정반대의 세계이다. 형태에서는 복잡한 것과 단순한 것, 재료에서는 금속과 목재, 지역적으로는 서양과 동양, 시간적으로는 현대와 전통, 어느 모로 보나 양극을 달린다. 그러나 아무리 시대와 나라와 양식이 달라도 대가는 대가끼리, 명작은 명작끼리 그렇게 통하는 바가 있다.

종묘와 사직

종묘는 조선왕조 역대 왕과 왕비의 혼을 모신 사당으로 일종의 신전이다. 유교에서는 인간이 죽으면 혼(魂)과 백(魄)으로 분리되어 혼은 하늘로 올라가고 백은 땅으로 돌아간다고 생각한다. 그래서 무덤〔墓〕을 만들어 백을 모시고 사당〔廟〕을 지어 혼을 섬긴다. 후손들은 사당에 신주(神主)를 모시고 제례를 올리며 자신의 실존적 뿌리를 확인하고 삶의 버팀목으로 삼는다. 역대 임금의 신주를 모신 종묘는 곧 왕이 왕일 수 있는 근거였다.

이 땅에 유교가 들어온 이래 통일신라와 고려 시대에도 종묘가 세워졌다. 그러나 유교를 국가의 이데올로기로 삼은 조선의 종묘는 그것들과 차원을 달리했다. 조선왕조는 정치, 사회, 문화의 모든 규범을 유교 경전에 따라 조직했다. 유교 경전의 하나인 『주례(周禮)』의 「고공기(考工記)」에서는 도읍(궁궐)의 왼쪽에 종묘, 오른쪽에 사직(社稷)을 세우라고 했다. 이를 '좌묘우사(左廟右社)'라 한다.

사직에서 사(社)는 토지의 신, 직(稷)은 곡식의 신을 말한다. 즉 백성(인간)들의 생존 토대를 관장하는 신을 받들어 모신 것이다. 한편 종묘는 왕의 선조들을 모신 사당을 말한다. 그래서 옛 임금들이 나라에 혼란이 닥치면 "종묘와 사직을 보존하고…" "종사(宗社)를 어찌하려고…"라며 위기감을 표하곤 했던 것이다. 좌묘우사에서 왼쪽이 더 상위의 개념이니 그중 종묘를 더 중요시했음을 알 수 있다.

새 국가 건설에서 종묘가 얼마나 중요한 상징성을 가지는가는 태조 3년(1394) 11월 3일 도평의사사(都評議使司)에서 임금에게 올린 『조선왕조실록』 기록에 잘 나타나 있다.

종묘는 조종(祖宗, 임금의 조상)을 봉안하여 효성과 공경을 높이는 것이요, 궁궐은 (국가의) 존엄성을 보이고 정령(政令, 정치와 행정)을 내는 것이며, 성곽(城郭)은 안팎을 엄하게 하고 나라를 굳게 지키려는 것으로, 이 (세 가지는) 모두 나라를 가진 사람들이 제일 먼저 해야 하는 것입니다. 삼가 바라옵건대, 전하께서는 천명(天命)을 받아 국통(國統)을 개시하고 여론을 따라 한양으로 서울을 정했으니, 만세에 한없는 왕업의 기초는 실로 여기에서부터 시작되는 것입니다.

건국 초의 종묘 건설

이성계가 역성(易姓)혁명에 성공하여 조선의 건국을 선포한 것은 1392년 음력 7월 17일이었다. 제헌절은 바로 이 날짜에서 유래한 것이다.

새 국가 조선에선 종묘와 사직부터 세워야 했다. 제후국의 종묘에는 5대조를 모시게 되어 있다. 그 때문에 태조는 종묘를 세우기 위하여 즉위 11일 만인 7월 28일, 자신의 고조, 증조, 할아버지, 아버지를 차례로 목조(穆祖)·익조(翼祖)·도조(度祖)·환조(桓祖)로 추존하고, 비(妃)들에게도 각각 존호를 올렸다. 그리고 우선 개성에 있는 고려왕조의 종묘에 신주를 모셨다. 새 도읍을 건설하면 그곳에 종묘와 사직단을 제대로 세우고 옮길 작정이었다.

그러나 막상 새 도읍지를 정하는 것은 쉽지 않았다. 계룡산에 신도읍 건설을 착수하다가 중단하기도 했고, 무악산 남쪽이 물망에 올라 검토도

해보았지만 결국 재위 3년(1394) 8월에 한양을 새 도읍지로 결정했다. 태조는 곧바로 정도전을 한양에 파견하여 도시 건설을 관장하게 하고, 9월 1일에는 신도읍 조성 임시본부인 '신도 궁궐 조성 도감(新都宮闕造成都監)'을 설치했다.

막중한 임무를 부여받은 정도전은 3개월 뒤인 12월 초에 왕궁 건축은 물론 도로와 시장에 이르는 신도읍의 기본 설계를 완성하고 종묘, 궁궐, 도성 순으로 건설한다는 계획을 세웠다. 놀랍게도 불과 3개월이라는 짧은 시간에 서울 건설의 마스터플랜을 완성한 것이다.

더욱 놀라운 것은 12월 3일 종묘의 터파기 고유제를 지내고 약 10개월 뒤인 1395년(태조 4년) 9월에 공사를 완료했다는 사실이다. 종묘가 완성되자 태조는 지체 없이 그해 10월, 4대조 이하 선조들의 신주를 개성에서 옮겨와 봉안했다. 이것이 조선왕조 종묘의 시작이다. 종묘 터파기 다음날인 12월 4일에 경복궁의 개토제(開土祭, 공사를 시작하기 전 토지신에게 올리는 제사)를 열었고, 태조가 정식으로 경복궁에 입주한 것은 종묘 완공 3개월 뒤인 1395년 12월 28일이었다. 모든 것이 종묘가 경복궁보다 앞서 이루어졌다.

이렇게 건립된 종묘는 다섯 분의 신주를 모실 수 있는 신실 5칸에 동서 양쪽에 익실(翼室, 날개처럼 붙어 있는 칸)이 달린 7칸 건물이었다. 이것이 종묘의 최초 형태였다.

태종의 건축적 업적

현재 종묘는 19칸의 정전과 16칸의 영녕전, 공신각과 칠사당 그리고 제례를 위한 여러 부속 건물로 구성되어 있지만 애초에는 정전 하나뿐이었고 그것이 곧 종묘였다. 규모도 7칸으로 작았다. 정전이 지금처럼 장대한 규모로 확장되고 영녕전이라는 별묘까지 건립된 것은 조선왕조 500년의 긴 역사가 낳은 결과였다.

종묘가 창건된 지 15년 후, 태종은 디자인과 구조를 완전히 바꾸며 종묘의 면모를 일신했다. 태종은 일(一) 자 형태의 긴 건물 양끝에 월랑(月廊)을 달아 짧은 디귿 자 형태로 만들었다. 월랑이 달림으로써 종묘는 사당으로서 경건함을 얻고 건축적 완결성을 갖출 수 있었다.

아주 간단한 것 같아도 이 월랑이 있고 없고의 차이는 실로 엄청나다. 바티칸의 산피에트로대성당의 경우 오늘의 모습에 이르기까지 10여 명의 건축가가 관여했다. 16세기 르네상스 시대에 현상 공모에 당선된 브라만테의 설계안에 따라 착공되었고, 미켈란젤로가 이를 보완했다. 이후 17세기 바로크 시대에 베르니니가 건물 양끝에 콜로네이드라는 긴 곡선 월랑을 달아 지금처럼 완성한 것이다. 산피에트로대성당이든 우리의 종묘든 이 월랑이 있음으로 해서 두 팔을 벌려 가슴으로 품어 안는 너그러운 어머니의 품이나 두 손을 앞으로 내민 절대자의 모습과 같은 느낌을 준다.

조선의 태종은 우리나라 역대 임금 중 통일신라 경덕왕과 함께 치세 중 건축에 가장 심혈을 기울인 왕이다. 경덕왕은 경주에 불국사와 석굴암을 세웠고, 태종은 창덕궁을 건립하고 경복궁에 경회루를 조성했으며 종묘의 형식을 완성했으니 두 분이 우리 문화유산 창조에 이룬 공은 실로 크고도 크다.

특히 태종은 건축에 높은 식견과 안목을 갖고 있었다. 그는 미천한 신분의 박자청(朴子靑)을 공조판서에까지 등용해 수도 한양의 건설 공사를 주도하게 하였으며, 신하들이 박자청의 무리한 공사 진행을 성토할 때에도 그를 끝까지 보호해주었다. 창덕궁 인정문 밖 행랑이 잘못 시공되었을 때는 그를 하옥시키기도 했지만 이내 다시 풀어주었다.

태종의 건축적 안목은 종묘 건물에 월랑을 단 것에 그치지 않는다. 태

| **위에서 내려다본 정전의 풍경** | 종묘를 부감법으로 내려다보면 서울 한가운데 있으면서도 자연 속에 파묻혀 있는 자리앉음새가 확연히 드러난다. 과연 신전이 들어설 만한 곳이라는 감탄이 나온다.

종은 종묘에 경건하고 아늑한 기운이 깃들게 하기 위해 종묘 앞에 가산 (假山)을 조성했다. 그 당시에 이처럼 건축 공간에 주변 환경까지 끌어들 였다는 것은 놀라운 일이다.

　오늘날 종묘 앞은 세운상가와 광장시장이 자리잡은 평지이지만 본래

는 '배오개'라고 해서 배나무가 많은 고개, 혹은 큰 배나무가 있던 고개
였다. 태종이 가산으로 조성한 배오개가 장터로 변하더니 근대 들어 평
평하게 닦이면서 광장시장이 되었다. 여담이지만 간송(澗松) 전형필(全
鎣弼) 집안은 이 배오개 시장의 거상(巨商)이었다. 지금 종묘 앞은 이렇

게 많이 변했지만 종묘 남쪽 청계천과 만나는 곳에는 배오개 다리가 있어 그 옛날을 아련히 증언하고 있다.

영녕전의 건설

종묘에 영녕전이라는 별묘를 건립한 이도 태종이었다. 본래 종묘 사당의 5칸 신실(神室)은 태조와 태조의 선조인 목조·익조·도조·환조 다섯 분의 신위로 모두 차 있었다. 그런데 세종 원년(1419)에 정종이 승하하면서 종묘의 체제와 운영에 관한 논의가 일어났다.

원칙대로라면 맨 윗자리에 있는 목조의 신위가 종묘에서 나오고 정종의 신위가 맨 아랫자리로 들어가야 한다. 이를 조천(祧遷)이라고 한다. 그러면 목조의 신주를 어떻게 해야 할 것인가? 원칙대로 하자면 땅에 묻어야 한다. 이를 매안(埋安)이라고 한다.

당시 상왕으로 물러나 있던 태종은 여태껏 모시던 조상의 신주를 영원히 없애는 것은 인정상 차마 할 수 없는 일이라며 다른 대책을 마련해 보라고 예조에 명했다. 이에 예조에서는 별도의 연구팀을 만들어 방안을 찾기 시작했다. 그때도 지금처럼 새로운 상황에 대처하기 위해 태스크포스(Task Force)팀을 만들어 역사적 사례나 논리적 근거가 있는지 면밀히 검토했던 것이다.

그 결과 송(宋)나라 태조가 4대조를 별묘에 봉사한 예가 있음을 들어 목조의 신주를 별묘에 모시는 안을 마련했다. 이후 예조는 다시 문무 2품 이상의 주요 대신들과의 논의를 거쳐 별묘를 세우되 따로 공사를 벌일 필요 없이 한양 서북쪽에 있는 장생전(長生殿)을 별묘로 삼기로 합의했다. 예조에서 정리된 안을 태종에게 보고하자 태종은 별묘에 모시되 건물을 새로 지으라며 다음과 같은 비답을 내렸다.

| **영녕전** | 더 이상 종묘에서 모실 수 없는 조상의 신주를 모시기 위해 태종은 영녕전이라는 별도의 공간을 마련하고 영원히 후손들과 함께할 수 있게 했다.

조종(祖宗)을 위한다면서 토목공사를 어렵게 여겨 옛 전각을 사용한다는 것은 예의가 아니니, 마땅히 옛날의 제도를 따라서 대실(大室, 정전)의 서쪽에 별묘를 세우라. 별묘의 이름은 마땅히 영녕전(永寧殿)으로 하라. 그 뜻은 조종과 자손이 함께 편안하다는 뜻이다. (『조선왕조실록』 세종 3년(1421) 7월 18일자)

이리하여 영녕전이 새로 건립되었고 그 규모는 다음번에 조천될 태조의 선조 모두의 신주를 위하여 신실을 4칸으로 만들고 양옆에 익실을 1칸씩 붙인 6칸 건물이 되었다. 영녕전이 완공되자 그해 11월 목조의 신위를 영녕전으로 옮겨 모시고, 정전에는 제1실부터 제5실까지 익조·도조·환조·태조·정종 순서로 차례대로 신주를 모셨다. 이리하여 사당 곁

| **증축을 거듭한 영녕전** | 왕조가 이어지면서 신주를 모실 분이 늘어나 정전과 영녕전을 계속 증축할 수밖에 없었다. 헌종 2년에 마지막으로 영녕전을 증축하여 현재의 규모인 16칸을 갖추었다.

에 별묘로 영녕전이 세워졌고, 본래의 사당은 정전이라 부르게 되었다.

불천위 제도와 종묘의 증축

조선왕조가 건국된 지 150여 년이 흘러 13대 명종 대에 이르면서 종묘는 한차례 증축이 불가피해졌다. 5대 봉사를 한다는 것은 그 윗대 조상의 신주는 땅에 매장하여 안치하고 더 이상 제를 지내지 않는 것을 말한다. 그러나 예외로 불천위(不遷位) 제도라는 것이 있다.

불천위 제도란 공덕이 많은 임금의 신위는 변함없이 계속 모신다는 뜻으로, 신위를 옮기지 않는다고 해서 불천위라고 한다. 태조는 무조건 불천위였고 태종과 세종도 불천위로 모셔졌다. 그리하여 불천위인 태조·태종·세종 세 분과 뒤를 이은 세조·덕종·예종·성종 등 일곱 분의 신

| 영녕전의 측면 |　영녕전에는 좌우로 날개를 단 듯한 월랑이 있어 신전으로서의 권위와 품위를 지닐 수 있었다.

위가 모셔져 7칸 신실이 모두 다 찼다.

그리고 문종의 신위는 서쪽 익실에 모셔져 있으니 중종의 신위를 모실 곳은 동쪽 익실밖에 없었다. 그런데다가 인종의 신위를 모실 것이 예고된 상태였고 또 명종까지 모실 것을 생각하면 최소한 4개의 신실이 더 필요했다. 이에 명종은 정전을 4칸 더 늘려 모두 11칸으로 확장했다. 이것이 1592년 임진왜란으로 불타기 전 종묘의 상황이었다.

전란이 끝나고 불타버린 종묘를 복원하면서 정전은 신실 11칸의 옛 모습 그대로 재건되었다. 선조 41년(1608) 1월에 공사를 시작하여 다섯 달 뒤 완공되었는데 이때는 광해군이 즉위한 후였다. 6칸이던 영녕전은 10칸 규모로 중건되었다. 영녕전의 가운데 4칸에는 태조의 선조들을 모셨고 양옆 신실에는 정전에 모시지 못한 임금들의 신위를 모셨다.

이렇게 되자 모든 임금과 왕비의 신위를 정전 아니면 영녕전에 모시는 전통이 생겼다. 왕조가 이어지면서 정전과 영녕전을 계속 증축하지 않을 수 없었다. 현종 8년(1667)에는 영녕전 좌우에 익실 1칸씩을 증축했고, 영조 2년(1726)에는 정전 4칸을 증축했다. 헌종 2년(1836)에는 정전 4칸을 더하여 19칸으로 증축했고 영녕전은 좌우 익실을 각각 2칸씩 증축하여 현재의 규모인 16칸을 갖추어 훗날을 대비하여 신실에 여유를 두었다. 여기까지가 종묘의 마지막 증축이었다.

흥미로운 것은 헌종 대의 증축이 마치 왕조의 마지막을 예상이라도 한 것처럼 맞아떨어졌다는 사실이다. 조선왕조의 종말과 함께 정전과 영녕전의 신실이 모두 채워지고 더 이상의 빈 공간이 없어졌다. 정전의 마지막 신실인 제19실에는 순종을 모셨고, 영녕전의 마지막 칸에는 영친왕을 모시면서 16개 신실이 다 찼다. 그러고는 더 모실 신위도 빈 신실도 없었으니 왕조의 종말은 거의 운명적인 것이었다.

이리하여 현재 정전에는 19분의 왕(왕비까지 49위)을 모셨고, 영녕전에는 16분의 왕(왕비까지 34위)을 모셨다. 조선의 역대 임금은 우리가 알고 있는 "태정태세문단세…" 대로 27명이지만 35명의 왕이 모셔진 것은 태조의 선조 네 분, 사도세자(장조), 효명세자(익종)처럼 나중에 왕으로 추존된 분이 열 분이나 되기 때문이다. 왕후의 수가 왕보다 더 많은 것은 원비의 뒤를 이은 계비도 함께 모셨기 때문이다.

역사책에 자주 등장하는 왕은 대개 정전에 모셔졌고, 태조의 4대조와 재위 기간이 짧은 분, 나중에 추존된 분은 영녕전에 모셔졌다. 다만 효명세자만은 대한제국 시절에 '문조익황제(文祖翼皇帝)'로 추존되어 정전에 모셔졌고 연산군과 광해군의 신주는 끝내 종묘에 들어오지 못했다. 신위의 배치는 이처럼 복잡하여 별표로 설명을 대신한다.

| 영녕전의 열주 | 정전과 영녕전의 건물을 측면에서 보면 열주의 행렬이 장관으로 펼쳐진다. 신전으로서 종묘의 엄숙함을 보여주는 상징적인 장면이다.

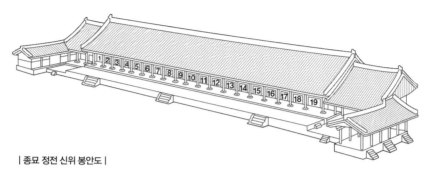

| 종묘 정전 신위 봉안도 |

1	태조고황제 | 신의고황후 | 신덕고황후	11	숙종대왕 | 인경왕후 | 인현왕후 | 인원왕후
2	태종대왕 | 원경왕후	12	영조대왕 | 정성왕후 | 정순왕후
3	세종대왕 | 소헌왕후	13	정조선황제 | 효의선황후
4	세조대왕 | 정희왕후	14	순조숙황제 | 순원숙황후
5	성종대왕 | 공혜왕후 | 정현왕후	15	문조익황제 | 신정익황후
6	중종대왕 | 단경왕후 | 장경왕후 | 문정왕후	16	헌종성황제 | 효현성황후 | 효정성황후
7	선조대왕 | 의인왕후 | 인목왕후	17	철종장황제 | 철인장황후
8	인조대왕 | 인렬왕후 | 장렬왕후	18	고종태황제 | 명성태황후
9	효종대왕 | 인선왕후	19	순종효황제 | 순명효황후 | 순정효황후
10	현종대왕 | 명성왕후		

공신당과 칠사당

종묘의 정전 담장 안에는 각 임금의 공신을 모신 공신당(功臣堂)과 천지자연을 관장하는 일곱 신을 모신 칠사당(七祀堂)이 배치되어 있다. 이는 종교 건축에서 권속(眷屬)에 해당하는 것이다. 불교에서 부처님을 중심으로 협시보살, 사천왕, 십대제자와 나한 등이 배속된 것, 기독교에서 열두제자와 성현을 모신 것과 같은 개념으로 임금의 치세를 도와준 공신과 천지자연의 귀신들에게도 함께 제를 올린 것이다. 한 공간에 있지만 이것들 사이에도 엄격한 위계가 있어서 칠사당과 공신당은 월대 아래 별도의 작은 건물에 모셔져 있다.

공신당에는 모두 83명의 대신이 배향되어 있다. 각 임금마다 많게는

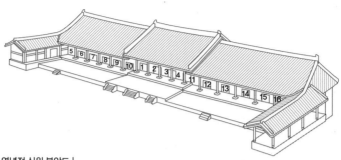

| 종묘 영녕전 신위 봉안도 |

1	목조대왕 | 효공왕후	9	예종대왕 | 장순왕후 | 안순왕후
2	익조대왕 | 정숙왕후	10	인종대왕 | 인성왕후
3	도조대왕 | 경순왕후	11	명종대왕 | 인순왕후
4	환조대왕 | 의혜왕후	12	원종대왕 | 인헌왕후
5	정종대왕 | 정안왕후	13	경종대왕 | 단의왕후 | 선의왕후
6	문종대왕 | 현덕왕후	14	진종소황제 | 효순소황후
7	단종대왕 | 정순왕후	15	장조의황제 | 헌경의황후
8	덕종대왕 | 소혜왕후	16	의민황태자 | 의민태자비

7명, 적게는 2명이다. 종묘의 공신당에 배향되었다는 것은 엄청난 명예이고 가문의 영광이다.

그러나 공신으로 선정된 인물의 면면이 우리의 역사적 상식과 맞지 않는 경우가 많다. 내가 여기서 83명 공신의 인물평을 할 여유도 실력도 없지만 이를 잘못 말했다가는 각 문중으로부터 엄한 질타와 항의를 받을 것이 뻔하여 있는 사실만 간략히 전한다.

임진왜란 전만 해도 공신당에 배향된 사람들 중에는 태조의 조준, 태종의 하륜, 세종의 황희, 세조의 한명회, 선조의 퇴계와 율곡 등 역사에 큰 족적을 남겼거나 위인으로 꼽히는 이들의 이름이 많았다. 그러나 후대로 들어오면 인명사전을 찾아보기 전에는 알기 어려운 낯선 인물들이

| **공신당** | 공신당에는 각 임금마다 적게는 2명, 많게는 7명의 근신이 배향되어 모두 83명의 신주가 모셔져 있다. 종묘의 공신당에 배향되었다는 것은 엄청난 명예이고 가문의 영광이지만 그 인물 선정을 둘러싼 이론이 많다.

많다. 당연히 있을 만한 선조 대의 서애 류성룡, 영조 대의 지수재 유척기, 정조 대의 번암 채제공 같은 명재상의 이름은 보이지 않는다. 이때부터는 이순신 같은 무신의 이름도 찾기 어렵다. 공신당에 배향된 인물 중 역사책에서 들어본 인물이 몇이나 있는지 꼽아보면 내가 왜 이런 말을 하는지 이해할 것이다.

공신의 선정은 어떻게 해도 말이 많을 수밖에 없다. 대한민국 역대 대통령의 기념관에 함께 할 인사를 대여섯 명으로 압축해 선정하라면 그 과정이 얼마나 복잡할 것이며 선정하는 사람의 사견이 얼마나 많이 들어가겠는가. 공신으로 누구를 모실 것인가는 후대에 결정하는데 조선 후기에 붕당으로 인한 정파적 파워게임이 작용하면서 이런 결과가 나온

| 공신당 내부 | 공신당 내부에는 각 임금마다 배향 대신의 신위가 여러 칸으로 나뉘어 모셔져 있어 자못 엄숙한 분위기를 자아낸다.

것이다. 우암 송시열이 효종 대의 공신으로 배향된 것도 100년 뒤 노론 세력이 막강해지면서 추가로 들어간 것이었다.

이처럼 하나의 제도가 후대로 가면서 원래의 좋은 취지마저 잃어버리는 것을 말폐현상이라고 한다. 말폐현상이 나타나면 그 사회는 머지않아 종말을 고하고 마는 법이다. 성균관 대성전에 모신 동국성현 18명의 인물 선정이 일반인들의 관심에서 멀어져버린 것도 후대로 가면서 정파적 이해가 개입되어 말폐현상을 보였기 때문이다.

종묘 공신당에 배향되었다는 것은 역사적으로 엄청난 평가를 받은 것임에도 불구하고 오늘날 여기에 관심을 갖고 그 공신들의 공적을 밝히는 역사학자는 거의 없다. 공신으로 선정된 인물에 대해 잘 모르면 내 역

| **칠사당** | 칠사당은 천지자연을 관장하는 일곱 신을 모시는 사당이다. 유교 공간이면서도 토속신을 끌어안아 모신 것이 이채롭다.

사 상식이 모자란다고 반성해야 옳은데 사람들은 오히려 선정이 잘못되었다며 공신당의 권위를 무시하고 나오니 말폐현상의 결과가 그저 안타까울 뿐이다.

칠사당에 모신 일곱 신은 우리에게 매우 낯설다. 칠사란 궁중을 지키는 민간 토속신앙의 귀신들로 사명(司命), 사호(司戶), 사조(司竈), 중류(中霤), 국문(國門), 공려(公厲), 국행(國行) 등이다. 사명은 인간의 운명, 사호는 인간이 거주하는 집, 사조는 부엌의 음식, 중류는 지붕, 국문은 나라의 성문, 공려는 상벌, 국행은 여행을 관장한다. 그러니 칠사 토착신들의 도움을 받지 않고는 세상을 잘 다스리기 힘들 것이다.

생각하기 따라서는 유교를 국가 이데올로기로 삼으면서 민간의 토착

| **칠사당 내부** | 칠사당의 내부에는 붉은색의 커튼이 드리워져 있는데 창을 통해 들어오는 광선으로 인해 더욱 신령스런 분위기가 있다.

신들을 종묘에 함께 모신 것이 의아할 수도 있겠다. 그러나 유교사상이 토속신앙을 받아들인 것은 불교에서 힌두교의 인드라와 브라만 신을 받아들여 제석천과 범천으로 모신 것이나 우리나라 사찰에 산신각, 칠성각이 있는 것과 같은 개념이라 볼 수 있다.

종묘 건축의 비밀

19세기 말, 20세기 초 조선을 방문한 이방인들은 한양의 첫인상에 대해 말하면서 한결같이 사찰이나 교회당 같은 종교 건물이 없어 신기하다고 했는데, 이는 유교국가를 처음 보았기 때문에 나온 일성이었다. 조선의 신전으로 종묘가 있다는 사실을 몰랐던 것이다.

종묘는 조선왕조 500년의 정신과 혼을 담은 신전이다. 그 신전을 어떻게 건축적으로 구현할 것인가는 전적으로 조선인의 정신과 마음 그리고 문화력에서 나온다. 신실 내부를 어떻게 꾸몄는가는 나중에 자세히 살펴보겠지만, 우선 그 외형만 보더라도 지구상에 전례를 찾을 수 없는 거룩하고 경건한 공간의 창출이다.

많은 현대 건축가가 찬사를 보내듯 신을 모시는 경건함에 모든 건축적 배려가 들어가 있다. 100미터가 넘는 맞배지붕이 20개의 둥근 기둥에 의지하여 대지에 낮게 내려앉아 있다는 사실이 정전 건축미의 핵심이다. 그 단순성에서 나오는 장중한 아름다움은 곧 공경하는 마음인 경(敬)의 건축적 표현이다.

이 단순한 구조에 아주 간단한 치장으로 동서 양끝을 짧은 월랑으로 마감하여 하나의 건축으로서 완결성을 갖추었다. 그로 인해 정전 건물은 보는 이를 품에 끌어안는 듯한 인상을 주고, 이는 이 건축에 친근함을 가져다준다. 동서 월랑의 구조는 대칭이 아니다. 하나는 열린 공간이고 하나는 막힌 공간이다. 같으면서도 다르다.

나는 이것이 우리나라 건축에 보이는 '비대칭의 대칭'의 미학이라고 생각한다. 불국사 대웅전 앞마당의 석가탑과 다보탑이 그렇고, 조선 왕릉에서 수복방과 수라간 건물이 그렇고, 능묘의 망주석 다람쥐가 하나는 올라가고 하나는 내려가는 것도 그렇다. 평면으로 보면 대칭이지만 입면으로 보면 비대칭을 이룬다. 단순함이 주는 경직됨이나 지루함이 아니라 다양함의 통일로 나아가게 한 것이다. 조선백자 달항아리가 기하학적 원이 아니라 둥그스름한 형태로 더 큰 아름다움을 자아내는 것과 같은 비정형의 멋이 서린 조선의 미학이다.

정전의 공간에는 담장과 대문, 제례를 지내기 위한 넓은 월대, 그리고

| 종묘 건축의 미학 | 100미터가 넘는 맞배지붕이 20개의 둥근 기둥에 의지하여 대지에 낮게 내려앉아 불가사의할 정도로 침묵이 감도는 공간을 보여준다는 점에 정전 건축미의 핵심이 있다.

공신당과 칠사당밖에 없다. 이 딸림 건물도 정전이라는 신전의 경건함을 해치지 않고 오히려 북돋고 있다.

세상의 모든 신전에는 본전의 권위를 위한 건축적 장치가 있다. 대표적인 것이 회랑이다. 종묘의 정전과 영녕전 가장자리에는 회랑 대신 담장이 정연히 둘러져 있다. 그런데 이 담은 특별한 치장도 없이 아주 낮게 둘러 있어 조용히 정전을 거룩하게 만들고 있다. 정전에서 내다보면 담의 지붕이 거의 발아래 있는 것처럼 느껴진다.

공신당과 칠사당 또한 월대 아래 담장에 바짝 붙어 낮게 배치되어 있다. 자기 표정을 갖지 않고 함께 있음으로써 그 기능을 다할 뿐이다. 그러나 이 공신당과 칠사당이 있음으로 해서 정전 건물은 외롭지 않고 더욱 거룩해 보인다.

| **종묘의 낮은 담장** | 종묘의 담장은 예상과 달리 아주 낮다. 밖에서 보면 담장 지붕 너머로 건물의 지붕이 드러나고, 안에서 밖을 보면 담장 지붕 너머로 열린 공간이 펼쳐진다.

　그리고 이 모든 것을 정전 앞의 넓은 월대가 아우른다. 네모난 박석으로 조각보를 맞추듯 이어진 월대는 제례를 지내기 위한 공간인데 그 넓이보다 높이가 절묘한 건축적 효과를 자아낸다.

　신문에 들어서면 월대는 같은 지표에서 시작하는 것이 아니라 약간의 간격을 두고 우리 가슴 높이에서 전개된다. 그 높이가 주는 경건함과 고요함이 정전의 건축적 아름다움을 경건함과 고요함으로 이끌어준다. 자칫하면 위압적일 수 있을 법도 한데 종묘 정전의 월대는 전혀 그런 느낌을 주지 않는다. 지루한 평면일 수도 있는데 검은 전돌로 인도되는 신로(神路)가 정전 건물 돌계단까지 이어져 있어 공간에 깊이감을 주면서 우리 마음을 영혼의 세계로 인도한다. 이것이 종묘 정전 건축의 구조이다.

　그래서 종묘 정전 앞에 서면 누구나 경건함과 신비감을 갖게 되고 건축으로 이처럼 정밀(靜謐)의 공간을 창조했다는 것이 거의 기적에 가깝다는 찬사를 보내게 된다. 종묘야말로 조선왕조 500년이 창출한 가장 대표적인 유형 문화유산이다.

이데올로기로서의 유교

종묘가 이처럼 위대한 문화유산임에도 혹자는 종묘 건립의 배경이 『주례』에 있다는 사실 때문에 이를 사대적(事大的)이라고 못마땅해하며 이 건물의 민족적 정체성을 의심하기도 한다. 왜 독자적으로 만들지 않고 중국의 제도를 따랐느냐는 것이다. 하지만 이는 사실과 다르다. 조선이 따른 것은 중국이 아니라 유교라는 이데올로기다. 유럽의 중세 도시국가들이 교회당을 지은 것은 기독교를 받아들인 것이지 유대 문화를 따른 것이 아님과 같다.

하나의 국가가 되기 위해서는 국민 총화를 이룰 이데올로기가 필요한데 중세사회에서 그것을 제공해준 것은 종교였다. 동서양의 모든 고대·중세 국가들은 고유의 종교가 있었음에도 샤먼의 전통에서 벗어나 발달된 종교를 적극 받아들였다. 결국 서양은 기독교, 동양은 불교를 국교로 삼았다. 우리나라에서도 통일신라와 고려가 불교를 국가의 주도적인 이데올로기로 삼았고, 근 1천 년이라는 세월을 거치면서 불교가 마침내 말폐현상을 드러냈다. 같은 시기에 서양에서 가톨릭교회가 부패해 종교개혁이 일어난 것도 똑같은 현상이었다.

고려 말 사대부들은 쿠데타를 일으키면서 더 이상 의지할 수 없는 불교를 버리고 이성적 사고와 합리적인 사회구성체를 제시한 유교를 새로운 국가의 이데올로기로 삼고 조선을 세웠다. 이에 새 왕조는 국가의 모든 규범과 격식을 유교 경전에 의지하게 되었다.

유교 경전이라고 하면 흔히 사서삼경(四書三經)을 생각하는데 유교의 기본 경전은 모두 13경(經)이다. 역경(易經)·시경(詩經)·서경(書經)·논어(論語)·맹자(孟子)·효경(孝經)·예기(禮記)·이아(爾雅)·의례(儀禮)·주례(周禮)·춘추(春秋) 관련 3책 등이다. 이 13경은 자연의 원리와 인간의 도덕률, 국가제도에 관한 것까지 규정하고 있다. 사서삼경은 13경 중에서 인간 교화에 필요한 학문과 도덕에 관한 것을 가려 뽑은 것이다.

유교의 13경 중『주례』는 국가·사회 운영의 기본이 되는 규칙을 규정한 것이다.『주례』는 모두 6장으로 되어 있는데, 그중 제6장「고공기」에는 도성과 궁궐에 관한 규정이 있다. 조선은 신도읍 한양을 건설하면서 이를 따른 것이다.

그러나 조선은「고공기」를 곧이곧대로 따른 것이 아니라 우리 실정에 맞게 운용했다. 중세 유럽 각국의 교회당 양식이 나라마다 시대마다 다른 것과 마찬가지다. 이를테면「고공기」에서 궁궐의 위치는 전조후시(前朝後市)라 해서 앞쪽에 궁궐, 뒤쪽에 시전(市廛)을 두도록 했다. 그러나 경복궁은 북악산 산자락에 기대 짓고 시전을 궁궐 앞쪽에 배치했다. 이는 한양의 자연 지세에 맞추어 궁궐의 위치를 변형한 것이다.

경복궁만 하더라도 유교를 이데올로기로 표방한 뒤의 첫 건축인지라 되도록「고공기」에 충실하려고 했지만 그로부터 불과 15년 뒤에 새로 지은 창덕궁은 완전히 조선식으로 변형하여 건설했다.

특히 세종 대에는 민족적 자존심에 의한 국풍화의 기류가 강해 훈민정음을 반포하고, 종묘제례악도 중국의 당악에서 우리의 향악으로 바꾸었다. 종묘도「고공기」와는 상관없이 우리 정서에 맞게 정전과 영녕전으로 구성했다. 국초의 통치자들은 새로운 문화 건설의 의지가 이처럼 강했고 이를 민족문화로 발전시킬 자신감이 있었다.

| **공신당과 칠사당** | 월대 아래 담장에 공신당과 칠사당이 낮게 배치되어 있어 정전 건물은 외롭지 않고 더욱 거룩해 보인다. 종묘를 종묘답게 담아낸 최초의 사진작가 임응식의 『한국의 고건축』(1977) 3권 '종묘편'에 실린 사진이다.

조선왕조는 모범적 유교사회

조선왕조는 이와 같이 유교문화의 보편성을 취하면서 이를 독자적으로 발전시켰다. 거기에 우리 문화의 정체성이 있다. 발달된 이데올로기는 인류의 공동 자산으로 그것을 가져다 쓰는 것은 선택의 문제이다. 맑스가 러시아 사람이 아닌데도 레닌이 맑스주의를 소련의 이데올로기로 삼은 것이 그 예이다. 훌륭한 선택일 수도 있고 잘못된 선택일 수도 있으며, 이입된 이데올로기로 나라를 망칠 수도 있고 발전시킬 수도 있다. 소련은 맑스주의를 레닌식, 스탈린식으로 변용하더니 종국에는 70년 만에 해체되고 붕괴되었다. 이에 반해 조선왕조는 유교문화를 조선적으로 변용하고 세련하여 500년을 이어갔다. 한 왕조가 500여 년간 종묘와 사직을 지킨 것은 여간 드문 일이 아니다.

하버드대 에드윈 라이샤워(Edwin Reischauer) 교수 등이 공저로 펴내 영어권 동양학 연구의 첫번째 필독서로 꼽히는 『동양문화사』(김한규 외 공역, 을유문화사 1991)에서는 조선왕조를 '모범적 유교사회'라 하고 그 문화는 '개량된 중국형'이었다고 했다.

로마가 그리스 문명에 기초했고 네덜란드 르네상스가 이탈리아의 영향을 받은 것이 결코 흠이 아니듯이, 또 이탈리아·독일·프랑스·스페인·영국이 제각기 독자적인 기독교 문화를 갖고 유럽 문화의 일원이 되었듯이, 조선왕조는 유교를 받아들여 중국보다 더 잘 짜인 유교문화를 발전시켰고 동아시아 문화 전체에서 확고한 자기 지분을 가진 당당한 문화 주주 국가가 되었다.

이를 가장 잘 말해주는 것이 종묘다. 중국의 종묘는 자금성 동쪽에 있는 태묘(太廟)로 현재 노동인민문화궁 안에 있는데, 그 형식과 내용이 우리와 전혀 다르다. 북경의 태묘에 대해 세계 어느 건축가가 찬미한 것을 나는 보지 못했다. 전문가가 아니라 해도 차분한 교양을 갖춘 이라면 이 태묘를 보고 감동할 리가 없다.

내가 늘 종묘를 예찬하니까 우리 답사회의 한 40대 여성 디자이너는 종묘를 한번 다녀오고는 내게 이런 문자 메시지를 보내왔다. 비 오는 아침이었다고 한다.

"맞아요. 고요한 침묵 속 웅장함, 비어 있지만 뭔가 꽉 찬 듯한 느낌, 모든 것이 일순간에 정지된 것 같았습니다. 모든 것이 사라진 듯했습니다. 소리도 풍경도 다 사라지고 종묘만 남더군요. 진공상태에서 내가 얼음이 된 느낌이었어요. 참으로 놀라운 종묘입니다."

그런 종묘가 우리를 맞이하기 위해 기다리고 있다.

「보태평」과 「정대업」은 영원하리라

『국조오례의』/「보태평」과 「정대업」 / 세종대왕의 절대음감 /
종묘제례 / 이건용의 「전폐희문」 / 향대청과 재궁 / 전사청 /
정전, 영녕전, 악공청 / 신도

종묘 답사는 언제가 좋은가

답사기 새 책이 나올 때마다 친구들로부터 듣는 얘기는 대개 이렇다.
'아, 거기에 그런 깊은 뜻이 있었는지 몰랐네' '옛날에 가본 적이 있기는
한데 지금은 아무 기억이 없네' '네 책을 읽으니 다시 한번 가보고 싶은
마음이 생기는데 거기를 언제 가면 좋은가?' 아마도 종묘 답사기를 읽은
독자들의 생각도 이와 비슷할 것 같다.

종묘는 봄여름보다 가을 겨울이 더 좋다. 종묘의 단풍은 울긋불긋 요
란스레 화려한 것이 아니라, 참나무 느티나무의 황갈색이 주조를 이룬
가운데 노란 은행나무와 빨간 단풍나무가 점점이 어우러져 가을날의 차
분한 정취가 은은히 젖어들게 한다. 그때 종묘에 가면 아마도 인생의 황
혼 녘에 찾아오는 처연한 미학을 느끼게 될 것이며, 그렇게 늙을 수만 있

다면 잘 산 인생이라고 말하고 싶은 그런 가을을 만끽할 수 있을 것이다. 뒷산 너머에 있는 창덕궁 후원의 단풍이 '화이불치(華而不侈, 화려하지만 사치스럽지 않다)'라고 한다면 종묘의 단풍은 '검이불루(儉而不陋, 검소하지만 누추하지 않다)'라 할 만하다.

겨울 어느 날, 눈이 내려 정전의 지붕이 하얗게 덮일 때 종묘는 거대한 수묵 진경산수화와 같은 명장면을 연출한다. 건축으로 이런 침묵의 공간을 만들어냈다는 것은 거의 기적에 가깝다고 했던, 그 정전의 지붕과 월대가 온통 눈에 덮여 흰빛을 발하고 있을 것이다. 거기에 줄지어 늘어선 검붉은 기둥들이 자아내는 침묵의 행렬에 자신도 모르게 깊은 사색의 심연으로 빨려 들어가게 된다. 그 무거운 고요함에 무언가 복받쳐오르는 감정이 일어나 울음을 터뜨릴지도 모른다. 사진작가 배병우가 그런 날을 기다려 여러 점의 사진을 남겼는데 눈이 수북이 쌓여 있을 때 찍은 장면은 무게감이 있어 좋고, 얇게 덮여 있는 작품은 햇살에 빛나는 영롱한 빛이 환상적이다.

그래서 종묘 답사의 적기로는 단풍이 끝나가는 늦가을 끝자락과 눈 덮인 겨울날을 꼽는다. 가을 답사는 오후 서너 시가 은은하고 겨울 답사는 오전 열 시쯤이 밝고 싱그럽게 다가온다. 현재 종묘는 평소에는 시간대별로 한국어, 영어, 중국어, 일본어 해설자가 안내하는 단체 관람을 시행하고 화요일은 휴관이며 토요일과 매월 마지막 주 수요일에만 자유관람을 허용하고 있다. 그러니까 늦가을의 토요일 오후, 눈 내린 겨울날의 토요일 오전이 제격이다.

그러나 이것으로 종묘를 보았다고 하면 안 된다. 매년 5월 첫째 일요일과 11월 첫째 토요일, 춘추로 열리는 종묘제례(宗廟祭禮)를 참관해야 종묘의 진수를 보았다고 할 수 있다. 특히 봄에 열리는 춘향대제(春享大祭)를 보지 않았다면 종묘의 겉만 보았지 속은 보았다고 할 수 없다.

| 종묘의 가을 | 종묘의 단풍은 참나무 느티나무의 황갈색이 주조를 이룬 가운데 노란 은행나무와 빨간 단풍나무가 점점이 어우러져 있어, 늦가을 끝자락에 가면 인생의 황혼 녘에 찾아오는 처연한 미학을 느낄 수 있다.

국가 의식으로서 종묘제례

종묘는 흔히 조선시대 역대 왕과 왕비에게 제사를 지낸 곳이라고 설명된다. 그래서 사람들은 종묘제례를 가정에서 지내는 제사, 또는 양반집 불천위 제사의 국가 버전 정도로 이해하곤 한다. 나도 처음엔 그렇게 생각했다.

그러나 종묘제례는 돌아가신 분을 추모하는 슬픔의 제례가 아니라 유교의 종교의식인 동시에 국가의 존립 근거를 확인시켜주는 국가 의식이다. 장사지내는 흉례(凶禮)가 아니라 오늘을 축복하는 길례(吉禮)인 것이다. 그래서 종묘제례에는 노래와 춤과 음악이 함께 어우러진다.

| **종묘의 겨울** | 눈이 내려 정전의 지붕이 하얗게 덮일 때 종묘는 거대한 수묵 진경산수화 같은 명장면을 연출한다.

1978년이었을 것이다. 내가 근무하던 '공간'사 설계팀에는 마크 파이어트라는 내 또래의 미국인이 있었다. 그는 미국 평화봉사단(Peace Corps)의 일원으로 한국에 왔다가 우리 전통 건축에 관심을 가지게 되어 미국에서 학교를 마친 뒤 다시 한국을 찾아왔다. 그는 특히 종묘에 매료되어 있었다. 그가 어느 날 나에게 종묘제례를 구경하고 싶은데 함께 가줄 수 있느냐고 했다. 그리하여 나는 난생처음 종묘제례를 참관했고 그때 받은 감동과 충격이 나로 하여금 우리 문화유산에 대해 큰 자부심을 갖게 했다.

종묘제례는 제관들의 길고 긴 행렬부터가 장엄하기 그지없었다. 침묵의 제관 행렬이 끝나면 진행 순서를 알리는 느릿한 목소리의 창홀(唱笏)

에 맞추어 제관들이 움직이며 제례가 본격적으로 시작된다. 그러다 박(拍) 소리가 힘차게 '딱!' 하고 울리고 나면 곧바로 '꾸왕… 차앙… 삘리리…' 하는 웅장한 음악이 연주되고 이어서 사방 8열로 반듯하게 늘어선 64명의 젊은 무동들이 양손에 기물을 들고 곤봉체조를 하는 듯한 팔일무(八佾舞)를 춘다.

그 프로세스는 전혀 몰랐지만 음악도 춤도 그저 웅장하기만 했다. 서양악기로 치면 트럼펫 같은 금속악기인 태평소가 낭랑한 첫소리로 내뿜는 멋진 가락이 종묘 월대 위를 드높고 길게 퍼져나갈 때는 나도 모르게 시선이 하늘로 향했고, 좌향좌 우향우 굽혔다 폈다 반복하는 절제된 춤사위에선 엄숙함과 공경심이 절로 일었다. 그런 순서가 대여섯 차례 반복되는 동안 나는 제례에 깊이 빠져들어 끝까지 자리를 떠나지 못했다.

의상도 건축과 잘 어울렸다. 검은색이 주조를 이루는 가운데 붉은색과 금색으로 포인트를 준 제관들의 의상에는 기품과 권위가 흘러넘쳤고 악사와 일무원(佾舞員)들의 붉은 의상에서는 경건하면서도 화려한 축제의 분위기가 느껴졌다.

그 모두가 생소한 경험이었지만 전혀 낯설지 않았고 온 종일 열리는 행사여서 지루할 줄 알았으나 전혀 그렇지 않았다. 참관해보기 전에는 절대로 상상할 수 없는 장엄한 의식이 종묘제례다. 종묘제례악이 국가무형문화재 제1호로 지정되었고, 유네스코 세계무형유산에 가장 먼저 등재되었다는 사실이 이를 보증한다.

돌이켜보건대 내 생애 이런 감동적인 경험이 몇 번 있었다. 첫번째는 국민학생 시절 국군의장대의 사열을 넋 놓고 본 것이고, 두번째가 이 종묘제례이며, 세번째는 해인사와 운문사의 새벽 예불이고, 네번째는 피렌체 성당에서 본 그레고리언 찬트(Gregorian chant)였다.

그러고 보니 종묘제례에는 현대국가의 국군의장대, 불교의 새벽 예불,

| 종묘제례 | 종묘제례는 슬픔의 제례가 아니라 오늘을 축복하는 길례(吉禮)로, 제관들의 길고 긴 행렬부터가 장엄하기 그지없다.

기독교의 그레고리언 찬트에 들어 있는 여러 요소가 모두 녹아 있다. 제례 의식이라는 것이 얼마나 장엄한 종합예술인지 속살까지 느낀 황홀한 경험이었다.

『국조오례의』편찬

　종묘제례는 엄숙한 분위기 속에서도 노래와 춤과 음악, 즉 가(歌)·무
(舞)·악(樂)이 함께 어우러지는데, 이는 유교 의식의 중요한 특질이다.
이를 예악(禮樂)이라고 한다. 유교국가에서는 예(禮)를 통하여 윤리 규범을 세우고, 악(樂)을 통하여 인심을 감화시켰다. 즉 예악으로 사회 질서를 유지하고 백성들이 조화롭게 살아가는 길을 제시했다. 공자는 예악을 보면 그 나라 정치가 어떠한지 손바닥 보듯 환히 알 수 있다고까지 했다.

따라서 예를 제정하고 악을 짓는 '예악의 제도화'는 문치(文治)를 지향하는 유교국가 정치의 핵심이었고, 조선은 예악의 정립을 위해 열과 성을 다했다. 그 결과가 『국조오례의(國朝五禮儀)』다. 오례(五禮)란 길례(吉禮)·가례(嘉禮)·흉례(凶禮)·군례(軍禮)·빈례(賓禮)의 다섯 가지 의례를 말한다.

『국조오례의』의 편찬은 세종대왕의 명으로 착수되었다. 중국 주나라의 예악을 정비한 『주례(周禮)』가 문왕의 아들인 주공(周公)의 공적이었다면 조선의 예악을 정립한 것은 세종대왕의 위대한 업적 중 하나였다. 이 책의 서문에서 강희맹은 그 과정을 이렇게 말하고 있다.

공손히 생각하여 보건대, 우리 태조대왕께서는 위대한 창업을 빛내어 여시었고, 태종대왕께서는 기틀을 더욱 공고히 하셨고 우리 세종대왕에 이르러 문치가 태평에 도달하여 예조판서 허조(許稠)에게 명하여 여러 제사의 차례 및 길례 의식을 상세히 정하도록 하시고, 또 집현전 유신들에게 명하여 오례 의식을 상세히 정하도록 하셨다.

이에 모두 『두씨통전(杜氏通典)』을 기본 자료로 삼고, 중국의 『제사직장(諸司職掌)』 『홍무예제(洪武禮制)』, 우리나라의 『고금상정례(古今詳定禮)』 등을 참작해서 빼야 할 것은 빼고 더할 것은 더하여 대왕의 재가를 받았으나 미처 시행하지 못하고 돌아가셨다.

그리하여 이때 제정된 '오례'는 『세종실록』에 부록으로 실려 있다. 그리고 이 중차대한 국가사업은 세조와 성종 대까지 계속 추진되어 성종

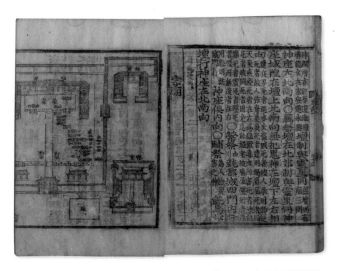

| 『국조오례의』 | 예를 제정하고 악을 짓는 '예악의 제도화'는 유교국가 정치의 핵심이었고, 조선은 예악의 정립을 위해 『국조오례의』를 편찬했다.

5년(1474) 마침내 결실을 보았다. 강희맹은 이어 이렇게 말했다.

　우리 세조대왕께서는 법을 세우고 기강을 펴서 빛나도록 새롭게 하셨는데 조문이 번거로워 앞뒤가 어그러질까 염려하여 조정의 신하들에게 명하여 세종대왕 때 제정했던 '오례'에 의거하여 옛것을 상고하고 지금의 것을 실증하게 하여 시행함에 만전을 기하며, 이름하여 '오례의'라 하고 「예전」의 끝에 붙이게 하셨다. (…)
　그뒤 예종대왕 및 우리 성종대왕께서 선왕의 뜻을 추념하여 신숙주로 하여금 이 사업을 총괄하게 하여 드디어 갑오년 여름이 지나 비로소 책으로 완성되어 인쇄하여 장차 『국조오례의』를 발행하게 되었다.

이렇게 오랜 세월을 거쳐 완성된 『국조오례의』의 내용을 요약해보면 길례는 조상과 대자연에 복을 기원하는 종묘·사직·선농(先農)·선잠(先蠶)·기우(祈雨)·산천(山川)에 지내는 제례다. 가례는 기쁨의 의식으로 명절 의식, 왕비 책봉, 왕자와 공주의 혼례, 원로대신에 베푸는 양로잔치인 기로연(耆老宴) 등이며 흉례는 장례의식으로 국장(國葬)을 비롯한 상례(喪禮)다. 빈례는 외교 의식으로 중국, 일본, 유구(지금의 일본 오키나와) 등 외국 사신을 맞이하는 의식이고 군례는 군대 의식으로 임금이 참석하는 활쏘기, 군대의 열병(閱兵), 무술 시범식 등이다.

『국조오례의』의 편찬은 『경국대전』과 함께 조선 사회를 유지하는 양대 축이었다. 나라를 다스리면서 백성을 구제하는 경국제민(經國濟民)의 법전이 『경국대전』이라면, 예와 악에 의해 백성을 교화하는 예악 정립(禮樂定立)의 예전(禮典)이 『국조오례의』였다. 그리하여 『국조오례의』 서문에는 다음과 같은 자부심이 담겨 있다.

이 책은 위로는 조정에서부터 아래로는 사대부와 서인에 이르기까지 각각 정해진 예가 있어 서로 넘지 않으며, 예절이 빛나고 문란하지 않으니, 실로 『주례』와 함께 우리 동방 만세의 훌륭한 책이다.

『국조오례의』 편찬자들은 이 책이 『주례』와 맞먹는다는 자부심을 갖고 있었다. 그리하여 개국 후 82년이라는 긴 세월이 지나 결실을 맺은 것에 대해서도 『주례』도 100년 뒤에나 완성되었음을 상기시키면서 신중하지 않을 수 없었기 때문이라고 설명했다.

『국조오례의』는 그후 300년을 이어오다가 영조 20년(1744)에 첨삭·개정하여 『국조속오례의』를 펴내고 영조 27년(1751)에 이를 더 보충한 『국조속오례의보』를 편찬했을 뿐 그 기조는 바뀌지 않았다.

세종대왕의 「보태평」과 「정대업」 작곡

『국조오례의』를 편찬하면서 "뺄 것은 빼고 더할 것은 더하여" 우리 몸에 맞게 예악을 정립했다는 사실은, 세종대왕이 훈민정음을 반포한 정신과 일맥상통하는 민족문화의 주체성 확립을 말해주는 것이었다. 이 점은 종묘제례에서 연주되는 제례악 「보태평(保太平)」과 「정대업(定大業)」에 보다 확연히 드러난다. 이 음악을 작곡한 분은 바로 세종대왕이었다.

세종대왕이 이 곡을 작곡한 뜻은 『조선왕조실록』 세종 12년(1430) 9월 11일자에 실린 다음 기사에 명확히 나타나 있다.

임금(세종)이 좌우의 신하들에게 이르기를, 아악(雅樂)은 본시 우리나라의 음악[聲音]이 아니고 실은 중국의 음악인데, 중국 사람들은 평소에 익숙하게 들었을 것이므로 제사에 연주하여도 마땅할 것이다. 그러나 우리나라 사람들은 살아서는 향악(鄕樂)을 듣고 죽은 뒤에는 아악을 연주한다는 것이 과연 어떨까 한다. 더욱이 아악은 중국 역대의 제작이 서로 같지 않고, 황종(黃鍾)의 소리 또한 높고 낮은 것이 있으니, 이것으로 보아 아악의 법도는 중국도 확정을 보지 못한 것임을 알 수 있다. 그러므로 나는 조회(朝會)나 하례(賀禮)에 모두 아악을 (작곡하여) 연주하려고 한다.

세종대왕이 연회 때 사용하기 위해 회례악무(會禮樂舞)로 작곡한 것이 「보태평」과 「정대업」이다. 보태평은 '태평성대를 이룬다'는 뜻으로 문덕(文德)을 칭송한 것이고, 정대업은 '대업을 안정시켰다'는 뜻으로 무공(武功)을 찬양한 것이다. 두 곡 모두 세종 이전 6대조까지, 즉 태조의 네 선조(목조·익조·도조·환조)와 태조, 태종 등의 공을 칭송한 것이다. 세

종이 작곡한 이 노래들을 당시엔 신악(新樂)이라고 했다. 이와 관련하여
『조선왕조실록』세종 31년(1449) 12월 11일자에는 다음과 같은 기사가
실려 있다.

임금은 음률(音律)을 깊이 깨닫고 계셨다. 새로 지은 신악의 절주
(節奏)는 모두 임금이 제정했는데, 막대기를 짚고 땅을 치는 것으로 음
절을 삼아 하루저녁에 제정했다.

수양대군(훗날의 세조) 또한 성악(聲樂)에 정통했으므로 명하여 이 일
을 관장하도록 하니, 기생 수십 명을 데리고 가끔 궁중에서 이를 익혔
다. 그 춤은 칠덕무(七德舞)를 모방한 것으로, 궁시(弓矢)와 창검(槍劍)
으로 치고 찌르는 형상이 다 갖추어져 있었다.

이것이 바로 세종대왕의 업적 중 하나로 꼽는 아악의 정비다. 세종대
왕은 경국제민과 문화보국을 실현한 계몽군주로, 음(音), 음운(音韻), 음
악(音樂)에 천재적 소양이 있었다. 훈민정음도 다름 아닌 음(音)이었고,
언어학에 정통하여 학자들과 논쟁하면서 한글 창제를 이끌어갈 수 있었
으며, 음악에 대해서도 '막대기로 땅을 치며 하루저녁에' 작곡할 정도로
통달해 있었다.

박연의 편경 제작

세종대왕이 음악에 얼마나 정통했는가는 박연(朴堧, 1378~1458)이 편종
을 제작하는 과정에 잘 나타나 있다. 『세종실록』15년(1433) 1월 1일조에
"임금이 근정전에 나아가서 회례연을 의식에 따라 베풀면서 처음으로
아악을 사용했다"라는 머리기사와 함께 그 과정이 아주 상세히 기록되

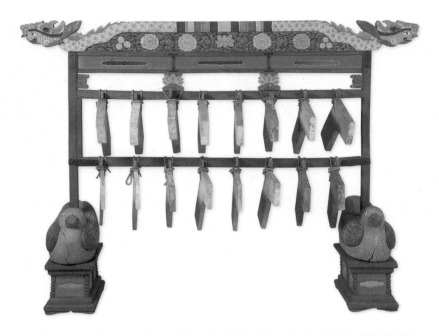

| 편경 | 계몽군주이자 자신이 절대음감을 지녔던 세종은 박연에게 제례악으로 쓸 순 국산 편경을 제작하도록 명했다.

어 있다. 매우 전문적인 이야기여서 이를 풀어서 소개하면 다음과 같다.

궁중에서 사용하던 악기는 고려 예종 때에 송나라 휘종이 내려준 종(鍾)·경(磬)·금(琴)·슬(瑟)·생(笙)·우(竽)·화(和)·소(簫)·관(管) 등으로 제조가 매우 정밀했다. 홍건적의 난을 맞아 이를 모두 잃을 뻔했다가 어느 늙은 악공이 종·경 두 악기를 못 속에 던져 간신히 보존할 수 있었다. 훗날 명나라에서 종과 경을 주었으나 매우 거칠고 소리도 아름답지 못했다.

그 때문에 제례악은 금(金)·석(石)·사(絲)·죽(竹)·토(土)·목(木)·혁(革)·포(匏) 등을 재료로 하여 이루어진 팔음(八音)을 갖추지 못했고 편경은 기와로 만든 와경(瓦磬)을 쓰고, 편종도 어지러이 매달아 그 수효를

| 편경 연주 장면 | 박연은 중국의 편경 모양을 본뜨되, 자체 율관을 만들어 정교한 편경을 제작하여 세종 앞에서 시연하였다.

제대로 갖추지 못하여 엉망이었다. 그러나 모두들 음률(音律)이 무엇인가를 잘 알지 못하여 예사로 여겼다.

　그러던 차 병오년(세종 8년, 1426) 봄에 남양(南陽)에서 경석(磬石)이 생산되자 세종은 박연에게 편경을 만들라고 명했다. 이에 박연은 바른 성음을 낼 수 있는 음관(音管)의 제작에 들어갔다. 서양음악은 도레미파솔라시도 7음계로 되어 있지만 동양음악은 한 옥타브가 12율(황종·대려·태주·협종·고선·중려·유빈·임종·이칙·남려·무역·응종)로 나뉜다. 이 12율관이 정확해야 바른 편종을 만들 수 있는 것이다.

　기준음이 틀리면 연주가 엉망이 된다. 그래서 오케스트라가 연주하기 전에 오보에의 '라' 음에 맞추어 소리를 조율하는 것이다. 오보에가 가장 정확한 음을 내기 때문이다. 음관이 절대적으로 중요한 이유가 그것이다.

당시 기준음은 대통으로 만든 율관으로 만들었고 각 음은 길이가 다른 대통 안에 넣은 기장〔黍〕 알 숫자로 조정했다. 그런데 우리나라의 기장과 중국의 기장인 거서(秬黍)는 크기가 달라 음을 맞추는 데 어려움이 있었다. 그러다 마침 을사년(세종 7년, 1425) 가을에 해주에서 거서가 나왔다. 박연은 이것을 가지고 시험해보았으나 기장 낟알의 크기에 미묘한 차이가 있어 정확을 기하기 힘들었다. 이에 박연은 밀랍을 녹여 일정한 크기의 낟알을 만들어 마침내 12율관을 만들 수 있었다.

세종대왕의 절대음감

박연은 이 12율관에 근거하여 새로 편경 두 틀을 만들어 세종께 바치며 시연하기에 이르렀다. 이때 세종이 박연에게 물었다.

"편경 모양의 형태와 성음(聲音)의 법을 어디에서 취했는가?"
"모양은 중국의 편경에 준했고, 성음은 신이 스스로 12율관을 만들어 이에 합하게 하여 이루었습니다."

그러자 여러 대신이 중국의 음을 버리고 임의로 율관을 만드는 것은 옳지 않다고 논박했다. 어떤 이는 '거짓'이라고 공격했다. 그러자 박연은 이런 반론에 대비라도 한 듯이 문서로 자신의 작업 과정을 설명하고, 지금 사용하는 중국 악기들은 한 시대에 제작한 악기가 아니어서 12율이 정확지 않음을 논증했다. 그러고는 새로 만든 편경을 시연했다. 시연이 끝나자 세종은 이렇게 말했다.

중국의 편경은 과연 조화롭지 아니했고 지금 만든 편경이 옳게 된 것 같다. 경석을 얻은 것만도 이미 하나의 다행인데, 지금 새로 만든 편경 소리를 들으니 매우 맑고 아름다우며, 율관을 만들어 정확한 성음을 낸 것은 뜻밖의 성과인지라 내가 매우 기뻐하노라. 다만 12음 중 이칙(夷則) 소리가 약간 높은 것은 무엇 때문인가?

이에 박연이 즉시 달려가 살펴보니, 이칙의 경석에 먹줄 자국이 남아 있었다. 편경을 만들 때 쓴 먹줄을 미처 갈아내지 못한 것이다. 이에 박연은 세종께 "가늠한 먹이 아직 남아 있습니다. 아마도 이 먹줄을 다 갈지 아니한 때문인 것 같습니다"라고 아뢰었다. 그러고는 박연이 물러가서 먹줄을 갈아 없애자 이칙 소리가 바르게 되었다.

세종대왕은 이 정도로 놀라운 절대음감을 갖고 있었다. 야사가 아니라 실록에 기록되어 있으니 믿지 않을 수 없는데 이 사실은 『조선왕조실록』 세종 31년(1449) 12월 11일자 기사에 다시 한번 나온다. 그러나 나를 더욱 놀라게 한 것은 새 편경 시연이 끝난 다음 세종대왕이 내린 다음과 같은 훈시였다.

내가 아악을 창제하고자 하는데 창제란 예로부터 입법(立法)만큼이나 하기 어렵다. 임금이 하고자 하면 신하가 혹 저지하고, 신하가 하고자 하면 임금이 혹 듣지 아니하며, 비록 위와 아래에서 모두 하고자 하여도 시운(時運)이 불리하면 못할 수도 있는데, 지금은 나의 뜻이 먼저 정하여졌고, 국가가 무사(無事)하니 마땅히 마음을 다하여 이룩하리라.

세종 연간의 문화보국은 이렇게 이루어졌던 것이다. 생각하면 할수록 세종대왕은 실로 위대한 성군이다.

종묘제례악을 확정지은 세조

그러나 세종대왕은 이 곡을 조회와 연회에만 사용하고 곧바로 종묘제례에서 연주하지 않았다. 워낙에 신중한 분이셨던 세종은 개혁적인 세제인 공법을 시행하기 전에 무려 17년에 걸쳐 여론조사를 했듯, 백성들이 신악에 익숙해지기를 기다렸던 것 같다.

그러다 세종대왕에 버금가는 절대음감을 갖고 있던 세조가 왕위에 오르면서 최항(崔恒)에게 이 곡을 약간 덜고 다듬어서 종묘제례악에 맞게 편곡하게 했다. 이 사실은 『조선왕조실록』 세조 9년(1463) 12월 11일자에 다음과 같이 기록되어 있다.

임금(세조)이 세종이 지은 정대업·보태평 악무(樂舞)의 가사는 자구(字句) 숫자가 많아서 모든 제사를 지내는 몇 사람이 다 연주하기 어려웠기 때문에 그 뜻만 따라서 간략하게 짓게 했다.

1464년(세조 10년) 1월 14일, 세조는 마침내 종묘제례에 친히 제향하면서 새로 다듬은 「정대업」과 「보태평」을 연주했다. 실록의 이 기사에는 종묘제례의 전 과정이 아주 상세하게 기록되어 있다. 이것이 오늘날 종묘제례악의 기본 골격이 되었다.

종묘제례악에서 악사는 두 팀으로 나누어 배치하는데 당상(堂上)의 악사단을 등가(登歌), 당하(堂下)의 악사단을 헌가(軒架)라고 했다. 악기의 편성은 박·편종·편경·피리·장구·대금·해금·북·아쟁·태평소·축·어 등 15가지이다.

제례악에 맞추어 추는 춤은 정연하게 열을 지어 춘다고 해서 일무(佾舞)라고 한다. 일무는 가로세로 8명씩이면 64명이 추는 팔일무이고, 가로세로 6명씩이면 36명이 추는 육일무인데, 대한제국 이후에는 우리나라도 팔일무를 추었다. 성균관 문묘제례에서도 팔일무를 추는데 그 춤은 종묘제례와 비슷한 듯 약간 다르다.

종묘제례에서 「보태평」의 춤은 문치를 기리는 문무(文舞)이고 정대업의 춤은 무공을 찬양하는 무무(武舞)다. 문무에서는 왼손에 약(籥), 오른손에 적(翟)을 들고 추며, 무무에서는 앞의 네 줄은 검(劍), 뒤의 네 줄은 창(槍)을 들고 춘다. 문묘에서 팔일무를 출 때는 문무는 같지만 무무에서는 왼손에 방패〔干〕, 오른손에 도끼〔戚〕를 들고 춘다.

종묘제례의 진행과정

이런 긴 과정을 거쳐 이루어진 종묘제례를 이제 나는 독자들을 위하여 지상 중계해볼 참이다. 어쩌면 이 이야기는 글로 이해하기 불가능할 정도로 생소할지도 모른다. 그러나 종묘제례를 참관하려면 이 해설이 절대적으로 필요하고, 종묘제례를 경험한 뒤에 읽으면 실감할 수 있을 것이다. 그러니까 이 글을 종묘제례 참관을 위한 예비지식으로 읽어주기 바란다.

종묘제례는 대개 12가지 절차로 설명되지만 크게 3단계로 나눌 수 있다. 처음은 제례를 준비하는 단계이다. 제례 일주일 전부터 제례의 규율을 지키리라 다짐하는 재계(齋戒)를 하고, 제례 사흘 전에는 제상을 차리고 제기를 제자리에 놓는 진설(陳設)이 이루어진다. 하루 전날엔 왕이 종묘로 가는 거가출궁(車駕出宮, 어가 행진)이 있다.

둘째 단계는 제례의 본 행사로 신을 맞이하는 신관례(晨祼禮)와 세 차

| **종묘제례 장면** | 오늘날의 종묘제례는 간소화되어 행사 당일 아침 경복궁 광화문에서 출발하는 어가와 제관의 행렬을 시작으로 오전에는 영녕전에서 제향하고 오후에는 정전에서 제향을 치른다.

례에 걸쳐 술을 올리고 절을 하며 축문을 읽는 초헌례(初獻禮)·아헌례(亞獻禮)·종헌례(終獻禮)이다.

셋째 단계는 제례 뒤에 제사에 쓴 술과 음식을 나누어 먹는 음복례(飮福禮), 제상에 놓인 제기를 거두어들이는 철변두(撤籩豆), 제례에 쓰인 축문을 태우는 망료(望燎) 순으로 진행된다.

오늘날의 종묘제례는 국가 의식이 아니라 세계 무형유산으로서 간소화되어 행해지기 때문에 행사 당일 아침 경복궁 광화문에서 출발하는 어가와 제관의 행렬을 시작으로 오전에는 영녕전에서 제향하고 오후에 본 행사로 정전에서 제향을 치른다.

사전 의식의 4단계인 재계·진설·거가출궁·성생기(省牲器) 중 거가출

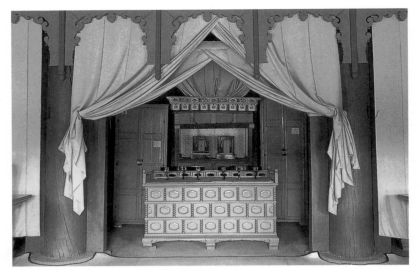

| 신실 내부 | 종묘제례 당일 새벽에는 정전과 영녕전 각 실의 문을 열고 신을 맞이한다.

궁만 재현하고, 정전의 제향도 입실 시간 단축을 위하여 마지막 제19신실을 제외하고는 제관들이 미리 들어간다. 그렇게 해서 오늘날 정전 제향은 두 시간 반 내지 세 시간 만에 끝난다.

진행을 알리는 창홀

종묘제례의 본 행사인 정전의 제례는 집례(執禮)가 제례 순서를 기록한 홀기(笏記)를 묵직하면서도 은은한 목소리로 낭송함으로써 엄숙하게 진행된다. 이를 창홀(唱笏)이라고 한다. 이를테면 창홀 중에 "제집사 입취 배위 북향립(諸執事入就拜位北向立)"이라고 하는 것은 '모든 집사는 절할 자리로 나아가 북향하여 서시오'라는 뜻이다.

옛날에는 스피커가 없었기 때문에 집례의 창홀은 진행 요원인 알자

(謁者)가 전달했다. 이를 전창(傳唱)이라고 한다. 창홀은 제관들에게 제향의 진행 순서를 알려주는 것이니 관람객들은 이를 조용히 들으면서 제관들의 움직임을 살필 수 있다. 이 창홀이 있음으로 해서 제례는 한층 엄숙한 분위기를 자아낸다.

홀기는 한문으로 되어 있기 때문에 웬만해서는 알아들을 수 없다. 그러나 창홀에서 반복적으로 나오는 집홀(執笏)과 진홀(搢笏), 국궁사배(鞠躬四拜)와 흥평신(興平身)은 알아둘 만하다. 집홀은 손에 쥔 홀(笏)을 가슴에 대라는 것이고 진홀은 들고 있던 홀을 왼쪽 가슴에 있는 주머니에 꽂으라는 것이다. 국궁사배는 네 번 무릎 꿇고 절하라는 것이고 흥평신은 몸을 일으키라는 것이다. 그러므로 제례가 한 단계 끝날 때마다 나오는 "참반원(參班員) 국궁사배 흥평신"이라는 말은 참관하는 모든 분에게 일어나 절하라는 뜻이다. 이때 안경은 모두 벗으라고 하는데 옛날부터 어른께 절할 때는 안경을 벗는 것이 예의였기 때문이다.

재미있는 것은 창홀 중간중간 제향의 진행을 알리는 구령들이다. "부르오!"라고 하는 것은 '부릅니다'라는 뜻으로, 이제 지시한 것을 마쳤으니 다음 순서로 들어가라는 신호이고, "드오!"라고 하는 것은 '음악을 들이십시오[入]'라는 뜻으로 음악을 연주하라는 신호다. 집례가 이제 음악을 그치라는 뜻에서 "악지(樂止)"라고 하면 알자가 "지(止)오!"라고 소리쳐 알린다.

신을 맞이하는 신관례

종묘제례 향사(享祀) 당일 새벽에는 정전과 영녕전 각 실의 문을 열고 신을 맞이한다. 이를 신관례(晨祼禮)라고 한다. 신(晨)은 새벽, 관(祼)은 강신(降神)이라는 뜻이다. 그래서 신관례는 강신례라고도 한다.

| **신실 앞에 차려진 제상** | 제상은 19개 신실 중 태조·태종·세종 3위만 진설하고 나머지 16위는 술만 올린다.

축시(丑時, 새벽 1시~3시)가 되면 모든 향관은 제복(祭服)을, 배향관은 조복(朝服)을 입고 나아가며 "찬례와 찬의는 네 번 절하고 자리로 가시오"라고 하면 각각 자리에 나아간다. 집례, 찬자, 알자, 찬인 등 제사 요원들도 제상을 차려 놓은 곳으로 나아간다. 술항아리[罇]가 있는 곳이라고 해서 이를 준소(罇所)라고 한다.

이어서 "악사장은 악원과 일무원을 거느리고 자리로 나가시오"라고 하면 악원과 일무원들도 제자리로 간다.

제관들은 홀기의 지시에 맞추어 제1실부터 차례대로 감실을 열고 왕의 신주는 흰 모시 수건으로, 왕후의 신주는 푸른 모시 수건으로 덮어놓는다. 각 실 초헌관이 신위 앞에 꿇어앉아 향로에 향을 세 번 넣고 술잔인 작(爵)을 닦아 제자리에 놓는다.

모든 준비가 끝나면 왕에게 알리고, 면류관을 쓴 면복(冕服) 차림의 왕이 정전 남문에 도달하면 창홀은 "헌가는 보태평악을 연주하고 일무원은 보태평무를 추시오"라고 한다. 그러면 "드오!"라는 구령과 함께 가무가 시작된다.

음악이 연주되는 사이 왕은 무릎을 꿇고 네 번 절하고 일어난다. 이어 각 실의 제관들도 네 번 절하고 일어난다. 그리고 "악지"라고 하면 음악이 그치고 신관례가 끝난다.

초헌례, 아헌례, 종헌례

신관례가 끝나고 초헌례, 아헌례, 종헌례로 이어지면 이때가 종묘제례의 하이라이트다. 초헌례의 홀기를 번역하여 순서대로 옮기면 다음과 같다.

"찬의는 각 실 초헌관을 인도하고 동쪽 계단으로 올라가 준소(제상을 차려놓은 곳)에서 서향하고 서서 작(술잔)을 살피시오."
"등가는 「보태평」을 연주하고 일무원은 팔일무를 추시오."
"집준관은 술을 떠서 작에 따르시오."
"음악을 끝까지 연주하시오."
"찬의는 각 실 초헌관을 인도하여 신위에 나아가 꿇어앉으시오."
"작을 받들어 올리시오."
"초헌관은 부복했다가 일어나 조금 뒤로 물러나 꿇어앉으시오."
"헌관과 집사와 참반원은 모두 부복하시오."

| 종묘제례악 연주 | 종묘제례악에서 악사는 두 팀으로 나누어 배치했고, 악기는 박·편종·편경·피리·장구·대금·해금·북·아쟁·태평소·축·어 등 15가지로 편성했다.

"악을 그치시오."

"대축관은 동향하여 꿇어앉아서 축문을 읽으시오."

축문은 제례를 주관하는 왕의 입장에서 말하는데 오늘날 초헌례 때 읽는 축문은 다음과 같다.

유세차(維歲次, 때는) 모년 모월 모일, 황사손 아무개는 삼가 종친 아무개를 보내어 감히 아뢰옵니다. 세월이 바뀌어서 이 좋은 때를 당하여 느끼고 사모하는 마음이 더하여 변변치 못한 것을 마련하여 제사를 올리오니 삼가 희생(犧牲, 고기)과 폐백(幣帛, 제수)과 예제(醴齊, 술)와 여러 가지 기장(곡식)을 갖추어 의식에 따라 받들어 올리오니 흠향하시오소서.

| **팔일무 장면** | 제례악에 맞추어 추는 춤은 정연하게 열을 지어 춘다고 해서 '일무'라고 한다. 가로세로 8명씩이면 64명이 추는 팔일무다.

축문을 다 읽으면 다시 제향이 이어진다.

"악을 올리시오."
"찬의는 각 실 초헌관을 인도하여 먼저 섰던 자리로 내려가시오."
"「보태평」춤은 물리고「정대업」춤을 올리시오."

여기서 팔일무가「보태평」에서「정대업」으로 바뀐 것은 아헌례와 종
헌례 때「정대업」을 연주하기 때문이다.
아헌례는 왕세자가 올리는 두번째 헌례이고 종헌례는 영의정이 올리
는 마지막 헌례인데 순서는 초헌례와 똑같다. 다만 축문이 없고, 음악과
춤이「정대업」으로 바뀐다.

음복례와 망료례

종헌례가 끝나면 제례는 이제 마무리 단계로 들어가 조상께 바친 제수를 후손들이 함께 나누는 음복례로 이어진다.

음복례는 제1실 초헌관, 즉 왕이 음복할 위치로 나아가 술잔에 술을 받아 마시고, 도마〔俎〕에 얹힌 고기를 먹는 의식으로 진행된다. 초헌관의 음복이 끝나면 모든 헌관과 제관들이 국궁사배하고 흥평신한 뒤 변(籩, 대오리를 결어 만든 과실을 담는 제기)과 두(豆, 제사 때 쓰는 목제 식기)를 거둔다.

이때 등가에서는 「옹안(雍安)」이라는 음악을 연주하고 이 곡이 끝나면 헌가에서 「흥안(興安)」이라는 음악을 연주한다. 이 두 곡은 연회 때 연주되는 진찬곡(進饌曲)이다. 음악이 끝나면 제관과 참반원 전원이 국궁사배하고 대축관이 독을 덮고 신주를 모셔들이면서 끝난다.

음복례가 끝나면 초헌관이 망료위(望燎位)로 나아가 망료례를 행한다. 망료란 '불태우는 것을 바라본다'는 뜻이다. 『국조오례의』에서는 망예(望瘞)라 하여 '묻는 것을 바라본다'고 했는데 영조 33년(1757)에 묻는 것을 태우는 것으로 바꾸었다.

망료례는 각 실에서 모아 온 축문과 폐백을 받들어 망료위에서 태우는 것으로 끝난다. 그리고 모든 집사가 배위(拜位, 절하는 곳)로 내려가서 국궁사배하면 찬의가 예필(禮畢)을 알림으로써 긴 종묘제례는 끝난다.

이건용의 「전폐희문」

제례가 진행되는 동안 이어지는 종묘제례악에 대해서 말하자면, 클래식, 팝송 등의 서양음악이나 대중가요에 익숙한 나에게는 낯설다고 해야겠는데, 정서적으로는 그렇지가 않다. 어찌 들으면 멋있기도 하고 지루

| 제례 진행 과정들 | 1. 입실을 기다리는 제관 2. 신위 앞에 진설된 제상 3. 신위마다 잔을 올리는 장면 4. 잔에 술을 담는 장면 5. 축문을 받들어 모시는 장면 6. 제례가 끝난 뒤 축문을 태우는 장면

하기도 하고 신기하기도 하다. 이걸 어떻게 설명해야 할까.

고민 끝에 나의 미학적 친구라고 소개하고 싶은 작곡가 이건용의 도움을 빌리기로 했다. 그가 신문에 기고하는 음악 칼럼 중 근래에 쓴 「알토들의 존재감」 「불협화음의 윤리」 같은 글을 읽으면 '아, 음악의 문법이라는 것이 그런 것이었구나'라는 깨달음이 인다. 마치 텔레비전에서「동물의 세계」를 보다가 '아, 저래서 사자가 꿈쩍도 않는 거구나' 하고 신비가 풀리는 것만 같다.

그래서 이건용에게 종묘제례악을 어떻게 느끼고 이해하고 있느냐고 물었더니 옛날에「전폐희문(奠幣熙文)」(이건용『민족음악의 지평』, 한길사 1986)이라는 글을 쓴 적이 있다는 것이었다.

「전폐희문」은 신관례와 초헌례 사이에 신에게 예물을 올리는 전폐례(奠幣禮) 때 연주되는「희문(熙文)」이라는 곡으로 종묘제례악 무대 공연에서 가장 많이 연주되는 곡이다.「보태평」11곡 중 첫번째 곡인데 템포가 대단히 느리다. 이 곡의 악장(樂章)은 조상들이 폐백을 받고 기뻐하기를 바라는 마음을 담은 한자 20자로 되어 있다.

이건용은 이「전폐희문」을 들어보고 처음으로 우리 고전음악에는 서양음악에서 경험할 수 없는 독특한 음악 세계가 있음을 알았다고 했다. 하지만 아직은 무어라 정확하게 말할 수가 없다며 이렇게 끝맺었다.

(서양음악의 기준에서 볼 때)「전폐희문」은 작곡가가 없는 음악이다. 물론 개성도 없다. 뚜렷이 전해오는 메시지도 없다. 대조도 반복도 없다. 구축되지도 않는다. 구성의 견고함 내지는 치밀함도 없다. 선율이 없다고는 할 수 없으나 그것은 흘러가지도 연결되지도, 선후관계가 필연적이지도 않다. 화성 물론 없다. 긴장이 없으므로 이완되는 부분도 없다. 그저 밋밋하다. 꼭 그렇게 시작해서 꼭 그렇게 끝나야 할 이유가 없다. 그런데 이 곡은 바로 '그래서' 좋다.

그리고 이건용은 아직은 '…가 아니니까'라고 부정함으로써 그 가치를 표현하고 있지만, 이러한 부정이 계속 세련되어 언젠가는 긍정적으로

'그래서'가 명확히 무엇인지를 말할 수 있게 되기를 기대한다고 했다. 이 건용의 이 솔직한 감상이 음악뿐만 아니라 우리 전통문화 전반이 갖고 있는 딜레마이고 숙제이며 희망이다.

종묘제례 전통의 부활

조선왕조의 종묘제례가 왕조가 끝난 뒤에도 오늘날까지 이어지고 있는 것은 거의 기적에 가깝다. 같은 유교문화권에 있는 중국, 대만, 일본, 베트남 모두 종묘제례의 맥이 끊어져 우리에게 배워가고 있다. 전통을 존중하는 마음과 노력이 없으면 이어질 수 없는 우리 민족의 저력이다.

1910년 조선왕조가 끝나고 일제강점기로 들어가면서 종묘제례도 막을 내렸다. 다만 대한제국 황실 사무를 담당하던 이왕직(李王職)이 향화(香火)를 올리는 것으로 제례를 대신했다. 8·15해방 뒤에는 정국의 혼란과 한국전쟁으로 향화마저 못했다. 외침보다 더 무서운 것이 내란임을 말해주는 대목이다.

그러다 1969년 전주 이씨 대동종약원이 주관하여 다시 제향을 행하기 시작했다. 그후 종묘제례는 우리가 간직할 소중한 무형문화재라는 인식이 생기면서 대동종약원에서 종묘대제 봉향위원회를 구성하고 정부(문화재청)에서 이를 지원하여 1975년부터 매년 5월 첫째 일요일과 11월 첫째 토요일, 봄가을로 제례를 치르고 있다.

종묘제례악으로 말할 것 같으면 워낙 중요한 문화유산이어서 종묘제례와 별도로 국가무형문화재 제1호로 지정되었고, 종묘제례와 함께 유네스코 무형유산으로 등재되었다.

종묘제례악은 조선 말기까지 장악원(掌樂院)의 악사들에 의해 연주되었고 일제강점기에는 성경린(成慶麟, 1911~2008)을 비롯한 구황궁아악부

(舊皇宮雅樂部) 악사들에 의해 계승되었다. 나는 이분들이야말로 문화보국의 애국자라고 생각한다. 오늘날 종묘제례악은 국립국악원 악사들에게 전승되어 「보태평」과 「정대업」이 영원히 이어지게 되었다.

종묘제례 관람석 설치

1970년대에만 해도 종묘제례 참관인은 월대 위로 올라가 악사와 팔일무 자리만 비워두고 제례 과정을 구경했다. 5월의 따가운 햇살을 종이모자 하나로 가렸고, 앞쪽에 쭈그려앉은 사람들은 뒤쪽에 서서 참관하는 사람들 때문에 일어서지도 못했다. 한번 들어가 앉으면 밖으로 나오기도 힘들었다. 그래도 불평하는 사람은 없었다.

종묘제례 참관은 2007년 5월 유네스코 관계자들을 초청하면서 전기를 맞게 되었다. 세계에 많은 신전이 있지만 신전 건축과 거기서 행해지는 의식 모두가 세계유산에 등재된 것은 아주 드문 예이기에, 우리로서는 자랑할 만하고 그들로서는 보고 싶었던 것이다. 이때 처음으로 월대 주위에 가설 관람대를 설치하여 참관석을 마련했고 그 다음번 춘향대제부터는 아예 2200석 규모의 객석을 마련하고 있다.

제례가 끝난 뒤에는 참관인들에게 신실을 개방하여 준소에 차려진 제상도 볼 수 있게 했다. 덕분에 이때 공식적으로 신실을 보고 제수의 성대함과 제기의 정중한 아름다움을 만끽할 수 있다. 제상은 태조, 태종, 세종 세 위(位)만 실제로 차리고 나머지 분들은 술만 올린다.

2007년 종묘제례에 참관한 유네스코 관계자들은 한결같이 장중한 제례에 감동했다. 당시 나는 유네스코 무형문화재 분과 위원장에게 두 시간이 넘으니 지루하지 않았느냐고 물었다. 그러자 그는 절대로 그렇지 않았다면서 음악과 춤이 함께 진행되는 프로세스가 환상적이었으며 서

| 종묘제례를 바라보는 관람객들 | 1970년대에만 해도 종묘제례 참관인은 월대 위로 올라가 악사와 팔일무 자리만 비워두고 제례 과정을 구경했다. 한번 들어가면 밖으로 나오기도 힘들었다.

양에 그레고리언 찬트가 있다면 동양엔 종묘제례가 있다고 칭송했다.

베트남 문화부 차관은 베트남에도 편경이 있는데 이를 다룰 줄 아는 사람이 없어 연주는 여기서 처음 보았다며 연수원을 파견하고 싶다고 했다. 그뒤 베트남 악사가 편경 연수차 우리나라에 들어와 6개월간 머물며 배워갔다.

향대청과 재궁

이제 종묘의 부속 건물을 답사할 차례가 되었다. 평일에 종묘를 찾아가면 안내원들은 아마도 제일 먼저 향대청으로 안내할 것이다. 향대청은

|**궤(簋)**| 메조와 차조를 담는 제기

|**보(簠)**| 쌀을 담는 제기

종묘제례 때 쓰는 향(香), 축(祝), 폐(幣)를 보관하는 장소이자 제향에 나갈 제관들이 제복으로 갈아입고 대기하던 곳이다.

종묘제례의 소임을 맡은 제관들은 제사 7일 전, 의정부에 모여 제례의 규율을 지킬 것을 다짐한다. 이를 재계라 한다. 그날부터 4일간은 산재(散齋), 3일간은 치재(致齋)를 행하는데, 산재 기간에 왕과 백관들은 집무를 보지만 형벌과 관계된 문서는 처리하지 않는다. 귀로는 음란한 말이나 저속한 음악을 듣지 않고, 눈으로는 악한 것을 보지 않고, 입으로는 술을 마시지 않고 마늘, 파 등 매운 음식을 먹지 않으며, 문상이나 병문안을 하지 않고, 여자를 가까이 하지 않는다.

치재 기간 동안 모든 제관은 목욕재계하고 공사 업무를 다 그만두며 향대청에 모여 오직 제향과 관련된 일만 한다. 이 기간에는 음악을 연주하는 악사와 춤을 추는 일무원들도 재계하고 예조에 머물면서 의정부에서 예행연습을 한다.

|등(鐙)| 간을 하지 않은 국을 담는 제기

|형(鉶)| 간을 한 국을 담는 제기

|작(爵)| 술잔

향대청 앞에는 좌우로 긴 행각이 배치되어 있어 남북으로 긴 뜰이 만들어지고, 남쪽으로는 망묘루(望廟樓)의 넓은 누마루가 바깥쪽으로 열려 있다. 망묘루는 임금이 휴식을 취하던 공간으로, 여기서 망묘(望廟)란 사당을 바라보며 선왕과 종묘사직을 생각한다는 뜻이다.

세종 25년(1443) 망묘루 옆에 사각의 연못이 조성되었다. 연못 가운데에는 둥근 섬이 하나 있는데 이는 하늘은 둥글고 땅은 평평하다는 옛 사상에 의한 것이다. 대부분의 궁궐 연못에는 소나무가 심겨 있으나 여기에는 향나무가 심겨 있는 것이 특징이다.

향대청 한쪽에는 고려 공민왕과 왕비인 노국대장공주의 신위를 모신 공민왕신당(恭愍王神堂)이 있다. 이는 태조가 종묘를 지을 때 전 왕조 고려에 대한 예의 차원에서 마련한 것이다.

이어서 안내원은 재궁(齋宮)으로 이동하면서 종묘와 종묘제례를 설명할 것이다. 재궁은 임금이 제사 때 머무는 곳으로 어숙실(御肅室) 또

| 종묘의 건물과 연못 | 1. 재궁 2. 향대청 3. 중연지 4. 망묘루

는 어재실(御齋室)이라고도 한다. 왕은 향사 하루 전날에 종묘의 재궁에 머문다. 어숙실 일곽은 담으로 둘려 있고, 북·동·서쪽에 건물이 배치되어 있다. 북쪽 건물은 어재실, 동쪽은 세자재실, 서쪽은 어목욕청이다.

전사청

이어서 정전 건물과 맞붙은 전사청으로 이동하게 된다. 전사청은 종묘제례에 쓰는 제수의 진찬을 준비하던 곳이다. 진설(陳設)과 성생기(省牲器)가 여기서 행해진다.

진설은 제사 3일 전에 향사에 필요한 각종 물품과 시설을 제자리에 놓는 것을 말한다. 제물은 삼생(三牲)·이갱(二羹)·서직도량(黍稷稻梁)·이제(二齊)·삼주(三酒)·육과(六果)·육병(六餠)·이포(二脯)·사해(四醢)·사

86

조율료(四俎率膋)·모혈(毛血) 등을 쓴다. 제수를 담는 제기는 63기이다.

이것을 34개 신실마다 진설하기 때문에 제수용 제기만 무려 2,142개가 필요하다. 여기에 술 주전자, 술잔, 퇴주 그릇, 향로, 촛대, 집사관이 손을 씻는 대야인 관세(盥洗) 등이 동반되어 종묘제례 때 사용되는 제기는 거의 3천 개에 이른다.

성생기는 제향에 쓰일 제물을 살피는 절차다. 제물 중 가장 중요한 것은 소, 양, 돼지 등 3생(三牲)이다. 제사에 통째로 바치는 고기를 희생(犧牲)이라고 한다. 그래서 살필 성(省), 희생 생(牲) 자를 쓴다.

본래 왕가의 희생으로는 소, 양, 돼지 3생을 쓰고, 사대부는 양과 돼지 2생을 쓰며, 민가에서는 돼지 하나만 쓴다. 그래서 지금도 민간의 제사 때 돼지머리를 바치는 전통이 남아 있다. 이때 칼을 쓰는 재인(宰人)은 난도(鸞刀)로 희생을 잡아 다진다.

제사 하루 전날 종헌관(대개는 영의정)과 축문을 읽는 대축(大祝)은 전사청에 가서 희생들이 청결한지 살핀다. 대축은 희생의 털, 피, 간, 창자 사이의 기름 등을 그릇에 담아두고 간은 울창주로 씻어 놓는다. 희생을 삶아 익힌 후 나머지 털과 피는 제사가 끝난 뒤 묻는다.

전사청 건물은 뜰을 가운데 두고 그 주위에 미음 자형으로 건물을 배치했으며, 동쪽에는 우물이 있다. 제사 공간이기 때문에 정원을 가꾸지 않았지만 전사청 앞에 있는 늙은 감나무 한 그루가 차가운 분위기에 온기를 불어넣고 있다.

정전, 영녕전, 악공청

종묘 안내원은 다음으로 전사청 곁으로 나 있는 정전의 동쪽 곁문을 통하여 정전으로 안내할 것이다. 종묘에 처음 온 관람객들은 이곳에서

| **전사청 마당의 감나무** | 전사청은 종묘제례에 쓰는 제수의 진찬을 준비하던 공간으로, 제사 공간이기 때문에 정원을 가꾸지 않았다. 그 대신 늙은 감나무 한 그루가 차가운 분위기에 온기를 불어넣고 있다.

넓은 월대를 바라본 순간 절로 탄성을 지르며 이 고요의 공간에 빨려들게 된다. 월대를 돌아 신문 앞에서 다시 정전을 바라보면 그 순간을 위해 종묘에 왔음을 실감하게 된다. 길게 뻗은 낮은 지붕과 한없이 이어지는 열주의 행렬, 그리고 가슴 높이에서 펼쳐지는 침묵의 월대.

정전 서쪽 곁문으로 돌아 영녕전으로 가면 가운데 4칸이 돌출되어 있어 정전 못지않게 장중하지만 건축에 표정이 있다는 인상을 받는다. 침묵의 강도는 낮은 대신 신들의 속삭임 같은 것을 느끼게 된다. 정전에 단순성의 힘이 있다면 영녕전에는 변화가 주는 편안함이 있다. 이로써 종묘 답사는 마무리된다.

밖으로 나가는 길에 정전과 영녕전 바깥쪽에 따로 마련된 악사와 일무원의 공간인 악공청을 보면 종묘제례에서 음악과 춤이 차지하는 비중이 얼마나 큰지 실감할 것이다. 현재는 한 채의 건물만 남아 있고 이 또

| 신도 | 검은 전돌 6장 폭의 좁은 신도가 향대청에서 정전까지 길게 뻗어 있다.

한 개조된 것이어서 원형은 알 수 없다. 다만 기둥을 깎은 기법이 특이한데 대부분 육모 기둥을 썼다. 기둥머리가 건물 꼭대기의 마룻보를 떠받치게 한 결구와 건물 규모가 큰 데도 처마 서까래만 걸어 꾸민 홑처마를 쓴 점 등이 인상적이다.

신도를 따라 걸으며

그러나 종묘 건축의 참된 가치를 느끼려면 토요일 자유 관람을 해야한다. 제례를 위한 부속 건물인 향대청, 재궁, 전사청은 곁에 두고 신도(神道)를 따라 정전으로 곧장 들어가야 종묘의 깊은 맛을 느낄 수 있다. 프랭크 게리가 자유 관람을 허락받았을 때 아내의 손을 잡고 정전으로 곧장 들어간 이유도 여기에 있다.

| **악공청** | 악사와 일무원의 공간인 악공청을 보면 종묘제례에서 음악과 춤이 차지하는 비중이 얼마나 큰지 실감한다.

검은 전돌 여섯 장 폭의 좁은 신도가 정전을 향하여 길게 뻗어 있다. 주위엔 키 큰 나무들이 도열하여 마치 깊고 울창한 숲속으로 들어가는 듯한 엄숙함을 자아낸다. 신도는 3단으로 이루어져 가운데 약간 높은 길은 신향로(神香路)이고, 동측은 왕이 걷는 어로(御路), 서측은 세자가 걷는 세자로(世子路)이다.

신도를 따라가다보면 재궁과 전사청 앞에서 옆으로 꺾고 정전을 앞에 두고는 왼쪽으로 돌아 신문 앞에서 다시 정전을 향해 곧게 나아가게 된다. 월대 위에는 오직 신도만이 뻗어 있다. 제례에 따라 잠시 머무는 길 곳곳에는 전돌을 정방형으로 짜맞춘 판위(版位)가 있다. 신이 쉬어가는 곳이다.

한국예술종합학교 김봉렬(金奉烈) 교수는 『한국건축의 재발견』(이상건축 1999)에서 이러한 종묘의 신도를 '선(線)의 건축'이라고 불렀다.

| **종묘 산책** |　종묘 건축의 참된 가치를 느끼려면 토요일 자유 관람을 해야 한다. 신도를 따라 정전으로 곧장 들어가야 종묘의 깊은 맛을 느낄 수 있다.

　　종묘의 길들은 걷기 위한 것이 아니라 멈추기 위한 것이고, 곧게 뻗기 보다는 꺾이고 갈라지면서 호흡을 조절한다. 너무 빨라지면 걸음을 멈추도록 제어하며 멈추어 서면 다시 움직임을 유도하는 길들이 계속된다. 엄숙한 건물들이 침묵을 지키고 있는 가운데 마치 길들만이 살아서 움직이는 것 같다. 종묘의 길들은 그 자체가 건축적 질서이며 의례이고 움직임이며 행위가 된다.

　　신이 가고 제왕이 걷는 길이라면 폭이 넓고 곧게 뻗어 위풍당당하리라 생각하기 쉽지만 종묘의 신도는 폭도 좁고 바닥은 거칠며 중간에 꺾여 들어간다. 종묘의 신도는 정전의 건축과 일체를 이루는 디자인이며, 가무악으로 이루어진 제례의식의 경건하지만 위압적이지 않은 길례(吉禮)의 분위기를 간접적으로 반영한 것이다. 정전과 제례악 못지않게 위대한 것이 종묘의 길이다.

  내가 종묘 답사는 늦가을 토요일 오후나 눈 내린 겨울 아침에 자유 관람으로 하라고 권하는 것은 그래야만 이 길의 의미를 느낄 수 있기 때문이다.

제2부

창덕궁

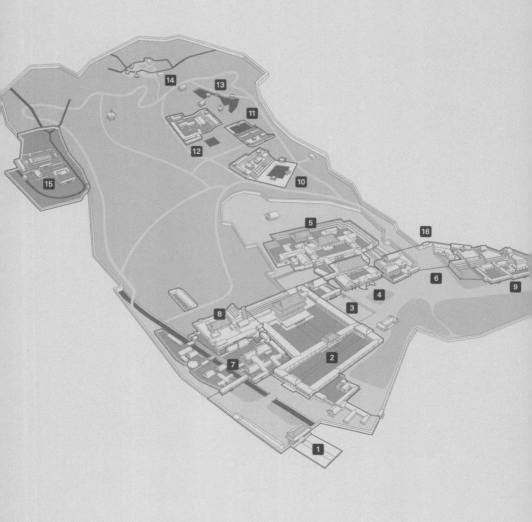

1 돈화문 2 인정전 3 선정전 4 희정당 5 대조전 6 성정각 7 궐내각사 8 구선원전 9 낙선재 10 부용지와 주합루 11 애련지와 의두합 12 연경당 13 존덕정 14 옥류천 15 신선원전 16 함양문

인간적 체취가 살아 있는 궁궐

궁궐의 도시, 서울 / 5대 궁궐 / 경복궁과 창덕궁 /
「동궐도」 / 돈화문 / 내병조와 '찬수개화' / 금천교 /
인정전 / '검이불루 화이불치'

서울의 상징, '5대 궁궐'

근래에 관광자원으로서 문화유산의 가치가 크게 부상하고 있다. 연간 외국인 관광객 1천만 명을 넘고 보니 이들이 국내에 들어와서 먹고 자고 물건 사면서 소비하는 관광사업이 지역경제에 미치는 영향이 적지 않다. 재작년(2015)에는 메르스 사태로 관광객이 줄었고, 올해(2017)는 사드 배치 문제로 중국의 유커들이 들어오지 않으면서 이를 절실히 경험하고 있다. 그래서 정부는 정부대로 각 지자체는 지자체대로 '역사의 향기가 있다' '청정구역이다' '먹거리가 풍부하다'며 관광객을 부른다. 그중 역시 빼놓을 수 없는 것이 볼거리로서 문화유산을 내세우는 것이다.

그러나 우리는 아직도 대한민국 수도 서울의 문화유산이 가진 매력을 이방인들에게 설득력 있게 전달하지 못하는 것 같다. 내수용일 때는 애국심에 호소할 수 있지만 수출용에서는 오로지 뛰어난 품질과 멋진 디자인, 홍보 전략으로 승부를 걸어야 한다. 그러니 중요한 것은 이런저런 설명이 아니라 임팩트 있는 캐치프레이즈 한 구절이다.

이런 것을 찾아내는 노력 자체는 행정 당국의 일이지만 그 해답을 제시하는 것은 인문·사회학자들의 일이다. 2015년 9월, 광복 70주년을 기념하여 서울역사편찬원에서 개최한 심포지엄은 이 문제의 답을 얻기 위해 마련된 자리였다. 이때 나와 함께 패널로 참석한 사회학자 김호기 교수는 종합토론에서 나에게 "역사도시로서 서울의 이미지를 단적으로 보여주는 상징적인 문화유산 하나를 고르라면 무엇을 선택하겠느냐"고 물어왔다.

잠시 뜨끔했다. 이것이 무엇이냐에 따라 서울의 역사·문화적 이미지를 다르게 펼쳐나갈 수 있음을 염두에 둔 질문이었다. 사실 경복궁, 창덕궁, 종묘, 한양도성 등은 하나하나가 다 뛰어난 문화유산임에 틀림없지만 어느 것도 전체를 상징하기엔 부족하다고 생각해왔다. 그래도 건축적으로 가장 높은 평가를 받는 것은 종묘이기에 "아무래도 종묘겠지요"라고 답하고 말았다.

그렇게 대충 지나가기는 했지만 아무리 생각해도 내 답변에 부족함이 있다는 생각을 지울 수 없었다. 종묘에는 북경의 자금성, 아테네의 파르테논 신전, 파리의 개선문, 베를린의 브란덴부르크 문 등에 비견할 만한 임팩트가 없는 듯싶기 때문이다. 그후 이 질문은 내 머릿속에서 떠나지 않았다. 그리고 답사기 서울편을 쓰기 시작하면서 이 질문이 나를 더욱 옥죄어왔다. 그러다 진작 썼던 일본 답사기를 되새겨보고, 답사기 취재차 중국을 자주 드나들면서 문득 떠오른 생각이 있었다. 한 도시의 상징적 문화유산이란 꼭 하나의 유적으로 대표되는 것은 아니라는 사실이다.

이를테면 동아시아의 역사도시 중 일본의 교토(京都)는 '사찰의 도시'

로, 중국의 소주(蘇州, 쑤저우)는 '정원의 도시'로 명성이 높다. 교토는 유네스코 세계유산에 14개의 사찰과 3개의 신사를 묶어서 등재했고, 중국의 소주는 9개의 정원을 동시에 등재하여 확고한 도시 이미지를 구축했다.

이런 관점에서 본다면, 서울은 '궁궐의 도시'다. 세계 어느 나라든 한 시대의 수도였던 왕도(王都)의 상징물은 궁궐이다. 그리고 조선 500년의 수도였던 서울에는 경복궁·창덕궁·창경궁·덕수궁·경희궁 등 자그마치 5개의 궁궐이 있다.

세계 어느 역사도시에도 한 도성 안에 법궁이 5개나 있는 곳은 없다. 서양에 팰리스(palace), 팔레(palais)라는 이름이 붙은 건물이 많다지만 이는 왕이 통치하는 궁궐이 아니라 왕가의 집인 경우가 많다. 서울의 운현궁·남별궁·연희궁·육상궁·경모궁 등과 비슷한 곳들이다.

문화재청장 재직 시절 덴마크 여왕, 스웨덴 국왕, 중국의 원자바오 총리가 방한했다. 이들은 모두 창덕궁과 경복궁을 참관하면서 서울 시내에 이런 고궁이 5개나 있다는 사실에 놀라움을 표하며 그 내력에 대해 묻곤 했다.

서울의 궁궐 중 창덕궁은 1997년 우리나라 궁궐 가운데 처음으로 유네스코 세계유산에 등재되었다. 그러나 진즉 이런 생각을 했다면! 그때 서울의 5대 궁궐을 한꺼번에 등재했어야 했다는 아쉬움과 후회가 일어난다. 사실 지금도 늦지 않았다. 유네스코 세계유산 규정엔 '영역의 확대'라는 것이 있다. 아니면 개별 추가 등재로 서울의 5대 궁궐을 모두 등재하도록 노력해볼 만하다. 개인적으론 그냥 '궁궐의 도시'보다는 '5대 궁궐의 도시'라고 하는 편이 훨씬 더 매력적으로 다가온다. 그러기 위해서는 우선 우리부터 서울의 5대 궁궐에 대해 더 잘 알아야 하고 이를 마음으로 동의하며 자랑할 수 있어야 한다.

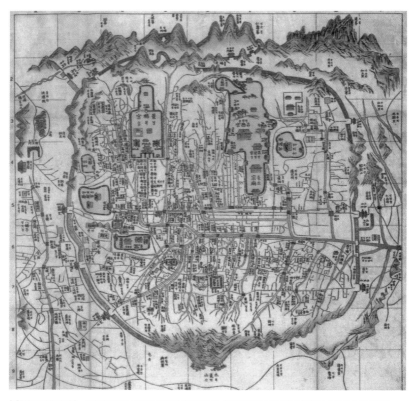

| **한양의 5대 궁궐** | 서울에 5개의 궁궐이 생기게 된 내력에는 조선왕조 500년 역사의 빛과 그림자가 서려 있다.

조선왕조 5대 궁궐의 내력

서울에 5개의 궁궐이 생기게 된 내력에는 조선왕조 500년 역사의 빛과 그림자가 서려 있다. 1392년 개성 수창궁에서 건국한 조선은 2년이 지난 1394년에 한양으로 천도하면서 경복궁을 지었다. 그래서 경복궁은 조선의 법궁(法宮) 지위를 갖고 있다.

그러나 천도 후 얼마 안 되어 벌어진 제1차 왕자의 난으로 왕이 된 정종은 수도를 다시 개성으로 옮겼다. 그러다가 제2차 왕자의 난을 일으켜 왕권을 차지한 태종이 1405년 한양으로 환도하면서 새로 창덕궁을 지었다. 태종으로서는 나쁜 기억이 남은 경복궁을 피하고 싶었을 것이다.

이후 태종은 창덕궁에 기거하며 정사를 보고 경복궁은 외교 의전과 국가 의례를 행할 때 사용했다. 따라서 새로 지은 창덕궁은 별궁(別宮)이 아니라 또 하나의 정궁(正宮)이 되어 양궐(兩闕) 시스템이 갖추어졌다. 명지대 홍순민 교수는 이를 역사적으로 '법궁-이궁(離宮) 양궐 체제'라고 했다. 왕조로서는 유사시에 대비하여 별도의 궁궐을 갖출 필요가 있었기 때문에 '양궐 체제'는 조선 말기까지 유지되었다.

궁궐은 임금이 정무를 보는 곳인 동시에 왕과 왕의 직계존속들이 생활하는 공간이기도 하다. 여기에는 상왕(上王)으로 물러난 왕의 아버지, 생존해 있는 왕의 할머니와 어머니, 그리고 왕의 비빈 등이 포함됐다. 그 때문에 계속 궁궐 규모를 확장하거나 별궁을 지어야 했다. 그로 인해 창경궁이 생겼다.

세종은 즉위하면서 상왕인 태종을 모시기 위하여 창덕궁 곁에 수강궁(壽康宮)을 지었다. 그후 성종이 재위 14년(1483)에 수강궁을 중건하고 이름을 창경궁이라 했다. 무려 세 분의 대비(大妃)를 모시게 되었기 때문이다. 생어머니 소혜왕후 한씨(덕종 비), 할머니인 정희왕후 윤씨(세조 비), 작은 어머니인 안순왕후 한씨(예종 계비) 등이 그들이다. 창경궁은 창덕궁과 담을 맞대고 있어 둘을 합쳐서 동궐(東闕)이라 불렀다.

1592년 임진왜란이 일어나면서 경복궁·창덕궁·창경궁 모두가 소실되었다. 피란지에서 돌아온 선조는 월산대군의 옛 사저를 행궁으로 삼았다. 훗날 이 행궁을 경운궁(훗날의 덕수궁)이라 했고, 선조가 지내던 건물을 석어당(昔御堂)이라고 이름 지었다. 선조 때 시작된 창덕궁 복원은 뒤이은 광해군 때에 완료되었고, 광해군이 이어(移御)함으로써 창덕궁이 법궁의 역할을 하게 되었다. 경복궁은 흥선대원군이 복원할 때까지 270여 년간 폐허로 남겨졌다.

광해군은 본래 선조가 지내던 경운궁을 이궁으로 삼으려다가 마음이 변하여 인왕산 밑에 인경궁 공사를 벌였고, 또 그 남쪽에 경덕궁(훗날의 경희궁)을 짓기 시작했으나 어느 것도 완공을 보지 못하고 1623년 인조반정으로 퇴위당했다.

인조반정과 그 이듬해 벌어진 이괄(李适)의 난으로 창덕궁이 불타버렸기 때문에 인조는 한동안 경덕궁에서 정사를 보았으며 창덕궁이 복원되어 이어한 뒤에 경덕궁을 이궁으로 삼았다. 궁궐의 규모가 꽤 컸던 경덕궁은 동궐에 대비해 서궐(西闕)이라고 불렸고, 여러 왕들이 여기에 머물렀으며 왕의 즉위식이 열리기도 했다. 영조는 재위 36년(1760) 경덕궁의 이름을 경희궁으로 바꾸었다.

1867년 흥선대원군이 경복궁을 복원하고 이듬해 고종이 경복궁으로 이어함으로써 서울엔 경복궁·창덕궁·창경궁·경희궁 4개의 궁궐이 있게 되었다. 당시 각 궁궐엔 왕족들이 기거하는 공간이 건재했다.

1895년 명성황후 시해 사건 뒤 러시아 공사관으로 피신해 있던 고종은 1년 뒤 환어하면서 경복궁이 아니라 선조가 머물던 경운궁을 법궁으로 삼아 옮겼다. 이후 고종은 1897년 대한제국을 선포하고 경운궁에 석조전을 비롯한 많은 서양식 건물을 새로 지으며 근대적 궁궐로서 황궁의 면모를 갖추었다.

그러나 헤이그 특사 사건을 빌미로 일제에 의해 강제 퇴위당한 고종은 상황으로 물러나고 뒤를 이은 순종은 1907년 창덕궁으로 옮겨갔다. 고종황제가 머무른 경운궁은 고종의 장수를 빈다는 의미에서 덕수궁이라 불리게 되었다. 이리하여 덕수궁까지 서울에 5대 궁궐이 자리잡게 된 것이다.

5대 궁궐은 일제강점기를 거치면서 어느 하나 피해를 입지 않은 것이

| **창덕궁 전경** | 서울은 '궁궐의 도시'라고 불리기에 전혀 부족함이 없다. 그중에서도 조선 궁궐의 멋을 한껏 자랑할 수 있는 것은 역시 창덕궁이다.

없었다. 경복궁엔 조선총독부가 들어섰고, 창경궁은 식물원·동물원이 되었으며, 경희궁엔 일본인 중학교인 경성중학교(훗날의 서울중·고등학교)가 들어서면서 완전히 훼철되었고, 덕수궁은 공원으로 개조되었다.

　그러나 조선왕조 5대 궁궐은 그 기본 골격이 워낙에 튼실하여 근래 들어 복원에 복원을 거듭하면서 궁궐의 멋과 품위를 어느 정도 회복해가고 있다. 그러므로 서울을 '궁궐의 도시'라고 불러도 조금도 부족함이 없다. 그중에서도 조선 궁궐의 멋을 한껏 자랑할 수 있는 것은 역시 창덕궁이다.

왕자의 난과 창덕궁 창건 과정

서울의 5대 궁궐 중 으뜸은 역시 국초와 왕조 말기의 법궁이었던 경복궁이라는 데 아무 이론이 없을 것이다. 그런데 조선의 역대 임금들은 경복궁보다 창덕궁을 더 좋아하여 여기에 기거하기를 원했고 실제로 더 많이 살았다. 임진왜란으로 두 궁궐이 모두 소실되었을 때도 경복궁이 아니라 창덕궁을 먼저 복원했다. 오늘날 외국인 관광객들도 경복궁보다 창덕궁을 훨씬 더 좋아한다. 그 이유가 무엇일까?

경복궁보다 창덕궁에서 더 편안함을 느낄 수 있기 때문이다. 경복궁이 권위적이라면 창덕궁은 인간적인 분위기가 짙다. 창덕궁이 경복궁과 이렇게 차별화된 건축 양식을 갖게 된 이유는 그 창건 과정에 잘 드러나 있다.

1392년 개국한 조선은 한창 국가의 틀을 다져가던 중 왕위 계승을 둘러싼 왕자들과 개국공신들의 갈등을 맞았다. 태조에게는 8명의 왕자가 있었다. 무명 장수 시절에 고향에서 처로 맞이한 한씨(신의왕후)와의 사이에서 방우(芳雨)·방과(芳果)·방의(芳毅)·방간(芳幹)·방원(芳遠)·방연(芳衍) 6남을 두었고, 개경에서 새 아내로 맞이하여 조선 개국에 막대한 내조를 했던 강씨(신덕왕후)와의 사이에서 방번(芳蕃)·방석(芳碩) 2남을 두었는데, 강씨가 정비가 되는 바람에 세자 책봉에서 정도전을 비롯한 개국공신들은 막내인 강씨 소생의 방석을 후계자로 꼽았다. 이 과정에서 한씨 소생 왕자들이 소외되었을 뿐만 아니라 대신들의 권력이 강화되고 왕권이 약화되었다. 이에 다섯째 방원이 세자로 책봉된 방석과 정도전을 살해하는 난을 일으켰다. 이것이 태조 7년(1398)의 제1차 왕자의 난이다.

정권을 거머쥔 이방원은 큰형이 죽고 사실상 첫째 역할을 하던 둘째 형 방과를 왕(정종)으로 추대하고 실권을 쥐었다. 유약한 성격의 정종은 무섭기도 하여 서울의 지세가 좋지 않다며 수도를 다시 개성으로 옮겼다. 그런데 정종 2년(1400)에 또 후계자 선정을 두고 알력이 일어났다. 정종에게는 정비 소생이 없어 한씨 소생의 방간과 방원이 후계자의 지위를 놓고 무력충돌을 벌였다. 결국 이방원이 이겨 세자로 책봉되었고 그해 11월 방원은 마침내 왕위를 물려받아 태종이 되었다.

왕위에 오른 태종은 재위 5년(1405) 다시 한양으로 천도하기 위해 새로 창덕궁을 짓기로 마음먹었다. 이때 대신들은 경복궁을 그대로 사용하자며 창덕궁 건립을 반대했으나 태종은 끝내 받아들이지 않고 강행했다. 그때 그렇게 무리해서 창덕궁을 건립하고자 했던 속내를, 태종은 훗날 신하들 앞에서 이렇게 털어놓았다.

내가 태조께서 개창하신 뜻을 알고, 또 풍수지리의 설이라는 것에 괴이한 점이 있는 것도 알기는 하지만, 술자(術者)가 '경복궁은 음양의 형세에 합하지 않는다'고 하는 것을 들은 이상 의심이 없을 수 없었다. 또 무인년(1398) 집안의 일(제1차 왕자의 난)은 내가 경들에게 말하기 부끄러운 일이다. 어찌 차마 이곳에 거처할 수 있겠는가?

창덕궁을 새로 지어 환도했으면서도 태종은 경복궁을 수리하고 관리하는 일을 게을리하지 않았다. 그뿐만 아니라 박자청(朴子青)에게 경복궁에 경회루라는 전무후무한 2층 누각의 화려한 대연회장을 짓게 하여 재위 12년(1412)에 완공했다. 이에 대신들이 두 궁궐을 유지하는 것은 국가적 낭비라고 진언하자 태종은 이렇게 대답했다.

내가 어찌 경복궁을 헛것으로 만들고 쓰지 않겠는가? (…) 조정의 사신이 오는 것과 성절(聖節)의 조하(朝賀)하는 일 같은 것은 반드시 이 경복궁에서 하기 위해서 때로 기와를 수리하여 기울고 무너지지

않게 하는 것이다. (『조선왕조실록』 태종 11년(1411) 10월 4일자)

태종의 뜻인즉 국가적 의전과 의례는 경복궁에서 치르고, 창덕궁은 일상 정무를 보고 기거하는 곳으로 삼겠다는 것이었다. 결론적으로 창덕궁은 경복궁이 있다는 전제하에 지은 것이 된다.

돌이켜보건대 경복궁이 창건된 것은 태조 4년(1395)이고 창덕궁이 창건된 것은 태종 5년(1405)이었다. 조선 개국 후 10년 사이에 전혀 다른 성격으로 지어진 두 궁궐은 피비린내 나는 정치적 비극의 소산이었지만 결국 우리 문화유산의 큰 자산이 되었다. 당시 이 엄청난 두 차례의 대역사(大役事)에 동원되어 말할 수 없는 고생을 했던 조상들에게는 미안하지만 당신들의 희생이 헛된 것만은 아니었다는 위로의 말씀을 드리고 싶다.

창덕궁의 원래 모습과 「동궐도」

지난 2005년은 창덕궁 창건 600주년을 맞이하는 해였다. 그 600년 중 언제가 원래 창덕궁의 모습이었다고는 말할 수 없다. 태종 당시 창덕궁의 마스터플랜이 어떠했는지 알려져 있지 않고 현재의 창덕궁은 임진왜란 후 중건된 뒤 400여 년간 증축과 소실, 재건과 화재, 일제의 파괴와 해방 후의 복원을 거쳐 오늘에 이른 것이다.

그리고 창덕궁엔 역대 왕들이 조성한 후원(後苑)이 있다. 금원(禁苑)이라고도 불린 이 후원에는 인조 때 조성된 옥류천, 정조 때 세워진 부용정과 규장각, 순조 때 상류층 양반 가옥을 그대로 구현한 연경당 등이 있고, 내전 한쪽에는 헌종이 생활공간으로 양반집 사랑채를 본떠 지은 낙선재가 있다.

창덕궁의 전성기는 아무래도 19세기 초, 순조 때였던 것 같다. 순조 연간에 창덕궁과 창경궁의 모습을 그린 「동궐도(東闕圖)」(국보 제249호)를 보면 말로만 들어온 구중궁궐이 장대하게 펼쳐진다. 원래 16권의 화첩으로 만들어진 「동궐도」는 천·지·인(天·地·人) 3부가 제작되었을 것으로 추정되는데, 현재는 그중 2부가 남아 고려대에는 화첩 그대로, 동아대에는 16폭 병풍으로 꾸며져 전하고 있다. 높이 2.7미터, 폭 5.8미터의 대작인 이 「동궐도」를 누가 무슨 목적으로 그렸는지에 대한 기록은 전혀 남아 있지 않다. 다만 1828년에 세워진 창덕궁 연경당과 1830년에 화재로 소실된 창경궁의 환경전, 함허정 등이 그려져 있는 것으로 보아 그 사이인 순조 말년에 제작된 것만은 분명히 알 수 있다.

동궐이라 불리던 창덕궁과 창경궁은 조선의 멸망으로 이왕가(李王家)의 집안 유산으로 전락하고 말았다. 더 이상 궁궐이 아니라 그저 왕손들이 거처하는 곳이 되면서 사용하지 않는 건물들이 폐가가 되어 하나둘씩 헐려나갔다. 「동궐도」를 기준으로 볼 때 현재 남아 있는 건물은 전체의 5분의 1 정도밖에 안 된다.

일제는 왕가의 전통을 지우기 위하여 창경궁을 동궐에서 분리하여 동물원·식물원으로 만들고 이름을 창경원이라 바꾸었다. 창덕궁도 후원만 강조하여 관리소 이름을 비원청(祕苑廳)이라고 했다. 이로 인해 두 궁궐은 창덕궁과 창경궁이라는 이름 대신 오랫동안 창경원, 비원이라고 불렸다. 내가 어렸을 때만 해도 창덕궁, 창경궁이라는 이름은 들어보지도 못했고, 국민학교 때는 창경원과 비원으로 소풍을 갔다.

일제강점기에 창덕궁 앞 동네 이름을 지으면서도 남쪽은 비원의 남쪽이라 원남동이라 하고 서쪽은 원서동이라 했다. 지금도 창덕궁 부근에는 '비원칼국수' '비원상회' 같은 이름이 남아 있다. 그래서 나이 든 택시 기사에게 창덕궁으로 가자고 할 때면 발음이 비슷한 창경궁과 구분하느라

| 「**동궐도**」 | 창덕궁과 창경궁의 모습을 1830년 무렵에 그린 「동궐도(東闕圖)」(국보 제249호)를 보면 말로만 들어온 구중궁궐이 장대하게 펼쳐진다. 원래 16권의 화첩으로 만들어진 「동궐도」는 현재 그중 2부가 남아 고려대는 화첩 그대로, 동아대는 16폭 병풍으로 꾸며진 것을 소장하고 있다.

"비원 말이죠"라고 재확인하기도 한다.

비원은 일제가 비하하여 붙인 명칭이니 원래의 이름으로 부르자는 주장이 일어나 공식 명칭이 다시 창덕궁이 되었다. 창덕궁을 비원이라고

부르는 것은 당치 않지만, 창덕궁의 정원은 후원, 금원과 함께 비원이라
고도 불렸으니 '창덕궁 비원'이라는 표현은 얼마든지 가능하다.

돈화문 월대에서 종소리를 기대하며

창덕궁을 제대로 답사할 양이면 창덕궁의 정문인 돈화문 앞 월대(月臺)에서 시작해야 한다. 궁궐의 모든 주요 건물 앞에는 지표에서 높직이 올려쌓은 평편한 대가 있는데 이를 월대라 한다. 달 월(月) 자에 받침 대(臺) 자를 썼으니 그곳에 서면 달빛이 스포트라이트를 비춘 듯 하늘이 열린다는 뜻일 것이다. 언어의 묘미가 물씬 풍기는데 중국에서는 기차역 플랫폼을 월대라 부른다.

이 월대는 건물에 말할 수 없는 품위와 권위를 부여해준다. 월대가 있고 없고에 엄청난 차이가 있다. 같은 궁궐의 대문이지만 창경궁의 홍화문이 크게 주목받지 못하는 이유도 월대가 아주 좁아서 없는 것과 마찬가지이기 때문이다. 건물에 월대가 없다는 것은 요즘으로 치면 영화제에 레드카펫이 없는 것과 같다. 임금과 왕비의 공간인 창덕궁 대조전 건물 앞의 월대를 보면 월대라는 공간의 뜻을 금방 느낄 수 있을 것이다.

월대의 크기는 건물의 규모와 성격에 따라 다른데 창덕궁의 정문인 돈화문 앞 월대는 길이 18미터, 폭 25미터, 높이 1미터로 제법 크고, 옆면이 잘 다듬어진 장대석으로 둘려 있어 번듯하다. 오늘날 월대로 오르는 돌계단이 도로변에 거의 맞닿아 있어서 광화문처럼 멀찍이서 월대 위로 의젓이 서 있는 돈화문의 자태를 볼 수 없고 계단 바로 밑에서 간신히 올려다봐야 한다는 점이 아쉬울 뿐이다. 그러나 이나마도 1995년에 복원된 것으로, 20여 년 전까지만 해도 월대가 땅에 묻혀 있어 돈화문 돌계단 앞까지 아스팔트가 이어져 있었다.

돈화문 앞 월대가 땅에 묻히게 된 것은 1907년 순종황제가 창덕궁으로 거처를 옮기면서 새로 마련한 캐딜락 자동차가 내전까지 들어올 수 있도록 월대를 흙으로 덮어버렸기 때문이다. 그후 1932년 일제가 창덕

| 돈화문 | 창덕궁의 정문은 돈화문이다. 돈화문 앞 월대는 제법 크고, 옆면이 잘 다듬어진 장대석으로 둘려 있어 번 듯하다.

궁과 종묘 사이를 가로질러 원남동으로 넘어가는 길을 돈화문 앞으로 내면서 광장으로서 월대의 옛 모습을 다시는 찾을 수 없게 되었다. 한편 미국 제너럴모터스사에서 제작한 순종황제의 어차는 현재 국립고궁박 물관에 전시되어 있다.

본래 돈화문 앞 월대는 광장의 무대이기도 했다. 유시(諭示) 또는 윤음 (綸音)의 형태로 대국민 성명을 공표할 때면 주무 대신이 월대에서 낭독 했다. 과거시험 합격자의 방(榜)이 여기에 걸렸고, 중국 사신을 위한 축 하 공연으로 산대놀이가 벌어지기도 했다. 기근이 심할 때 백성들에게 곡식을 나누어주는 행사도 월대에서 했다. 이처럼 월대는 공식적인 행사 의 장이었고 왕과 신하가 백성들과 소통하는 마당이었다.

창덕궁 돈화문 문루에는 경복궁 광화문과 마찬가지로 종과 북이 걸려 있어 매일 정오마다 종소리, 북소리가 울려퍼졌다. 창덕궁에 처음 종이

| **돈화문에서 진선문 가는 길** | 돈화문을 통해 창덕궁으로 들어와 진선문 쪽으로 가자면 경복궁에서 느껴지는 긴장감 대신 편안함과 인간적 체취가 물씬 풍긴다.

걸린 것은 태종 13년(1413)으로, 정오 외에도 밤 10시에 통행금지를 알리기 위해 종을 28번 울리는 인정(人定)이 있었고, 새벽 4시엔 통행금지 해제를 알리는 북을 33번 쳤다고 한다.

　나는 이 종소리와 북소리를 다시 살려내야 돈화문·광화문이 살아나고 창덕궁·경복궁이 생기를 얻을 수 있다고 생각한다. 유럽의 중세도시를 답사하면서 관광객들이 정오를 알리는 종소리를 듣기 위해 시청 앞 종루로 몰려가는 것을 여러 번 보았고, 이것이 참으로 즐거운 관광 콘텐츠라고 생각해왔다.

　내가 이런 얘기를 하면 그 좋은 아이디어가 있으면서 문화재청장으로 있을 때 왜 안 했느냐고 핀잔을 받기도 하지만, 청장이라고 마음먹은 일을 다 할 수 있는 것은 아니다. 문화재위원회의 심의, 예산 당국의 승인, 국회의 예산안 통과라는 긴 절차와 협의가 필요하다. 그러면 지금이라도

| **창덕궁의 가을 단풍** | 금천 좌우로는 물길 따라 늘어선 갯버들과 알맞게 큰 단풍나무가 철마다 다른 빛으로 우리를 맞이한다.

건의해서 실행에 옮겨야 하지 않느냐고 다그치는 분도 있는데, 나도 마음 같아선 에밀레종 소리를 녹음한 테이프라도 틀고 싶은 심정이다. 그러나 흘러간 물은 물레방아를 돌리지 못하는 법이다.

돈화문과 진선문 사이의 빈 공간

창덕궁은 경복궁과 마찬가지로 3문 3조의 기본 틀을 유지하지만 공간 구성이 사뭇 다르다. 궁궐의 3문은 곧 정전에 이르는 3개의 대문으로, 경복궁의 경우 광화문, 흥례문, 근정문을 거쳐 근정전에 이르는 건물이 남북 일직선상에 좌우대칭으로 배치되어 정연한 구성을 보여준다.

이에 반해 창덕궁은 돈화문, 진선문, 인정문을 거쳐 인정전으로 이어지는 동선이 기역 자, 니은 자로 꺾여 있다. 그래서 돈화문을 통해 창덕

| 창덕궁의 궐내각사 | 창덕궁 안은 정원 같은 편안한 느낌을 주기도 하지만, 나무들 너머로 보이는 전각들이 궁궐임을 확실히 느끼게 한다.

궁으로 들어와 진선문 쪽으로 가자면 경복궁처럼 동선이 주는 긴장감이 없어 편안함을 느끼게 된다. 경복궁을 세울 때만 하더라도 『주례』「고공기」의 원칙을 충실히 따랐지만, 그로부터 10년 뒤에 창덕궁을 창건하면서는 인간적이면서 자연스럽게 원칙을 적절히 변용했기 때문이다.

월대에서 돈화문을 향해 곧장 걸으면 넓은 문 사이로 멀리 북악산 매봉이 아련히 시야에 들어온다. 정겨운 마음으로 대문에 들어서면 가슴을 열어주는 넓은 마당이 나온다. 분명히 궁궐 안에 들어왔는데도 궁궐에 들어가기 전 서비스 공간에 들어선 기분이다. 당연히 보여야 할 진선문 대신 넓게 퍼져 있는 고목들 너머로 부속 건물들의 담장이 빈 공간을 감싸고 있다.

정면으로는 우람하게 자란 느티나무와 은행나무 너머로 홍문관을 비롯한 궐내각사 건물들이 어렴풋이 비켜 보이고, 왼쪽으로는 수문장들이 근무하는 긴 행각이 서쪽 대문인 금호문까지 이어져 있다. 오른쪽에는 북악산 매봉에서 돈화문 쪽으로 금천(禁川)이 흘러내리고 개울을 가로지른 금천교와 그 너머 진선문이 비스듬히 보인다.

금천 좌우로는 물길 따라 늘어선 갯버들과 알맞게 큰 단풍나무가 철마다 다른 빛으로 우리를 맞이하며, 개울 건너편에는 해묵은 회화나무 여러 그루가 품 넓게 자리잡고 있어 육중한 내병조 건물들이 통째로 드러나지 않도록 가려준다. 그리하여 이곳에 서면 가지런하게 꾸며진 온화한 공원에 들어온 듯한 기분이 든다.

사실 이것이 우리나라 조원(造園)의 중요한 특색이다. 자연 그대로의 모습을 살려 나무들이 본래 그 자리에 있었던 듯한 느낌을 주고 인공적 자취를 남기지 않는다. 꾸미긴 꾸몄는데 꾸민 태를 내지 않는다. 있어도 있는 태를 내지 않아 창덕궁을 답사하고서도 이 공간이 특별히 기억에 남지 않을지 모르지만, 이런 편안한 공간을 여느 궁궐에서나 만날 수 있는 것은 아니다. 바로 이런 점 때문에 창덕궁에서 인간적 체취가 물씬 풍긴다고 하는 것이다.

금천 좌우의 여덟 그루 회화나무로 말할 것 같으면 천연기념물 제472호로 지정된 고목들이다. 궁궐 안에 회화나무를 심는 것은 『주례』에도 나와 있는 궁궐 조원의 법칙이다. 회화나무는 느티나무와 함께 한자로 괴목(槐木)이라 쓴다. 주나라 때 삼공(三公, 세 정승)이 괴목 아래에서 나랏일을 논했다는 고사에서 회화나무 괴(槐) 자에 '삼공' 또는 '삼공의 자리'라는 뜻이 더해졌다. 이런 상징성 외에도 회화나무는 생기기도 늠름하게 잘생겼고, 낙엽의 색조가 갈색으로 차분하며 수명도 길어 궁궐의 품위를 잘 지켜준다.

이 나무들을 볼 때마다 나는 우리나라의 수많은 기차역 광장을 텅 비워놓거나 복잡한 조형물로 채우지 말고 느티나무나 회화나무를 모아 심

| 내병조 건물 | 궁궐 안에 근무하던 병조 관리의 출장소 같은 곳이다. 궁궐 안에 있는 병조라고 해서 내병조라 부른다.

으면 얼마나 좋을까 생각해보곤 한다.

그런데 안타깝게도 몇 해 전 태풍에 이곳의 회화나무 한 그루가 쓰러져 중상을 입었다. 간신히 생명을 살려 지금 회복 중이긴 하지만 수령이 300년도 넘는 고목이기 때문에 잘 일어날지 걱정이 많다. 창덕궁에 갈 때마다 이 나무의 상태를 유심히 살피곤 하는데 올해는 묵은 가지에서 파란 새순이 많이 올라와 생명엔 지장이 없는 것 같아 안심이 되었다.

내병조와 '찬수개화'

회화나무와 금천으로 이루어진 공간이 편안한 정원 같은 느낌을 주면서도 여기가 궁궐 안이라는 것을 명확히 알 수 있는 것은 나무들 너머로

| 궐내각사 내부 | 근래 궐내각사 건물이 복원되면서 창덕궁이 궁궐의 면모를 더 갖추게 되었다.

보이는 궁궐 건물들 때문이다. 정면으로는 내각(內閣, 규장각), 옥당(玉堂, 홍문관) 등이 있었던 궐내각사가 보이고 금천 건너편에는 내병조(內兵曹)가 근무하던 건물이 있다. 궁궐 안에 있는 병조(국방부)이기 때문에 내병조라고 불렀다.

궐내각사와 내병조 건물이 있고 없고의 차이는 엄청 크다. 창덕궁을 비원이라고 불렀던 시절엔 이 두 건물이 없었고 빈터 너머 인정전이 훤히 들여다보였다. 근래 들어 이 두 건물이 복원됨으로써 창덕궁이 궁궐로서의 면모를 갖추게 된 것이다. 하지만 아직까지도 창덕궁 건물을 어디까지 복원할지가 확정되지 않았다. 아마도 당분간 현 상태로 가지 않을까 생각한다.

창덕궁을 200년 전 모습으로 복원하는 것은 그리 어렵지 않다. 「동궐도」라는 너무도 정교한 실경도가 남아 있기 때문이다. 다만 그 많은 건물을 복원해서 어떻게 관리할 것인가가 큰 문제이다. 목조건물은 사람이 살면서 돌보지 않으면 3년 안에 폐가가 되고 만다.

그래서 내병조 건물은 현재 창덕궁 관리소 사무실로 사용하면서 보존하고 있다. 이를 위해 전기와 통신, 상수도 시설 등이 가설되었고 사무와 숙직 공간도 만들어 직원들이 간단한 취사도 할 수 있도록 하였다. 그런데 이런 사정을 이해하지 못한 언론에서 창덕궁 안에 화재 위험 시설을 두었다고 대대적으로 비방 보도를 한 적이 있다. 문화재청으로서는 억울하게 누명을 쓴 것이다. 그러나 누명을 쓴 사실 자체보다 국민들이 아직도 이를 공무원들의 무책임한 행동으로 이해하고 있다는 것이 더 억울하다.

그러면 조선시대 내병조에서는 불을 때지 않았을까? 천만의 말씀이다. 불을 땐 정도가 아니라 의도적으로 불을 피우는 행사를 계절이 바뀔 때마다 행했다. 이를 '찬수개화(鑽燧改火)'라 한다.

현대사회에서 24절기는 큰 의미가 없지만 자연과 긴밀히 호흡을 맞추며 살았던 조선시대에는 바야흐로 계절이 바뀌는 입춘·입하·입추·입동마다 불씨를 바꾸는 '개화'라는 의식이 있었다. 옛 가정에서는 부엌의 불씨는 절대로 꺼뜨려서는 안 됐다. 하지만 불씨를 오래 두고 바꾸지 않으면 불꽃에 양기(陽氣)가 넘쳐 돌림병의 원인이 될 수 있다고 믿었기 때문에 절기마다 바꾸어주었다. 이를 개화라 했는데, 나라에서 직접 지핀 국화(國火)를 각 가정까지 내려보내 새 불씨로 삼게 했다.

태종 6년(1406)에 시행된 개화령은 성종 2년(1471)에 더욱 강화되어 궁궐의 내병조에서 만든 새 불씨를 한성부와 각 고을에 내려 집집마다 나누어주게 했으며 이를 어기는 자에게는 벌을 주었다.

나무를 비벼 새 불씨를 만드는 것을 일러 찬수(鑽燧)라 했다. 이때 쓰는 나무의 종류는 음양오행의 원리에 맞추어 계절마다 달리했다. 이를테면 봄에는 푸른빛을 띠는 버드나무 판에 구멍을 내고 느릅나무 막대기로 비벼 불씨를 일으켰다.

형식에 치우친 번거로운 일로 비칠지 모르나 찬수개화는 자연의 섭리를 국가가 앞장서서 받들고, 백성으로 하여금 대자연의 변화에 순응하며 살아야 한다는 삶의 조건을 확인시켜주는 행사였다. 절기가 바뀌었음을 생활 속에서 실감케 하는 치국과 위민(爲民)의 의식이었던 것이다. 창덕궁 내병조는 바로 이 찬수개화를 했던 곳이다.

금천교를 건너며

돈화문 안쪽 빈 마당엔 원래 어도가 깔려 있었다. 순종의 자동차가 궐내로 들어오면서 없어졌지만 어도를 복원해야 궁궐의 동선이 명확해지고 공간의 의미도 살아난다. 어도는 금천을 가로지른 금천교에서 직각으로 꺾여 다리 건너 진선문까지 이어진다. 그리고 진선문 안으로 깊숙이 들어와 다시 왼쪽으로 꺾으면 인정문 너머 인정전에 다다르게 된다. 돈화문에서 인정전에 이르는 길은 이처럼 기역 자로 꺾였다가 다시 니은 자로 꺾이는 동선이다. 바로 이 점이 창덕궁 궁궐 배치의 특징이자 매력이다.

일직선으로 놓인 것이 아니라 동선이 계속 꺾이면서 공간이 자잘하게 분할되어 여러 개의 블록을 이룬다. 그래서 경복궁은 장중한 궁궐 의식과 어울리는 반면 창덕궁에서는 임금과 신하들의 생활이 그려진다. 창덕궁이 경복궁보다 더 삶의 체취가 느껴지는 것은 이 때문이다.

궁궐에는 반드시 금천이라는 냇물이 흐르도록 되어 있다. 경복궁에는 홍례문과 근정문 사이를 가로지르는 인공적인 물길을 만들었지만, 창

| **금천교** | 창덕궁 금천을 가로지른 금천교는 한양 건설을 도맡았던 전설적인 토목·건설 기술자 박자청이 설계·시공한 명작이다.

덕궁의 금천은 북악산 줄기의 매봉에서 돈화문 쪽으로 흘러내리는 자연 계류이며, 장대석으로 호안석축을 둘러 궁궐답게 말끔히 정돈했다. 「동궐도」그림을 보면 냇물이 장하게 흘러가는 모습이 그려져 있다. 그러나 현대로 오면서 물길이 바뀌고 지하수가 고갈되어 비가 올 때만 금천 역할을 할 뿐 대개는 맨바닥을 드러내는 마른 내〔乾川〕가 되고 말았다.

금천을 가로지른 다리를 금천교라고 하는데, 창덕궁 금천교는 한양 신도읍 건설을 도맡았던 전설적인 토목·건설 기술자 박자청이 설계·시공한 명작이다. 박자청에 대해서는 『나의 문화유산답사기』제6권의 경복궁편에서 상세히 소개한 바 있는데, 당시 그가 노비 출신으로 공조판서에 오른 인물이라는 속설을 그대로 전했다. 그러나 뒷날 『조선 초기 신분제 연구』(을유문화사 1987)를 펴낸 성심여대 유승원 교수에게 문의한 결과, 그가 노비 출신이라는 근거는 없고, 다만 그 이력을 보아 그가 뛰어

| **금천교 돌짐승 조각들** | 금천교 양쪽 기둥엔 네 마리의 동물이 조각되어 있는데 어떤 동물도 마주치기만 하면 도 망치고 만다는 전설 속 백수의 왕인 산예(1, 2번)다. 금천교를 받치고 있는 쌍무지개 아치를 보면 북쪽엔 돌거북(3번) 이, 남쪽엔 홍예 사이의 부재에는 귀면(4번)이 조각되어 있다.

난 재주로 한미한 출신에서 판서까지 오른 인물인 것은 맞다는 해석을 들었다. 이 자리를 빌려 정정한다.

금천교는 상판을 약간 둥그스름하게 다듬은 쌍무지개 다리다. 난간엔 연꽃 봉오리가, 양쪽 기둥엔 네 마리의 동물이 조각되어 있는데 이는 어 떤 동물도 마주치기만 하면 도망치고 만다는 전설 속 백수(百獸)의 왕인 산예(狻猊)다. 상상의 동물인 산예는 대개 사자 모양으로 표현된다. 그래 서 고려청자 '산예 출향(出香)'을 흔히 '청자 사자모양 뚜껑 향로'라고 번 역하기도 한다.

창덕궁 금천교의 산예 조각에는 유머가 넘친다. 경복궁 금천의 천록 조각처럼 위엄 있는 모습이 아니라 개구쟁이같이 재미있는 표정을 하고 있어 민예조각을 보는 듯 친숙하다. 대단히 파격적인데 이를테면 의관을 단정하게 갖춘 양반이 모자를 삐뚜름하게 쓰고 머쓱하게 웃고 있는 것

| **금천교와 진선문** | 삐뚜름히 놓인 금천교가 궁궐의 정연함을 흐트러놓았다. 금천교를 복원하면서 진선문과 일직선을 이루게 하지 않고 금천 호안석축과 직각이 되게 했기 때문에 나온 실수였다.

같은 해학이 느껴진다.

금천교를 받치고 있는 쌍무지개 아치를 보면 북쪽엔 돌거북 조각이, 남쪽엔 앞발을 곧추세우고 정면을 응시하는 석수 한 마리가 조각되어 있다. 무슨 동물을 조각한 것인지 확실히는 알 수 없지만 앉은 자세와 생김새로 보아 이 역시 산예가 아닐까 생각한다.

이 금천교를 넘어서면 바로 앞에 진선문이 보이는데 나는 이 다리를 건널 때마다 숙제를 하지 않고 학교에 가는 학생처럼 괴롭다. 많은 관광객들이 별 생각 없이 진선문을 통과하여 어도를 따라가다가 인정문 앞에서 방향을 틀어 인정문으로 들어가지만, 내게는 삐뚜름히 놓인 금천교가 궁궐의 정연함을 망가뜨려놓은 것이 여간 거슬리는 게 아니다. 어느 때인가 금천교를 복원하면서 진선문과 일직선을 이루게 하는 대신 금천과 직각이 되게 했기 때문에 나온 실수였다. 「동궐도」나 『조선고적도보』

| **진선문 안쪽** | 진선문에서 숙장문을 바라보면 왼쪽엔 인정문과 인정전이 있고 오른쪽으로는 긴 회랑이 펼쳐진다. 이 회랑 자리에는 본래 오늘날로 치면 경호실인 호위청과 총무과인 상서원이 있었다.

에 실린 1902년 무렵 사진을 보면 현재의 금천교는 잘못 복원된 것이 분명하다. 사실 금천교는 지금처럼 개울과 직각으로 놓인 것보다 원래대로 비스듬히 가로지르는 것이 훨씬 더 멋있었을 것이다.

이것을 알면서도 바로잡지 못한 것은 금천교를 해체할 경우 여기 사용된 돌의 70퍼센트를 새 돌로 교체해야 하기 때문이다. 다리를 보존하려면 그대로 두어야 하고, 동선을 맞추자면 헐어야 한다. 그 비용도 만만치 않다. 그래도 나는 돈화문에서 금천교를 거쳐 진선문에 이르는 마당의 어도를 복원하고 다리를 제자리에 놓는 것이 맞다고 보는데 반대 의견도 적지 않다. 만약 어도가 복원되면 잘못 놓인 다리의 모습이 더욱 확연히 드러날 테니 그때는 어떻게 할 것인가. 한번 잘못한 복원은 이처럼 두고두고 골칫거리가 된다.

| **창덕궁의 하이라이트 인정전** | 부감법으로 내려다보면 인정전은 회랑으로 둘려 있어 품위와 권위가 살아나고 있음이 한눈에 들어온다.

인정전 앞에서

이리하여 궁궐 전체의 중심 건물이자 창덕궁의 하이라이트인 인정전 앞에 서면 비로소 궁궐에 들어와 있음을 실감하게 된다. 인정전은 정면 5칸의 중층 팔작지붕으로, 품위 있고 듬직하고 잘생겼다. 낮은 듯 높게 쌓은 석축 위에 올라앉아 있어 대지에 내려앉은 안정감이 있다. 경복궁 근정전은 3단의 석축 위에 난간석이 둘려 있으나 창덕궁 인정전은 월대 가 2단으로 되어 있고 건물의 크기도 약간 작아 검박하지만 궁궐의 품위 는 잃지 않고 있다.

인정전은 몇 차례의 크고 작은 화재를 겪었다. 현재의 건물은 순조 3년(1803)의 화재로 불탄 것을 이듬해 12월에 중건한 것이다. 역사건축 기술연구소에서 펴낸 『우리 궁궐을 아는 사전』(돌베개 2015)에는 이때의 일과 그후의 변화가 아주 세밀히 고증되어 있는데, 무엇보다 공사를 담

| **인정전** | 정면 5칸의 중층 팔작지붕으로, 품위 있고 듬직하고 잘생겼다. 낮은 듯 높게 쌓은 석축 위에 올라앉아 있어 대지에 내려앉은 안정감이 있다.

당한 장인의 이름과 이력을 밝혀낸 것이 값진 성과다.

　당시 이 일을 맡았던 도편수는 어영청의 별무사로 있던 김재명이고 공사를 총괄한 목수 부편수는 강원도 회양에서 온 윤사범이었다. 이 가운데 윤사범은 1794년 수원 화성 축성 때 굉흡이라는 승려 목수와 함께 와서, 윤사범은 팔달문을 짓고 굉흡은 장안문을 지었다고 한다. 인정전은 이 두 건물과 똑같은 중층 다포식 건물로 그 구조가 복잡했기 때문에 비슷한 건물을 지어본 윤사범이 다시 차출된 듯하다. 그래서인지 수원 팔달문과 창덕궁 인정전은 많이 닮았다. 이렇게 해서 우리는 문화유산의 창조에 앞장선 위대한 장인의 이름을 기억하게 되었다. 인정전 현판은 중건 당시 예조판서였던 서영보(徐榮輔, 1759~1816)의 글씨다.

　인정전 내부는 세월의 흐름 속에 많은 변화를 겪었다. 실내를 들여다보면 바닥에 깔린 마루가 눈에 띌 것이다. 이는 일제강점기에 생긴 변화

| 인정전 내부의 용상 | 일제강점기 근대식 알현소로 개조되었던 인정전은 현재 복원되어 용상의 단을 높여 세웠으나, 마룻바닥은 그대로 두어 상처의 흔적을 남겼다.

였다. 1907년 일제의 내정간섭이 본격화되어 고종은 덕수궁에 머물고 순종이 창덕궁으로 옮겨왔을 때 통감부 주관 아래 인정전이 대대적으로 개조되었다. 당시 이를 담당한 기술자들은 모두 일본인이었다.

　1908년 봄부터 1년에 걸친 공사로 일제는 국가 의례의 상징적 건물인 인정전을 근대식 알현소로 바꿔버렸다. 바닥엔 마루를 깔고, 여러 단 위에 높이 올라앉아 있던 어좌를 철거하고 낮은 단 하나만 남겼으며, 조선

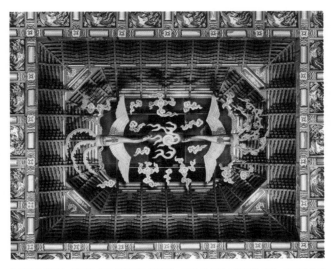

| **인정전 천장** | 천장엔 왕의 공간임을 상징하는 봉황 한 쌍이 조각되어 있다. 그 조각 솜씨가 대단히 뛰어나고 채색이 매우 아름답다.

임금의 상징인 일월오봉병을 봉황도 병풍으로 바꿨다. 창문에 유리를 달고 서양식 커튼도 설치했다. 또 앞마당에 깔린 박석을 걷어내고 잔디를 입혔다. 정조 때 설치한 품계석도 모두 철거했다. 이리하여 조선왕조 법궁의 정전이던 인정전 내부의 모습은 사라져버렸다.

1990년대 들어와 이를 지금의 모습으로 복원하면서 용상의 단을 높이고 박석도 새로 깔았다. 그러나 마루는 철거하지 않았다. 그것이 보기 좋아서가 아니라 그런 변화를 겪었다는 흔적을 남겨둔 것이다.

이때 궁궐 마당의 포장재로 사용하던 넓고 자연스런 박석을 구하지 못하여 일률적으로 네모나게 다듬은 화강석을 깔아 경복궁 근정전의 전정(殿庭) 같은 멋을 보여주지 못해 아쉽기만 하다. 「동궐도」 그림에도 나와 있듯이 박석의 자연스런 기하학 무늬가 있어야 인정전이 돋보일 텐데 말이다. 궁궐에 사용하던 박석을 강화도 석모도에서 다시 채취할 수 있게 된 것은 2007년 광화문 월대 복원 때부터의 일이다.

궁궐 건축의 미학

후원의 아름다움 때문에 창덕궁 전각에서 느끼는 아름다움과 감동은 많이 지워진다. 그러나 가만히 생각해보면 인정전을 비롯하여 발길을 옮겨가며 만나는 선정전, 희정당, 대조전 등 창덕궁의 각 건물들은 궁궐 건축 미학의 다양성을 유감없이 보여준다.

어느 나라 어느 시대건 왕이 기거하는 공간으로서 궁궐은 그 시대의 문화능력을 대표한다. 정조대왕은 『궁궐지(宮闕志)』에서 궁궐이 장엄해야 하는 이유를 다음과 같이 말했다.

대체로 궁궐이란 임금이 거처하면서 정치를 하는 곳이다. 사방에서 우러러 바라보고 신하와 백성이 둘러 향하는 곳이므로 부득불 그 제도를 장엄하게 하여 존엄함을 보여야 하며 그 이름을 아름답게 하여 경계하고 송축하는 뜻을 부치는 것이다. (절대로) 그 거처를 호사스럽게 하고 외관을 화려하게 하기 위한 것이 아니다.

그러나 조선의 궁궐은 외국의 예에 비해 소박한 편으로 결코 화려하지 않다. 백성들이 보아 장엄함을 느낄 수 있는, 딱 그 정도의 화려함이라고나 할까. 그 이유는 조선 건국의 이데올로기를 제시하고 한양의 도시 설계와 경복궁 건립을 주도한 정도전의 『조선경국전(朝鮮經國典)』에서 찾을 수 있다.

궁원(宮苑) 제도가 사치하면 반드시 백성을 수고롭게 하고 재정을

| 창덕궁 궁궐 건축의 미학 | 후원의 아름다움에 가려 종종 그 건축적 가치가 지워지곤 하는 창덕궁은 '검이불루 화이불치(儉而不陋 華而不侈)'의 미학을 구현해놓은 대표적인 궁궐이다.

손상시키는 지경에 이르게 될 것이고, 누추하면 조정에 대한 존엄을 보여줄 수 없게 될 것이다. 검소하면서도 누추한 데 이르지 않고, 화려하면서도 사치스러운 데 이르지 않도록 하는 것이 아름다운 것이다. 검소란 덕에서 비롯되고 사치란 악의 근원이니 사치스럽게 하는 것보다는 차라리 검소해야 할 것이다.

궁궐 건축에 대한 정도전의 이런 정신은 삼국시대부터 내려오던 우리 궁궐의 미학이다. 일찍이 김부식은 『삼국사기』「백제본기」온조왕 15년(기원전 4)조에서 백제의 궁궐 건축에 대해 다음과 같이 말한 바 있다.

새로 궁궐을 지었는데 검소하지만 누추하지 않았고, 화려하지만 사치스럽지 않았다. 新作宮室 儉而不陋 華而不侈

그러고 보면 '검이불루 화이불치(儉而不陋 華而不侈)'의 아름다움은 궁궐 건축에 국한된 것이 아니라 백제의 미학이자 조선왕조의 미학이며 한국인의 미학이다. 조선시대 선비문화를 상징하는 사랑방 가구를 설명하는 데 '검이불루'보다 더 적절한 표현이 없고, 규방문화를 상징하는 여인네의 장신구를 설명하는 데 '화이불치'보다 더 좋은 표현이 없다. 모름지기 우리의 DNA 속에 들어있는 이 아름다움은 오늘날에도 계속 계승하고 발전시켜 일상에서 간직해야 할 자랑스러운 한국인의 미학이다.

| '검이불루 화이불치' | 한 미장원이 내건 입간판에 '검이불루 화이불치, 최고의 미용실'이라고 쓰여 있다.

나는 이 '검이불루 화이불치'의 미학을 기회가 있을 때마다 외쳤다. 『나의 문화유산답사기』 3권 몽촌토성 답사 때부터 말하기 시작하여 근래에 펴낸 『안목』(눌와 2017)의 건축편에서는 이런 이야기도 전했다.

지난 세밑에 있었던 얘기다. 명절 때만 되면 목욕탕에 갔던 추억이 일어나 아랫동네 사우나에 가다가 큰길가에 있는 미장원 앞에서 한자와 한글이 병기된 입간판을 보았다. 잠시 발을 멈추고 읽어보니 "儉而不陋(검소하지만 누추하지 않고) 華而不侈(화려하지만 사치스럽지 않다) 최고의 미용실!" 이렇게 쓰여 있었다.

놀랍고도 기쁜 마음이 그지없었다. 이처럼 면면히 이어온 아름다운 미학을 기조로 우리 시대의 문화를 창조해 나아갈 일이다. 그래야 먼 훗날 후손들이 '그네들의 문화유산답사기'에서 우리 시대의 삶을 존경하고 그리워할 것이 아닌가.

조선 건축의 모든 것이 창덕궁에 있다

창덕궁의 구조 / 내전의 파사드 / 빈청과 어차고 / 선정전 /
유교 이데올로기와 경연 / 희정당 / 선기옥형과 하월지 /
창덕궁 대화재와 복구 / 내전 벽화 프로젝트

땅이 시키는 대로 한 건물 배치

창덕궁 건축의 조선적 특징과 세련미는 3조의 배치에 두드러진다.
3조란 외조(外朝), 치조(治朝), 연조(燕朝)를 말한다. 외조는 의례를 치르
는 인정전, 치조는 임금이 정무를 보는 선정전(宣政殿), 연조는 왕과 왕
비의 침전(寢殿)인 대조전이 주 건물이다. 경복궁에서는 이 3조가 남북
일직선상에 있지만 창덕궁에서는 산자락을 따라가며 어깨를 맞대듯 나
란히 배치되었다. 그래서 경복궁에 중국식의 의례적인 긴장감이 있다면
창덕궁은 편안한 한국식 공간으로 인간적 체취가 풍긴다고 하는 것이다.

2016년 봄, 낙선재 위쪽의 돌배나무 꽃이 하얀 솜사탕처럼 피어오르
는 풍경을 보고 싶어 창덕궁 달빛기행에 나섰는데, 유난히도 봄이 짧았
던 탓에 꽃은 다 지고 가지는 연둣빛 새순으로 덮여 있었다. 늦게 찾아간

| **창덕궁 전경** | 창덕궁 건축의 조선적 특징과 세련미는 3조의 배치에서 두드러진다. 창덕궁의 3조는 산자락을 따라가며 어깨를 맞대듯 나란히 배치되었다. 그로 인해 창덕궁은 편안한 한국식 공간으로 인간적 체취를 풍긴다.

것이 못내 아쉬웠다. 그러나 그때 창덕궁을 거닐며 건축가 민현식과 나눈 몇 마디는 이 글을 위해 여간 다행한 것이 아니었다.

"조선왕조가 건국 13년 만에 창덕궁이라는 또 하나의, 진짜 조선적인 궁궐을 지은 것은 우리 문화유산의 큰 복이죠. 어쩌면 왕자의 난이 일어났던 것이 전화위복인 셈이에요."

"그런 점도 있지만 나는 꼭 그렇게 생각하지 않아요. 조선의 왕들도 경복궁 같은 곳에선 정말 살고 싶지 않았을 겁니다. 그 딱딱한 공간에서 살 맛이 나겠어요? 얼마간 긴 세월이 필요했겠지만 누가 지어도 별궁을 지어 나가든지 창덕궁 같은 궁을 지었겠지요."

"자리앉음새가 이렇게 남북 일직선의 축선을 무시한 창덕궁 건축의 기본 콘셉트는 어디서 나왔다고 봅니까?"

| 경복궁 전경 | 경복궁은 외조, 치조, 연조의 3조가 남북 일직선상에 있다. 그래서 경복궁에는 『주례』에 충실한 의례적인 긴장감이 있다.

"자연 지형과 지세를 그대로 따르면서 건물을 배치한 것이죠. 요즘 우리나라 건축계의 가장 큰 문제점은 건물 대지를 반듯하게 밀어놓고 짓는 데 있어요. 땅을 생긴 그대로 두어야 우리 정서에 맞는 좋은 건축이 나오는데 말이죠. 쉽게 말해서 땅이 시키는 대로 하면 좋은 건축이 나옵니다."

"그러면 남북 일직선을 피함으로써 얻어낸 구체적인 건축적 효과는 무엇인가요?"

"무엇보다 풍부한 시각적 변화가 따르죠. 창덕궁이 경복궁보다 더 편안하고 자연스러운 것은 시점의 이동에 따른 공간의 변화 때문 아니겠어요."

그러면 태종은 새 궁궐을 지으면서 왜 다른 곳이 아닌 이곳 매봉산 자락에 자리를 잡았을까? 이에 대한 문헌 자료는 아직 알려진 것이 없다. 『조선왕조실록』태종 4년(1404) 10월 6일자 기사를 보면 "돈점을 쳐서 다시 도읍을 한양으로 결정하고 향교동(오늘날 창덕궁 자리)에 이궁을 짓도록 명하다"라고만 되어 있다. 필시 산을 등지고 살아야 마음이 편한 조선인의 주거 공간에 대한 의식과 심성이 이 자리에 창덕궁을 짓게 했으리라 짐작할 뿐이다.

그래서 김동욱 교수를 비롯한 건축사가들은 아마도 이들에게 익숙한 고려 궁궐의 자리앉음새와 동선을 따른 것이 아니었을까 추정했는데, 그랬을 가능성이 아주 높다. 아닌 게 아니라 『조선의 참 궁궐 창덕궁』(눌와 2006)을 쓴 문화재청 최종덕 국장은 2년간 창덕궁 관리소장을 지내면서 누구보다 창덕궁의 분위기에 젖어 지냈는데, 그가 어느 날 개성의 고려 궁궐터인 만월대 발굴 때 현장에 다녀와서 내게 고려 궁궐터의 생김새가 창덕궁과 너무도 비슷해서 놀라웠다고 했다.

인정전 바깥의 사다리꼴 공간

인정전 답사를 마치고 치조의 공간인 선정전으로 가는 동선은 두 가지가 있다. 하나는 인정전 회랑 동쪽의 작은 문인 광범문(光範門)을 통해 선정전으로 질러가는 방법이고, 또 하나는 인정문 밖으로 다시 나와 내전으로 들어가는 대문인 숙장문(肅章門)을 통해 들어가는 길이다.

일반 관람의 경우 관람 동선이 겹치지 않게 동쪽 광범문으로 나가고 있지만 궁궐을 보다 더 면밀히 살피길 원한다면 조금 돌아가더라도 숙장문을 통해 들어가는 후자를 택해야 한다.

다시 인정문 바깥으로 나오면 오른쪽에는 우리가 앞서 들어온 진선문이 있고 왼쪽에는 내전으로 들어가는 숙장문이 있다. 맞은편에는 긴 회

랑이 뻗어 있는데 본래는 회랑이 아니라 호위청(扈衛廳)과 상서원(尙瑞院)이 있었으나 지금은 제 위치에 현판만 걸려 있다.

호위청은 뒤따를 호(扈) 자에 지킬 위(衛) 자를 쓴다. 문자 그대로 임금을 뒤따르며 호위하는 경호실이다. 상서원의 상(尙)은 맡는다는 뜻이고 서(瑞)는 상서롭고 중요한 물건이라는 의미로, 옥새(玉璽), 외교문서, 과거 합격자 사령장 등을 관리하는 곳이다. 요즘으로 치면 청와대 총무과에 해당하는, 임금을 지근거리에서 보좌하는 두 부서가 있었던 것이다.

그런데 이 공간은 창건 당시부터 건축적으로 많은 문제가 있었다. 『조선왕조실록』 세종 1년(1419) 3월 27일자 기사를 보면 상왕(上王), 즉 태종 이방원이 책임자인 박자청을 면직시켰다는 기사가 나오고, 뒤이어 4월 12일자에는 다음과 같은 기사가 실려 있다.

판우군도총제부사 박자청, 판선공감사 신보안을 의금부에 하옥했다. 처음 상왕이 인정문 밖에 행랑을 건립하라는 명령을 내리면서 박자청으로 하여금 일을 감독하게 함과 동시에, 아무쪼록 단정하게 하라고 했는데, 박자청이 뜰의 넓고 좁은 것도 요량하지 않고 공사를 시작하여 이미 기둥을 세우고 상량까지 했으나 인정전에서 굽어보면 경사가 져서 바르지 못하므로, 상왕이 성내어 곧 헐어버리게 하고 박자청 등을 하옥시키게 한 것이었다.

그리고 뒤이어 4월 15일에는 "상왕이 인정문 밖에 행랑을 세우는 대신 담장을 쌓아 그 뜰을 넓게 하라고 하다"라는 기사가 나오고 또 5월 14일에는 박자청이 사면되었다는 기사가 이어진다. 이때 무슨 일이 있었던 것일까? 기록대로라면 원래는 담장이 있었을 것인데, 임진왜란 뒤 복원하면서 회랑을 갖추었으니 그 상황을 정확히 이해하기 힘들다.

아마도 이런 문제가 있었을 것이다. 일반인들은 눈으로 느끼기 어렵지만 인정전 바깥 공간을 실측해보면 비스듬한 사다리꼴이다. 앞쪽이 둔덕으로 막힌 탓에 공간이 비좁아 반듯하게 지을 수 없었을 것이고, 또 기울기가 있는 땅은 도면상으로는 반듯해도 시각적으로는 반듯하지 않다는 문제가 있었을 것이다. 결국 이 공간은 지세를 거스르지 않고 반듯하게 짓기란 말처럼 쉬운 일이 아니며 융통성 있는 건축적 사고와 계산이 뒤따라야 하는 것임을 시사해준다.

창덕궁 내전의 얼굴

숙장문 안으로 들어가면 창덕궁의 내전(內殿)으로 들어선 것이다. 본래 궁궐의 구조를 안팎으로 나눌 때 외조의 인정전에서 치조의 선정전

| **선정전 앞 빈터** | 숙장문을 들어서면 넓은 빈터 너머 늠름하게 잘생긴 건물들이 저마다 다른 모습으로 어깨를 맞대고 길게 펼쳐져 있다. 가까운 맨 왼쪽 건물은 임금이 신하들과 국정을 논하며 나랏일을 보던 치조의 선정전이다.

까지를 외전(外殿)이라고 하고 그 안쪽 침전을 내전이라고 한다. 하지만 현재의 경우 인정전 회랑 바깥쪽이 모두 내전으로 보인다. 본래 회랑 바깥쪽 빈터는 임금을 가까이에서 보좌하는 기관의 건물들로 빼곡히 차 있었는데 일제강점기에 부속 건물들이 모두 철거되고 핵심 건물만 남았다. 이로써 치조와 연조(침전)의 건물이 통째로 전모를 드러내어 건축적 동질성을 보이게 된 것이다.

그리하여 숙장문을 들어서면 넓은 빈터 너머 늠름하게 잘생긴 건물들이 저마다 다른 모습으로 어깨를 맞대고 길게 펼쳐져 있다. 인정전과 가까운 맨 왼쪽 건물은 임금이 신하들과 국정을 논하며 나랏일을 보던 치조의 선정전이고, 가운데 캐노피가 앞쪽으로 돌출한 건물은 임금의 서재 겸 접견실로 사용된 연조의 희정당(熙政堂)이며, 그 오른쪽은 왕세자의 공간인 성정각(誠正閣)이다.

건축에 눈이 밝지 않은 분이라도 여기서 바라보면 한옥의 다양한 아름다움과 멋을 한눈에 느낄 수 있을 것이다. 임금이 정무를 보는 선정전은 엄숙하고, 손님을 맞이하는 희정당은 우아하면서도 화려하고, 왕세자의 공간인 성정각은 밝고 안온해 보인다. 전통 한옥의 모든 것이 집약적으로 드러난다.

한옥의 멋은 역시 지붕선에 있다. 백회를 두른 용마루의 지붕선들이 직선으로 겹겹이 뻗어나가고 팔작지붕의 삼각형 합각들이 가벼운 곡선을 그리며 정면을 향해 고개를 내밀고 있다. 지붕 너머로 대조전을 비롯한 안쪽 건물들의 지붕선이 드러나 은연중 궁궐의 깊이와 넓이를 암시하며 붉은 주칠의 벽채와 초록색 덧문이 어우러진다. 여염집에서는 볼 수 없는 왕가의 품위가 잘도 느껴진다.

우리 한옥이 이렇게 다양한 표정을 갖고 있다는 것이 너무도 즐겁다. 그래서인지 이 공간은 창덕궁을 대표하는 장소로 가장 많이 소개되며 사실상 내전의 파사드(façade. 정면관)로 인식되고 있다.

빈청에서 어차고로

현재는 빈터로 남아 있는 선정전 앞 공간은 임금의 비서실인 승정원(承政院), 병력 출동 명령을 시달하는 선전관청(宣傳官廳), 실록 편찬 자료를 수집하는 사관(史官)들의 근무처인 우사(右史), 임금의 수발을 드는 내시(內侍)들이 기거하는 장방(長房) 등이 있었고, 오른쪽 한편에는 대신들이 임금을 만나기 전에 잠시 머무르며 국정을 논하거나, 외국사신이 국왕을 접견하기 전에 대기하던 빈청(賓廳)이 있었다.

그런 창덕궁이 왕조의 쇠망과 함께 큰 변화를 겪는다. 1907년 7월, 헤이그 특사 사건을 빌미로 일제가 고종을 강제로 퇴위시키고 순종을 제위에 올린 것이다. 이로써 고종은 태상황(太上皇)으로 덕수궁에 머물고 뒤이어 등극한 순종이 창덕궁으로 거처를 옮겼다. 순종이 1926년 타계할 때까지 20년간 여기에 기거하면서 건축상 많은 변화가 일어나게 되었다.

자동차, 전기, 응접 소파, 침대 등 근대 서구 문명의 소산들이 궁궐로 들어오면서 건물 안팎으로 많은 변화가 생겼다. 현존하는 창덕궁의 상당 부분이 전통 한옥의 형식에 근대적 변형을 가미한 형태로 되어 있는 것은 이 때문이다.

그중 자동차로 인한 변화가 가장 컸다. 돈화문 앞 월대가 흙으로 덮이고, 돈화문, 진선문, 숙장문의 문턱이 다 없어졌다. 접견실인 희정당 앞에는 자동차가 들어올 수 있도록 캐노피 기능을 하는 돌출 건물을 달았다. 그리고 빈청 자리엔 어차고(御車庫)가 생겼다.

숙장문을 들어서면 오른쪽에 관람객 휴게소로 사용하는 아주 이색적이고 화려한 건물 한 채가 있다. 여기는 얼마 전까지만 해도 순종황제와 황후의 승용차 두 대와 마차, 손수레 가마인 어련(御輦) 등을 보관하던 어차고였다. 이 건물이 유난히 화려해 보이는 이유는 기둥과 기둥 사이에 커튼 모양의 장식인 낙양각을 달았기 때문이다. 궁궐 건축에만 사용되는 낙양각은 주로 경복궁 경회루와 창덕궁 후원의 정자에 쓰였는데 임금의 차고에도 사용한 것이다.

황제와 황후의 전용 차량은 낙양각만큼이나 화려했다. 순종황제의 어차는 미국 제너럴모터스사에서 제작한 1903년형 8기통 캐딜락 차량이고, 황후의 어차는 영국 다임러사의 1909년형 4기통 차량이다. 이 두 대

| **어차고로 변한 빈청** | 대신들과 임금을 알현하기 위해 대기하던 빈청이 자동차가 대기하는 어차고가 되었다가 지금은 관람객들이 쉬어가는 대기소로 쓰이고 있다.

의 차는 대한제국에서 특별 주문한 것으로 목재로 된 차체에 옻칠을 하고, 대한제국 황실의 상징인 오얏꽃(자두꽃) 문장을 새겼다.

혹자는 나라가 망해가는 판에 무슨 고급 자동차냐고 힐난할지도 모른다. 그러나 세상은 이미 서양 문명이 많이 들어와 기차, 전차, 자동차가 다니던 시절이었다. 이토 히로부미(伊藤博文)를 비롯한 통감부 고위 관료들이 자동차를 타고 서울 시내를 활보하던 시절에 명색이 황제가 마차를 탈 수는 없는 일이었을 것이다. 게다가 아직은 국권 상실 전이었다.

이 두 대의 자동차는 주인이 세상을 떠난 뒤 어차고에 방치되어 거의 폐차 상태였다. 그러다 1997~2001년 현대자동차의 후원으로 미국과 영국의 본사에서 원형대로 복원하여 현재는 아주 희귀한 앤티크 자동차로 대접받고 있다. 2007년 국립고궁박물관이 개관하면서 이 어차는 박물관으로 옮겨져 지하 1층 로비에 상설전시되고 있다. 그리고 어차고는 창덕

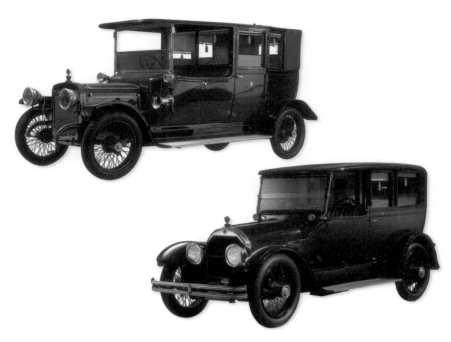

| **순종과 황후의 어차** | 순종황제가 탔던 어차는 1903년에 미국의 제너럴모터스사가 제작한 캐딜락 리무진이고 황후가 탄 어차는 1909년 영국 다임러사에서 제작한 것으로, 오늘날 세계적으로 드문 앤티크 자동차가 되었다.

궁 홍보관 겸 관람객들의 휴게소로 사용하고 있다.

그러고 보면 사람과 마찬가지로 땅에도 팔자가 있나 보다. 대신들과 외국사신들이 대기하던 빈청이 자동차가 대기하는 어차고가 되고, 지금은 관람객들이 쉬어가는 대기소가 되었으니 말이다.

청기와의 선정전

보물 제814호인 선정전은 치조의 핵심 건물로 오늘날로 치면 국무회의나 비서관 회의 등이 열렸던 곳이다. 조선의 임금들은 여기에서 매일같이 대신들과 정치에 관해 논의했다. 그래서 베풀 선(宣) 자, 정사 정(政)

| **선정전** | 인조반정으로 인한 창덕궁 대화재로 소실된 선정전을 복원하면서 인왕산에 있던 인경궁 건물을 옮겨와 창덕궁 전각 중 유일한 청기와 집으로 남았다.

자를 쓴 선정전이라는 이름을 갖고 있다. 한편 임금이 정치를 베푸는 것을 옛날엔 청정(聽政)이라고 했다. 왕이 일방적으로 정치적 명령을 내리는 것이 아니라 대신들의 의견을 듣는다는 뜻이다. 수렴청정, 대리청정에서 '청정'이라는 것도 듣고 자문한다는 의미가 아니라 정무를 본다는 뜻이다. 오늘날 대통령도 새겨들을 만한 일이다.

선정전 건물은 정면 3칸, 측면 3칸의 팔작지붕으로 건물 앞에는 장대석으로 쌓은 월대가 있고 지붕에는 청기와를 얹었다. 선정전이 창덕궁에서 유일한 청기와 건물이 된 데에는 사연이 있다.

인조반정 때 창덕궁에 큰불이 나면서 원래의 선정전은 소실되었다. 인조 25년(1647) 중건한 선정전 건물은 광해군이 인왕산 아래에 지은 엄청난 규모의 인경궁 건물을 옮겨온 것이다. 광해군의 인경궁은 화려하기가 이루 말할 수 없어 많은 전각에 청기와를 얹었다고 한다. 광해군이 폐

위된 여러 죄목 중 하나가 이 인경궁의 건립이었다. 인조반정 후 인경궁은 폐궁되었고 많은 전각이 창덕궁 복원에 사용되었다. 다른 건물들은 이후 두 차례의 대화재로 소실되고 선정전만 살아남아 호화로웠다는 인경궁의 모습을 어림짐작할 수 있게 한다. 그로써 선정전은 창덕궁 전각 중에서 돈화문 다음으로 오래된 건물이 되었다.

19세기로 들어오면서 선정전의 기능에 큰 변화가 생겼다. 순조가 정조의 장례를 치르면서 선정전을 혼전(魂殿)으로 사용한 것이다. 혼전이란 돌아가신 선왕의 위패를 모시는 건물을 말한다. 임금이 세상을 떠나면 궁궐 안 빈전(殯殿)에 약 5개월간 시신을 모시고 그동안 왕릉을 조성한다. 그리고 시신이 능에 안치되면 신주를 3년간 혼전에 모셨다. 경복궁에는 혼전으로 문경전, 빈전으로 태원전이 따로 마련되어 있었으나 창덕궁에서는 그때마다 건물 한 채를 임시로 지정했다. 그런데 순조 이후

| 선정전 현판 | 베풀 선(宣) 자, 정사 정(政) 자를 쓴 선정전이라는 이름에는 임금이 정치를 베푼다는 뜻이 담겨 있는데, 옛날엔 이를 청정(聽政)이라고도 했다.

선정전을 혼전으로 사용하는 것이 왕가의 새로운 전통이 되어 헌종과 철종의 혼전으로도 쓰이면서 선정전은 다시는 치조 공간으로서의 지위를 찾지 못하게 되었다.

선정전 정면에는 혼전의 격식을 갖추기 위해 복도각(複道閣)이 세워졌다. 이런 사연으로 같은 치조의 공간이면서도 선정전에서는 경복궁의 사정전 같은 권위는 보이지 않고 오히려 경복궁 문경전, 태원전 같은 엄숙함이 느껴지는 것이다.

지금 선정전 내부에는 원래의 치조 기능에 맞추어 옥좌와 그 위를 화려하게 장식한 보개(寶蓋, 닫집)가 있다. 이 때문에 긴 사연을 모르는 관람객들은 선정전이 대단히 혼란스러운 건물이라는 인상을 받을 것이다.

경연이라는 이데올로기 학습

궁궐을 관람할 때면 대개 건물의 생김새를 일별하며 지나가게 마련이지만, 답사라면 그 건물에서 이루어진 행위에 대해 알아보는 것이 중요하다. 외국의 큐레이터들을 안내할 때 가장 많이 듣는 질문은 "이곳에서는 무슨 일이 있었나요?"(What happened at this place?)이다. 건물의 기능에 관한 물음이다.

선정전에서는 매일 임금이 대신들과 정무를 논하는 청정과 함께 대신들과 유교 경전을 공부하는 경연(經筵)이 열렸다. 궁중 비화를 담은 연속극을 보면 속없이 임금님은 팔자가 늘어졌고 궁궐의 그 많은 전각은 다 임금을 위한 사치라 생각하기 쉽지만, 경연을 생각해보면 조선시대 통치 구조가 얼마나 엄격했고 임금의 삶이 얼마나 긴장의 연속이었는지 이해할 수 있다. 조선의 왕들이 그렇게 가려 먹고 잘 먹었음에도 숙종과 영조를 제외하고는 대부분 환갑도 못되어 생을 마친 것은 왕세자 시절부터 스트레스를 받은 탓일 텐데 그것은 경연 하나만 보아도 알 수 있다.

경연에서 왕은 유교의 이상정치를 실현하기 위해 매일 학식 높은 대신들과 경사(經史)를 익혔다. 절대 권력을 갖고 있었던 왕에게 절대적으로 필요한 것이 이데올로기의 학습이었다.

태조가 경연청을 설치한 이래 역대 왕들은 반드시 경연에 참여해야 했다. 세종은 즉위한 뒤 약 20년 동안 매일 경연에 참석했고, 성종은 재위 25년 동안 매일 아침, 낮, 저녁으로 하루 세 번씩 경연에 참석했다고 한다. 물론 반대도 있다. 세조는 집현전 학사들과 거리를 두기 위해 잠시 경연을 중단한 바 있고, 연산군은 공부하기 싫어서 이를 폐지하기도 했다.

경연의 기본 교재는 유교의 경전인 사서와 오경, 그리고 중국 역사책인 『자치통감』이었다. 보조 교재로는 주자를 비롯한 송대 유학자들의 학설을 정리한 『성리대전(性理大全)』, 당태종의 뛰어난 정치술이 기록된 『정관정요(貞觀政要)』, 조선 역대 임금의 치적을 모은 『국조보감(國朝寶鑑)』 등을 사용했다.

경연관은 학문과 인품이 탁월한 문관을 겸직시키는 것이 보통이었다. 경연관으로 발탁되는 것은 왕조시대에 가장 명예로운 일의 하나였다. 『경국대전』에서는 경연관을 아예 직제화하여 정1품 영사 3인, 정2품 지

| 희정당 정면 | 희정당은 앞쪽에 새로 신관까지 지어 창덕궁 어느 건물보다도 화려하다. 순종황제 때는 자동차가 신관 문앞까지 들어오도록 신관 정면에 캐노피 건물을 세웠다.

사 3인, 종2품 동지사 3인, 정3품 당상참찬관 7인, 그리고 정4품 시강관, 정5품 시독관(侍讀官) 이하 하급 관리로 구성했다. 선조 14년(1581) 성혼(成渾)이 경연에 참여한 이후부터는 재야의 학자들이 경연관으로 초빙되기도 했다. 이를 산림(山林)이라 한다.

결국 경연은 매일 이루어지는 국정 세미나인 셈이었다. 대신들은 이를 통하여 왕권을 제어하기도 했고 왕이 대신들을 몰아붙이기도 했다. 실제로 학문에 뛰어났던 영조와 정조는 경연을 탕평책 등 개혁정책을 추진하는 계기로 삼았다. 경연은 고종 때까지 계속됐다. 그런 점에서 경연은 조선왕조를 500년 이상 이끌어간 힘이었다. 업무에 시달리는 도승지를 보고 거지가 불쌍하다고 했다는 옛이야기가 있는데, 임금의 삶이야말로 개인 생활 없이 주어진 일정과 틀 속에서 평생을 살아야 했던 피곤한 인생이었다.

| 희정당 | 희정당은 본래 임금의 서재이기 때문에 규모가 크지 않았으나 순조가 희정당을 편전으로 삼으면서 창덕궁의 핵심 건물로 부상해 규모가 커졌고, 순종황제 때는 손님을 맞이하는 접견실로 쓰이면서 더욱 위상이 높아졌다.

내전의 사랑채, 희정당

선정전 밖으로 나오면 본격적인 창덕궁 내전 답사가 시작된다. 내전은 임금의 일상생활이 이루어지는 공간이기 때문에 각각의 기능을 갖춘 건물들이 유기적으로 복잡하게 연결되어 있다. 그러나 간단히 보자면 내전 역시 다른 양반가와 마찬가지로 사랑채와 안채로 구성되어 있다. 희정당이 임금의 사랑채이고, 대조전이 안채의 안방이자 침실이다.

그 밖에 나인과 신하들이 임금의 수발을 들기 위해 마련한 부속 건물들이 있다. 기본적으로 희정당 앞쪽에 '희정당 신관' 건물이 있고, 대조전 뒤쪽에는 왕실 가족과 임금의 휴식을 위한 공간인 경훈각이 있다. 그리고 희정당, 대조전, 경훈각 세 건물이 복도로 연결되어 있는데, 이것이 창덕궁 내전의 기본 구조다.

관람 동선을 따라가면 희정당과 대조전 사이의 샛길을 통해 들어가게

| 희정당 전각 | 보물 제815호인 희정당 건물은 정면 11칸, 측면 5칸의 팔작지붕 집으로 기단부를 장대석 5단으로 거의 담장 높이까지 높직이 올려쌓아 자못 장중하다.

되므로 희정당의 뒷면과 대조전의 앞면을 보게 되어 이 구조를 명확히 인식하지 못하는 경우가 많다. 그래서 나의 창덕궁 내전 답사는 다소 번거롭지만 희정당 신관 정면에서 시작하곤 한다.

희정당은 본래 임금의 서재이기 때문에 처음에는 규모가 크지 않았다. 실제로 인조 때는 15칸에 지나지 않았다고 한다. 그러나 세월의 흐름 속에 그 위상과 기능이 달라졌다. 임금이 정무를 보는 건물을 편전(便殿)이라고 부르는데 순조는 선정전을 정조의 혼전으로 사용하면서 희정당을 편전으로 삼았다. 이때부터 희정당은 창덕궁의 핵심 건물로 부상해 규모가 크게 늘었고, 순종황제 때는 손님을 맞이하는 접견실로 쓰이면서 더욱 높은 위상을 갖게 되었다.

보물 제815호인 희정당 건물은 정면 11칸, 측면 5칸의 팔작지붕집으로로 기단부를 장대석 5단으로 거의 담장 높이까지 높직이 올려쌓아 자못 장중하다. 양쪽 측면의 한 칸은 툇간으로 물려 통로로 사용하고 나머지 9칸 중 가운데 3칸을 통칸으로 터서 접견실로 했으며, 서쪽은 회의실로 꾸미고 동쪽은 여러 개의 방으로 나누었다.

위상이 높아지면서 앞쪽에 새로 신관까지 지어, 희정당은 창덕궁 어느 건물보다도 화려하다는 인상을 준다. 순종황제 때는 자동차가 신관 문 앞까지 들어오도록 신관 정면에 캐노피 건물을 세웠다. 이로써 희정당은 자동차가 가벼운 곡선을 그리며 돌아나가는 신식 건물이 되었다.

선기옥형과 하월지

지금 희정당 앞마당은 정원이 아닌 맨마당이지만 원래는 남쪽에 천체를 관찰하는 선기옥형(璇璣玉衡)을 설치한 제정각(齊政閣)이 있었다. 혼천의(渾天儀)라고도 불리는 선기옥형은 하늘의 도를 본받기 위해 천체 구조를 형상화한 것으로 이 또한 이데올로기의 반영으로 볼 수 있다. 이와 관련하여 선기옥형을 설치한 의의에 대해 자세히 보고하라는 영조의 주문에 이조판서 김동필은 이렇게 아뢰었다.

순임금은 옥형을 살펴 천체의 운행을 가지런하게 했으며, 우리 세종대왕께서는 간의대(簡儀臺)를 설치하고 흠경각과 보루각을 세웠으며 숙종대왕께서는 제정각을 설치하고 선기옥형을 안치하여 공경하는 도리를 다했습니다. 원컨대 전하께서도 하늘을 본받아 도를 행하는 일에 깊이 유의하소서. (『조선왕조실록』영조 4년(1728) 2월 18일자)

천지자연의 도를 따른다는 마음가짐을 그렇게 조형물로 나타낸 것이다. 희정당 동쪽에는 하월지(荷月池)라는 네모난 연못이 있었다. 이 또한 그냥 연못이 아니었다. 성리학을 완성한 주희의 집 앞에 있었던 반 이랑 크기의 네모난 연못, 이른바 반무방당(半畝方塘)을 본뜬 것이었다. 주희의 유명한 시 「관서유감(觀書有感, 책을 읽다 감흥이 일어)」에 나오는 그 반무방당이다.

> 반 이랑 네모난 연못이 한 거울 이루었으니　　半畝方塘一鑑開
> 하늘빛 구름 그림자 함께 돌고 도네　　　　天光雲影共徘徊
> 저 도랑에 묻노니 어떻게 이처럼 깨끗한가　　問渠那得淸如許
> 근원으로부터 맑은 물 흘러오기 때문이라네　　爲有源頭活水來

우리가 애국가 가사를 외우듯 조선시대 문인이라면 이 시를 다 외우고 있었다. 전국 곳곳의 정원과 건물 이름에 '천광운영' '원두' '활수래' 같은 단어가 나오는 연유가 여기에 있다. 순조는 어느 날 희정당 반무방당을 보며 시 한 수를 지었다.

> 동쪽 창으로 아침 해가 난간 밖을 눈부시게 밝히니
> 반 이랑 되는 금빛 연못은 한 줄기 샘과 같네
> 아직 연잎도 나지 않아 거울처럼 푸르니
> 농익은 봄빛이 하늘에 가득하네

얼핏 보면 봄날의 서정을 읊은 것 같지만, 사실 순조의 이 시에는 성리학 이데올로기가 그렇게 반영되어 있는 것이다.

그러나 희정당은 1917년 창덕궁 내전에 난 큰불로 대조전과 함께 완전히 소실되고 만다.

1917년 창덕궁 대화재

창덕궁에는 임란 이후 세 번의 큰 화재가 있었다. 우선 광해군 2년 (1610)에 중건하고 13년밖에 지나지 않은 1623년에 인조반정으로 큰 화재가 일어났다. 이후 약 200년간은 큰 화재가 없다가 순조 33년(1833) 10월 17일에 내전이 전소되는 대화재가 있었다. 그리고 국권 상실 7년 뒤인 1917년 11월 10일에 일어난 화재로 대조전, 희정당, 경훈각 등 침전의 주요 건물이 전소되었다.

이 화재는 당시 신문에서 호외를 발행하고 연일 대서특필로 앞뒤 정황을 상세히 보도할 정도로 큰 사건이었다. 화재 이튿날인 1917년 11월 11일자 『매일신보』는 호외로 이 소식을 전하고 후속 기사로 '이왕직 기사 김윤구(金倫求) 씨 담(談)'이라는 제목 아래 다음과 같은 전문가 인터뷰를 실었다.

(화재를 입은) 중요한 처소로 말할 것 같으면 대조전·희정당·징광루·경훈각·양심합·홍복헌·정묵당·청향각·옥화당·욕실·여관(女官) 처소·찬시(饌侍) 처소와 기타로, 건축물 평수로 말하면 무려 800평이요, 건축물에 대한 손해만 무려 30만 원 이상 될 것으로 생각하며 20여 만 원의 화재보험이 들어 있다. (…)

평시의 소화 설비로 말하면 전각 주위에 수많은 수도 소화전을 설비했을 뿐 아니라 조그만 처소라도 일일이 소화기를 설비했으며 궁감, 야경, 기타 불을 경계하는 사람도 다수했으며 (…) 양 전하의 기거하시는 지밀(至密, 궁중 안)인 고로 화재의 예방에 대하여는 물론 힘을 다했건만 맹렬한 바람에 사나운 불길은 평시의 고심이 수포로 돌아갈 뿐 아니라 경성의 소방기관이 힘을 다하여도 이만한 재화를 면치 못했다.

| 『매일신보』에 실린 창덕궁 화재 소식 | 1917년 11월 10일에 일어난 화재로 대조전, 희정당, 경훈각 등 침전의 주요 건물이 전소되었다. 당시 많은 신문들이 호외를 발행하고 연일 대서특필할 정도로 큰 사건이었다.

100여 년 전인데 당시에 이미 화재보험에 들었고, 방화 설비를 갖추고 있었다는 것이 새삼스럽다. 그리고 화재 3개월 뒤인 『매일신보』 1918년 1월 17일자 3면엔 '창덕궁 화재의 자세한 보도'라는 제목 아래 "불 난 원인은 매우 희미하여서 서울 안에서는 별 이상한 말이 많으니 그 내용은 도무지 알 수 없으나 필시 무슨 중대한 이유가 있는 듯한데 일본인들은 그 허물을 윤덕영(황후의 백부)에게 돌린다"며 방화 사건이 아니었나 하는 의문을 제기하였다.

화재 4일 후, 복구 계획 발표

일제강점기 대한제국 황실의 일을 맡아보던 이왕직에서는 화재 4일 뒤인 11월 14일 복원 계획을 발표했다.

이왕직 장관 자작 민병석(閔丙奭) 이하 고등관이 화재 이후의 처리 방법에 대하여 회의를 하고, 임시 궁전(낙선재)을 응급 수리하는 비용 6만 5,000원을 예비금 가운데서 지출하기로 했다. 신전(新殿)은 조선식으로 건축하기로 하고, 그 외에는 서양식을 참조하기로 했다. 건평은 약 700평으로 하고 건축 및 설비, 잡비 등을 개략하여 54만 6,300원이 되었다. 금년부터 공사를 시작하여 1920년까지 준공하기로 결정했다."(『조선왕조실록』 순종 10년(1917) 11월 14일자)

이리하여 대대적인 창덕궁 내전 복구 공사에 들어가게 되었다. 그러나 건축 자재의 조달은 보통 문제가 아니었다. 이에 경복궁 내 전각을 헐어 사용하는 방식을 취하게 되었는데 이를 이왕직이 요청한 것인지 아니면 총독부가 권한 것인지는 알 수 없다.

이왕직에서 전각을 중건하는데, 경복궁 내의 여러 전각의 옛 재목을 옮겨 짓는 일을 총독부와 의논하여 정한 후 (순종에게) 보고를 올렸다. (『조선왕조실록』 순종 10년(1917) 11월 27일자)

당시 경복궁의 사정을 보면 창덕궁 화재 2년 전인 1915년부터 이미 총독부 건물 건립을 위해 근정전 앞쪽 건물들을 헐어내고 있었다. 그리하여 경복궁의 교태전(交泰殿)·강녕전(康寧殿)·만경전(萬慶殿)·흠경각(欽敬閣)·함원전(含元殿)·동서 행각(行閣) 등 12채의 건물을 헐어 창덕궁 내전 복구에 사용하게 됐다. 이때 건물의 규모와 기능에 맞추어 창덕궁의 희정당은 경복궁의 강녕전을, 대조전은 교태전을, 경훈각은 만경전을 옮겨 재건하게 되었다. 2000년대 경복궁 복원 때는 이를 역으로 진행했으니 이 또한 역사의 순환인가.

창덕궁 내전 복원공사가 한창 진행 중이던 1919년 1월 고종이 승하했다. 그리고 3월에는 3·1운동이 일어났다. 이로 인해 공사는 지연될 수밖에 없었다. 그러나 3·1운동 이후 총독부가 통치 방식을 무단통치에서 문화통치로 바꾸면서 공사는 예정대로 1920년 연말 준공을 목표로 진행됐다.

1920년 4월 7일자 『동아일보』는 공사 현장을 취재하고 "단청 화려한 신내전(新內殿)"이라는 제목을 달아 다음과 같은 기사를 실었다.

> 창덕궁 새 궁전이 (…) 이제는 거의 다 준공되고 남은 일이라고는 전기 공사 외 증기 공사이며 기타 일반 장식할 것뿐이니 늦어도 10월 그믐께는 새 내전으로 모시겠으며 건물은 전부 구식으로 전 집과 비하야 대동소이할 것이요, 침전은 (…) 석탄이나 가스를 이용하고자 했으나 아무리 생각하여도 전하께서는 조선식 온돌이 제일 편하시겠기에 역시 온돌로 하기로 결정했으며 내부 장식은 전부 서양식으로 하겠지만 아무쪼록은 전하의 취미에 맞도록 조심하노라.

현장을 둘러본 기자는 자랑하는 마음을 담아 다음과 같이 말했다.

> 희정당은 벌써 빛이 새로운 오색단청이 사람의 눈을 기쁘게 하며 웅대한 전각은 숭엄한 느낌을 말없이 주는 듯한데 (…) 이와 같이 광대하고 숭엄한 새 전각은 공사비가 거의 60만 원이요, 평수가 800평이니 예전 궁전보다 나으면 나았지 못하지는 않을 것이라더라.

기자의 탐방기대로 당시 창덕궁 내전 복원공사는 인테리어만 남겨놓은 상태였는데 이때부터 내전의 핵심 건물인 희정당, 대조전, 경훈각의 대청마루에 그려넣을 벽화와 관련된 논의가 시작되었다.

내전 벽화 6점이라는 대 프로젝트

전통 한옥의 대청마루 양 측면에는 상인방이라 부르는 커다란 목부재가 있고 그 위에 넓은 벽면이 펼쳐진다. 이왕직에서는 여기에 과감히 현대적으로 벽화를 그려 붙이기로 했다. 그 크기는 세로가 약 2미터, 가로가 작게는 5미터, 크게는 9미터에 달한다. 벽화의 형식은 청록채색화로 하고 벽에 직접 그리는 것이 아니라 두꺼운 배접지에 비단을 발라 그림을 그린 뒤 벽에 부착하는 '부(付)벽화' 방식을 취하기로 했다. 이리하여 한국미술사에서 전례를 찾아볼 수 없는 장대한 미술 프로젝트가 시행되었다.

이왕직의 일본인 관리들은 일본인 대가를 초빙하여 벽화를 제작하자고 했지만 순종은 내전의 벽화만큼은 조선인 화가에게 맡기겠다는 강력한 의지를 표명하고 이를 관철시켰다. 그런데 문제는 당시 조선 화단에 이 같은 대작을 맡길 만한 화가가 없었다는 것이다. 조선의 마지막 화원으로 당대 미술계를 대표하던 심전(心田) 안중식(安中植)은 1919년에, 소림(小琳) 조석진(趙錫晉)은 1920년에 타계했기 때문이다.

그리하여 이 대역사는 '서화미술회(書畵美術會)'와 '서화연구회(書畵研究會)'에 맡겨졌다. 서화미술회는 조선왕조 멸망 후 옛 도화서의 전통을 잇기 위해 1911년 심전과 소림이 창설하여 근대 한국화 제1세대들을 배출했던 단체였고, 서화연구회는 해강(海岡) 김규진(金圭鎭)이 창설한 개인 미술학원이었다.

서화미술회에는 대조전과 경훈각의 벽화 4폭, 서화연구회에는 희정당 벽화 2폭이 맡겨졌다. 주제는 산수, 화조, 고사인물 세 가지로 한정했다. 이로써 희정당 벽화는 「금강산도」, 대조전은 「봉황도」와 「백학도(白

鶴圖)」, 경훈각은 「천보구여도(天保九如圖)」로 정해졌다. 윤필료(潤筆料, 제작비)는 각각 약 1,500원이라는 파격적인 대금이 책정되었다. 이는 우리나라 근대미술사의 여명기에 일어난 문화계의 일대 사건이었다.

20대 한국화 1세대의 참여

그런데 스캔들이 생겼다. 서화연구회의 김규진이 윤필료를 챙길 속셈으로 희정당 벽화 2폭을 독차지했다는 의심을 받았다. 한편 당시 서화미술회는 이완용이 형식상의 회장으로 있고 소호(小湖) 김응원(金應元)이 총무를 맡아 실질적인 대표 역할을 하고 있었는데 그림을 그리기로 한 이들 가운데 이당 김은호가 윤필료로 500원만 받았다며 제작을 거부하는 잡음이 일어났다. 『동아일보』 1920년 6월 24일자에는 '창덕궁 내전 벽화 윤필료의 거처(去處)?'라는 제목 아래 다음과 같은 고발 기사가 실렸다.

김응원은 (…) 오늘 매우 창피한 모양이 발각이 되어 어쩔 수 없이 (…) 각 지전(紙廛, 지물포)에서 십장생이나 채색 그림을 그려 파는 화공들을 대 소집하여 대대적인 염가로 세상에도 소중한 내전 벽화를 그리고자 계획 중이라 하니 가뜩이나 나날이 쇠퇴하여 가는 조선미술계와 한번 그리어 붙이면 수백, 수천 년의 길고 긴 세월을 두고 조선 미술의 정화라 우러러볼 내전 벽화를 위하여 어찌 아깝지 않으며 분개치 않으리오.

그러나 그 이튿날인 6월 25일자 『조선일보』는 "외간에 전하는 말과 조선 서화계의 실상"이라는 부제를 달아 김응원의 윤필료 문제와 지전 사

| 희정당 내부 | 전소된 내전 건물을 복원하면서 전각 내부를 우리나라 화가들이 그린 벽화로 장식하기로 결정함으로써 한국미술사에서 전례 없는 장대한 미술 프로젝트가 시행되었다.

람 동원 문제는 사실과 다르다고 해명하면서 오히려 김은호는 황감한 영광으로 생각하고 봉사해야 한다는 기사를 실었다.

이후 사태가 수습되어 결국 서화미술회 측에서 중진 화가인 강필주, 고희동 대신 강습소 출신의 신진 화가인 청전 이상범, 이당 김은호, 심산 노수현, 묵로 이용우, 정재 오일영 등 5명에게 벽화를 맡기기로 했다. 『동아일보』 8월 6일자는 이 사실을 다음과 같이 전했다.

조선 서화 미술계를 위하여 애석하다 할 만한 창덕궁 대조전의 벽화 윤필료 사건은 그동안 아무 말 없이 잘 조처가 되고 새로이 청년 화가에게 명한 바가 있어 동양화, 더욱이 산수풍경으로 꽃같이 아름다운 희망 속에 싸였던 오일영, 김은호 씨 등 다섯 사람의 젊은 청년 화

| 희정당 벽화 | 「총석정절경도」(김규진, 비단에 채색, 1920)

가의 손으로 지금 한창 그림에 착수하는 중인데, 그림은 덕수궁에서
그리며 그림의 화제는 백학, 봉황도 등으로 (…) 그림이 마치기는 내월
15일경이라더라.

이런 곡절 끝에 창덕궁 내전 벽화 여섯 폭은 해강 김규진과 신진 화가
5명이 심혈을 기울여 제작했다.

희대의 명작, 희정당 벽화

희정당 벽화를 맡은 김규진은 세로 195센티미터, 가로 880센티미터
의 대작 두 점을 금강산 만물상과 총석정 실경으로 그렸다. 김규진은 이
미 1919년 가을에 금강산을 유람하고 구룡폭포 오른쪽 암벽에 폭 3.6미
터, 길이 19미터의 '미륵불'이라는 글씨를 새긴 뒤 『매일신보』에 금강산

스케치를 연재한 바 있었지만 이 벽화를 위해 다시 금강산에 다녀왔다.

　김규진의 「총석정 절경도(叢石亭絶景圖)」와 「금강산 만물초 승경도(金剛山萬物肖勝景圖)」는 그의 일생일대 회심작이자 희대의 명작이다. 단풍이 물든 만물상이 구름 속에 웅장한 자태를 드러내는 모습과 바다에서 바라본 총석정 기암들이 파노라마로 전개되고, 청록 진채의 정밀한 묘사도 탁월하다.

　여기에는 금강산의 아름다움뿐 아니라 조국 산천에 대한 자랑과 사랑이 듬뿍 담겨 있다. 나라를 잃은 아픔과 억울함으로 세월을 보내던 순종의 집무 공간에 더없이 잘 어울리는 그림이었다.

창덕궁 내전의 일반 관람을 기대하며

　창덕궁 내전 건축과 제작은 나라 잃은 서러움의 나날을 살던 시절 작

| 희정당 벽화 | 「금강산만물초승경도」(김규진, 비단에 채색, 1920)

은 위안이었다. 『조선일보』 1921년 2월 2일자는 그런 마음을 담아 '신건축한 대조전'이라는 제목 아래 다음과 같이 보도했다.

　　창덕궁 안 대조전은 화재 후 다시 개축 공사에 착수했던 바 총평수는 1천여 평이요, 건축 경비는 73만여 원이오. 3개년의 일자를 허비하여 순 조선식의 대건축으로 작년 납월(12월)경 준성한 바 새로 건축한 외양은 전일 불타기 전과 대략한 모양이며 그 내부의 장식은 가장 신식으로 설비하여 수난로와 방에 장식한 것은 일본 경도(교토)제대 교수의 충찬하던 바이라.

　　그런 대세로 건축한 대조전은 동 부속전·희정당·경훈각·현관·귀빈실 기타의 전각을 합하여 일반적으로 가장 화려하고 굉장하며 (…) 특별히 조선미술을 장려하는 의미로 이왕가의 명령에 의하여 화가 김규진 씨와 청년 화가의 일등으로 그린 (…) 조선 미술계의 걸작이었으

며 (…) 그 건축은 이왕가의 명령에 의하여 전혀 조선의 기술가를 고빙하여 순 조선식으로 화려하게 한 바이더라.

이로써 창덕궁 내전은 애초 계획대로 '외형은 전통, 실내는 현대식' 그리고 벽화는 조선 화가 작품으로 완공되었다. 이것이 오늘날 우리가 보는 창덕궁 내전이다. 다만 100년 가까이 외부에 노출되어 있던 벽화들은 영구 보존을 위해 2014년 경훈각만 원화를 남겨두고 나머지는 보존처리 후 국립고궁박물관으로 이전했고 그림이 있던 자리엔 정밀 모사본을 설치했다.

현재 창덕궁 내전은 일반인 관람이 허용되지 않지만 어느 땐가는 일반 공개가 가능할 것으로 기대한다. 덕수궁 석조전처럼 엄격한 제한 관람이라면 얼마든지 가능할 것이다. 그러면 관람객은 회랑으로 연결된 희정당, 대조전, 경훈각을 두루 돌면서 거기에 놓인 가구며 벽화를 보고 일

제에 나라를 강탈당한 상황에서 우리 조상들이 민족적 자존심을 지키기
위해 애쓴 자취를 여실히 느낄 수 있을 것이다.

조선의 왕과 왕자들은 이렇게 살았다

대조전 / 경훈각 뒷간 / 대조전 화계 / 중희당 / 성정각 /
희우루 / 관물헌 / 승화루 서목

큰 인물을 만드는 집, 대조전

창덕궁 대조전(大造殿)은 왕과 왕비의 침전으로, 그 이름만으로도 이 건물이 궁궐에서 차지하는 위상을 알 수 있다. 궁궐 건축에는 위계가 있어 가장 중요한 건물 이름에 전(殿) 자를 붙이니, 대조전은 인정전, 선정전과 어깨를 나란히 하는 것이다.

대조전은 내전의 정전이어서 중궁전(中宮殿)이라고도 했다. 왕비를 '중전마마'라고 부르는 것은 그 때문이다. 또 지극히 비밀스럽다는 뜻으로 '지밀(至密)'이라고도 했는데 '지밀나인' '지밀상궁' 등이 여기에서 나온 표현이다.

대조전은 궁궐 한가운데 있는 지밀한 곳이기 때문에 겹겹이 행각으로 둘러싸여 있고 입구에는 선평문(宣平門)이라는 별도의 대문까지 있다. 그

| 대조전 전체 모습 | 궁궐 한가운데 있는 지밀한 곳이기 때문에 겹겹이 행각으로 둘러싸여 있고, 입구에는 별도의 대문까지 있다.

구조를 설명하자면 한이 없는데 크게 말해 대조전 앞에는 임금의 사랑채 격인 희정당이 있고 뒤쪽에는 왕실 가족과 임금의 휴식을 위한 별도의 공간인 경훈각이 있으며 그 뒤로는 화계(花階)로 꾸며진 꽃밭이 있다.

대조전은 이름부터 사람들의 흥미를 유발한다. 대조(大造)란 '큰 것을 만든다'는 뜻으로, 대통을 이을 왕자를 낳는 곳이라는 뉘앙스를 담고 있다. 이렇게 거두절미하고 직설적으로 이름 지은 것이 재미있고 신기하다. 그러나 기록상 대조전에서 태어난 왕자는 순조의 아들인 효명세자뿐이었고, 오히려 성종·인조·효종·철종·순종황제가 여기서 숨을 거두었다. 대조전이 궁궐의 안방임을 말해주는 예다.

대조전 건물은 정면 9칸으로 그 규모가 상당히 크다. 건물 앞에는 넓고 높직한 월대가 있어 장중함을 더한다. 월대 위에는 방화수를 담은 육중한 무쇠 드므 4개가 화마로부터 대조전을 지키고 있다.

　건축적으로 대조전은 용마루가 없는 것이 특징이다. 이런 건축 형식을 무량각(無樑閣)이라고 하는데 궁궐 건축에서만 보인다. 확실한 얘기는 아니지만 임금이 머무는 대조전에 용마루가 없는 것은 임금이 곧 용이기 때문에 두 용이 부딪치지 않도록 한 것이라는 속설이 있다. 경복궁의 강녕전과 교태전, 창경궁의 통명전 등 왕과 왕비의 생활과 관련된 건물이 대개 무량각인 것을 보면 아주 근거 없는 이야기도 아니다. 분명한 것은 그 형식이 구중궁궐 안에서도 지밀한 건물임을 도드라지게 한다는 것이다.

　대조전의 실내 장식은 1920년 복원 때 근대식으로 바뀌었다. 창호지를 대신한 유리창과 무쇠로 만든 고전적인 전등이 달렸고, 기둥과 창방에는 예쁜 봉황 조각이 장식되어 있다.

　멋진 응접용 나무 의자와 장식이 거창한 서구식 침대, 대리석 화장대

도 있고, 타일이 깔린 욕실에 아담한 욕조도 있다. 유럽의 궁전에서나 볼 수 있는 화려한 앤티크 가구도 있는데 그중에는 S자로 굽은 소파도 있다. 이 소파는 앞뒤에서 등을 대고 비켜 앉게 되어 있어 둘이 앉으면 저절로 가까이서 얼굴을 마주하고 앉는 자세가 된다. 그래서 사람들은 이 소파를 '러브 체어'라고 부른다. 실제 용도가 무엇이었는지는 아직 확인된 바 없다.

상인방엔 근대미술의 기념비적 작품인 채색벽화 두 점이 있다. 대조전 벽화 역시 세로 197센티미터, 가로 579센티미터의 대작이며, 동쪽 벽은 이용우와 오일영이 합작한 「봉황도」로 서쪽 벽은 김은호의 「백학도」로 채워졌다. 봉황과 학의 묘사가 상서로울 뿐만 아니라 채색이 아주 화려하면서도 고상하다. 스승인 안중식, 조석진의 전형적인 채색 화법을 보여준다. 「봉황도」에는 오동나무와 해가 있고, 「백학도」에는 달과 소나

| **대조전 내부** | 대조전의 실내 장식은 1920년 복원 때 근대식으로 바뀌었다. 창호지 대신 유리창과 무쇠로 만든 고전적인 전등이 달렸고, 기둥과 창방에는 예쁜 봉황 조각이 장식되어 있다.

무가 어우러져 멋진 대비와 조화를 이룬다. 황제와 황후의 행복을 비는 마음이 듬뿍 담긴 그림이다.

당시 김은호는 29세, 오일영은 31세, 이용우는 불과 17세였는데 이런 대작을 능히 소화하여 근대미술의 명작을 낳았다는 것이 대견하고, 아직 작가적 완성기에 접어들지 않았던 청년 화가들을 궁궐 벽화 제작에 과감히 참여시켰다는 사실이 고맙다.

옛 대조전의 실내 모습

그러면 대조전의 실내가 근대식으로 꾸며지기 전, 원래의 상태는 어땠을까? 이에 대해서는 선공감(繕工監) 관리로서 1802년 순조의 혼례를 앞두고 대조전을 수리했던 이이순(李頤淳)이 쓴 「대조전 수리 때 기사(大

| 대조전 벽화 | 「백학도」(김은호, 비단에 채색, 1920)

造殿修理時記事)」(『후계집(後溪集)』)라는 글을 통해 자세히 알 수 있다. 이이순은 퇴계의 9세손으로, 벼슬은 현감에 그쳤지만 대단한 눈썰미를 지닌 치밀한 문사였다. 실제로 그의 글 가운데 꽃을 의인화하여 감계(鑑戒)의 뜻을 담은 「화왕전(花王傳)」은 수능시험 예상 지문으로 나오기도 한다.

대조전 실내에는 방이 엄청 많다. 안에 들어가보면 방과 방이 붙어 있어 그 기능은 물론이고 동선이 어떻게 되는지조차 잘 파악되지 않는다. 그러나 이이순의 글을 읽으면 금방 이해가 된다.

가운데 여섯 칸이 정당(正堂)이다. 전후에 퇴가 있어 모두 서른여섯

칸이다. 사방은 모두 창호와 장지가 설치되어 토벽인 곳은 없다. 당의
마루 틈은 종이를 바르고 오래된 깔개를 덮었으며 다시 채색으로 그림
이 그려진 깔개를 더했다. 당의 북벽 한가운데는 금으로 글씨 쓴 병풍 둘
이 설치되어 있고 병풍 앞에는 「요지연도(瑤池宴圖)」 10첩 병풍이 있다.

「요지연도」는 대표적인 궁중 장식화의 하나다. 그림의 내용을 살펴보
면 곤륜산(崑崙山)의 우두머리 신선인 서왕모(西王母)가 사는 요지(瑤池,
옥구슬 연못)에는 반도(蟠桃)라는 복숭아가 있는데, 이 복숭아는 꽃 피는
데 3천 년, 열매 맺는 데 3천 년, 열매 익는 데 3천 년이 걸린다. 삼천갑자

| **내전의 복도 건물** | 내전의 희정당, 대조전, 경훈각 세 건물은 지붕이 있는 복도로 연결되어 있다. 이를 복각(複閣)이라고도 하는데 이 복각이 생활공간으로서의 편리성을 보장한다.

동방삭은 이 반도 10개를 훔쳐 먹고 18만 년을 살았다고 한다. 서왕모는 반도가 익을 때면 신선을 초대해 잔치를 벌였다. 그 장면을 담은 그림이 「요지연도」다. 지금도 궁중 화원들이 그린 「요지연도」 채색병풍이 수십 벌 전한다. 어떤 이는 민족적 입장에서 왜 하필 서왕모냐고 거부감을 갖기도 하지만, 이는 이탈리아 사람들이 그리스 신화를 끌어다 쓴 것과 같다고 이해하면 될 것이다.

이이순은 용상의 모습을 이렇게 증언했다.

용상 위에는 용문석(龍紋席, 용이 그려진 돗자리)이 깔렸다. 물으니 안동의 한 석장(席匠)이 바친 것이라 한다. 용문석 위에는 교의(交椅, 팔걸이 의자)가 있고, 그 앞에 답상(踏床, 발받침)이 놓인다. 교의 좌우에는 필묵을 놓은 책상과 향로, 화로를 두었다. 용상 아래 동쪽에는 (…) 짧은 걸

개에 여러 창호의 놋열쇠가 걸려 있다.

이어서 왕비가 잠자는 정침에 대해 다음과 같이 말한다.

정가운데 한 칸 방 서벽에는 매화 병풍을 세웠고, 북벽에는 대나무 병풍을 세웠으며 동쪽 문짝 하나에는 매죽화를 그렸다. 바닥에는 황화석(黃花席, 누런 국화꽃 무늬를 놓은 돗자리)을 깔고 채화등(綵花燈)을 놓았으며 황화석마다 위에 연꽃 방석 한 쌍을 놓았다. 이것이 정침의 가운데 방 모습이다.

이어서 동쪽 윗방만은 채화석 바닥에 황화석을 깔아 이중으로 깔개를 했고 외벽은 창문 안쪽에 작은 장지를 덧붙여 이중문으로 했는데, 가만히 생각해보니 왕이 머무는 정침이기 때문이라고 했다. 방 안의 그림과 글씨에 대해서는 다음과 같이 말했다.

병풍이 10여 벌이다. 그중 금칠 병풍 하나에는 학 일곱 마리를 그렸고 나머지는 신선이나 비룡, 진귀한 금수와 기이한 화초들을 그렸는데 이루 다 기록할 수가 없다. (…) 집의 남쪽 편액은 '사무사(思無邪, 삿된 생각이 없다)'이고 어필이다. 남쪽 퇴 앞의 편액은 '대조전'이다.

이이순의 대조전 수리기는 궁궐의 내부 구조와 실내를 장식하는 기물과 그림, 글씨들이 각 방에 어떻게 설치되었는지를 놀라울 정도로 상세하게 알려준다. 이 글을 읽으면서 나는 궁중 장식화들이 어떻게 사용되었는지 비로소 알게 되었고 이이순을 비롯한 옛 선비들이 얼마나 디테일에 강했는지 실감하면서 반성을 많이 했다.

| **경훈각 실내** | 현재의 경훈각은 정면 9칸, 측면 4칸 건물로, 가운데에 3칸의 대청을 두고 동서벽 상인방에는 벽화를 걸었으며 좌우로 2칸씩 온돌을 들였다.

경훈각 뒷간의 매우틀

대조전 뒤쪽으로는 경훈각이라는 큰 건물이 있다. 임금과 왕실 가족들의 휴식 공간으로 본래는 2층집이었다. 궁궐 건축에서 2층 건물의 위층은 루(樓), 아래층은 각(閣)이라고 한다. 그래서 이 건물도 처음에는 아래층은 경훈각, 위층은 징광루(澄光樓)라고 불렸다. 그러나 1920년 복원때 경복궁 만경전을 옮겨 지으면서 징광루는 복원하지 않았다.

현재의 경훈각은 정면 9칸, 측면 4칸 건물로, 가운데에 3칸의 대청을

| **매우틀** | 경훈각 서북쪽으로 돌아나가는 모서리 섬돌 바로 위에 작은 나무문이 하나 나 있다. 경훈각 뒷간으로, 안에는 용변이 담긴 그릇을 끌어내는 바퀴 달린 판자가 있다. 사진은 국립고궁박물관에 전시되어 있는 이동식 변기 매우틀이다.

두고 동서벽 상인방에는 노수현과 이상범이 그린 고사인물도 벽화를 걸었으며 좌우로 2칸씩 온돌을 들였다.

경훈각 벽화는 세로 195센티미터, 가로 525센티미터로 애초 『시경』에 나오는 「천보구여도」를 그릴 것이었다가 계획을 변경하여 동쪽 벽에는 노수현이 아침 해가 떠오르는 광경을 그린 「조일선관도(朝日仙觀圖)」를, 서쪽 벽에는 이상범이 세 신선이 파도를 바라보는 모습을 그린 「삼선관파도(三仙觀波圖)」를 두었다. 두 작품을 연결시키면 연폭처럼 이어진다.

여기서는 신선이 살 법한 상상 속 산수를 환상적으로 그려냈다. 「조일선관도」에서는 천도 가지를 메고 있는 동자와 영지를 들고 있는 동자가 마주 보며 길을 걷고 있고, 「삼선관파도」에서는 세 신선이 바다의 파도를 바라보며 서로의 나이를 자랑하고 있다.

이는 소동파의 『동파지림(東坡志林)』에 나오는 '삼인문년(三人問年)' 내용을 그린 것으로 한 신선은 자신이 천지를 개벽한 창조자 반고의 친구라 하고, 두번째 신선은 상전벽해(桑田碧海)가 될 때마다 가지 하나씩을 올려놓았다는 집 한 채를 가리키고 있고, 세번째 신선은 3천 년 만에 한 번 열매 맺는 천도를 먹고 뱉은 씨앗이 곤륜산만큼 높아졌다고 말하고 있다. 이렇듯 두 그림 모두 장수를 기원하는 뜻을 담고 있다.

이곳은 지밀 안에서도 가장 깊숙한 곳이어서 더 한적한 기분이 드는데 창문을 열면 그 유명한 화계(花階)와 마주하게 된다. 흔히 '대조전 화계'라고 하지만 실제로는 경훈각 뒤에 있는 꽃계단으로, 여기서 창문으로 내다볼 때 더욱 아름답다.

대조전 답사를 마치고 화계 쪽으로 향하자면 경훈각 서북쪽으로 돌아나가게 되는데 그 모서리 섬돌 바로 위에 작은 나무문이 하나 나 있다. 여기는 경훈각 뒷간으로, 안에는 용변이 담긴 그릇을 끌어내는 바퀴 달린 판자가 있다. 국립고궁박물관에 가면 볼 수 있는 이동식 변기 매우틀과 비슷한 구조이다.

그러면 궁중 나인과 관리들은 용변을 어떻게 보았을까? 『우리 궁궐 이야기』(청년사 1999)의 홍순민 교수가 조사한 바에 의하면, 흥선대원군 때 제작한 경복궁 설계도인 「북궐도형」에는 뒷간이 28곳 있고, 창덕궁과 창경궁을 그린 「동궐도」에는 21군데에 36칸 정도의 뒷간이 있었다고 한다. 화장실이 별로 없어서 파티에 간 귀족들이 아무 데나 용변을 보았다는 베르사유궁전에 비하면 우리 궁궐이 훨씬 인간적이라는 얘기다.

대조전 화계

경훈각을 돌아나오면 산자락 따라 길게 뻗은 화계를 만나게 된다. 참으로 아름다운 꽃계단이다. 장대석을 연이어 4단으로 쌓아올린 화계 위로 붉은 벽돌과 검은 기와가 어우러진 꽃담장이 높직이 올라앉아 있다.

| **경훈각 벽화** | 위는 노수현이 그린 「조일선관도」(비단에 채색, 1920)이고, 아래는 이상범이 그린 「삼선관파도」(비단에 채색, 1920)이다.

화계 중간에는 아기자기한 굴뚝이 오브제(objet)처럼 서 있고, 계단마다 꽃나무와 풀꽃이 심겨 있어 철마다 예쁜 꽃으로 장식된다. 곳곳에 늠름하게 생긴 소나무 몇 그루가 품위를 더해준다.

　화계 중간 부분에는 위쪽 건물로 올라가는 가파른 돌계단이 작은 문까지 곧장 뻗어 있다. 그 안쪽에는 한때 왕대비(왕의 어머니)가 기거하던 수정전(壽靜殿)이 있었으나 지금은 1925년 순종이 그 언덕 전망 좋은 곳에 휴식처로 지은 가정당(嘉靖堂)이라는 아담한 건물이 남아 있다.

| 대조전 화계 | 경훈각을 돌아나오면 산자락 따라 길게 뻗은 화계를 만난다. 아름다운 꽃계단이다. 장대석을 4단으로 쌓아올린 화계 위로 붉은 벽돌과 검은 기와가 어우러진 꽃담장이 높직이 올라앉아 있다.

　화계에는 앵두나무·진달래·철쭉·미선나무·목단 같은 키 작은 나무들과 금낭화·옥잠화·작약·국화·수국·원추리·무릇 같은 풀꽃이 꽃밭을 꾸민다. 곳곳에 기이한 형상의 괴석을 배치하여 단조로움을 피했다. 괴석은 일종의 추상 조각인 셈인데, 구체적 형상을 갖지 않고 거기 있다는 사실 자체로 의미가 있다. 이런 것을 현대미술에서는 오브제라고 하는데 옛사람들은 이처럼 오브제 개념을 이미 꽃밭에 구현했다.

　화계는 우리나라 건축과 조원(造園)의 독특한 형식이자 큰 자랑이다. 산자락을 등지고 집을 앉히다보면 건물 뒤쪽은 자연히 비탈로 남는데, 여기에 꽃계단을 만들어 사태도 막고 꽃밭도 가꾼 슬기롭고도 자연스러운 정원 형식이다. 평지에 집을 지으면 일부러 만들기 전에는 화계가 있을 수 없다. 그래서 중국과 일본의 조원엔 화계라는 개념이 없다. 건축가

민현식의 말대로 화계는 땅이 시키는 대로 꾸미면서 얻어낸 우리나라 고유의 꽃밭이다.

경복궁은 평지에 세운 건축물인지라 화계를 만들 자리가 없었다. 그래서 경회루 연못을 만들면서 퍼낸 흙으로 왕비의 공간인 교태전 뒤란에 가산(假山)을 만들고 이곳에 아기자기한 아미산 화계를 만들었다.

문화재청장 시절 나는 이 화계를 전통적이고 아름답게 꾸미기 위해 조경 전문가들에게 자문도 받고 직접 관련 자료를 찾아보기도 했지만 속 시원한 답은 얻지 못했다. 기록도 없고 사진도 없어서 상식적으로 판단할 수밖에 없다는 결론에 다다랐다. 담양 소쇄원 화계에는 매화가 심겨 있고, 낙선재 입구의 화계는 다복솔로 이루어져 있는 걸 보면 일정한 규칙도 없었던 것 같다.

그래서 지금도 창덕궁 관리소에서는 이런저런 예쁜 야생초들을 시험적으로 심고 가꾼다. 마치 풀꽃과 꽃나무로 하는 대지미술 같아서 정말로 힘든 것이 꽃밭 설계라는 생각만 들 뿐이다. 물론 지금 상태에 만족하지는 못하지만 화계라는 형식 자체가 워낙 강한 메시지를 주기 때문에 언제라도 대조전 화계를 지나면 이 공간이 주는 상쾌함과 행복감을 느낄 수 있다.

사라진 동궁의 정당, 중희당

창덕궁 관람은 동선이 상당히 길어 내전과 후원의 모든 구역을 하루에 다 보기 힘들다. 그래서 대조전 화계를 돌아나오면 대개 후원으로 들어가거나 낙선재로 발길을 옮긴다. 그리하여 일반 관람에서는 대조전과 희정당 곁에 있는 동궁(東宮) 영역이 생략되곤 한다.

왕세자의 공간인 동궁은 또 하나의 작은 궁이다. 동궁은 본래 세자의 공식적인 집무 공간인 정당(正堂), 세자의 교육을 담당하는 세자시강원(世子侍講院), 경호를 담당하는 세자익위사(世子翊衛司), 세자의 독서와 서연(書筵)을 위한 공간, 휴식을 위한 내당(內堂) 등으로 이루어져 있었다. 동궁에서는 세자가 먹고 잠자고 배우고 공부하는 일상생활과 함께 책례·관례·혼례·성균관 입학 등의 의식이 행해졌다.

이렇게 중요한 곳이건만 고종은 재위 28년(1891)에 동궁의 정당인 중희당(重熙堂)을 헐고 그 자리에 후원으로 들어가는 큰 길을 만들었다. 그 때문에 현재는 정당 좌우의 부속 건물만 잔편으로 남아 있다. 대조전 화계를 돌아나오면 바로 만나는 성정각(誠正閣)이 동궁의 맨 서쪽 건물이고, 후원으로 들어가는 길 건너 오른편에 있는 육각정자인 삼삼와(三三窩)와 월랑인 칠분서(七分序), 서고인 승화루(承華樓)가 동궁의 동쪽 잔편들이다. 원래 동궁은 창경궁 가까이에 있었으나 화재로 소실되면서 정조 연간인 1784년, 이곳으로 옮겨지어졌다.

조선의 운세가 기울어가던 때였기 때문일까, 풍수 탓일까. 이곳 동궁에서 살던 왕세자들은 수명이 아주 짧았다. 여기서 세자 책봉식을 치른 정조의 첫 아들 문효(文孝)세자가 나이 다섯에 죽었고, 순조의 아들 효명(孝明)세자는 대리청정까지 맡으며 촉망받았으나 왕위를 잇지 못하고 나이 22세에 아버지보다 먼저 세상을 떠났다. 효명세자의 아들인 헌종도 여기에서 즉위하여 중희당과 성정각을 편전 삼아 정무를 보았으나 23세로 세상을 떠났다.

헌종 이후로는 창덕궁 동궁에 왕자가 산 적이 없다. 헌종의 뒤를 이은 철종은 강화도령으로 왕세자를 거치지 않고 왕이 되었고, 고종도 밖에서 궁으로 들어왔으며 순종은 경복궁과 경운궁에서 왕세자로 지냈으니 창덕궁 동궁은 사실상 빈집이었다. 이것이 창덕궁 동궁의 운명이었다.

| 성정각 | 왕세자의 독서와 서연이 이루어진 건물로, 동궁의 정전인 중희당은 후원으로 들어가는 길을 내면서 헐리고 맨 서쪽에 있는 성정각만 남았다.

왕세자의 서연을 베풀던 성정각

창덕궁 동궁은 이렇게 딱한 운명이었지만 그나마 왕세자의 독서와 서연이 이루어진 성정각이 남아 있어 동궁의 분위기를 엿볼 수 있다. 동궁과 관련된 건물에는 어질 현(賢) 자가 많이 쓰였다. 어진 이를 기다리는 대현문(待賢門), 어진 이를 인도하는 인현문(引賢門), 어진 이와 친하게 지내는 친현문(親賢門) 등이 그것이다. 성정각으로 들어가는 작은 곁문에는 영현문(迎賢門)이라는 현판이 걸려 있다. 어진 이를 맞이하는 문이라는 뜻인데, 서연에 참석하는 학자들이 이곳으로 들어왔기 때문이다.

왕세자의 서연은 임금의 경연과 같은 것이다.『경국대전』에서는 서연을 '신하들이 세자를 모시고 경서와 사서를 강론하고 도의를 올바르게 계도하는 일'로 규정하고 있으며, 조선시대 내내 변동 없이 계승되었다. 서연에서는『소학』과『효경』을 먼저 가르치고, 경서와『자치통감강목』

등의 역사서도 다루었다. 세자의 학문 정도와 관심에 따라 정치적 토론이나 경세론도 많이 이야기되었다. 서연관은 문과 출신 관리 가운데 학문과 덕망이 높은 사람을 임명했다.

이 성정각을 가장 많이, 가장 잘 사용한 왕세자는 효명세자였다. 그는 여기서 성균관 입학례를 치렀다. 고려대 중앙도서관에 소장된『왕세자 입학도첩』의 마지막 장면인「왕세자 수하도(受賀圖)」는 입학례를 마친 효명세자가 궁궐로 돌아와 바로 이 성정각에서 신하들에게 축하를 받는 장면이다. 이런 곳이기에 효명세자는 대리청정을 맡은 3년간 여기서 신하들을 접견했다.

그런데 오늘날 영현문으로 들어서면 동궁의 자취는 거의 보이지 않는다. 행랑채에는 '조화어약(調和御藥, 임금이 드시는 약을 조제하다)' '보호성궁 (保護聖躬, 임금의 몸을 보호한다)'이라고 적힌 현판이 걸려 있고 건물 앞에는 약절구가 놓여 있어 어리둥절하게 한다. 이는 1907년 순종이 창덕궁으로 옮겨오면서 내의원을 성정각 행랑채에 두었기 때문이다. 그래서 간혹 여기를 내의원(內醫院)이라고 소개하는 책자도 있다. 이는 명백한 잘못이며, 성정각은 어디까지나 동궁의 영역이다.

성정각 희우루의 뜻

성정각은 기역 자 집으로 몸체는 정면 5칸에 측면 2칸이고, 동쪽에 정면 1칸, 측면 3칸의 2층 누각이 붙어 있다. 화강석 돌기둥이 누각을 높직이 떠받치고 있어 건물이 다채로워 보이면서도 의젓하다. 본래 누각 건물은 학이 날갯짓하는 형상으로 짓기 때문에 이처럼 화려하게 장식한다.

누각 머리에는 '봄이 오는 것을 알린다'는 뜻을 담은 보춘정(報春亭)이라는 현판이 걸려 있다. 이처럼 동궁에는 봄 춘(春) 자가 따라붙는 경우

| 희우루 현판 | 성정각 동쪽 머리에 '가뭄 끝에 단비가 내려 기뻐한다'는 뜻을 담은 희우루(喜雨樓) 현판이 걸려 있다. 정조 당시 극심한 가뭄으로 고생하고 있었는데 누각 중건 공사를 개시한 날과 완성한 날, 반가운 비가 내려 누각의 이름을 그렇게 지었다는 내력이 있다.

가 많아 동궁을 춘궁(春宮)이라고 하고 세자시강원을 춘방(春坊)이라고
도 한다. 한편 성정각 동쪽 머리에는 희우루(喜雨樓)라는 현판이 걸려 있
다. '가뭄 끝에 단비가 내려 기뻐한다'는 뜻으로 여기에는 내력이 있다.

정조 1년(1777) 날이 매우 가물었는데 이 누각을 중건하는 공사를 시
작하자 비가 내렸고, 또 몇 개월 동안 가물다가 누각이 완성되어 정조가
행차하자 다시 비가 내렸다. 이에 정조는 이 누각을 희우루라 이름 짓고
그때의 마음을 다음과 같은 글로 남겼다.

농사가 풍년이 들어 백성들이 생업을 즐겁게 여길 것이니 그 기쁨
이 크다. 옛사람(소동파)이 희우로 정자의 이름을 지은 것도 반갑게 내
리는 비의 기쁨을 새겨두려고 한 것이다. 마음으로 반갑게 내린 비를
기뻐하면 그만일 터인데 어찌하여 정자의 이름까지 그것으로 지었단
말인가?

마음이란 자기만 알고 다른 사람들은 알지 못하는 것이니 마음에만

새겨둔다면 자기 혼자만 그 기쁨을 즐기게 되고, 다른 사람과 함께 기뻐하지 못하는 것이 된다.

그러므로 큰 기쁨을 마음에 새겨두고, 마음에 새겨둔 것만으로는 부족하여 사물에다 새겨두고, 사물에다 새겨둔 것만으로는 부족하여 마침내 정자에다 이름 지었으니 기쁨을 새겨두는 뜻이 큰 것이다. 그러므로 이 누의 이름을 '희우루'라 부르고자 한다.

정조의 『홍재전서』에 실려 있는 이 「희우루지(志)」는 한번 읽고 나면 다시 읽고 싶어지는 희대의 명문이다. 문장력으로 나오는 글이 아니라 마음속에 있는 생각을 글로 옮긴 것이라는 표현이 맞을 것 같다. 이런 명문을 쓰고 싶으면 이런 마음과 생각을 갖고 살아야 할 것이니 글쓰기의 어려움은 문장력에 있는 것이 아니라 마음과 생각의 바름에 있다고 해야 할 것이다.

관물헌의 '집희'

성정각 뒤편으로는 돌계단 위로 높직이 올라앉은 관물헌(觀物軒)이 있다. 관물헌은 정면 6칸, 측면 3칸짜리 건물로 지붕이 낮고 대청마루가 넓찍하여 아주 편안한 기분이 든다. 이처럼 방보다 마루가 주된 건물을 헌(軒)이라고 한다. '사물을 살핀다'는 뜻의 관물헌에는 세자의 책과 문방구가 보관되어 있었다고 하니 공부하며 생각에 잠기기 좋은 집이다.

관물헌은 영조 때 지어진 건물로 그 유래가 아주 깊다. 마루 위 서까래 아래에는 '집희(緝熙)'라는 작은 현판이 붙어 있는데 이는 『시경』에서 나온 말로 주자는 주석에서 "집(緝)은 이어진다는 뜻이오, 희(熙)는 밝다는

| **관물헌과 '집희' 현판** | 관물헌은 세자가 공부하며 생각에 잠기는 공간이었다고 하는데, 서까래 아래에 '집희(緝熙)'라는 작은 현판이 붙어 있다. 고종이 쓴 글씨라는 견해가 지배적이다.

뜻과 함께 그치지 않는다는 뜻이다"라고 했다. 즉 임금의 밝은 덕이 계속 빛난다는 의미가 된다. 한편 영조는 경희궁에 있는 같은 이름의 '집희당'을 읊은 시에서 이런 말을 덧붙였다.

> 이 전각은 예로부터 세자의 집이라
> 집 안에 훌륭한 작품들이 새롭구나
> 계속하여 밝게 빛나니 어진 이를 높이 받들어
> 날로 더욱 친하게 되도다

이 현판에는 작은 글씨로 '어필 갑자년(御筆 甲子年)'이라고 쓰여 있는데 갑자년에 이 글을 쓴 임금이 영조, 순조, 고종 중 누구인지는 확실치 않다. 영조의 조신한 글씨체일 가능성도 없지 않지만 글씨가 어딘지 어

| **후원으로 가는 길의 봄꽃** | 선정각 담장 바깥은 후원에 들어가는 초입으로 봄이면 길가에 홍매, 철쭉, 진달래가 화사하게 피어난다.

려 보여 갑자년인 1864년 당시 13세였던 고종이 쓴 글씨라는 견해가 지배적이다.

효명세자는 관물헌에서 내다보는 전망을 좋아하여 「관물헌 사영시(四詠詩)」로 봄꽃〔春花〕, 여름날〔夏日〕, 가을 달〔秋月〕, 겨울 눈〔冬雪〕을 읊기도 했다.

이런 자리앉음새 때문에 왕조 말기 격동기에는 이 관물헌이 또 다른 역사의 현장이 되었다. 고종의 아버지 흥선대원군이 입궐해서 여기에 머물렀고, 고종의 아들 순종이 이 집에서 태어났으며, 고종 21년(1884), 삼일천하로 끝난 갑신정변 때 개화당의 김옥균, 박영효 등이 고종을 모시고 피신하여 청나라 군사의 공격에 대비한 곳도 여기였다. 사방을 살피는 데 관물헌 자리가 그만큼 유리했기 때문이다.

매화나무와 살구나무

창덕궁 자유 관람 때 나는 곧잘 이 관물헌 대청마루에 걸터앉아 쉬어가곤 한다. 돈화문에서 금천교·인정전·선정전·희정당·대조전을 거쳐 화계까지 두루 둘러보면 족히 한 시간은 걸리기 때문에 쉼 장소로 제격이다. 게다가 관람객들이 잘 들어오지 않아서 조용한 시간을 가질 수 있어 더욱 사랑하는 공간이 되었다.

관물헌에서 내다보면 희우루 현판 맞은편 돌축대 위 담장가에 해묵은 살구나무 한 그루가 있다. 이 노목에선 하얀 꽃이 정말로 장하게 피어난다. 한동안 나는 이 살구나무가 매화인 줄로만 알고 봄이 되면 찾아왔고, 달빛기행 때도 이 앞에서 한참을 머물다 가곤 했다. 그러다 어느 해 초여름 나무 밑에 떨어진 열매를 주워 한입 깨물어보고는 매실이 아니라 살구였음을 알았다. 그 이듬해 봄에 다시 관물헌을 찾아가보니 역시 매화가 아니라 살구꽃이었다.

살구라고 해서 서운할 것은 없지만 나처럼 혼동하는 관람객이 있을 성싶어 나무 아래에 작은 안내판을 걸어놓았다. 식물학자 박상진 교수가 여기에 쓴 글이 아주 재미있다.

살구 보자고 해서 살구나무는 병원 앞에 많이 심습니다. 그러나 이것이 아주 근거 없는 얘기가 아니라 살구는 한약재로도 많이 쓰였습니다.

내가 그동안 이렇게 잘못 알았던 것은 살구꽃과 매화꽃이 비슷하기 때문이기도 하지만 관물헌에서 동쪽으로 나가는 자시문(資始門) 담장가에 노매가 있다는 말을 들어서였다. 이 살구나무가 그 매화인 줄로 지레 생각했던 것이다. 그러나 그 노매는 자시문 안쪽이 아니라 바깥쪽, 후원으로 가는 한길가에 있고, 백매가 아니라 홍매다.

이 홍매는 나이는 들었지만 수형이 아름답지도 않고 기세도 시원치 않아 꽃이 살구처럼 장하게 피어나지 못한다. 그래서 나는 여전히 담장 안에 있는 살구나무를 더 사랑하여 재작년 봄에도 살구꽃을 보기 위해 관물헌을 찾았다. 하지만 그때는 여린 빛깔의 하얀 살구꽃은 피지 않고 담장 밖 홍매만 진홍색으로 요란하게 피어 있었다.

| 승화루 붓 | 동궁의 서화고였던 승화루에는 책, 그림, 글씨들이 무수히 소장되어 있었다. 여기에서 사용된 문방구 중 손잡이에 '승화루'라고 새겨진 붓이 전하고 있다.

승화루 서목

성정각 자시문 밖으로 나오면 후원으로 들어가는 한길이다. 길바닥엔 중희문 자리가 화강석으로 선명히 표시되어 있고, 길 건너로는 이제까지 창덕궁 내전에서 본 것과는 사뭇 다른 이색적인 건물이 안쪽을 막고 있다. 이 건물들 또한 동궁의 부속 건물이다. 긴 월랑은 칠분서(七分序)라 하고, 월랑 끝에 있는 육각정자는 삼삼와(三三窩) 또는 이구와(二口窩)라 한다.

이 건물들을 보면서 사람들은 흔히 중국식이라고 말한다. 틀린 말은 아니지만 정확히 말하면 당시로서는 신식이고 현대식이다. 이 건물들이

| 승화루와 삼삼와 | 동궁의 동쪽 끝에 해당하는 서화 수장고로, 규장각의 주합루에 비견하여 소주합루라고도 불렸다. 안타깝게도 이 승화루의 서화들은 모두 망실되었다.

세워진 순조, 효명세자, 헌종 때 즉 19세기 전반기는 한동안 외면했던 청나라 건륭문화가 연암 박지원, 초정 박제가, 추사 김정희 등에 의해 밀려들어오던 시절이었다. 신식 문화를 향한 동경은, 동궁 서화고인 승화루(承華樓)와 그곳에 소장된 책과 서화 작품에 잘 나타나 있다.

삼삼와와 칠분서 안쪽으로 보이는 누각 건물이 승화루다. 현재는 낙선재 화계 위로 들어가게 되어 있지만 여기는 엄연히 동궁의 동쪽 끝에 해당한다. 정조는 재위 6년(1782)에 서화 수장고로 승화루를 짓고 규장각의 주합루에 비견하여 소주합루(小宙合樓)라고도 불렀다. 그런데 안타깝게도 이 승화루의 서화들은 모두 망실되어 사라졌다.

다행히 규장각에 헌종 때 작성한 「승화루 서목(書目)」이 있어 여기 소장되었던 책, 그림, 글씨의 내용을 알 수 있는데 실로 방대하다. 910종 4,555점이나 된다. 목록만 총 103쪽이다. 장서를 보면 그 사람의 교양을 알 수 있다고 했듯이「승화루 서목」을 보면 효명세자와 헌종이 얼마나 높은 교양을 쌓았는지 실감할 수 있다.

「승화루 서목」에 따르면 승화루에는 경(經)·사(史)·시(詩)·문집(文集)의 기본 도서들이 갖추어져 있었다. 동시에『천공개물(天工開物)』『해국견문록(海國見聞錄)』등 실학자들이 좋아했던 책과 청나라 건륭 연간의 문집이 많았고 정조·순조 연간의 문인인 자하 신위, 운외거사 홍현주, 우선 이상적의 문집 등 당시의 신간 서적도 많다.

서화 작품 컬렉션은 더 대단하다. 서첩(書帖)·화첩(畫帖)·족자(畫簇)·대련(書聯) 등 총 653종이다. 대련은 2점이고 서첩과 화첩에 작품이 10여 점씩 들어 있다고 치면 총 3천 점이나 된다는 계산이 나온다. 참으로 엄청난 서화 컬렉션이다.

서예에서는「열성어필」「정조어필」등 역대 임금들의 글씨, 안평대군, 한석봉, 추사 김정희 등 명필들의 서첩,『예기비』등 중국의 서예 고전, 청나라 건륭 연간의 대가이자 박제가, 김정희 등과 교류했던 옹방강, 섭지선 등의 글씨가 망라되어 있다.

중국 그림으로는 송나라의 미불·소동파·휘종 황제·원나라의 조맹부와 예찬·명나라의 문징명과 심주·청나라의 정섭·주학년 등 역대 명화가들의 이름이 다 들어 있다. 그뿐만 아니라「일본인 묵우도(墨牛圖)」(족자)같은 일본 그림도 수장되어 있고, 서양 그림인『양화첩(洋畫帖)』도 있다.

조선 그림으로는 여러 화가의 그림을 모은『해동명화』를 비롯해 현재 심사정의『화조화첩』, 겸재 정선의『금강산화첩』, 단원 김홍도의『속화첩』이 있고, 탄은 이정, 허주 이징, 관아재 조영석의 그림도 있다. 헌종이 직접 수집한 화첩 9첩은 '원헌장(元軒藏)'이라고 따로 표기되어 있다.

이 승화루 목록의 작품들이 그대로 남아 있었다면 우리나라 최고의 서화박물관이 되었을 것이다. 그러면 이 많은 작품은 그후 어떻게 되었을까? 나라의 멸망과 함께 돌보는 이 없어 민간으로 흘러나왔거나 소실된 것이 분명하니 안타깝기 그지없다.

「승화루 서목」을 통해 우리는 헌종을 비롯한 조선의 왕과 왕세자들의 교양의 샘이 얼마나 깊었는지를 분명히 알 수 있다. 승화루에서는 서화 감상뿐만 아니라 작품 제작도 이루어져 지필묵과 연적이 상비되어 있었다. 이 또한 최고급이었을 것이 분명한데 용케도 붓머리에 '승화루 장(藏)'이라 새겨진 멋진 붓 한 자루가 붓뚜껑과 함께 전하고 있어 옛 승화루의 성대한 인문(人文)을 증언해주고 있다.

문예군주 헌종과 이왕가의 여인들

헌종 / 낙선재 / 『보소당 인존』과 낙선재 현판 /
허련과 헌종의 만남 / 낙선재 뒤란 / 이왕가 여인들 /
이구와 줄리아

요절한 문예군주, 헌종

이제 우리의 창덕궁 답사는 내전의 동쪽 마지막 공간인 낙선재로 향한다. 낙선재의 주인공은 헌종이다. 헌종을 생각하면 나는 애처로운 마음과 미안한 마음이 동시에 일어난다. 조선의 역대 임금들은 모두 고유한 이미지를 갖고 있다. 혹은 치세로 혹은 전란으로 심지어는 무능으로, 임금 자신과 당대의 상을 그릴 수 있게 한다. 그러나 조선의 24대 왕 헌종은 존재 자체가 희미하다. 재위 기간이 15년이나 되고 수렴청정 기간 외에 직접 정무를 본 것이 9년이나 되어도 헌종 대는 세도정치 시대라고 불릴 뿐 역사에서 헌종을 말하는 일은 거의 없다. 그러나 헌종에겐 헌종 나름의 인생과 치세가 있었다.

헌종은 1827년 창경궁 경춘전에서 태어났다. 호는 원헌(元軒)이다. 효명세자의 아들로 어머니는 풍양 조씨 조만영의 딸인 신정왕후이고, 할머니(순조 비)는 안동 김씨 김조순의 딸인 순원왕후다. 헌종은 어릴 때부터 총명하여 유아기에 『천자문』을 익힐 정도여서 아버지 효명세자가 더욱 사랑했다고 한다. 그러나 불행히도 4세 때인 1830년 자애로운 부친 효명세자가 갑자기 세상을 떠나 그가 왕세손에 책봉되었다.

1834년에는 할아버지 순조가 사망하여 헌종은 8세의 나이로 왕위에 올랐다. 곧 대왕대비인 순원왕후 김씨의 수렴청정이 시작되었다. 11세 때는 안동 김씨 김조근의 딸(효현왕후)과 가례를 올렸다. 그리고 1841년, 15세 때 마침내 수렴청정이 끝나고 헌종이 직접 정사를 보기 시작했다. 친정체제에 들어간 헌종은 어린 나이에도 의욕적으로 정무를 살폈다.

1843년에는 왕비가 갑자기 세상을 떠나 이듬해인 1844년 10월 남양 홍씨 홍재룡의 딸을 계비로 맞아들였다. 이를 기념하여 그린 「헌종 가례진하도 병풍(憲宗嘉禮陳賀圖屛風)」이라는 기록화가 전한다. 이를 계기로 정국이 변하여 헌종의 외할아버지인 조만영이 정국을 주도하기 시작했다.

1845년 헌종은 경연에서 역대 임금들의 치적을 모은 『갱장록(羹墻錄)』을 교재로 하라는 명령을 내리고, 자신은 『국조보감(國朝寶鑑)』을 읽는 등 선왕들의 업적에 깊은 관심을 보였다. 선왕의 힘을 빌려 왕권을 강화고자 했던 것이다.

낙선재의 헌종

헌종은 문인 학자들과 자주 만나면서 그들의 삶을 동경하게 됐다. 그래서 1847년 창덕궁과 창경궁의 경계에 문인들의 사랑채를 본뜬 낙선재를 지었다. 이때 건물에 단청을 하지 못하게 했는데, 상량문을 통해 "채색

| **낙선재 권역** | 헌종은 문인 학자들과 자주 만나면서 그들의 삶을 동경하여 1847년 창덕궁과 창경궁의 경계에 문인들의 사랑채를 본뜬 낙선재를 지었다.

한 서까래를 걸치지 않은 것은 질박함을 앞세우는 뜻을 보인 것"이라고 밝혔다. 헌종은 낙선재에 문인들을 초청하여 함께 시서화를 즐기곤 했다.

1847년 계비 홍씨에게도 여전히 후사가 없자 21세의 헌종은 광산 김씨 김재청의 딸인 경빈(慶嬪) 김씨를 후궁으로 맞았다. 이듬해 헌종은 낙선재 바로 곁에 경빈 김씨가 기거할 석복헌(錫福軒)을 지었다. 또 그 옆에 있던 건물을 수리하여 수강재(壽康齋)라 이름 짓고 수렴청정이 끝난 순원왕후를 모셨다.

1848년, 22세의 헌종은 의욕적으로 정무를 보았다. 정조, 순조, 익종(효명세자)의 치적을 보완하여 『삼조보감(三朝寶鑑)』을 간행하면서 직접 그 서문을 쓰기도 했다. 또 그해에는 대왕대비의 육순과 왕대비의 망오(望五, 50세를 바라보는 나이인 41세)를 맞이하여 서민들의 부채를 탕감하는 조치를 내리고 추사 김정희를 비롯한 많은 죄인에게 사면령을 내리기도 했다. 이때가 헌종이 적극적으로 국사를 보던 시절이었다.

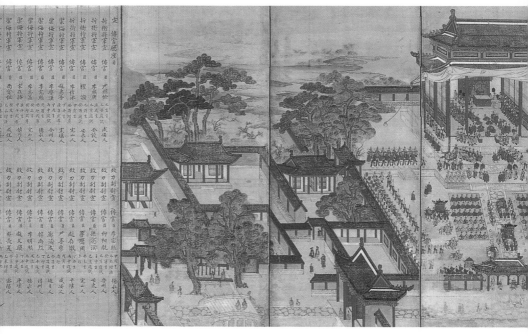

| 「헌종 가례진하도 병풍」 | 헌종은 17세 때인 1843년에 왕비가 갑자기 세상을 떠나자 이듬해에 남양 홍씨 홍재룡의 딸을 계비로 맞아들였다. 이를 기념하여 기록화로 그린 의궤도가 「헌종 가례진하도 병풍」(동아대박물관 소장)이다.

　　그러나 세월은 그의 편이 아니었다. 헌종이 크게 의지했던 외할아버지 조만영이 세상을 떠나는 바람에 의지가지없게 되었다. 게다가 밀려오는 천주교 교세를 감당하지 못해 1846년 김대건 신부를 처형했다. 하늘도 그를 감싸지 못했는지 헌종은 낙선재에 기거한 지 2년밖에 되지 않은 1849년, 경빈 김씨와의 사이에서도 후사를 얻지 못한 채 세상을 떠났다. 향년 23세, 새파란 나이였다.

　　헌종의 '묘지명'은 생전의 모습을 이렇게 증언하고 있다.

　　평소에 실속 있는 것에 힘쓰려고 스스로 노력하셨다. (…) 실사구시

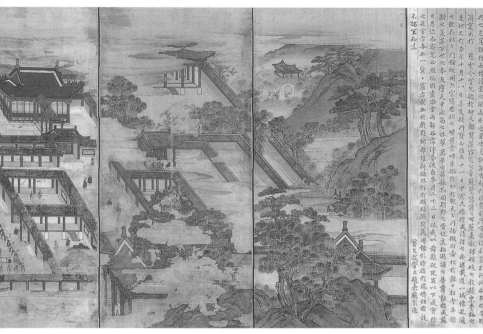

(實事求是)라는 말을 사랑하여, 써서 늘 좌우(座右)에 걸어두고 경계하
고 반성하는 뜻을 붙이셨다. 성품이 사치하고 화려한 것을 좋아하지
아니하여 (…) 평상복은 무명이나 모시옷에 지나지 않았다. (…)

　평소에 서화를 사랑하여 고금의 명가들 필적들을 다 내부(內府)에
모아두시고, 금석의 유문을 고증하며 역사에 누락된 것을 보완하고
정정하셨는데 석학일지라도 여기에 미치지 못했다. (…) 그리고 전서
와 예서에 있어서도 오묘한 데에 이르셨다.

사후 헌종의 문집 『원헌고(元軒稿)』가 전4권으로 편찬되었는데 여기

| 낙선재 입구 화계 | 낙선재로 가다 보면 길가에 멋진 소나무 화계가 보인다. 승화루 바로 아래쪽 가파른 언덕에 다복솔만을 심어 아기자기한 안채의 화계와는 다른 장중한 아름다움을 보여준다.

에는 시(詩) 15편, 악장(樂章) 6편, 교(敎) 77편, 비답(批答) 99편 등이 실려 있다. 23세에 타계한 분의 문집치고는 적지 않은 시문이다. 이렇듯 헌종은 요절한 문예군주였다.

디테일이 섬세한 낙선재

이런 내력이 있는 낙선재이기 때문에 궁궐 건물인데도 사람 사는 냄새가 나는 여염집 사랑채 같은 느낌을 준다. 창덕궁의 별격이고 큰 자랑이다. 낙선재가 있음으로 해서 조선시대 왕들이 얼마나 검박했는가를 알수 있고 민가까지 포함하여 조선 건축의 모든 것이 창덕궁에 다 있다고말할 수 있는 것이다.

낙선재로 들어가는 대문은 '장락문(長樂門)'이다. 행랑채를 곁들인 솟

을대문인지라 높직한데 흥선대원군이 쓴 듬직하면서도 멋스러운 현판이 이 집의 품위를 더해준다. 장락문 앞에서 보면 사랑채 누마루의 팔작지붕이 활개를 펴듯 시원스레 뻗어 있고 그 너머로 평원루(平遠樓) 육각정자가 높직이 솟아 낙선재의 뒤뜰이 높고 깊음을 암시한다.

낙선재는 모양새로 보나 규모로 보나 문기(文氣) 있는 선비라면 누구나 갖고 싶어할 만한 사랑스런 집이다. 앞마당이 널찍하고, 장대석을 5단으로 쌓은 석축 위에 건물이 높이 올라앉아 있으며, 3단의 돌계단이 대청을 향해 양쪽으로 나 있다. 또 그 사이에 노둣돌이 있기 때문에 궁궐의 사랑채다운 기품이 있다. 본채는 정면 6칸, 측면 2칸으로 몸채 가운데 2칸이 마루이고 동쪽엔 온돌방 2칸과 다락 1칸, 서쪽 1칸은 누마루로 나있다.

낙선재 건물은 디테일 하나하나가 대단히 세련된 감각을 보여준다.

| **낙선재 빙벽 문양** | 낙선재 누마루 아래로는 아궁이가 보이지 않게 가벽을 치고 이를 빙렬무늬로 장식했는데, 화재 예방의 의미를 담은 일종의 추상 벽화다.

석축으로 쌓은 장대석과 누마루를 받치는 돌기둥을 다듬은 석공의 솜씨에서 정성이 느껴진다. 누마루 아래로는 아궁이가 보이지 않게 가벽을 치고 이를 빙렬무늬로 장식했는데, 화재 예방의 의미를 담은 일종의 추상 벽화다. 내부의 창틀, 기둥, 보, 창호의 치목(治木)도 섬세하고 누마루와 안쪽 온돌 사이 문은 원형으로 멋스러움을 보여준다.

낙선재에서 가장 아름다운 것은 창살이다. 수직·수평선만 사용하는 창살이지만 격자(格子)무늬, 만자(卍字)무늬, 마름모꼴 능화(菱花)무늬, 사방연속무늬를 두루 사용하여 방문, 창문 어느 것 하나 똑같지 않게 디자인했다. 본채뿐 아니라 행랑채의 창살도 대단히 아름답다. 창살이 아주 두껍고 깊어서 시점이 이동할 때마다 문양이 드러나기도 하고 사라지기도 한다. 특히 달빛기행 때면 불 켜진 행랑의 창살이 큰 볼거리다.

어느 집이든 현판과 주련(柱聯, 기둥이나 벽에 장식으로 써서 붙이는 글귀)은

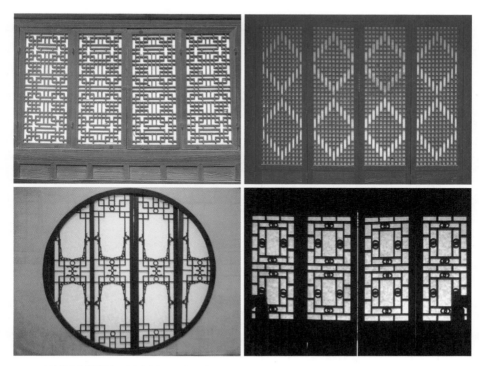

| **낙선재의 창살들** | 낙선재에서 가장 아름다운 것은 창살이다. 수직·수평선만 사용하는 창살이지만 격자·만자·마름모꼴 능화·사방연속 무늬 등을 두루 사용하여 모두 다르게 디자인했다.

그 집 주인의 취향을 말해주는데 '낙선재' 현판은 추사의 친구인 청나라 금석학자 섭지선(葉志詵)의 글씨다. 대청마루 기둥 주련은 추사의 스승인 옹방강(翁方綱)을 비롯한 여러 청나라 문인의 글씨로 되어 있다. 그중 옹방강의 대련은 다음과 같다.

經學精研 無嗜異　경학을 정밀히 연구해 기이한 것을 좋아하지 않고
藝林博綜 乃逢原　문예를 널리 종합해 여기서 근원을 만나도다

| **'보소당' 현판** | 낙선재 동쪽에는 '보소당(寶蘇堂)'이라는 아주 예쁜 현판이 있다. 원래 옹방강의 당호였지만 헌종이 이를 이어받았다. 전형적인 추사체의 멋이 있으며 헌종의 글씨로 추정한다.

　낙선재 동쪽에는 '보소당(寶蘇堂)'이라는 아주 예쁜 현판이 있는데 이는 '소동파를 보배롭게 생각하는 집'이라는 뜻으로 원래 옹방강의 당호였지만 헌종이 이를 자신의 집에 그대로 이어받았다. 이 글씨는 전형적인 추사체의 멋을 보여주는데 낙관이 없지만 나는 이것을 헌종의 글씨로 보고 있다.

　헌종은 이처럼 추사 김정희를 사모하여 추사 주위의 문인들과 자주 교류하면서 그의 예술세계를 따르려고 했다. 사실상 헌종은 '추사 일파'의 한 문인이라고 해도 과언이 아니다.

헌종의 문예 취미

　헌종은 교양이 넘치는 군주였다. 헌종은 아버지 효명세자와 마찬가지로 문예 활동에 열정적이었다. 그는 승화루에서 책과 서화를 즐겼고 특히 예서를 잘 썼다. 헌종의 문예 취미는 그의 인장을 모은 『보소당 인존(寶蘇堂印存)』에 여실히 보인다. 『보소당 인존』은 헌종이 수집한 전각 인장 컬렉션을 인출하여 인보(印譜)로 엮은 것인데 여기에 실린 인장의 숫

| 헌종의 인장 | 교양 넘치는 군주였던 헌종은 자신이 수집한 전각 인장을 정리해 「보소당 인존」을 펴냈는데, 여기에 실린 인장의 숫자가 500과가 넘는다. 그중 현재 190점이 국립고궁박물관에 소장되어 있다.

자가 500과가 넘는다. 여기에 쓰인 실제 인장 190점이 현재 국립고궁박물관에 소장되어 있다.

헌종은 추사를 정말 좋아했다. 얼마나 좋아했는가를 보여주는 일화를 하나 소개한다. 어느 날 헌종은 제주도에 유배되어 있는 추사에게 글씨를 써서 보내라고 했다. 이에 추사는 감격하여 '목연리각(木連理閣)' '홍두(紅豆)' 두 작품을 예서체로 써서 보냈다. 목연리란 두 가지가 이어져 하나가 되는 나무로 제왕의 덕이 천하에 넘쳐흐르면 목연리가 생겨난다는 말이 있다.

'홍두'란 상사수(想思樹)의 선홍색 열매로, 이별할 때 잊지 말자는 징표로 주곤 했고, 당나라 왕유의 「상사」라는 시에 나오면서 유명해졌다. 옹방강의 아들로 추사의 동갑내기 친구인 옹수곤의 호 역시 홍두였는데 헌종은 이를 자신의 인장으로 사용했던 것이다. 그러나 추사가 바쳤다는

| 낙선재 현판 | 청나라 금석학자이자 추사의 친구인 섭지선이 쓴 현판이다. 당시 청나라의 신 문물을 적극 받아들였던 징표이기도 하다.

'목연리각'과 '홍두' 두 작품은 전하지 않는다.

헌종은 추사의 첫째가는 제자인 우봉 조희룡도 좋아하여 그에게 평원루에 걸 '문향실(聞香室)'이라는 편액 글씨를 써오라고 명했다. 또 우봉이 헌종 12년(1846) 금강산에 갈 때 "무릇 훌륭한 경치를 만나게 되면 반드시 시로 기록하여 바치라"고도 했다. 헌종은 침계 윤정현, 위당 신헌, 소치 허련 등과도 친밀히 교류했는데 이들은 모두가 추사 일파의 문인들이다.

소치 허련의 낙선재 알현

헌종이 문인들과 서화를 즐긴 모습은 『소치실록(小痴實錄)』에 생생하게 기록되어 있다. 추사의 애제자인 소치(小痴) 허련(許鍊)은 네 번에 걸쳐 낙선재에서 헌종을 알현했다. 1848년 8월 헌종은 전라우수사 신헌을 통해 소치에게 추사 글씨를 갖고 들어오라고 명했다. 소치가 마침내 낙선재에서 헌종을 알현하게 된 것은 이듬해 정월이었다.

1849년 1월 15일 나는 비로소 입시(入侍)했습니다. (…) 화초장을 지

나 낙선재에 들어가니 바로 상감께서 평상시 거처하는 곳으로 좌우의 현판 글씨는 추사의 것이 많더군요. 향천(香泉), 연경루(研經樓), 유재(留齋), 자이당(自怡堂), 고조당(古藻堂)이 그것이었습니다.

그중 '유재'는 추사가 제자 남병길에게 준 당호다. 『소치실록』의 부기에 "추사가 제주에 있을 때에 써서 현판으로 새겼는데 바다를 건너다 떨어뜨려 떠내려간 것을 일본에서 찾아온 것"이라고 쓰여 있다. 이 '유재' 현판은 예서로 쓴 '유재' 두 글자도 멋있지만 행서로 쓴 풀이 글이 참으로 감동적이다. 남김을 둔다는 것의 가치에 대해 말한 것이다.

기교를 다하지 않고 남김을 두어 자연으로 돌아가게 하고
녹봉을 다하지 않고 남김을 두어 조정으로 돌아가게 하고
재물을 다하지 않고 남김을 두어 백성에게 돌아가게 하고
내 복을 다하지 않고 남김을 두어 자손에게 돌아가게 한다
留不盡之巧以還造化 / 留不盡之祿以還朝廷 /
留不盡之財以還百姓 / 留不盡之福以還子孫

소치가 헌종 앞에 나아가니 임금은 유배 중인 추사의 안부부터 물었다.

"그대가 세 번 제주에 들어갈 때 바다의 파도 속으로 왕래하는 것이 어렵지 않더냐? 김추사의 귀양살이는 어떠하던가?"

"탱자나무 가시울타리 안에 도배도 하지 않은 방에서 지내고 있습니다."

"먹는 것은 어떠한가?"

"생선 등속이 없지 아니하나 비린내가 위를 상하게 하는 것을 싫어합니다. 혹 멀리 본가에서 반찬을 보내옵니다마는 모두가 너무 짜서 오래 두고 비위 맞출 수는 없습니다."

이렇게 대화를 마치고 나서 헌종은 기쁜 빛을 띠고 소치에게 가까이 와 앉으라고 분부하고는 부채 한 자루를 내어놓고 지두화(指頭畵, 붓 대신 손끝 혹은 손톱에 먹물을 묻혀 그리는 그림)로 그리라고 했다. 이에 바로 손가락 끝으로 매화를 그리고 화제를 썼다고 한다. 이어 임금과 축을 맞잡고 명나라 황공망의 그림을 감상했다. 헌종이 다시 송나라 소동파의 진품 서첩을 가져다 보여주고는 첩 끝에 고목과 대나무와 돌을 그리라고 분부하시기에 바로 그렸다고 한다.

소치는 그렇게 세 번이나 더 헌종을 알현했고 마지막으로 입시한 것은 헌종이 타계하기 일주일 전이었다.

5월 29일 대궐로 들어갔습니다. 상감께서는 이미 며칠 전에 중희당으로 거처를 옮겨 계셨는데 벽에는 송나라 악비의 글이 쓰여 있었고 바로 신관호 대장의 글씨였습니다. (⋯) 용안을 우러러 보니 신색이 전날과는 아주 달랐습니다. 옥음도 가늘고 낮았습니다. (⋯) "화선(畵扇,

그림이 그려진 부채)을 갖고 왔느냐"고 말씀하시기에 나는 공손히 몸을 굽혀 나아가 두 손으로 받들어 올렸지요. (…) 용안에는 검누렇게 부기가 있었습니다. (…) 착잡한 심정으로 서 있었는데 상감께서 "이제 물러가거라" 하시기에 물러나왔습니다. (…) 그리고 7일 뒤인 6월 6일 상감께서 승하하실 줄이야 어찌 알았겠습니까.

결국 헌종은 세상을 떠나기 직전까지도 서화를 손에서 떼지 않았다는 이야기다. 어쩌면 당시 헌종에게는 문인들과 서화 감상하는 것이 유일한 낙이었는지도 모른다.

아기자기한 낙선재 뒤란

낙선재 답사는 자연히 경빈 김씨가 살던 석복헌과 대왕대비가 기거하던 수강재로 이어진다. 그러나 두 건물 모두 평범한 미음 자 살림집일 뿐이다. 그 대신 뒤란으로 나가면 수강재·석복헌·낙선재 뒤 산자락을 연결한 아름다운 화계를 만날 수 있다. 앞쪽은 세 채가 담장으로 막혀 있으나 뒤란은 하나로 트여 있다.

화계는 5단으로 아주 가파르게 짜였고 돌계단을 따라 거닐 수 있게 조성되었다. 대조전 화계가 장대하다면 여기서는 아기자기한 멋을 느낄 수 있다. 화계의 꽃이야 철따라 예쁘게 피어날 것이 정한 이치인데 이보다도 화계 앞쪽에 늘어서 있는 괴석과 돌수조(물확)가 멋스럽다.

돌수조에는 고운 전서체로 '금사연지(琴史硯池)'라 새겨 있는데, '거문고를 연주하고 역사책을 읽는 벼루 같은 연못'이라는 뜻이다. 낙선재 위 승화루 한쪽에도 이와 비슷한 돌수조에 '향기로운 샘물 같은 벼루 모양의 연못'이라는 뜻의 '향천연지(香泉硯池)'라는 글자가 쓰여 있다. 이 두

| 석복헌 화계에서 낙선재 뒤뜰까지 | 왕비가 기거한 석복헌과 대왕대비가 기거하던 수강재 뒤뜰은 아름다운 화계로 연결되어 있다. 앞쪽은 세 채가 담으로 막혀 있으나 뒤란은 하나로 트여 있다.

글씨가 너무 아름다워 나는 일찍이 탁본을 구해 애장하였고 지금도 내 연구실에 걸려 있다. 이처럼 예쁜 글씨를 누가 썼을까. 나는 헌종이 아닐까 짐작한다.

괴석을 올려놓은 발받침이 있는 육각형 석함에는 반듯한 해서체로 '소영주(小瀛洲)'라 새겨놓았다. 이는 작은 영주산(봉래산, 방장산과 함께 진시황과 한무제가 불로불사약을 구하기 위해 수천 명을 보냈다는 삼신산의 하나)이라는 뜻이다. 또 하나의 괴석 받침대에 적힌 '운비옥립(雲飛玉立)'이라는 말은 구름이 날고 옥이 서 있는 듯 빼어난 매의 자태를 묘사하는 것으로, 괴석의 형태에 이미지를 부여한다. 이것이 바로 괴석의 멋이다.

계단을 따라 낙선재 위로 올라가면 형태도 단청도 화려한 육각정자가 먼저 눈에 들어온다. 화강석 돌기둥 위에 높이 올라앉아 여기에 오르면

| 금사연지(왼쪽)와 소영주(오른쪽) | 화계 앞 돌수조에는 고운 전서체로 '금사연지(琴史硯池)'라 새겨져 있는데, '거문고를 연주하고 역사책을 읽는 벼루 같은 연못'이라는 뜻이다. 괴석을 올려놓은 육각형 석함에는 반듯한 해서체로 '소영주(小瀛洲)'라 새겨져 있는데, 작은 영주산이라는 뜻이다.

멀리 남산이 보인다. 그 빼어난 전망 덕에 정자는 '평원루(平遠樓)'라는 이름을 얻었는데 지금은 최고로 시원하다는 뜻의 '상량정(上凉亭)'이라는 현판이 걸려 있다. 평원루 옆에 긴 건물은 책과 서화를 보관하던 창고로 헌종이 문인들을 초빙하여 서화를 감상하던 곳이다. 1966년 서울대 동아문화연구소가 여기에서 많은 책을 발견하여 국문학계를 놀라게 했고, 그로부터 3년 후인 1969년에는 국문학자 정병욱 교수가 장서의 목록과 해제를 정리했다. 이를 '낙선재 문고'라고 한다.

평원루에서 안쪽으로 들어가면 벽돌 기와담 가운데 만월문(滿月門)이라는 동그란 중국식 문이 나온다. 만월문 안쪽으로 들어가면 아래쪽으로 옛 동궁의 서화고인 승화루가 듬직하게 자리잡고 있다. 그러니까 여기는 동궁의 동쪽 끝에서 후원으로 들어가는 한길가의 칠분서, 삼삼와와 연결

| **상량정** | 낙선재 위로 올라가면 형태도 단청도 화려한 '평원루(平遠樓)'라는 정자가 나온다. 이 정자에는 최고로 시원하다는 뜻의 '상량정(上凉亭)'이라는 현판이 걸려 있다.

된다. 그래서 만월문 안쪽은 창덕궁 안에서 청나라풍 신식 문화를 가장 많이 보여주는 공간이라 할 수 있다.

그러나 이곳은 중국 정원처럼 요란하지 않고 헌종의 취향답게 단아하고 근대적인 멋을 가졌다. 그리고 빈터 한쪽에 있는 해묵은 돌배나무가 봄이면 장하게 피어나 창덕궁 답사에서 뜻밖의 즐거움이 된다.

낙선재의 이왕가 여인들

헌종 사후 주인 잃은 낙선재는 상궁들의 처소로 사용되다가 1917년 창덕궁 화재 때 순종과 순종 계후의 임시 거처가 되기도 했다. 그러나 1920년 창덕궁 내전이 복원된 뒤로는 다시 빈집이 되었다.

조선왕조는 멸망 직전 국호를 대한제국으로 바꾸었다. 왕실이 황실이

| **상량정 전경** | 평원루와 승화루 사이에는 벽돌 기와담 가운데에 만월문(滿月門)이라는 동그란 중국식 문이 나 있다. 그래서 창덕궁 안에서 가장 이국적인 분위기를 보여준다.

된 것이다. 당시 황실 직계로는 고종의 장성한 네 자녀인 훗날의 순종황제, 영친왕, 의친왕, 덕혜옹주가 있었다. 일제는 황실을 이왕가로 격하하고, 정략결혼으로 황손들을 사실상 인질로 삼았다. 1926년 순종황제가 죽고 남겨진 세 남매는 해방 후 한국과 일본 양쪽에서 모두 버림받는 신세가 되었다. 이승만 정부는 이들을 껄끄럽게 생각해 입국을 허가하지 않았다. 이들이 한국 국적을 회복하고 귀국할 수 있었던 것은 박정희가 정권을 잡은 1962년 이후의 일이며, 의친왕을 제외하고는 모두 낙선재에서 쓸쓸한 말년을 보내다 세상을 떠났다.

순종이 세상을 떠난 뒤 순종 계후(순정황후)는 석복헌으로 옮겨와 살았다. 순종 계후는 이승만 정부의 박해를 받으면서도 끝까지 낙선재를 떠나지 않았고 돌아오지 않는 가족들을 기다리며 외롭게 살다가 1966년 세상을 떠났다.

| 이방자 여사(왼쪽)와 영친왕(오른쪽) | 영친왕 이은은 일본 왕족의 딸 이방자 여사와 정략결혼을 했다. 영친왕은 1970년 향년 74세로 낙선재에서 세상을 떠났고, 이방자 여사는 1989년 역시 낙선재에서 세상을 떠났다.

영친왕 이은(李垠)은 고종과 귀비 엄씨 사이에 태어난 순종의 이복동생으로 1907년에 황태자에 책봉되었다. 1920년 일제는 일본 왕족의 딸 마사코(方子, 이방자 여사)와 정략결혼을 시켰다. 사실상 일본에 억류되어 있는 동안 영친왕은 일본 육군사관학교를 마치고 육군 중장까지 지냈다. 1945년 일제가 패망하자 귀국하려고 했으나 정부의 허락을 받지 못했고 1963년 비로소 국적을 회복하고 귀국했으나 이미 뇌혈전증으로 실어증에 걸린 상태였다. 그는 오랫동안 고독한 투병 생활을 하다 1970년 향년 74세로 낙선재에서 세상을 떠났다.

영친왕비인 이방자 여사는 일본 패전 후 고국인 일본에서도, 제2의 고국인 한국에서도 환영받지 못한 신산한 삶을 살았다. 1963년 영친왕과 함께 귀국한 뒤로는 장애인 복지사업에 전념했다. 황실 재산 환원 문제가 난관에 빠지고, 경영권 분쟁이 심했던 숙명재단에서도 배척당했지만

| 소학교 시절의 덕혜옹주 |

그녀는 일본으로 돌아가지 않았다. 이방자 여사는 칠보 기술을 익혀 공예품을 만들어 팔거나 직접 그린 그림과 글씨, 도예 작품으로 바자회를 열어 마련한 자금으로 끝까지 장애인 복지사업에 헌신하다 1989년 낙선재에서 세상을 떠났다.

고종이 환갑 나이에 귀인 양씨에게서 낳은 덕혜옹주는 8세에 아버지 고종을 잃고 14세에 유학을 명분으로 생모와도 헤어져 일본으로 끌려가 대마도의 번주 소(宗)씨와 정략결혼했다. 결혼 전후 신경쇠약 증세를 보이기 시작한 덕혜옹주는 마침내 정신분열증 진단을 받았다. 일본의 패망으로 귀족들의 재산이 모두 미군정에게 몰수당하면서 생활고에 몰린 남편은 그녀를 정신병원에 입원시킨 뒤, 일방적으로 이혼 절차를 밟아 버렸다.

1962년 천신만고 끝에 서울로 돌아온 그녀는 이미 정신과 육체가 망가져 있었다. 1960년에 환궁하여 창덕궁에 머물고 있던 순정황후 윤씨가 병든 시누이를 수강재에 머물게 하여 지극 정성으로 간호했다. 이듬해 귀국한 이방자 여사도 그녀를 살뜰히 챙기며 함께했다. 그러다 1989년, 덕혜옹주는 수강재에서 세상을 떠났다. 이방자 여사는 덕혜옹주가 숨진 지 9일 만에 낙선재에서 영면했다.

| 이구와 줄리아 | 영친왕과 이방자 여사가 낳은 마지막 황세손인 이구는 우크라이나계 미국인 줄리아와 결혼했으나 자손이 없다는 이유로 이혼을 종용당해 헤어져야 하는 운명을 겪었다.

마지막 황세손 이구와 줄리아

영친왕과 이방자 여사 사이에서 난 마지막 황세손 이구가 2005년 7월 16일 도쿄 아카사카 프린스호텔에서 심장마비로 사망했다.

이구는 도쿄에서 고등학교를 졸업하고, 미국 MIT 공대 건축과에 입학했다. 대학 졸업 후에는 뉴욕의 아이엠페이(I. M. Pei) 건축사무소에서 일을 시작했고, 1959년 같은 회사에서 근무하던 여덟 살 연상의 우크라이나계(모친은 독일계) 미국인 줄리아 멀록과 결혼했다.

해방 후 이구의 국적은 일본에서 한국으로 바뀌었지만 고국에서는 입국을 허가하지 않았다. 그 역시 1963년이 되어서야 줄리아와 함께 귀국해 낙선재에서 어머니 이방자 여사와 함께 살았다. 하지만 이구 부부는 1977년부터 별거에 들어갔고 종친들은 자식이 없다는 이유를 들어 이혼을 종용했다. 결국 1982년 두 사람은 이혼당했다. 그럼에도 줄리아는 한

| **이구의 영결식** | 마지막 황세손 이구의 장례식은 2005년 7월 24일 낙선재에서 9일장으로 화려하고 엄숙하게 치러졌다. 이때 줄리아는 장례 행렬을 조용히 지켜보았다고 한다.

국을 떠나지 않았다. 공예점을 운영하며 복지사업을 벌였지만 생활고를 이기지 못하고 1995년 친정인 하와이로 돌아가고 말았다.

이구는 귀국 후 서울대 등에서 건축학 강의를 했고, 1966년에는 건축설계 회사인 트랜스아시아의 부사장으로 취임했다. 1970년 아버지 영친왕이 사망한 뒤로는 황실을 이어, 1973년 전주 이씨 대동종약원 총재로 추대되었다. 같은 해 신한항업주식회사를 설립했으나 실패했고, 1979년 일본으로 건너가 다시 사업을 벌였으나 역시 성공하지 못했다. 1996년 한국으로 돌아와 전주 이씨 대동종약원 명예총재로 지냈는데, 2005년 7월 16일 자신이 태어난 곳이기도 한 도쿄 아카사카 프린스호텔에서 세상을 떠났다.

전주 이씨 대동종약원에서는 마지막 황세손의 장례를 낙선재에서 치르고 싶어했다. 이에 이환의 이사장과 이용규 부이사장이 문화재청으로 나를 찾아왔다. 나는 낙선재가 황실 후예들에게 어떤 곳인지 잘 알고 있어 흔쾌히 허락했다. 황세손의 장례는 7월 24일 낙선재에서 9일장으로 화려하고 엄숙하게 치러졌다. 나라에서는 이해찬 국무총리가 참석하여 조사를 바쳤다.

한편 장례식 때 줄리아도 서울에 있었다. 그녀의 일생을 담은 한미 합작 영화 「마지막 황세자비」 제작을 위한 인터뷰를 하러 귀국해 있었던 것이다. 그러나 줄리아는 이구의 장례식에 초청받지 못했다. 이 사실이 매스컴에 알려지자 취재 경쟁이 붙었다. 줄리아는 매스컴을 피해 떠나는 이구를 배웅하고 싶어했다.

병색이 짙은 82세의 줄리아는 장례식 날 모자를 눌러 쓰고 휠체어를 탄 채 세운상가 앞에서 운구가 지나가기를 기다렸다. 마침내 운구가 앞을 지나갈 때 줄리아는 "Is that Gu?(저게 이구인가?)"라며 눈물을 흘렸다. 그때 그녀를 알아본 방송기자가 카메라를 들고 다가오자 줄리아는 황급히 휠체어를 돌려 군중을 헤집고 빠져나갔다.

황세손 이구의 장례식으로 조선왕조의 적통은 그렇게 끊어졌다. 장례가 끝난 뒤 전주 이씨 대동종약원에서는 낙선재에 궤연(几筵)을 설치하고 2년 상이 끝날 때까지 매월 초하루와 보름날 상식(上食)을 올렸다. 그것이 조선왕조 왕손들이 창덕궁과 인연을 맺은 마지막 장면이다.

제3부

창덕궁 후원

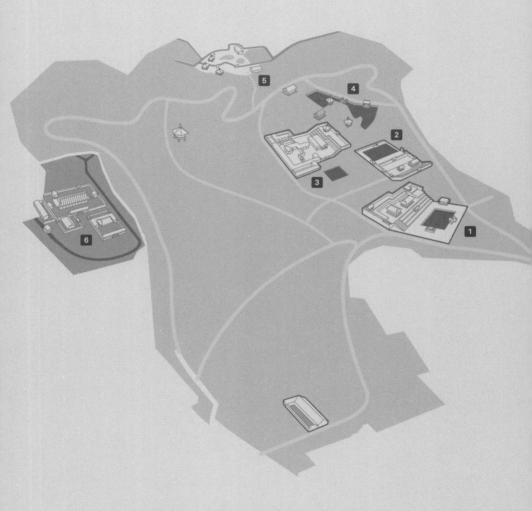

1 부용지와 주합루 2 애련지와 의두합 3 연경당 4 존덕정 5 옥류천 6 신선원전

자연을 경영하는 우리나라 정원의 백미

자연과 정원 / 창덕궁 호랑이 / 부용지 진입로 / 사정기비각 /
영화당 / 부용정 / 다산 정약용

자연을 경영하는 한국의 정원

창덕궁이 아름다운 궁궐이라는 명성을 얻게 된 것은 후원 덕분이다. 창덕궁 후원은 10만 평에 이르는 산자락의 골짜기를 그대로 정원으로 삼고 계곡 곳곳에 건물과 정자를 지어 자연과 인공이 어우러지는 환상 적인 정원을 경영했다. 이는 중국이나 일본, 나아가 세계 어느 나라에서 도 볼 수 없는 한국 정원의 미학이다.

세계 각국의 역대 왕들은 궁궐에서 벗어나 휴식을 취하기 위하여 별 궁과 별장을 따로 지었다. 그러나 조선왕조에서는 만약을 대비한 이궁 (離宮), 임시 거처인 행궁(行宮)은 있었어도 임금만을 위한 별장을 따로 경영하지는 않았다. 이런 예는 세계적으로 드물다.

청나라는 북경 교외에 여름 궁전인 이화원(頤和園)을 두었고, 열하(熱

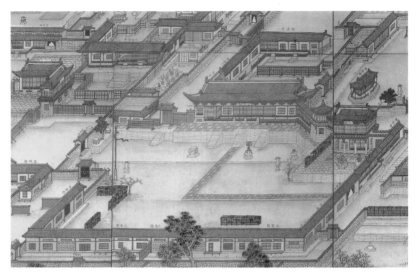

| **「동궐도」 중희당 부분** | 창덕궁 후원으로 들어가는 입구에는 원래 동궁의 정전인 중희당이 있었다. 「동궐도」에는 중희당 전각들이 아주 상세히 나와 있는데 참으로 멋진 공간이었다는 인상을 준다.

河)가 있는 승덕(承德, 청더)에는 피서산장(避暑山莊)이라는 별궁을 지어 황제가 자금성에서 나와 여기에서 집무를 보며 휴가를 즐기곤 했다. 이화원과 피서산장은 소주(蘇州)에 있는 졸정원(拙政園), 유원(留園)과 함께 중국의 4대 명원으로 꼽힌다.

중국의 4대 정원을 우리 창덕궁 후원과 비교하자면, 이화원과 피서산장은 정원이 아니라 거대한 공원이라는 표현이 더 맞다. 졸정원과 유원은 사가(私家)의 정원으로 평평한 대지에 담을 치고 그 안에 자연을 인공적으로 재현한 것으로 특유의 웅장함과 기이함이 있다. 그러나 창덕궁 후원과 같은 그윽한 맛은 찾아볼 수 없다.

일본에서는 교토의 천황가에서 지은 가쓰라 이궁(桂離宮, 가쓰라리큐)과 지천회유식 정원인 천룡사(天龍寺, 덴류지), 석정(石庭)으로 유명한 용안사(龍安寺, 료안지) 같은 사찰 정원이 명원으로 꼽힌다. 이곳들은 인공의

| **창덕궁 후원 입구** | 창덕궁이 아름다운 궁궐이라는 명성을 얻게 된 것은 후원 덕분이다. 10만 평에 이르는 산자락의 골짜기를 정원으로 삼고 계곡 곳곳에 건물과 정자를 지어 자연과 인공이 어우러지는 환상적인 정원을 경영했다.

공교로움과 아기자기한 디테일을 자랑하고 거기에다 무사도(武士道), 다도(茶道), 선(禪)의 이미지를 구현한 독특한 미학이 있다. 그러나 일본의 정원은 자연을 다듬어서 꾸민 조원(造園)으로 정원의 콘셉트 자체가 다르고 우리 같은 자연적인 멋이 없다.

중국과 일본의 정원도 자연과의 어우러짐을 중시했다. 그런 정원을 원림(園林)이라고 부른다. 원림을 경영하는 데는 울타리 바깥의 자연 경관을 정원으로 끌어들이는 차경(借景)을 중요한 요소로 꼽는다. 그러나 우리 원림에서는 자연 경관을 빌려오는 차경 정도가 아니라 자연 경관자체가 정원의 뼈대를 이룬다. 인공적인 조원이 아니라 자연을 경영하는것이다. 산자락과 계곡이 즐비한 자연 지형에서 나온 우리만의 독특한 정원 형식이다. 건축가 김봉렬 교수의 표현을 빌리자면 "자연을 해석하고 적극적인 경관으로 건축화"한 것이다.

| **창덕궁 후원 돌담길** | 후원으로 향하는 길을 걷는 것은 그 자체로 행복한 일이다. 양옆으로 기와지붕의 사괴석 담장이 길게 펼쳐져 궁중의 내전임을 알려주고 담장 너머 키 큰 나무들이 하늘을 가려 길 위로 나무 터널을 이룬다.

　이에 대해 우리나라를 방문한 프랑스 건축가협회장 로랑 살로몽(Laurent Salomon, 파리 벨빌 건축학교 교수)은 다음과 같이 말했다.

　한국의 전통 건축물은 단순한 건축물이 아니라 자연이고 풍경이다. 인위적으로 세운 것이 아니라 자연 위에 그냥 얹혀 있는 느낌이다. 그런 점에서 한국의 전통 건축은 미학적 완성도가 아주 높다고 생각한다.

　이런 이유로 창덕궁 후원은 그렇게 아름다운데도 별도의 이름이 없다. 『조선왕조실록』에서도 궁궐 뒤쪽에 있어 후원(後苑), 북쪽에 있어 북원(北苑), 궁궐 안에 있다고 해서 내원(內苑), 일반인들이 들어갈 수 없어 금원(禁苑)이라 했고, 나중에는 '비원(祕苑)'이라는 일반명사로도 불렸다. 이처럼 창덕궁 후원은 그때마다 다르게 불리고 있다.

창덕궁의 호랑이

창덕궁 후원은 많은 전란을 겪었음에도 비교적 잘 보존되어 있다. 「동궐도」에 그려진 것에 비하면 반밖에 안 남은 셈이지만 건물은 없어졌어도 지형 자체는 변하지 않았고 야산의 나무들이 자연적인 천이 과정을 겪으면서 여전히 잘 자라 그 골격이 살아 있다. 그중 주요 건물과 정자는 옛 모습 그대로 남아 있고 또 일부는 경관 재현을 위하여 복원함으로써 그 명성과 자랑에 부족함이 없다.

창덕궁 후원은 크게 네 영역으로 나뉜다. 고개 하나를 넘으면 바로 만나는 부용정·규장각 영역이 있고, 가장 안쪽 깊숙한 계곡가에 옥류천 영역이 있다. 부용정과 옥류천 사이에 산자락 하나를 두고 골이 깊은 곳에는 존덕정을 비롯한 정자 영역이 있고, 평평한 곳에는 양반가의 저택을 본떠 지은 연경당이 있다. 아무것도 아니라면 아무것도 아니었을 산자락 골짜기에 이렇게 아름다운 정원 네 곳을 경영한 것이 창덕궁 후원이다.

창덕궁 창건 당시로 돌아가면 지금의 후원 자리는 그야말로 산중 숲이었다. 백두대간에서 갈라져나온 광주산맥에서부터 북한산, 북악산을 거쳐 내려온 매봉이 산자락을 치마폭처럼 넓게 편 곳이다. 그 옛날엔 호랑이가 나왔다고 하는데 실제로 창덕궁에는 호랑이가 자주 출몰했다. 『조선왕조실록』 세조 11년(1465) 9월 14일자에는 이런 기사가 있다.

창덕궁 후원에 호랑이가 들어왔다는 말을 듣고 드디어 북악산에 가서 얼룩무늬 호랑이를 잡아 돌아오다.

『조선왕조실록』 선조 36년(1603) 2월 13일자에는 "창덕궁 소나무 숲에서 호랑이가 사람을 물었다. 좌우 포도대장에게 수색해 잡도록 명했다"

는 기사가 나오고, 이어 선조 40년(1607) 7월 18일자에는 "창덕궁 안에서 어미 호랑이가 새끼를 쳤는데 한두 마리가 아니니" 이를 꼭 잡으라는 명을 내렸다는 기사가 있다.

속설에 임진왜란 중에 인왕산 호랑이가 사라졌다느니, 도요토미 히데요시가 호피(虎皮)를 좋아해서 다 잡아갔다느니 하는 얘기가 있다. 그러나 인왕산 호랑이의 활동은 여전했다. "인왕산 호랑이 으르르르, 남산의 꾀꼬리 꾀꼴꾀꼴"이라는 서울의 전래민요가 그냥 나온 것이 아니다.

호랑이가 사람을 물어가는 호환(虎患)은 옛날에는 나라의 큰 사건 사고였다. 호환에 관한 실록의 마지막 기록은 『조선왕조실록』 고종 20년(1883) 1월 2일자에 나온다.

금위영(禁衛營), 어영청(御營廳)에서 아뢰기를 삼청동 북창(北倉) 근처에 호환이 있다고 하여 포수를 풀어서 잡아내게 했습니다. 오늘 유시(酉時, 오후 5~7시경)에 인왕산 밑에서 작은 얼룩무늬 호랑이 한 마리를 잡았습니다. 그래서 이것을 바칩니다. 호랑이를 잡은 장수와 군사들에게 상을 주고 계속 사냥하도록 하겠습니다.

창덕궁을 안내할 때 이 이야기를 해주면 모두들 신기해하고 그렇게 자연이 살아 있었을 때 서울은 살기 좋았겠다는 말들을 한다. 그런데 한번은 시골에서 올라온 한 '아주머니과(科) 할머니'가 이 얘기를 듣고는 "에구머니… 서울은 사람 살 곳이 못 됐군, 호랑이가 사람이나 물어가고"라고 해서 한바탕 웃었다.

사람을 물어갈지언정 그리운 것이 호랑이다. 이미 한반도에서 멸종된 호랑이가 되돌아올 리 없다. 그나마 근래에 녹지가 확보되어 산짐승들이 하나둘 창덕궁에 다시 나타나기 시작했다고 한다. 그래서 우리 시대의

| 후원 산책길 | 창덕궁 후원을 걷자면 언제 어느 때라도 가슴이 설렌다. 특히 낙엽이 깔렸을 때는 더없이 아름다운 유화 한 폭을 보는 것 같다.

실록이라 할 신문들이 일제히 2005년 10월 25일자에 다음과 같은 기사를 실었다.

창덕궁에 멧돼지가 나타나 포획했다.

후원의 첫 구역, 부용지로 가는 길

창덕궁 후원으로 발길을 옮기자면 언제 어느 때 가도 나는 가슴이 설렌다. 내가 이 길을 걸은 것이 몇십 번인지 헤아릴 수 없는데 고개 너머 드라마틱하게 나타날 부용지(芙蓉池)가 이번에는 또 어떤 모습으로 나를 맞이할지 기대에 부푼다. 창덕궁 후원은 그런 나의 기대를 저버린 적이 없다.

| 부용정 전경 | 부용지와 그 너머의 장중한 규장각 2층 건물, 석축 위에 편안히 올라앉은 영화당 건물이 한눈에 들어온다. 네모난 연못 가운데 섬에는 잘생긴 소나무가 주인인 양 넓게 자리잡고 있고 동서남북 사방으로 영화당, 부용정, 규장각, 사정기비각 4채의 건물이 제각기 이 정원에서 자기 몫을 하면서 의젓이 자리하고 있다.

　후원으로 향하는 길은 걸어가는 것 자체로 나를 행복감에 젖어들게 한다. 한길 양옆으로는 기와지붕의 사괴석(四塊石, 사방 5~6치 정도의 육면체 돌) 담장이 길게 펼쳐져 여기가 여전히 궁중의 내전임을 알려주고 담장 너머 키 큰 나무들이 하늘을 가려 길 위로 나무 터널을 이룬다. 나무는 생리상 햇볕을 향해 가지를 펼치기 때문에 텅 빈 한길 위로 양쪽에서 나뭇가지를 넓게 드리우는 것이다.

　조금 더 안쪽으로 발길을 옮기면 왼쪽으로는 순종이 휴식처 삼아 지

은 가정당(嘉靖堂) 영역의 긴 담이 이어지고 오른쪽은 소나무, 단풍나무, 상수리나무 같은 낯익은 나무들이 장대석 두세 단으로 아랫자락을 단정하게 마감한 언덕에 올라앉아 숲으로 들어가는 중임을 말해준다.

특히 이 길가에는 노목이 된 아기단풍이 많아 봄·여름·가을·겨울 사철 다른 모습으로 우리를 맞이한다. 봄이면 아기 손처럼 여린 잎들이 연둣빛 신록을 발하며 싱그러운 청순미로 우리의 서정을 맑게 해주고, 여름이면 푸르름으로 시원한 그늘을 만든다. 가을이면 파란 하늘을 배경으로 빨간 단풍이 자태를 뽐내며 길바닥을 마른 낙엽으로 덮고, 눈 내린 겨울날은 한 폭의 수묵화가 된다.

창덕궁 후원으로 들어가는 길은 마치 산사 진입로와 같아서 환상적인 경관을 맞으러 가기 위한 공간적·시간적 거리를 제공한다. 대문 열고 바로 만나는 것이 아니라 언덕 너머에 있다는 것은, 연극으로 치면 서막이고 음악으로 치면 잔잔하게 흐르는 전주곡 같다.

얼마 안 가 언덕마루에 오르면 길은 오른쪽으로 한 굽이 틀면서 더욱 깊은 숲속으로 인도하는데 내리막길에 이르면 해묵은 느티나무 너머로 홀연히 부용지와 그 너머의 장중한 규장각 2층 건물, 석축 위에 편안히 올라앉은 영화당 건물이 한눈에 들어온다. 그러면 절로 걸음을 멈추고 망연히 사위를 바라보게 된다.

네모난 연못 가운데 섬에는 잘생긴 소나무가 주인인 양 넓게 자리잡고 있고 동서남북 사방으로 영화당, 부용정, 규장각, 사정기비각 네 채의 건물이 제각기 이 정원에서 자기 몫을 하면서 의젓이 자리하고 있다. 규모도 다르고 형태도 다르고 연못에 임해 있는 방식도 다르다.

화려한 부용정은 두 다리를 물속에 담근 자세이고, 사정기비각은 멀찍이 산자락에 바짝 붙어 있다. 규장각 주합루 중층 누각은 언덕 위에 높이 올라앉아 이 공간의 주인이 되고, 영화당은 후원으로 들어오는 손님을 맞이하는 대청마루 집으로 환하게 열려 있다. 그 절묘한 배치가 부용지의 경관을 아름답고 풍부하게 만든다. 어느 것 하나 그 자리에 없어서는 안 될 것 같은, 공간상의 자기 지분이 있다.

여기에 처음 온 사람은 누구든 "세상에 이런 곳이…"라는 감탄을 절로 발하게 된다. 우리나라 사람들은 대개 이런 감탄사를 속으로 감추지만 서양의 박물관 큐레이터들을 안내해보면 한결같이 "Oh, My God!"이라 소리치고는 사람마다 'Fantastic', 'Incredible', 'Unbelievable' 셋 중 한마디를 되뇌곤 한다. 그리고 한참을 돌아본 다음 "Wonderful!"을 연발하면서, 이런 곳을 안내해주어 고맙다는 뜻을 전한다. 이들이 사용하는 감탄사의 용법이다.

부용지의 사정기비각

창덕궁 뒷산에 이런 정원을 만들 생각을 처음 한 이는 세조였다. 『조선왕조실록』을 보면 세조는 재위 5년(1459) 9월 "창덕궁 후원으로 나아가 좌우로 못을 파게 하고, 인부들에게 술과 고기를 내려주고 매사냥을 구경했다"고 한다.

재위 7년(1461) 11월엔 거처를 경복궁에서 창덕궁으로 옮겼고, 이듬해 1월엔 후원 동쪽 담장을 넓혀쌓기 위해 그 안에 있던 민가 73채를 이주시키면서 한성부(서울시)로 하여금 그들이 원하는 바에 따라 빈 땅을 내주게 했다. 그때도 국가가 수용하는 토지에 대한 보상은 정확하고 철저했다. 그리하여 확보한 후원의 담장 둘레는 총 4,200척(약 1,270미터)이라고 했으며 그때 연못을 판 곳이 바로 현재의 부용지다.

세조는 우선 샘물을 찾으라 명했다. 사람이 사는 공간이 되려면 가장 먼저 샘물이 필요한 법이다. 그리하여 4개의 우물을 팠는데 세조는 그 물맛이 너무 좋아 보석 같고, 유리 같고, 옥 같다며 친히 마니정(摩尼井)·파려정(玻瓈井)·유리정(琉璃井)·옥정(玉井)이라 이름 짓고는 「마니정가(摩尼井歌)」를 지어 신하들에게 보여주었다. 이 샘물이 있음으로써 후원을 정원으로 경영할 수 있게 된 것이다. 훗날 부용지를 개축한 숙종이 이를 기념하여 연못 서쪽에 사정기비(四井記碑)를 세우고 이렇게 말했다.

우리 세조대왕께서는 본래 샘물을 사랑하셨는데 (…) 일찍이 좌우

| **사정기비각** | 멀리 산자락에 바짝 붙어 있는 보호각 안에는 숙종이 쓴 사정기비(四井記碑)를 보호하는 비각이 있다.

로(두 팀으로) 나누어 열무정(閱武亭) 가까이 우물 될 만한 곳을 물색하
게 했더니 과연 각기 두 곳을 얻었다. 물은 차고 맛이 좋아 감로와 옥
설(玉屑, 옥가루로 만든 약재) 정도에 비길 바가 아니었다. (…) 대체로 그
우물은 가마솥을 위로 향하여 놓은 것처럼 생겼는데 안에는 물이 겨
우 두어 섬쯤 있어서 사람이 엎드려서 물을 뜰 만했다. (…) 그러나 불
행히도 누차 병화를 겪어 옛 정취가 모조리 없어지고 오직 두 우물만
이 예전 모습으로 남았는데 풀이 자라 쑥대밭이 되었으니 보기에도
쓸쓸하기만 했다.

　나는 세월이 오래된 것일수록 지난 사적이 자꾸만 없어지는 것을 두
려워하여, 석공에게 명하여 옛 모습을 그대로 살리고 약간 수리를 더
하게 했으며, 삼가 그 사실을 기술하여 단단하고 아름다운 돌에 새기

게 해 만세에 밝게 나타내어
무궁토록 전하기를 꾀했다.

숙종의 문화유산 보존 의지가
절절히 드러나 있는 비문이다.
연못가에 보호각을 지어 이 비를
보존하고 있는데 이것이 바로 부
용지의 '사정기비각'이다

그러나 숙종 대까지만 해도
남아 있던 우물 두 곳이 세월의
흐름 속에 또다시 매몰되어 자
취조차 알 수 없게 되었다. 그러
다 2008년 부용지 주변 관람로
정비공사 도중 연못 북서쪽 모서

| 사정기비 | 숙종이 세운 이 비석에는 세조가 4개의 우물을 찾아낸 것을 기리는 내용이 담겨있다.

리에서 우물 하나가 발견되어 발굴조사를 통해 그 모습이 드러났다. 우물
은 과연 가마솥을 엎어놓은 형상이었지만 이름을 새긴 돌은 발견되지 않
아 그 이름이 무엇인지는 확인되지 않았다. 이것이 부용지의 연륜을 말해
주는 첫번째 유적이다.

창덕궁 영화당과 창경궁 춘당지

세조가 주위에서 우물을 찾게 했다는 열무정(閱武亭)이란 활쏘기, 말
타기 등 무술을 열람하는 정자라는 뜻이다. 실제로 세조는 재위 8년과
13년에 여기서 군사들의 진법(陣法) 연습을 구경했다. 열무정의 위치가
어디인지는 명확지 않으나 지금의 영화당 자리라고 짐작하며 영화당에

서 내다보이는 창경궁 춘당지 영역이 바로 활 쏘고 말달리던 들판이었다. 숙종 이후 역대 임금들도 영화당에서 활쏘기 대회를 참관하며 전통을 이어갔다.

재위 14년(1468) 심신의 피로를 느낀 세조는 왕위를 물려주고 휴식을 취하고자 8월 14일 창덕궁 후원에 신전(新殿)을 지으라고 명하면서 그 이름을 '무일전(無逸殿)'이라 했다. 그러나 공사는 시작한 지 열흘도 안 되어 중단되었다. 명을 내린 지 한 달도 안 된 9월 8일 세조가 52세로 세상을 떠난 것이다. 이로써 후원에 새 전각을 짓는 계획은 무산되었다.

세조 이후 후원은 놀기 좋아하는 연산군의 차지가 되었다. 연산군은 이곳 후원에서 여희(女姬)들과 더불어 잔치를 벌이고 새나 짐승을 놓아기르며 사냥을 즐기는 방탕한 생활을 했다. 재위 3년(1497)에는 후원에서 벌어지는 유락(遊樂)을 성균관 유생들이 엿본다고 서쪽 담을 높게 쌓았다.

재위 11년(1505)엔 경복궁 경회루와 같은 모양으로 서총대(瑞蔥臺)를 만들게 했는데, 높이가 10여 척인 대 위에는 1천 명이 앉을 수 있었고, 돌난간에는 용을 조각했다. 또 이듬해 2월엔 "서총대 앞 못을 열 길 깊이로 파서 큰 배도 운행할 수 있게 하라"고 명했다. 이 공사에는 감독관이 100명, 일꾼이 수만 명 동원되어 말도 못하게 혹사당했는데 그해 9월에 중종반정이 일어나 연못 공사가 중단되었다.

이 서총대 연못이 바로 창경원 시절 보트 놀이를 하던 지금의 창경궁 춘당지(春塘池)다. 동궐이 창덕궁과 창경궁으로 나뉘기 전에 창경궁 춘당지는 창덕궁 영화당과 하나의 공간으로 이어져, 춘당지에서 영화당에 이르는 평평한 마당을 춘당대라 했다. 춘당대에서는 활쏘기, 말달리기, 과거시험 등이 치러졌고 임금은 영화당에서 활쏘기를 관람하고 과거 급제자를 맞이했다. 판소리 「춘향전」에서 이몽룡이 과거를 치를 때 나왔던 시제(詩題) '춘당춘색 고금동(春塘春色 古今同, 춘당대의 봄빛은 예나 지금이나

| **부용지의 우물** | 본래 부용지 주위에는 네 개의 우물이 있어 각기 이름이 있었다고 사정기비에 전해지는데 과연 2008년에 우물 하나가 발견되었다. 전하는 대로 가마솥을 엎어놓은 모양이지만 이름을 새긴 돌은 발견되지 않았다.

같도다)'의 춘당이 바로 이곳이다.

오늘날 춘당지와 영화당은 담장으로 막혀 있어 영화당 대청마루에 앉아 춘당대 쪽을 바라보면 춘당지는 보이지 않고 담장 가까이 있는 창덕궁 후원 안의 유일한 화장실만 보일 뿐이다. 춘당춘색은 고금동이라 했다지만 지금은 달라도 너무 다르다.

「동궐도」를 보면 지금은 없지만 영화당 양옆으로 긴 담장이 둘러 있어 영화당 안쪽의 부용지와 바깥쪽 춘당대로 열린 공간이 엄격히 구분된다. 영화당 안쪽은 일반인들은 들어올 수 없는 금원이어서 과거급제자라도 영화당 앞뜰까지만 갈 수 있었다. 그 영화당이 지금은 관람객들에게 개방되어 임금이 앉았던 자리에서 부용지의 아름다움을 만끽할 수 있으니 지금 우리가 누리는 안복(眼福)은 실로 큰 것이다.

영화당 툇마루에 앉아 부용지를 바라보면 부용정, 규장각, 비각 등으

| 영화당 | 석축 위에 높직이 올라앉은 영화당의 정면은 춘당대로 열려 있다. 뒷면에서는 부용지와 부용정, 규장각, 비각 등이 한눈에 들어온다. 부용지에 오면 누구나 이 영화당 툇마루에 앉아 부용지를 한껏 감상하고 가게 된다.

로 이루어진 정원이 그렇게 아름다울 수가 없다. 우리나라 정원에서 건물은 마치 자연이라는 거실에 배치된 가구 같아서 건물이 있음으로 해서 경관이 생기고 건물의 크고 작음에 따라 다양한 표정이 만들어진다. 부용지를 거실이라고 치면 연못은 폭넓은 화문석(花紋席) 같고, 규장각 주합루는 듬직한 반닫이와 기품 있는 의걸이장 같고, 부용정 정자는 화려한 화초장(花草欌) 같고, 영화당은 단아한 서안(書案) 같고, 비각은 곱상한 연상(硯床) 같다.

프랑스 건축가 로랑 살로몽이 한국의 건축은 "인위적으로 세운 것이 아니라 자연 위에 그냥 얹혀 있는 느낌"이라고 말한 것은 바로 이런 점을 말한 것이다.

| **영화당 현판** | 영조의 영화당 현판 글씨는 획이 아름답고 글자의 구성이 반듯하면서도 멋스러워 명작이라 할 만하다.

영화당

영화당 건물이 언제 지어졌는지는 확실치 않지만 『조선왕조실록』숙종 18년(1692) 4월 16일자에 "후원의 영화당을 중수하는 일에 대해 아뢰다"라는 기사가 확인되니 그전에 지어진 것만은 분명하다.

영화당은 장대석으로 쌓은 높직한 석축 위에 세워진 정면 5칸, 측면 3칸의 아주 번듯하고 품위 있게 잘생긴 건물이다. 북쪽으로 방을 들이고 사면에 퇴를 둘렀다. 대청의 3면에는 문짝을 들어 올릴 수 있는 분합문을 설치하여 문을 올리면 언제든 삼면에서 비쳐드는 경치를 바라볼 수 있도록 했다. 숙종은 영화당에서 바라본 연못의 경치를 시로 짓고 이것을 영화당에 걸게 했다.

빙그레 난간에 기대어 작은 연못 굽어보며	嘆倚畫欄臨小塘
조용한 정원에 일 없으니 맑은 빛 구경한다	閑庭無事玩澄光
한 쌍의 오리는 섬돌 위에서 뒤뚱거리고	玉砌緩行雙彩鴨
고기 새끼가 뽐내며 우쭐거리는 것이	魚兒自得意洋洋
희망에 차 있구나	

| **부용정** | 다채로운 구조의 부용정은 한옥으로 지을 수 있는 화려함의 최대치가 구사된 정자다. 평면은 열 십(十) 자 형을 기본으로 하면서 4면 모두 팔작지붕으로 날개를 펴고 있다. 이 사진은 근래에 복원되기 전의 부용정 모습이다.

가만히 음미해보면 태평성대의 임금이 지을 만한 참으로 편안한 시 다. 조선 후기 문예부흥기를 우리는 영·정조시대라고 하지만 그 토대를 쌓은 것은 숙종시대였다. 판소리 여섯 마당이 대개 숙종 때를 배경으로 하며, 「춘향가」의 첫 사설은 "숙종대왕 성은이 망극하사"로 시작된다.

숙종 이후 영화당에서는 역대 임금들이 많은 행사를 열었다. 영조는 재위 3년(1727) 정월대보름을 맞이하여 종친 63명을 영화당으로 불러 술 을 내리고 활쏘기를 한 다음 상을 내렸다. 어느 날은 영화당 실내에 장식 된 글씨들이 모두 어필인 것을 보고 감회가 일어 「영화당 명(銘)」을 지으 면서 그 서문에 이렇게 말했다.

영화당 방 안에는 인조대왕, 대청 동서와 북쪽 들보에 선조대왕, 좌

| **부용정 내부** | 부용정 툇마루 주위에는 난간을 곱게 둘렀으며, 안쪽으로는 세살문과 아(亞)자살문의 분합문을 달고, 다시 그 안쪽에 불발기창을 달아 복도와 방을 구별했다. 여기 앉아서 부용지를 바라보면 마치 배를 타고 있는 듯한 느낌이 든다.

우 기둥엔 효종대왕, 남쪽 들보엔 현종대왕, 북쪽 기둥엔 숙종대왕의 어필이 있어 '영화당'이라는 현판을 써서 다섯 임금을 잇고 싶었다.

이렇게 쓰인 영조의 '영화당' 현판 글씨는 참으로 명작이라 할 만하다. 글씨의 획이 아름답고 글자의 구성은 반듯하면서도 멋스럽다. 이런 글씨는 명필이라고 해서 쓸 수 있는 것이 아니다. 흉내낸다고 되는 것도 아니다. 교양과 덕을 두루 갖춘 성군의 기품이 들어 있기에 가능한 일이다. 특히 이 현판 글씨에서는 영조의 다른 글씨에서 볼 수 없는 단아함과 정중함도 느껴지는데, 이는 영조가 이 현판을 쓸 때의 마음이 그러했기 때문일 것이다.

| 「동궐도」 부용지와 부용정 부분 | 「동궐도」에서는 채색이 아름다운 비단 돛배 두 척이 부용지에 떠 있다. 정조는 부용정에서 신하들과 뱃놀이와 낚시를 즐겼고 달밤엔 불을 밝히고 시를 주고받으며 즐거운 한때를 보내곤 했다.

연꽃처럼 아름다운 부용정

부용지를 처음 만든 이는 세조이고, 임란 후 이를 매만진 이는 숙종이지만 오늘날의 모습으로 경영한 이는 정조였다. 부용지는 동서 35미터, 남북 30미터에 이르는 장방형 연못으로 사방에 화강암 장대석을 쌓아 마감했으며, 연못 가운데에는 작고 동그란 섬 하나가 떠 있다. 이렇게 못이 네모지고, 가운데 둥근 섬 하나를 둔 것은 천원지방(天圓地方)의 동양적 우주관을 반영한 것이다.

부용지에는 본래 숙종 33년(1707)에 건립한 택수재(澤水齋)라는 정자가 있었는데 정조가 재위 16년(1792)에 이를 헐고 지금처럼 아름다운 정자를 짓고는 그 이름을 부용정(芙蓉亭)이라 했다. 부용은 연꽃으로, 연꽃처럼 아름답다는 뜻이자 못에 연꽃이 많다는 뜻이기도 하다.

부용정은 구조가 대단히 다채롭다. 한옥으로 지을 수 있는 화려함의 최대치가 구사된 것 같다. 평면은 열 십(十) 자형을 기본으로 하면서 4면 모두 팔작지붕으로 날개를 펴고 있다. 마루 주위에는 난간을 곱게 둘렀으며, 그 안쪽으로는 세살문과 아(亞)자살문의 분합문을 달고, 다시 그 안쪽에 불발기창을 달아 복도와 방을 구별했다. 부용정은 디테일이 아주 정교하여 잘 만든 공예품처럼 화려하면서도 사치스럽지 않은 한국의 미학을 유감없이 보여준다.

부용정을 옆에서 바라보면 정자의 팔각 돌기둥 주춧돌이 물속에 잠겨 있다. 이렇게 정자를 연못가가 아니라 연못에 두 발을 담근 듯 내어지은 것은 정자에 앉았을 때 시선이 곧바로 연못에 떨어지게 하기 위함이다. 실제로 부용정은 분합문을 다 열어 걸어두면 화려한 배 모양이 된다.

「동궐도」에는 부용지에 배 두 척이 떠 있다. 이 채색이 아름다운 비단 돛배는 채주금범(彩舟錦帆)이라고 했다. 정조는 부용정에서 신하들과 뱃놀이와 낚시를 즐겼고 달밤엔 불을 밝히고 시를 주고받으며 즐거운 한때를 보내곤 했다. 최순우 선생은 『무량수전 배흘림기둥에 기대서서』(학고재 1994)에서 부용정을 바라보다가 일어난 감흥을 이렇게 표현했다.

비록 이 부용정이 왕가의 규원 속에 자리잡았다 해도 결코 장대한 것도 아니요, 필요 이상으로 화려한 것도 아니지만, 그 이름이 지닌 대로 조촐한 꽃처럼 연연하면서도 맵자하고 앳된 맵시를 지닌 것은 이 정자의 아름다움을 여성미에 비긴 설계가의 의도가 너무나 잘 살았기 때문이 아닌가 한다.

이 정자를 바라본 일이 있는 사람이면 신록진 초여름의 한나절, 낙엽 듣는 가을밤의 한때, 그 속에 몸을 담은 자신의 모습을 상상해본 사

| 가을날의 부용정과 부용지 |

람이 적지 않을 것이다. 이 상상은 사람마다 각기 감흥이 다르겠지만 그 느끼는 즐거움은 차분하고도 영롱하고 또 향기롭지 않을까 한다.

다산 정약용이 부용정에서 놀던 이야기

다산 정약용이 정조와 가깝게 지냈음은 세상 사람들이 다 아는 사실이다. 다산은 정조가 세상을 떠난 뒤, 18년 유배객이 되어 더욱 정조를 그리워했다. 누구나 그렇듯이 그리움은 즐거웠던 한때를 더욱 사무치게한다. 다산은 부용정에서 정조를 모시고 연회에 참석해 즐거운 시간을 보냈던 때를 회상하며 다음과 같은 「부용정 시연기(侍宴記)」를 지었다.

임금께서 등극한 지 19년째 되는 해(1795) 봄에 꽃을 구경하고 고기를 낚는 잔치를 베풀었다. 당시 나는 규장각에서 책을 찍어내는 찬서(撰書)로 있어 글을 짓는 데 수고했다고 특별히 연회에 참석하라고 명하셨다. 그때 대신과 각신으로 연회에 참석한 사람이 모두 10여 명이었다. (…)

때는 온갖 꽃이 활짝 피어 있었고 봄빛이 매우 화창했다. 임금께서는 여러 신하에게 말씀하시기를 '내가 이곳에 온 것은 유희 삼아 즐겁게 놀려는 것이 아니다. 다만 경들과 함께 즐기면서 마음을 서로 통하게 하여 천지의 조화에 응하려는 것이다'라 했다. (…)

술을 마시자 임금의 얼굴에는 희색이 넘쳤고 목소리도 온화하고 부드러웠다. (…) 부용정에 배를 띄우고 배 안에서 시를 지었는데 정해진 시간 안에 시를 지어올리지 못하는 자가 있으면 연못 가운데 있는 조그만 섬에 안치(安置)시키기로 했다. 몇 사람이 과연 섬 가운데로 귀양을 갔는데 곧 풀어주셨다.

다산은 그렇게 시를 짓고, 낚시하고, 배를 타고, 술 마시며 놀던 때를 영화처럼 그려내고는 그 연회에 대한 소감을 다음과 같이 말했다.

내가 삼가 생각하건대 임금과 신하의 관계는 높은 하늘과 낮은 땅의 사이 같다고 하겠는데 (…) 음식을 내려주고 즐거운 낯빛으로 대해주어서 그 친근함이 마치 한 집안의 아버지와 아들 사이 같았으며, 엄하고 강한 위풍을 짓지 않았다. 그러므로 여러 신하가 각기 말하고자하는 것을 숨김없이 모두 아뢰니 혹 백성들의 고통과 답답한 사정이 있어도 훤하게 들을 수 있었다. (…)

아! 이것이 이른바 군자의 도가 생장하고 소인의 도가 소멸하는 것이 아니겠는가. (…) 지금 나도 연회에 참석했으니 어찌 이 성대했던 일을 기록하여 성덕(聖德)을 널리 알리지 않을 수 있겠는가. 이 때문에 이 글을 쓴다.

어진 임금이 신하와 교감함은 이러한 것이었고, 신하는 임금의 어진 덕을 이렇게 세상에 알렸다. 한동안 불통(不通)이라는 단어가 수시로 언론에 오르내렸던 것을 생각하면 다산의 이 글이 한없이 아름다운 이야기로 다가온다.

임금과 신하가 하나가 되던 궁궐의 후원

어수문 / 취병 울타리 / 정조와 규장각 /
서호수와 『규장총목』 / 차비대령화원 / 단원 김홍도 /
희우정, 천석정, 서향각 / 표암 강세황

규장각 주합루의 어수문

이제 우리는 부용지의 원 주인장 같은 규장각 주합루로 향한다. 주합루는 멀리서 보나 가까이서 보나 늠름하게 잘생겼다. 정면 5칸, 측면 4칸 중층 팔작지붕인데 5단의 화계로 이루어진 높직한 곳에 네벌대(장대석을 네 켜로 쌓아 만든 대) 기단 위로 올라앉아 있어 궁궐 건축다운 품위와 권위가 느껴진다.

앞서 말했듯 중층 누각의 경우 아래층을 각(閣), 위층을 루(樓)라 하기에 규장각 주합루라고 한다. 규장각의 규(奎)는 28수 별자리 중 문운(文運)을 관장하는 별이고, 장(章)은 문장 또는 밝다는 뜻이 있으며, '규장'이라는 말은 임금의 글을 지칭한다. 따라서 규장각은 임금의 어제, 어필 등을 보관하는 서고를 말한다.

| **부용지 건너에서 올려다본 규장각 주합루** | 정조는 즉위하자마자 부용지 북쪽 산자락에 역대 왕들의 어진과 글씨, 보책, 인장 등을 보관할 규장각 주합루를 짓게 했다.

주합루(宙合樓)는 글자 그대로 '우주와 합일한다'는 뜻으로, 여기에는 정조가 직접 쓴 현판이 걸려 있다. 처음엔 아래층에 숙종이 쓴 규장각 현판도 걸려 있었으나, 규장각 직제가 확대되어 어제 유물과 왕실 도서는 남겨두고 사무 공간을 창덕궁 초입의 궐내각사 서쪽 끝에 있는 내각(內閣)으로 옮겨가면서 정조의 주합루 현판만 남았다.

연못가에서 규장각으로 올라가는 계단 입구에 어수문(魚水門)이라는 대문이 절집의 일주문처럼 서 있다. 어수문은 2개의 기둥이 지붕을 받치는 작은 규모의 문으로 사람 하나 드나들 정도이지만 겹처마에 다포 건물인 데다 낙양각이 드리워졌고, 문고리에 청룡, 황룡이 꿈틀대는 투각 장식과 기둥에 문설주까지 덧댈 정도로 정교해 과연 규장각 주합루 건물을 모실 만한 자격이 있다는 생각이 든다.

어수문의 '어수(魚水)'는 '물과 물고기'라는 뜻으로 국왕과 신하를 뜻한다. 『삼국지』에서 유비가 삼고 초려해서 제갈량을 군사로 모신 것을 장비가 못마땅해하며 그가 뭐 그리 대단하냐고 투정을 부렸을 때, 유비가 '내가 제갈량을 만난 것은 물고기가 물을 만난 것과 같다'고 한 것에서 유래한 말이다. 그래서 장비는 제갈량을 보기만 하면 '저기 물 온다, 물' 했단다. 실제로 규장각을 지을 때 정조는 신하를 그런 마음

| **부용지 물고기 조각** | 부용지 동남쪽 모서리 맨 위 장대석에 새겨놓은 물고기 한 마리에는 국왕과 신하의 원만한 어울림의 뜻이 담겼을 것으로 짐작된다.

으로 생각했다. 부용지 동남쪽 모서리 맨 위 장대석에 새겨놓은 물고기 한 마리에도 아마 그런 뜻이 담겼을 것으로 짐작한다.

꽃으로 어우러진 취병

어수문 좌우로는 활처럼 휜 지붕에 얇은 판자를 덮은 아주 작은 협문이 있어서 삼문 형식을 이루고, 삼문에서 화계 끝까지 뻗은 담장은 생울타리로 되어 있다. 이를 취병(翠屛)이라고 하는데, 취병은 우리나라 건축의 또 다른 매력적인 형식이다.

궁궐 바깥쪽 담장의 기본은 사괴석(四塊石) 기와돌담이다. 화강암을 네모나게 다듬어 석회 줄눈으로 가지런히 쌓기 때문에 사괴석담 또는 '다듬돌 바른층 쌓기'라고도 부른다. 바깥쪽 담장뿐 아니라 중요한 전각의 담장도 사괴석 기와돌담으로 두른다. 그러나 궁궐 안에는 전축담, 바자울, 대삿자리담, 판장, 장막, 취병 등이 격식과 쓰임새에 따라 다양하게

| **어수문** | 부용지 연못가에서 규장각으로 올라가는 계단 입구에 어수문이라는 대문이 절집의 일주문처럼 서 있다.

구사되었다.

그중 취병은 신우대를 엮어 나지막이 울타리를 두르고 그 안에 키 작은 나무나 넝쿨식물을 올려, 여름에는 푸름으로 가득 차고 겨울에는 얼기설기 엮은 대나무 울타리가 그대로 담장 구실을 하는 생울타리다. 시골집 탱자 울타리 혹은 유럽 정원에서 장미 울타리로 만드는 트렐리스(trellis)나 플로럴 스크린(floral screen)과 같은 개념이다.

취병은 현재 규장각 외에는 어느 곳에도 남아 있지 않지만 「동궐도」에는 창덕궁에 모두 17곳이나 그려져 있다. 취병은 정성껏 관리하지 않으면 유지할 수 없기 때문에 일제강점기를 거치면서 모두 사라진 것이다.

확실히 취병은 창덕궁에 더없이 잘 어울리는 울타리 형식이다. 창덕궁 건축과 자연의 관계는 어느 궁궐보다 더 긴밀했고, 담을 둘러 공간을 구획해야 하는 궁에서 돌담을 두었다면 생경했을 곳에 취병이 제격이었던 것이다.

2008년 문화재청은 창덕궁에서 사라진 취병을 다시 살리는 첫 사업 대상으로 지금의 규장각 어수문 옆 취병을 골랐다. 그러나 다년초를 심으라는 옛 문헌의 가르침대로 하지 않고 신우대를 직접 심었기 때문에 생울타리의 맛도 없고 관리도 엄청 힘들게 됐다.

서유구는 『임원경제지(林園經濟志)』에서 취병을 만드는 한 가지 방법을 다음과 같이 소개하고 있다.

고리버들을 엮어서 취병을 만들 때에는 두께는 2자 정도로 하며 길이와 너비는 마음대로 할 수 있다. 고리버들로 격자형 취병을 만들려면 비옥한 흙을 나무 가운데에 메운 다음 패랭이꽃이나 범부채와 같이 줄기가 짧고 아름다운 야생화들을 취병을 따라서 섞어 심는다. 이렇게 하면 꽃 피는 계절에 오색이 현란한 비단 병풍처럼 만들어진다.

규장각 울타리의 취병이 빨리 이런 모습으로 돌아오기를 기대하고 촉구한다.

정조의 규장각 건립

규장각 주합루는 그 건물도 건물이고, 또 거기서 내려다보는 부용정의 아름다움도 아름다움이지만, 그보다 더 내 마음을 흐뭇하게 하는 것은 정조대왕이 규장각을 세우고 학자들에게 학문과 경세를 연구케 하고 그 것을 국정에 반영하여 정치 개혁과 문화 창달을 이뤘다는 사실이다. 조 선왕조 500년 종사에서 세종대왕의 집현전과 정조대왕의 규장각이 있었 다는 사실은 역사의 큰 자랑이자 오늘날 우리에게 크나큰 교훈을 준다.

규장각의 역사를 보자면 국초에 양성지가 송나라 제도를 본받아 규장 각을 세우도록 건의하여 세조 때 일시 설치해 어제 유물들을 보관했으 나 곧 폐지되었고, 숙종은 재위 20년(1694)에 왕실 계보를 관장하던 종부 시(宗簿寺)의 작은 건물에 친히 쓴 '규장각'이라는 현판을 걸고 역대 국 왕의 어필·어제를 보관했다. 그런 규장각을 정조는 왕실도서관으로 발 전시키고 더 나아가 규장각 학자들의 건의를 직접 듣는 국정 자문기구 로 발전시켰다. 그리고 당대 학문의 중추기관으로 삼아 뛰어난 학자들의 연구를 정책에 반영했다.

그 과정을 보면 정조는 즉위(1776)하자마자 부용지 북쪽 산자락에 역 대 왕들의 어진과 글씨, 보책(寶冊), 인장(印章) 등을 보관할 규장각 주합 루를 짓게 했다. 3월에 공사를 시작해 9월에 준공했다.

이때 정조는 규장각에 제학(提學), 대교(待教) 등의 직제를 마련하고 황경원, 홍국영, 유언호 등 명신들을 임명했다. 그리고 어느 날 정조는 규 장각 관원들을 후원으로 불러 잔치를 베풀면서 이렇게 말했다.

나는 왕세손 시절부터 어진 신하를 내 편으로 하고 척신(戚臣, 임금과 성이 다르나 일가인 신하)을 멀리해야 한다는 뜻을 깊이 알고 있다. 그래서

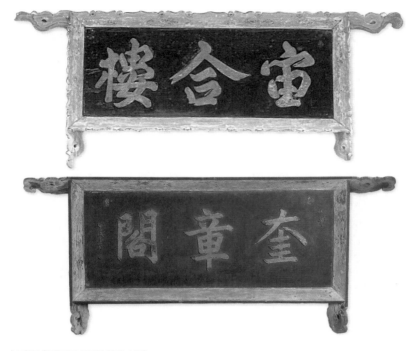

| 주합루 현판(위)과 규장각 현판(아래) |

즉위년 초에 맨 먼저 내각(內閣, 규장각)을 세웠던 것이니 이는 문치(文
治)를 내세운다고 장식하려는 뜻이 아니라 대체로 아침저녁으로 가까
이 있게 함으로써 나를 계발하고 좋은 말을 듣게 되는 유익함이 있게끔
하려는 뜻에서였을 따름이다. (『조선왕조실록』 「정조실록부록」 정조대왕 행장)

그럴듯한 형식으로 장식하려는 것이 아니라 신하와 하나 되겠다는 뜻
을 천명한 것이다. 정조는 재위 3년(1779) 3월 규장각에 검서관(檢書官)
직을 설치하고 특명으로 서얼 출신의 뛰어난 학자인 박제가·이덕무·유
득공·서이수 등을 등용했다. 이들이 유명한 규장각 사검서다.

| 규장각의 주련들 | 오른쪽 2개는 정조가 내린 주련으로 '손님이 온 것을 보아도 자리에서 일어나지 마라' '전임자가 아니면 들어오지 마라'라는 뜻을 새겼다.

사검서는 이때부터 규장각에 근무하면서 여기에 비장된 서적들을 마음껏 탐독하고, 왕명을 받아 많은 책을 교정·간행했다. 정조는 사검서에게 '규장각 팔경시(八景詩)'를 지어 바치라고 했다. 그중 가장 잘 지은 이덕무에게는 『명의록(明義錄)』 한 질을 상으로 내려주고 등수대로 상품을 하사했다. 정조는 이렇게 검서관들과 어울렸고 그들에게 힘을 실어주었다. 규장각에는 정조가 내려준 2개의 주련이 있다.

見來客不起　손님이 온 것을 보아도 자리에서 일어나지 마라
非先生勿入　전임자가 아니면 들어오지 마라

정조는 때로 규장각 학사들에게 약식을 내려주기도 하고, 어느 날은 박제가가 숙직을 자청해 규장각에서 책을 읽다가 잠든 것을 보고 자신의 담요를 덮어주기도 했다. 이처럼 아름다운 군신관계로 정조시대 문치가 극을 이룬 것이다.

『도서집성』 1만 권의 구입

정조 5년(1781)에 규장각 제도가 완성되었다. 이해 규장각이 후원에 있어 불편하다는 제학 유언호의 건의를 받아들여 궐내각사 맨 앞, 최고의 군사기관인 도총부(都摠府) 자리로 옮기고 이듬해 강화도에 외규장각을 두어 내각과 외각 체제로 개편했다. 병인양요 때 프랑스 군대가 약탈해 갔다가 반환한 외규장각 의궤가 바로 이 외각에 보관되어 있던 왕실 유물이었다.

규장각은 도서 출판 기능의 수행을 위해 예조 소속의 출판 전담 관서를 규장각의 부속 기관으로 삼고, 정유자(丁酉字, 1777)·한구자(韓構字, 1782)·생생자(生生字, 1792)·정리자(整理字, 1795) 등의 새로운 금속활자 10여 만 자를 주조해 수천 권에 달하는 서적을 간행했다. 규장각에서 찍어낸 '내각판(內閣版)'은 오늘날 장서가들도 알아주는 양질본이다.

정조는 왕세손 시절부터 책을 많이 수집했다. 그는 학문의 연찬과 문화의 진흥을 위해 무엇을 어떻게 해야 하는지 잘 알고 있었고, 기본 도서를 모아 학자들이 연구에 매진토록 무한대로 지원했다.

정조는 청나라에서 『사고전서(四庫全書)』를 편찬하고 있다는 소식을 듣고 1776년 사은부사로 떠나는 서호수에게 한 질 구해오라고 명했다. 『사고전서』는 3만 6천 책에 달하는 양으로 4곳의 서고에 보관할 목적으로 '사고전서'라 이름 붙인 한정본인데, 그것까지도 구하겠다는 열정이었다.

| 정조의 「국화도」(왼쪽)와 「파초도」(오른쪽) | 보기 드문 계몽군주였던 정조는 다양한 미술문화 진흥책을 지시했고, 그 자신도 글과 그림에 뛰어난 솜씨를 지녔다.(동국대박물관 소장)

　서호수가 북경에 도착해보니 『사고전서』는 아직 간행되지도 않은 상태였다. 그 대신 서호수는 『흠정 고금도서집성(欽定古今圖書集成)』1만권(5,020책)의 구입을 시도했다. 이 책은 강희제 때부터 옹정 연간까지 근 50년에 걸쳐 완성된 '미증유의 총서(叢書)'로 대단한 귀중본이었다.

　서호수는 이 방대한 귀중본을 구하려고 백방으로 노력했다. 그러나 이 희귀본을 좀처럼 구할 수 없었다. 서호수는 정당한 방법으로는 이 전집을 절대 구할 수 없을 거라고 판단하고 마침내 다른 사람을 앞세워 한림원에 뇌물을 진탕 주고 기어코 한 질을 구했다. 그것도 동활자 초인본이었다. 그때 구입한 가격이 은자(銀子) 2,150냥이라고 한다. 서호수는 이 책을 상자 502개에 담아 몇 수레에 나누어 실어 한양으로 보냈다. 안 되는 것을 되게 하는 우리 사업가들의 능력은 이때부터 있었던 민족적 DNA가 아닌가 하는 생각이 든다.

정조는 너무 기뻐서 이 책의 장정을 새로 잘 고치고 홍재(弘齋)·만기 지가(萬機之暇)·극(極)·조선국(朝鮮國) 등 자신의 장서인을 찍어 개유와 (皆有窩)에 보관하도록 했다. 본래 규장각의 부설기관인 장서각에서는 조선 책은 서고(西庫)에, 중국 책은 열고관(閱古觀)에 보관했는데 중국 책이 늘어나면서 새로 증축한 서고가 개유와였다. 개유와란 '모든 게 다 있는 집'이라는 뜻이니 그 기상을 알 만하다.

규장각에서 이렇게 많은 양의 국내외 도서가 수집·간행됨에 따라 이를 체계적으로 분류하고 목록화하는 작업도 함께 이루어졌다. 첫번째 분류 목록은 정조 5년(1781) 서호수가 약 3만여 권의 중국 책을 정리하여 작성한 『규장총목(奎章總目)』이다. 이것이 오늘날 서울대 규장각 도서의 원류이다.

차비대령화원

규장각은 국가 정책개발 연구기관으로 그 기능이 점차 확대되어 승정원, 홍문관, 예문관의 특권인 근시(近侍), 즉 임금을 가까이 모시는 기능까지 흡수하게 되었다. 규장각 각신들은 승지 이상으로 대우를 받아 당직 시 아침저녁으로 왕에게 문안했으며, 신하와 왕이 대화할 때 사관으로서 왕의 언동을 기록하기도 했다. 특히 1779년부터는 일기를 기록해『내각 일력(內閣日曆)』(전 1,245책)이라 했는데,『승정원일기』이상으로 상세했다

규장각은 과거 시험과 초계문신(抄啓文臣) 제도도 함께 주관했다. 초계문신은 당하관 중 글 잘하는 신하들을 뽑아 매월 두 차례씩 구술시험

| **왕실 벼루** | 국립고궁박물관에 소장된 폭 80센티미터의 대형 벼루는 정조대왕이 신하들과 함께 시를 쓸 때 사용했음직한 멋을 한껏 풍긴다. 연잎과 메기 두 마리를 조각한 솜씨도 절묘한데 나전칠기로 보관함을 따로 만들었다.

을 치른 후 상벌을 내리고 재교육의 기회를 주는 제도였다. 이는 학문의 진작은 물론 정조의 친위세력 확대에 크게 이바지했다.

정조의 미술문화 진흥책은 1783년(정조 7년), 본래 궁중의 그림을 담당하던 도화서 화원과 별도로 규장각에 차비대령화원(差備待令畫員)을 두고 '그림에 관한 일을 전담'시킨 명에서 잘 나타난다. '차비'란 '차출', '대령'은 '기다린다'는 뜻으로 '임시 화원'이라는 의미다. 그 때문에 화원은 예조의 도화서 소속이고, 차비대령화원은 규장각 소속이었다.

1783년 정조는 이미 차비대령 하고 있던 신한평, 김응환 등 5명과 새로 선발한 이인문 등 5명을 합쳐 총 10명으로 차비대령화원을 출범시켰다. 이들은 규장각에 필요한 그림에 관한 일과 도서의 삽화, 어제(御製)의 인찰(印札) 등을 전담했다. 「화성능행도」 『오륜행실도』 같은 대작은 이런 제도가 낳은 산물이었다.

차비대령화원은 1년에 12번 매달 초하루마다 시험을 치렀다. 그리고 그 결과를 종합해 녹봉과 하사품을 받았다. 시험 과목은 산수·누각·인물·영모·초충·매죽·문방·속화 등 8과목으로 구성되었다. 선발할 때는

각자 원하는 화제에 따라 진채와 담채를 2장씩 그려 사흘 후에 제출하도록 하고 그것으로 평가했다.

1783년부터 1881년까지 100여 명의 차비대령화원이 치렀던 총 800여 회의 녹취재(祿取才) 문제와 시험 성적이 『내각일력』에 자세히 실려 있는 것을 강관식 교수가 조사해 저서(『조선 후기 궁중화원 연구』, 돌베개 2001)로 펴낸 바 있다.

여기에 따르면 정조는 차비대령화원의 선발 방식을 구체적으로 지시하기도 했는데 그중에는 '임금이 보는 순간 껄껄 웃을 수 있는 그림을 그려라'라는 문제도 있었다. 작가적 상상력까지 시험했던 것이다.

정조는 능력을 중요시해 일찍부터 단원 김홍도를 높이 샀다. 규장각을 설립하자마자 갓 서른을 넘긴 단원에게 「규장각도」를 그리게 했고 정조의 어진 도사(圖寫) 세 차례에 모두 참여시켰으며, 금강산에 가서 『금강사군첩』을 그려오게 했고, 화성 용주사 불화 제작도 맡겼다. 훗날 정조는 김홍도와의 관계를 다음과 같이 말했다.

| 김홍도의 「규장각도」 | 부용지의 원 주인장 같은 규장각 주합루는 멀리서 보나 가까이서 보나 늠름하게 잘생겼다. 정조는 규장각을 설립하자마자 갓 서른을 넘긴 단원 김홍도에게 「규장각도」를 그리게 했다. (국립중앙박물관 소장)

김홍도는 그림에 공교로운 자로서 그 이름을 안 지 오래다. 30년 전에 초상화를 그렸는데 이때부터 무릇 궁중의 회사(繪事)를 김홍도로 하여금 주관하게 했다.

정조시대의 문예 창달은 이런 배경에서 이루어진 것이었다. 정조 사후 규장각은 그대로 존속했지만 예전 같은 기능은 하지 못하고 그저 왕실 도서관으로서의 기능만 수행했다. 아무리 제도가 좋아도 그것을 제대로 운영할 줄 모르면 아무것도 아닌 셈이다.

희우정, 천석정, 서향각

규장각의 부속 건물로 각종 도서를 보관하고 있던 서고, 열고관, 개유와는 모두 헐리고 없다. 역대 임금의 유물을 따로 보관했던 봉모당(奉謨堂)도 없다. 지금 주합루 뒤쪽 좌우로는 희우정, 천석정이 있고, 바로 곁에는 서향각이 있다.

희우정(喜雨亭)은 정면 2칸, 측면 1칸에 홑처마 우진각지붕을 한 자그마한 건물로 단청도 하지 않아 질박하면서도 단아한 멋이 풍기는 아담한 집이다. 본래 인조 23년(1645)에 지은 취향정(醉香亭)이라는 띠로 이은 정자가 있었는데, 숙종 16년(1690) 가뭄이 극심해 여기서 기우제를 지내자 기다렸던 비가 내려 희우정으로 이름을 바꾸고 기와지붕으로 개축했다고 한다.

동편 언덕 위에 있는 천석정(千石亭)은 기역 자로 된 누마루 집으로 몸채 왼편에서 남쪽으로 쪽마루가 돌출되어 있다. 희우정과 마찬가지로 임금의 휴식처지만 소박한 건물로 그 이름에는 풍년을 기원하는 뜻이 담겨 있다. 지금 천석정에는 '제월광풍루(霽月光風樓)'라는 편액이 걸려 있는데 이는 조선시대 문인들이 사랑하던 문구다. 송대의 문인 황정견이 유학자 주돈이의 고상한 인격을 칭송하며 그의 마음이 '화창한 바람, 비갠 달과 같다'고 한 데서 유래한 것이다. 아마도 규장각 각신이나 검서관

| 천석정 | 기역 자로 된 누마루 집으로, 희우정과 마찬가지로 임금의 휴식처지만 소박한 건물이다. 그 이름에는 풍년을 기원하는 뜻이 있으며 지금은 '제월광풍루(霽月光風樓)'라는 편액이 걸려 있다.

이 이곳을 독서처로 삼고 써놓지 않았을까 추측한다.

　규장각 서편에 동향한 정면 8칸, 측면 3칸 팔작지붕의 큰 건물은 서향각(書香閣)으로 규장각과 함께 지어진 부속 건물이다. 규장각에 봉안된 어진, 임금의 글과 글씨 등을 보관하고, 이따금 서적을 넣어 말리던 곳이다. 이를 포쇄(曝曬)라고 하는데 대체로 4개월에 한 번 정도 그늘에서 말렸다. 그래서 건물 이름을 '책 향기가 나는 집'이라는 뜻의 서향각이라 지은 것이다. 현판은 당대의 명필인 조윤형의 글씨다.

　지금 서향각에는 '친잠권민(親蠶勸民, 친히 누에를 쳐 백성에게 권한다)'이라는 현판이 걸려 있다. 나무 재질로 보나 글씨로 보나 근래의 것으로 보이는 이 현판은 1909년 순정황후가 친서한 것이다. 그로부터 2년 뒤인 1911년 일제 총독부는 정조 원년(1777)에 왕비가 이곳에서 부녀자들의 모범이 되고자 누에를 친 적이 있다는 사실을 구실로 이 건물을 아예 양

| **서향각** | 규장각 서편에 동향한 정면 8칸, 측면 3칸 팔작지붕 큰 건물로, 규장각의 부속 건물이다. 규장각에 봉안된 어진, 임금의 글과 글씨 등을 보관하고, 이따금 서적을 널어 말리던 곳이다. '책 향기가 나는 집'이라는 뜻이다.

잠소(養蠶所)로 만들어버렸다. 해방 뒤에도 서향각에는 한동안 양잠소라는 안내판이 서 있었고, 그렇게 서향각에서는 더 이상 규장각의 책 향기를 느낄 수 없게 되었다.

표암 강세황의 후원 관람기

이제 오랫동안 머물렀던 규장각을 떠나 후원 안쪽의 원림을 구경하러 갈 차례가 되었다. 그 안에는 또 어떤 명소가 우리를 기다리고 있을까. 이를 생각하니 표암 강세황이 바로 이곳 희우정에서 정조의 안내를 받아 후원 안쪽을 두루 관람하고 쓴 「호가유금원기(扈駕遊禁苑記)」가 떠오른다. '임금의 가마를 따라 금원에서 놀았던 이야기'다.

이 글을 소개하는 것은 우리가 앞으로 갈 후원 안쪽의 예비지식이 되

| **'어친잠실' 현판** | 서향각에는 '어친잠실(御親蠶室)'이라는 현판이 걸려 있는데, 이는 '왕족이 친히 누에를 치는 방'이라는 뜻이다. 서향각에는 '친잠권민(親蠶勸民, 친히 누에를 쳐 백성에게 권한다)'이라는 현판도 있다.

기 때문이기도 하지만 무엇보다도 표암 자신이 놀았던 이야기를 통해 정조가 어떤 분이었던가를 자손들에게 증언하기 위해 이 글을 썼음을 독자들에게도 알려주고 싶기 때문이다.

정조 5년(1781) 9월 3일, 뒤늦게 출사한 69세의 표암은 정조의 부름을 받고 창덕궁 규장각 옆에 있는 희우정으로 입시(入侍)했다. 오색 비단에 병풍을 쓰라고 하여 막 붓을 잡는데 정조가 이렇게 물었다.

"이곳에 구경할 만한 좋은 곳이 있네. 글씨를 먼저 쓴 뒤에 놀러 가겠는가, 아니면 먼저 놀고 난 뒤에 쓰겠는가?"

표암은 임금께서 뜻밖에도 이처럼 소탈하면서도 친숙한 제안을 하자 당황해 감히 대답하지 못하고 어물어물했다. 이에 정조가 다시 말을 꺼냈다.

"바로 대답을 안 하는 것은 아마 먼저 놀고 싶은 뜻이겠지."

이리하여 표암은 창덕궁 후원 안쪽 옥류천을 구경하게 되었다. 이때 표암은 승지나 사관에게 명하여 길을 안내하게 할 줄 알았는데, 임금이 이미 대령한 태평거(말이 끄는 수레) 대신 남여(藍輿, 지붕이 없는 가마)를 가져오라고 명하고는 직접 인도하는 것이었다. 붉은 일산(日傘)이 앞장을 서고 남여 뒤로 제학 서호수 등 신하 6명과 화원 김응환이 동행했다.

궁중 길은 숫돌처럼 평평했다. 푸른 솔 붉은 단풍이 양옆에서 비치니 마치 장막을 두른 듯, 신선이 산다는 동천(洞天)에 들어간 듯 머리를 들고 이리저리 구경하기에 바빴다.

반리쯤 가니 조그만 고개가 있고, 고개 넘어 수백 걸음을 가니 숲이 트이고 시야가 활짝 열렸다. 바위 언덕과 소나무 숲 사이에 정자가 있는데 소요(逍遙)라는 현판을 붙였다. 뜰이 정갈했고 나지막한 담이 옆으로 둘려 있었으며 정자 앞에는 기묘한 바위가 옆으로 누웠다. (…)

물은 정자의 북쪽을 돌아 아래로 떨어져 폭포가 되고 정자 뒤로 돌아 흘렀다. 정자에서 약간 북쪽으로 네모난 연못이 있었고 연못 가운데 정자에는 청의정(淸漪亭)이라는 현판이 걸렸으며 띠로 지붕을 이었다.

옥류천 계곡이었다. 이리하여 표암은 정조의 안내를 받아 옥류천, 소요정, 청의정을 두루 구경했다. 이때 임금은 배를 수십 개 내오라고 했다. 늙은 신하들의 갈증을 염려한 것이다.

임금은 비가 온 뒤라면 물이 불어서 매우 볼만한데 마침 물줄기가 줄어 조금씩 흐르는 것이 유감이라고 말하고는 화원 김응환에게 옥류천

| 강세황 자화상 | 정조 5년, 뒤늦게 출사한 69세의 표암 강세황은 정조의 부름을 받고 창덕궁 규장각 옆에 있는 희우정으로 들어갔다가 뜻밖의 후원 유람을 하게 된다. 이날 쓴 글이 「호가유금원기」다.

세 정자를 진경으로 그리라고 명했다. 그러고서 임금은 "여기에 구경해야 할 곳이 또 있다"며 일행을 데리고 갔다.

동쪽으로 꺾어 몇 리를 가니 소나무 사이로 정자가 은은히 보였다. 존덕정 영역이었다. 존덕정 육각정자와 태청문(太淸門), 폄우사(砭愚榭)를 두루 구경하고 다시 희우정으로 돌아오니 임금이 궁중의 음식을

| 희우정 | 규장각 뒤편에 있는 희우정은 숙종 때 초가를 기와로 바꾼 정자로 아주 아담한데 정조는 표암 강세황에게 희우정에 와서 글씨를 쓰게 했고 직접 옥류천을 구경시켜주었다.

내려주어 모든 각신과 함께 취하고 배부르게 먹었다.

이렇게 임금과 후원 안쪽을 두루 구경한 것을 기술하고 나서 표암은 그날의 감회를 이렇게 적었다.

생각건대 옛날에 명나라 양사기라는 사람이 임금이 서원(西苑) 유람을 하사한 것에 대해 글을 남겼는데 그것은 내시들을 시켜서 인도하여 놀게 한 것일 뿐이니 어찌 우리 임금께서 몸소 신하들을 거느리고 좋은 경치와 명승지를 낱낱이 일러주면서 온화한 얼굴과 부드러운 음성으로 한집안 식구나 다름없이 대해준 것에 비교할 수 있겠는가. 옛 기록을 두루 찾아보아도 전에 없던 일이다. (…) 이에 대강을 적어 나의 자손에게 전하여 보이노라.

정조는 진실로 인간적인 계몽군주였다. 그래서 규장각에 오면 건물이 보여주는 아름다움과 함께 정조의 위업을 기리게 된다.

풍광의 즐거움만이라면
나는 이를 취하지 않겠노라

불로문 / 숙종의 애련정 기문 / 의두합 기오헌 /
효명세자의 「의두합 상량문」 / 어수당 / 연경당 / 「춘앵전」

창덕궁 후원 관람

서울 도심 한가운데에 창덕궁 후원 같은 정원이 있다는 것은 서울 사람의 복 중에서도 홍복이다. 그러나 창덕궁 후원을 다녀온 분은 그리 많지 않다. 창덕궁 후원이 일반인에게 처음 개방된 때가 2004년 5월 1일로, 불과 10여 년밖에 안 된다. 실제로 작년(2016), 재작년 창덕궁 관람 인원은 연간 내국인 약 160만 명, 외국인 약 40만 명이었으나 별도의 입장료(현재 5천 원)를 더 받는 후원 입장객은 많아야 하루 1,400명 수준이다. 후원 관람은 인원을 하루 최대 14회(30분 간격), 1회 100명으로 제한하고 있기 때문이다. 그나마도 봄가을을 제외하고는 100명이 다 차지 않으니 1년에 3만 명 정도다. 그러니까 후원 개방 후 현재까지 후원 관람객은 30만 명밖에 안 된다. 그중 30퍼센트는 외국인 관광객이다.

그러나 창덕궁 후원의 저력은 대단하다. 한번 후원을 다녀간 분은 누구든 우리 궁궐의 아름다움과 우리 정원의 그윽하고 정겨운 멋에 취해 광팬이 되어 사계절 찾아오며 자부심과 행복에 겨워한다. 특히 사진을 취미로 하는 분들은 창덕궁 후원을 무궁한 소재로 생각한다.

그동안 내가 맞이한 외국인 내방객들의 감상과 반응을 보자면, 그들은 자연히 자기 나라의 정원과 비교하여 말하는데, 일본인은 교토의 사찰 정원에 비해 규모가 크면서도 종합적인 것에 감동하고, 거대한 스케일에 익숙한 중국인은 자연스러운 멋에 놀란다. 중국인은 경복궁에서는 자금성을 떠올리며 자기네 문화의 아류라고 말하기도 하지만 창덕궁 후원에 이르러서는 한국 문화 자체로 본다.

서양인은 한결같이 인간적 체취를 말한다. 가는 곳마다 지금도 사람이 살면서 사용하는 것 같다고 한다. 중국과 일본을 경험하고 온 분들은 한국의 미학이 따로 있음을 창덕궁 후원에서 비로소 느낄 수 있다며 이곳 하나를 본 것만으로도 이번 방문에 만족한다고 한다. 이런 창덕궁 후원을 곁에 두고 사는 것은 진정 서울 사람의 복이자 큰 자산이다.

후원의 관람 코스는 낙선재 옆 출입구에서 시작하여 부용정, 애련정, 존덕정, 옥류천, 연경당을 두루 관람하고 규장각 위쪽 산길로 해서 출구로 돌아나가는 한 시간 반 정도의 즐거운 산책이 된다. 나의 창덕궁 후원 답사기는 앞으로 찾아올 분들을 위해 이 코스대로 따라가겠다.

불로문에서

부용지 영화당에서 출발하여 후원 안쪽으로 발길을 옮기면 길은 주합루가 올라앉아 있는 산자락을 끼고 돌아간다. 오른쪽으로는 창경궁 담이 따라붙는데 얼마 안 되어 산자락 모롱이를 돌면서 시야가 넓게 열리고

| **불로문** | 불로문은 넓적한 화강석 통판을 과감하게 ㄷ근 자로 오려 세운 문이다. 모서리를 가볍게 궁굴린 것 외에는 손길이 더 가지 않았다. 돌문 머리에 새겨넣은 '불로문(不老門)' 세 글자는 참으로 아름다운 전서체다.

왼쪽으로 긴 기와돌담이 안쪽을 보호하려는 듯 길게 뻗어 있다. 담장 안쪽엔 늠름한 노송이 자태를 뽐내고, 소나무 아래로 넓게 퍼져 있는 단풍나무는 창덕궁 후원에서도 유난히 붉은빛을 발하여 가을날의 서정에 깊이 빠져들게 한다. 우리에겐 너무도 자연스럽고 익숙한 풍광이지만 외국인들은 돌과 기와로 이루어진 무채색 단색조와 높지도 낮지도 않은 인간적 스케일에서 한국 담장의 멋을 읽는다.

담장에는 산자락 쪽으로 바짝 붙은 금마문(金馬門)이라는 한 칸 대문이 있고, 담장 가운데에 불로문(不老門)이라는 ㄷ근 자 아치형 돌문이 있다. 금마문 안으로는 더 깊은 쪽으로 인도하는 석거문(石渠門)이 빠끔히 보이고, 불로문 너머로는 멀찍이 화려한 단청의 애련정(愛蓮亭)이 아련하게 비친다.

사람의 눈에는 소박한 것보다 화려한 것이 먼저 들어오는 법인지라 누구든 가까운 금마문을 두고 불로문 쪽으로 먼저 다가간다. 불로문은 아이디어가 번뜩이는 디자인이다. 넓적한 화강석 통판을 과감하게 디귿자로 오려 세운 것이다. 모서리를 가볍게 궁굴린 것 외에는 손길이 더 가지 않았다. 그럼에도 이처럼 심플한 멋을 낸 것은 석공의 창의력이다. 불로문 기둥 안쪽을 보면 쇠못을 박은 흔적이 있어 본래는 문이 달렸음을 알 수 있다. 그 문이 어떤 모습일까 생각해보다가 이대로 열려 있는 편이 더 멋있다는 생각을 했다.

돌문 머리에 새겨넣은 '不老門' 세 글자는 참으로 아름다운 전서체다. 한자를 모르는 사람도 글씨가 곱다고 감탄한다. 한번은 영국인 큐레이터에게 불로문을 설명하고 영어로는 세 글자로 이렇게 간결하게 표현하지 못할 것이라고 하니, 그렇지 않다며 'never old gate'라고 딱 잘라 말했다.

숙종의 애련정 기문

불로문 안으로 들어가면 석축으로 반듯하게 두른 네모난 연못이 나온다. 이 연못이 애련지이고 건너편에 보이는 사방 한 칸에 사모지붕을 한 정자가 애련정이다. 연못이 제법 커서 정자 하나가 지키기에는 부담스럽지 않을까 하는 생각이 드는데, 울창한 숲을 등지고 돌기둥이 연못에 깊이 내려진 모습으로, 단청이 화려하고 자태가 당당하며 지붕이 육중해 무게감이 있기 때문에 공간이 벅차지 않다. 가까이 가서 보면 낙양각이 화려하고 네 기둥에 주련이 걸려 있어 단조롭지도 않다. 애련정은 숙종 18년(1692)에 세워진 정자로 본래는 연못 가운데에 섬을 두고 세운 것이었으나 후대 어느 때인가 연못가로 옮겨졌다.

정자는 멀리서 바라보는 것보다 거기에 앉아 밖을 바라볼 때가 더 의미 있다. 관람객이 아니라 사용자 입장이 중요한 것이다. 숙종은 애련정

| 애련정 | 불로문으로 들어가면 석축으로 반듯하게 두른 네모난 애련지가 나오고 건너편에는 사방 한 칸에 사모지붕을 한 애련정이 있다. 숙종 18년 연못 가운데에 섬을 두고 세운 정자였으나 후대 어느 때인가 연못가로 옮겨졌다.

을 세우고 쓴 기문(記文)에서 이 정자에서 바라보는 풍광을 이렇게 표현했다.

천년 묵은 높은 소나무를 쳐다보면 마치 서린 용이 일산을 편 듯하고, 한 구비 흐르는 물을 바라보면 마치 구슬을 뿌리며 일어나는 듯했다. 봄바람이 호탕하면 일백 꽃이 맞이하여 웃고, 여름날 녹음이 짙으면 연꽃 향기가 난간에 퍼지고, 늦가을에 서리가 내리면 비단이 깔린 듯하고, 섣달에 바람이 쌀쌀하면 층층이 쌓인 얼음이 울쑥불쑥하다. 철 따라 변하는 그 모습을 모두 형용할 수 없으니 이것이 진실로 애련정의 훌륭한 경치다.

애련지 석축 한쪽엔 '태액(太液)'이라고, 역시 전서체로 새겨놓은 글이

| **석축에 새겨진 '태액'** | 애련지 석축 한쪽엔 '태액(太液)'이라고, 전서체로 새겨놓
은 글이 있다. '큰 물'이라는 뜻으로 이곳이 전에는 '태액지'라고 불리던 곳임을 알
려 준다.

있어 본래 '태액지'로 불리던 곳임을 말해준다. 태액이란 '큰 물'이라는
뜻인데 당나라 시인 백거이(白居易)가 대명궁의 아름다움을 노래한 「장
한가(長恨歌)」 중 '태액지의 연꽃과 미앙궁의 버들'이라는 구절에서 따
온 것이다. 이렇게 말하면 이름 하나에서도 중국을 사모한 것처럼 비칠
수 있으나 그보다는 고전에 근거했다고 말하는 편이 옳을 것이다.

애련정이라는 이름도 송나라 주돈이(周敦頤)의 유명한 「애련설」에서
따왔다. 주돈이의 「애련설」은 천하의 명문으로 알려져 조선에서도 웬만
한 선비들은 전문을 외우고 있었을 것이다. 내용인즉, 세상에는 사랑할
만한 꽃이 많아 진나라 도연명은 유독 국화를 사랑했고, 당나라 사람들
은 모란을 아주 좋아했지만, 자신은 연꽃을 사랑하는데 그 이유는 더러
운 곳에 있으면서도 오염되지 않고, 해맑으나 요염하지 않고, 꼿꼿하며
치우치지 않고, 향기는 멀수록 더욱 맑아져서 군자의 꽃이라 할 만하기
때문이라는 것이다. 여기서 나온 '향기는 멀수록 더욱 맑아진다'는 '향원
익청(香遠益淸)'은 경복궁 향원정 이름의 유래이기도 하다.

숙종은 물론 주돈이의 애련설에 근거해 애련정이라 이름 지었지만 이
정자를 세운 뜻은 거기에 머물지 않는다며 이렇게 말했다.

| 애련정 내부에서 바라본 애련지 | 울창한 숲을 등지고 돌기둥이 연못에 깊이 내려진 애련정은 단청이 화려하고 자태가 당당하다. 낙양각이 화려하고 네 기둥에 주련이 걸려 있어 단조롭지도 않다.

꽃을 가까이함에는 경연이 끝난 뒤나 신중히 정무를 본 다음에 여가가 생길 때, 몸이 나른하고 정신이 피로하면 호연건을 쓰고 학별의를 입고서 지팡이를 짚고 산보하며 이 정자에 올라서서 향로에 향을 사르고 옷깃을 바르게 하고 단정히 앉아서 칠현금을 타고 남풍시를 읊는다.

이때를 당하여 생각함에 혹 천심이 기뻐하지 않으면 능히 즐길 것을 생각하고, 백성이 곤궁하면 마음으로 보호할 것을 생각하고, 군자가 궁벽한 곳으로 숨으면 어떻게 불러들여 맞이할 것인가를 생각하고, 소인이 조정에 있으면 어떻게 물리칠까를 생각하며, 언로(言路)가 막히면 반드시 크게 넓히고자 하고, 풍속이 무너지면 반드시 크게 변

| **의두합 전경** | 애련정을 한 바퀴 둘러보고 밖으로 나와 금마문으로 들어가면 소박한 의두합이 보이는데 단청을 하지 않은 데다 북향을 하고 있는 것이 특이하다.

혁시키고자 한다.

외롭고 한가한 때나 잠깐 사이라도 늘 생각해 잊지 않으며 쉬지 않고 부지런히 힘쓰며 두려워하고 삼간다면 다스려지는 효과가 날로 바루어질 것이다. 임금의 마음이 바루어지면 조정이 바루어지고 사방이 바르게 되어 모든 복과 상서로움이 이르지 않음이 없이 정도(正道)를 맞출 것이니 하늘과 땅의 지극한 즐거움이 어찌 이에서 벗어나겠는가.

만일 풍경의 번화함만 구경하겠다는 즐거움이라면 나는 이를 취하지 않겠다.

숙종의 이 애련정 기문을 읽으면 조선시대 임금의 고단했던 나날과 나라와 백성을 생각하는 깊은 마음에 동정과 존경이 동시에 일어난다.

궁궐의 후원이 결코 임금의 호사스러움의 자취가 아니었음을 말해주는
대목이다.

의두합 기오헌

　애련정을 한 바퀴 둘러보고 밖으로 나와 금마문으로 들어가면 저 안
쪽 석거문과 마주하는 두 대문 사이 높직한 축대 위에 산자락 가까이 바
짝 붙어 나란히 앉아 있는 소박한 건물 두 채가 보인다. 단청을 하지 않
은 데다 북향 건물이어서 별로 중요하지 않은 집으로 생각하고 그냥 지
나치기 쉽지만 그 위상과 내력이 만만치 않다.

　애초 이 집은 석거문 안쪽에 있었던 어수당(魚水堂)이라는 중요한 후
원 별당의 작은 부속채에 지나지 않았다. 그런데 효명세자가 1826년,

18세 때 순조에게 이 작고 소박한 집을 수리해 독서처로 삼겠다고 하고 고쳐지은 것이다. 본래 공부방은 북향으로 앉혀야 광선이 현란하지 않아 차분한 분위기를 주기 때문에 독서처로는 손색이 없다.

건물 마루 위에 기오헌(寄傲軒)이라는 현판이 걸려 있어 지금도 그렇게 불리지만 처음에는 석거서실(石渠書室)이라고 했고 나중에는 이름을 의두합(倚斗閤)이라고 고쳤다. 기오헌은 의두합 누마루에 별도로 붙인 이름이다. 그래서 『궁궐지(宮闕志)』를 비롯한 문헌에는 이 집은 의두합이라고 지칭할 뿐 기오헌은 나오지 않는다.

의두합과 기오헌은 뜻이 일맥상통한다. 도연명의 유명한 「귀거래사」에는 '남쪽 창에 기대어 호방함을 부려보니, 작은 집이지만 편안함을 알겠노라(倚南窓以寄傲 審容膝之易安)'라는 구절이 있다. 여기에서 의두합과 기오헌이라는 이름을 따온 것이다. 다만 이 건물은 북향이기 때문에 남창(南窓)이 아니라 북두칠성을 가리키는 두(斗) 자를 썼다. 이 집을 혹 이안재(易安齋)라고 하는 것도 이 구절에서 비롯한 것이다.

이참에 궁궐 건축에서 건물 이름 끝에 붙는 명칭을 살펴보면, 건물의 형태, 성격, 지위에 따라 대략 여덟 가지로 나눌 수 있다. 홍순민 교수는 이를 간략히 정리해 '전(殿)·당(堂)·각(閣)·합(閤)·재(齋)·헌(軒)·루(樓)·정(亭)'으로 요약했다.

전(殿)은 선정전, 대조전처럼 왕과 왕비의 건물에만 사용되었고, 당(堂)은 희정당, 영화당 등 왕이 정무를 보는 집과 왕세자의 정전인 중희당 같은 건물에 쓰였다. 각(閣)은 신하들이 드나드는 공간으로, 왕세자가 서연을 여는 성정각, 내각의 학사들이 근무하는 규장각이 그 예다. 그보다 중요도가 약간 낮으면 합(閤)이라 했다. (홍 교수는 합이 각보다 오히려 높다고 보았다.)

재(齋)는 낙선재처럼 서재 내지 사랑채의 성격을 지닌 집이고, 헌(軒)

은 마루가 넓은 건물에 붙였으며, 루(樓)는 주합루처럼 이층 건물이라는 뜻이다. 정(亭)은 정자인데, 사다리나 계단으로 오르는 구조이면 평원루처럼 루(樓)라고 불렀다.

　그러니까 기오헌과 이안재는 의두합의 마루와 서재를 강조해 붙인 별칭이고 의두합이 이 건물의 정식 이름이다. 의두합은 마루를 중심으로 동쪽은 누각으로 높이고 서쪽에는 온돌방을 두었는데, 실내에 들어가면 아늑하면서도 공간에 여유가 있고 사방에 창호가 있어서 방 안이 밝다. 과연 왕세자의 공부방답다.

　의두합 옆에 있는 집은 운경거(韻磬居)다. 울림(리듬) 운(韻) 자에 악기의 하나인 경쇠 경(磬) 자를 붙인 것을 보면 춤과 음악에 조예가 깊었던 효명세자가 악기와 무용 도구를 보관했던 곳으로 보인다. 내부는 방 한 칸에 마루 반 칸으로 이루어져 있고 마루 밑으로 나 있는 5개의 구멍은

습기 방지를 위한 것이다. 의두합과 운경거 뒤로는 산자락을 오르는 좁고 긴 계단이 나오는데 그 너머가 바로 규장각이다.

효명세자는 밝고 작고 아늑한 이 집과 주변의 풍광이 마음에 꼭 들었던 모양이다. 그래서 그는 「의두합 십경」이라 하여 의두합의 열 가지 풍경을 시로 짓기도 했다. 이를테면 북쪽 난간에 기대어 본 북두칠성, 늦바람의 연꽃 향기, 눈 속에 우는 학 등이다.

효명세자

효명세자(1809~30)를 생각하면 안타까움만 남는다. 그에게는 또 한 분의 문화군주가 될 충분한 자질이 있었다. 순조 9년(1809) 8월 9일, 효명세자는 순조와 순조의 정비인 순원왕후 김씨 사이에서 태어났다. 148년 만에 정비 소생 왕자가 태어난 것이었다. 총명하기까지 했던 그는 불과 4세에 세자로 책봉됐다. 9세에 성균관 입학례를 치렀고, 11세에 풍양 조씨 조만영의 딸과 혼례를 치렀다. 이분이 83세까지 장수를 누린 조대비 신정왕후다.

순조는 궁중의 주요행사에 수시로 효명세자를 데려가 제왕 수업을 시켰다. 순조 25년(1825) 5월 6일 17세의 효명세자는 지금 헌법재판소 자리에 있던 박규수의 계산초당을 방문했다. 이 사실이 『환재집』의 「절록 환재선생 행장초」에 나오는데, 이에 따르면 세자는 박규수와 오랫동안 대화를 나누다 삼경이 되어서야 돌아갔다고 한다. 왕자가 궁궐 밖 선비를 찾아가 가르침을 받은 것은 예삿일이 아니다.

18세 때 효명세자는 의두합을 지었고, 이듬해인 1827년(순조 27년) 2월 9일 아버지 순조에게 대리청정을 명받았다. 당시 순조의 나이 38세, 세자는 19세였다. 당시 궐 밖에서는 평안도 사람 홍경래가 과거에 급제하고도 신분 차별로 등용되지 못한 데 대한 항거로 민란(1811)을 일으키는 등 민초들의 삶이 날로 팍팍해지는 현실이었다.

정사를 맡게 된 효명세자는 부조리한 현실을 적극 개선하려고 노력했다. 50여 차례의 과거를 실시해 전국의 인재들을 끌어모았고, 장인 조만영과 그의 동생 조인영 등을 중용해 안동 김씨 세력을 견제했다. 추사 김정희 부자와 권돈인 등 반(反) 안동 김씨 세력이 세자를 굳건하게 보좌했다.

그러나 순조 30년(1830) 윤4월 22일 밤, 잦은 기침을 하던 세자가 갑자기 피를 토했다. 약원에서 처방을 해도 효험이 없자 다산 정약용까지 불러들였다. 다산이 급히 입궐해 세자의 증세를 살폈는데 이미 죽음의 그림자가 짙게 드리워져 있었다. 결국 5월 6일 새벽, 희정당에서 숨을 거두었다. 그때 나이 22세였다.

세자의 부음을 들은 박규수는 큰 충격을 받은 나머지 자신의 호인 환재에서 굳셀 환(桓) 자를 입을 다문다는 뜻의 재갈 환(瓛) 자로 바꾸고 20년 가까이 벼슬에 나가지 않았다. 효명세자의 요절은 왕조의 큰 불운이었다. 조선왕조의 운세는 그렇게 기울어가고 있었다.

효명세자의 「의두합 상량문」

혹자는 불과 19세에 정치를 시작한 왕세자가 바르면 얼마나 바르고 똑똑하면 얼마나 똑똑했겠느냐고 의심한다. 그러나 효명세자가 18세에 지은 「의두합 상량문」을 보면 그가 얼마나 촉망받는 군주였던가를 알 수 있다. 이 건물이 독서처였던 만큼 상량문의 내용은 주로 책과 독서에 대한 것으로 이루어졌는데 워낙에 긴 글인지라 요체만 줄여 옮긴다.

나라의 다스림은 주나라의 융성과 비교될 만하고 책을 얻음은 한나라와 비길 만하니 나에게는 크고 넓은 집이 되리라. 듣자하니 글은 도리를 실은 그릇이라 했다. 중국 50국의 보배로운 책을 다 갖추었고, 조선왕조 21대(태조부터 정조까지)의 전사(全史)를 갖추었는데, 홍문관에 비장된 것이 이미 오래이니 어찌 다섯 수레만 될 것이며, 규장각의 창건이 새로우니 마침내 경사자집(經史子集, 중국의 옛 서적 가운데 경서(經書)·사서(史書)·제자(諸子)·문집(文集)의 네 부류를 아울러 이르는 말) 사부(四部)의 책이 다 모이게 되었다.

이에 「고공기」를 상고하여 서옥(書屋)을 짓는데, 널따란 동쪽 누대와 서쪽 마루의 제도를 갖추고 서재에는 여덟 창을 활짝 열었다. 상림원(후원)의 풍광을 독차지했고 춘당대의 물색도 넘보는구나. 아름다운 공사는 준공에 박차를 더하기에 긴 들보 올림에 즈음해 짧은 노래 아뢰노라.

어기어차 동쪽 들보를 올리나니
아침 알현 끝나자마자 책 읽는 소리
멀리 향기로운 안개 속에 나는구나
어기어차 서쪽 들보를 올리나니
우리나라 문운이 열림을 알려거든
오성(五星)이 밝은 곳에서 규성(奎星)을 보려무나
어기어차 남쪽 들보를 올리나니
목멱산(남산)에 봄이 깊어 푸른 아지랑이 노을이 피어난다
어기어차 북쪽 들보를 올리나니
삼각산 날씨 차가운데 눈빛이 높다랗다
어기어차 위쪽 들보를 올리나니

| 효명세자 어보 | 헌종 1년(1835) 효명세자의 시호를 추숭하면서 만든 어보다. 어보의 보문은 '돈문현무 인의효명(敦文顯武 仁懿孝明)'이라 새겨져 있다.

해와 달같이 밝으니 우주가 밝구나
어기어차 아래쪽 들보를 올리나니
초목은 소생하고 간류(澗流)는 흐르는구나
구중궁궐을 향해 영원키를 비나니
만수무강하시고 참된 복을 내리소서

이것이 18세의 효명세자가 쓴 글이라니 놀라울 뿐이다. 효명세자는 훗날 그의 아들 헌종에 의해 익종(翼宗)이라는 시호를 얻는다. 이후 대한제국이 선포되면서 고종은 5대조까지의 시호를 모두 조(祖)로 모셨다. 그 계보가 익종, 순조, 정조, 영조까지 이어져 영종, 정종이 영조, 정조가 되었고 익종은 다시 문조(文祖)라는 시호를 얻었다. 문조의 정식 명칭은 우리나라에서 가장 긴 이름인데, 아마도 처음 두 글자와 마지막 다섯 글자만 눈에 들어올 것이다. 이 이름 속에는 효명세자의 공덕이 쭉 나열되어 있으며, 읽으려면 4자씩 끊어 읽으면 된다.

문조체원 찬화석극 정명성헌 영철예성 연경융덕 순공독휴 홍경홍
운 성렬선광 준상요흠 순공우근 탕정계천 건통신훈 숙모건대 곤후광
업 영조장의 창륜행건 배령기태 수유희범 창희입경 형도성헌 소장치
중 달화계력 협기강수 경목준혜 연지굉유 신휘수서 우복돈문 현무인
의 효명익황제

文祖體元 贊化錫極 定命聖憲 英哲睿誠 淵敬隆德 純功篤休 弘慶洪運 盛
烈宣光 濬祥堯欽 舜恭禹勤 湯正啓天 建統神勳 肅謨乾大 坤厚廣業 永祚莊
義 彰倫行健 配寧基泰 垂裕熙範 昌禧立經 亨道成獻 昭章致中 達和繼曆 協
紀剛粹 景穆峻惠 衍祉宏猷 愼徽綏緒 佑福敦文 顯武仁懿 孝明翼皇帝

사라진 어수당의 복원을 기대하며

의두합을 떠나 석거문을 나서면 멀리 번듯한 한옥 한 채가 보인다. 효
명세자가 아버지 순조를 위해 지은 연경당(演慶堂)이다. 석거문에서 연
경당 입구까지는 넓은 빈터로 중간에 애련지보다 약간 작은 또 하나의
연못이 있다. 주위에 노송이 우거져 그런가 보다 하고 지나가지만 이 연
못과 애련지 사이 뒤편 산자락 아래에는 어수당(魚水堂)이라는 큰 전각
이 있었다.

어수당은 임란 후 창덕궁을 다시 영건할 때부터 있었던 큰 건물로「동
궐도」에 보면 두 벌 석축 위에 돌계단이 둘이나 있는 정면 5칸, 측면 3칸
의 팔작지붕 건물이다.

「동궐도」로 보아 순조 28년(1828) 무렵까지는 건물이 남아 있었음을
알 수 있는데 이듬해인 순조 29년(1829)을 끝으로 사료에서 사라진다. 어
수당은 이름에서 보이듯 임금과 신하가 만나 국사를 논하던 곳으로 실
록에 자주 등장한다. 그러나 광해군은 인조반정(1623) 당일 이 어수당에

| 「무신친정계첩」에 나온 어수당 | 「무신친정계첩(戊申親政契帖)」은 영조 4년(1728) 이조와 병조의 책임자들이 어수당에 모여 인사평가를 하는 장면을 그린 그림이다. 순조 29년(1829)을 끝으로 사료에서 사라진 이곳은 창덕궁 복원공사를 한다면 가장 시급히 세워야 할 건물이다.

서 여러 여인과 연회를 열고 술에 취해 있었다고 기록되어 있다.

어수당은 효종이 우암 송시열을 만난 곳으로도 세간에 이름이 높았다. 이후 숙종, 영조, 정조, 순조 등 역대 임금들이 신하들을 만나는 장소로 이곳 어수당을 많이 사용했다. 창경궁 춘당대와 가깝기 때문에 궁 밖에서 들어오는 접근성이 좋았기 때문이다.

창덕궁에 복원공사가 이루어진다면 가장 먼저 세워야 할 전각이 바로 이 어수당이라는 것이 학자와 관계자들의 일치된 견해다. 이 건물을 복원하고 서쪽 연못 쪽으로 터진 담장을 두르면 연경당과의 구획이 명확해질 것이고, 어수당은 양옆에 네모나고 번듯한 연못을 품은 창덕궁의 또 다른 명소로 부상하게 될 것이다.

| **연경당 장락문과 행랑채 전경** | 연경당 대문인 장락문은 높직한 솟을대문으로 양옆에 바깥 행랑채(외행각)가 길게 뻗어 있다. 본채로 들어가기 위한 전실인 셈이다. 곧장 안으로 들어가는 것이 아니라 한 호흡 고르게 하는 이 공간이 주는 권위는 아주 크다.

그 옛날 효종은 연못에 날아든 원앙을 보면서 다음과 같은 「어수당 원앙」이라는 시를 지었다.

색깔 있는 가지런한 날개는 수놓은 고운 무늬보다 아름다운데
천성이 지조가 있어 뭇 새들과 무리 짓기를 꺼려한다네
못의 얼음 갓 풀리면서 봄 물결 잔잔해지니
이제 쌍쌍이 날아와 물결무늬 지으며 희롱하는구나

지금도 어수당 앞 연못에는 원앙이 쌍으로 날아든다. 실제로 창경궁 춘당지와 창덕궁 후원의 부용지, 애련지 일대에는 약 20쌍의 원앙이 살고 있는 것으로 확인된다.

아름다운 민가 건축, 연경당

연경당은 창덕궁의 또 하나의 자랑이다. 헌종이 사대부의 사랑채를 본떠 세운 낙선재가 선비집 사랑채의 아름다움을 보여주고 있는데, 여기에 더해 양반가의 저택으로 지은 연경당이 있음으로써 창덕궁은 완벽한 전통 한옥 종합전시장이 되었다. 그래서 창덕궁 하나만으로도 한국 전통 건축의 멋을 다 볼 수 있다고 하는 것이다.

속설에 연경당은 순조가 말년을 생각하고 지었다느니 99칸 양반집을 지어 사대부의 주거생활을 체험했다느니 하지만 이는 다 근거 없는 이야기다. 연경당은 순조 27년(1827) 대리청정을 맡은 효명세자가 순조에게 존호(尊號)를 올리는 연회를 위해 지은 집이다. 그래서 '경사가 널리 퍼진다'는 뜻의 연경당이라는 이름이 붙었고, 이 사실은 『동국여지비고(東

| **연경당** | 전형적인 상류층 주택 구조다. 밖에서 보면 사랑채와 안채 사이에 담장이 있어 분리된 듯하지만 하나로 연결되어 있어 양반 가옥의 특징을 축소해놓은 모습이다.

國與地備考)』에도 명확히 나와 있다. 효명세자가 연경당을 지을 때 혹 왕위를 물려준 부왕을 편안히 모실 공간으로 삼고자 했을지는 모른다. 결과적으로 효명세자 사후에 순조는 연경당에 기거하는 일이 많았다. 아마도 아들이 그리워서였을 것이다.

현재의 연경당은 고종 때 다시 지은 것으로 효명세자 시절과는 사뭇 다른 모습이다. 고종 대의 기록에 따르면 당시 일각문을 제외한 연경당이 120칸에 이른다고 했는데, 현재의 규모도 이와 비슷하다.

연경당은 전형적인 상류층 주택의 구조를 갖고 있다. 본채는 사랑채와 안채로 구성되어 있고, 서재인 선향재, 정자인 농수정, 그리고 찬간(饌間, 반찬 만드는 곳)이라고도 불리는 반빗간이 독립 건물로 떨어져 있다. 밖에서 보면 사랑채와 안채 사이에 담장이 있어 분리된 듯하지만 내부는 하나로 연결되어 있다. 이는 우리 양반 가옥의 특징 그대로다.

연경당이 건축적으로 주목받는 이유는 구조가 긴밀하면서도 분리되어 있고, 건물들이 모두 단정하면서도 품위 있으며, 창살을 비롯한 디테일에 공력을 들여 당당하면서도 편안한 공간을 만들고 있기 때문이다.

연경당 구경

연경당 대문인 장락문은 높직한 솟을대문으로 양옆에 바깥 행랑채(외행각)가 길게 뻗어 있다. 정면관(파사드)이 주는 품위가 남다른데 이 행랑채는 동쪽 끝에서 기역 자로 꺾여 안쪽 행랑채(내행각)와 만나면서 본채로 들어가기 위한 전실을 이룬다. 곧장 안으로 들어가는 것이 아니라 한 호흡 거르게 하는 이 공간이 주는 권위는 아주 크다.

바깥 행랑채에는 사랑채로 들어가는 장양문(長陽門)과 안채로 들어가

| 농수정 | 사방 한 칸에 사모지붕을 한 농수정이 숨은 듯이 자리잡고 있다. 작은 마당이 있고 주변으로는 연잎 장식의 돌난간을 돌렸다. 정자의 자리앉음새와 구조 모두에 깊은 건축적 사고가 있었음을 보여준다.

는 수인문(脩仁門)이 따로 있다. 장양문은 솟을대문으로 높고, 수인문은 평대문이다. 이것을 남녀 공간의 위계로 보는 시각도 있지만 사랑채 대문은 가마를 타고 들어갈 수 있도록 높인 것일 뿐이다. 안채 대문에 계단 대신 경사진 답도를 설치한 것은 치마를 입은 여성들의 출입을 고려한 것으로 짐작한다.

장양문을 들어서면 보이는 사랑채는 정면 6칸, 측면 2칸에 왼쪽 뒤편으로 안채와 연결된 2칸이 덧붙은 구조로 사랑마당이 널찍하다. 사랑채 오른쪽으로는 선향재(善香齋)가 자리하고 있고 왼편으로는 사랑채와 안채를 가르는 담장이 중간에 한 번 꺾이면서 남북으로 뻗어 있다. 누마루 삼면에 칸마다 똑같이 달린 사분합 완자무늬 창이 아주 아름답다. 계단 앞에는 말을 타고 내릴 때 딛도록 만들어놓은 노둣돌(디딤돌)도 보인다.

선향재는 서재 겸 응접실로 쓰이던 건물로 정면 7칸, 측면 2칸의 맞배

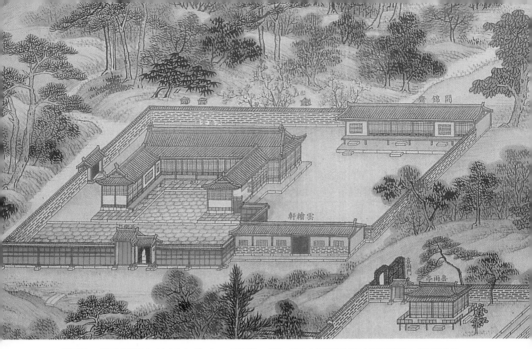

| 「동궐도」 연경당 부분 | 연경당이 건축적으로 주목받는 이유는 구조가 긴밀하면서도 분리되어 있고, 건물들이 모두 단정하면서도 품위 있다는 점이다.

지붕 건물인데 서향이라 오후에 깊이 들어오는 햇빛을 차단하기 위해 집의 길이만큼 긴 차양이 덧대어져 있다. 이는 아주 드문 시설로 강릉의 선교장에서 비슷한 예를 볼 수 있을 뿐이다. 선향재의 측면 벽체는 아주 특이하다. 하단의 아궁이 부분은 네모진 화강석을, 그 위는 벽돌을 이용해 쌓았고 중앙에 정방형의 기하무늬를 넣어 장식했다. 한마디로 고종 연간의 신식 건물이다.

선향재 뒤뜰 언덕 위로는 사방 한 칸에 사모지붕을 한 농수정(濃繡亭)이 숨은 듯이 자리잡고 있다. '농수(濃繡)'는 '짙은 빛을 수놓는다'는 뜻이다. 겹처마 네모지붕으로 꼭대기에 절병통이 꽂혀 있다. 절병통(節瓶桶)이란 사모정이나 육모정, 팔모정 따위의 지붕 꼭대기에 세우는 탑 모양의 기와 장식이다. 사면을 모두 완자무늬 사분합으로 했고, 기둥 밖으로는 사면을 돌아가며 쪽마루를 깔고 아(亞)자 난간을 돌렸다. 정자 앞에는 작은 마당을 마련하고 주변으로는 연잎 장식의 돌난간을 돌렸다. 돌난간 아래의 경사지에는 화계를 꾸미고 그 사이에 돌계단을 놓아 오르내리도록 했다. 정자의 자리앉음새와 구조 모두에 깊은 건축적 사고가 있었음을 말해준다.

사랑채 뒤로 돌아서면 안채와 사랑채를 구분 짓는 담장에 우신문(佑申門)이 있다. 이 문으로 들어서면 안채의 뒤란이다. 안채는 정면 6칸, 측면 2칸에 왼편 마지막 칸에서 누마루 한 칸이 남쪽으로 돌출되어 덧붙은 기역 자 집으로 오른쪽 장지문을 열면 사랑채와 안채가 일직선으로 통하는 구조다. 뒤란 담장 너머의 반빗간은 음식을 준비하던 곳이다.

이처럼 연경당은 전통적인 양반가의 구조에 신식이 약간 가미된 형태를 띠고 있다. 고종 이후 중요한 정치·외교 공간으로 이용되면서 일어난 변화인 듯싶다. 고종은 갑신정변 때 청나라 군인들에 쫓겨 연경당으로 피신한 바 있으며, 그후 외국 공사를 접견하고 연회를 베푸는 장소로 이곳을 자주 이용했다.

조선 최고의 안무가, 효명세자

「동궐도」에 그려진 효명세자 시절 연경당은 지금과 달리 디귿 자 모양의 큰 집으로, 그 마당은 연회를 위한 야외 공연장으로 제격이었겠다는 생각이 든다. 대리청정 4년간 효명세자는 여기서 세 차례의 큰 잔치를 베풀었다.

대리청정 첫해인 1827년(순조 27년)에는 부왕에게 존호를 올리는 '자경전 진작정례의(慈慶殿進爵整禮儀)'를 행했고, 이듬해인 무자년(1828)에는 어머니 순원왕후의 40세 생일을 기념하는 '무자 진작의(戊子進爵儀)', 그 이듬해인 기축년(1829)에는 부왕 순조의 등극 30년과 탄신 40년을 기념하는 '기축 진찬의(己丑進饌儀)' 연회를 열었다. 연회가 열리면 이를 기록한 의궤도가 제작되는데, 1828년의 잔치를 기록한 「무자 진작의궤」를 보면 연회 때 왕과 왕비 자리에는 용무늬 깔개 위에 연꽃을 새긴 방석이 있고, 세자 자리는 동쪽 계단 위였다. 이 디귿 자 집 마당은 그대로 무대였다.

효명세자가 해마다 큰 연회를 베푼 데에는 효행을 앞세운 왕권 강화의 뜻과 예악을 통해 풍속과 통치를 바로잡겠다는 뜻이 들어 있었다. 그리고 그는 궁중무용인 정재(呈才)에 이미 도가 터 있었다.

정재란 '재주를 보인다'는 뜻으로 춤뿐 아니라 모든 재예를 말한 것이었는데, 차츰 궁중무용의 대명사가 되었다. 『고려사』 「악지」에 전하는 당악정재는 「헌선도(獻仙桃)」 「포구락(抛毬樂)」 등 5종목이고, 향악정재는 「동동(動動)」 등 3종목이다. 조선시대 『악학궤범』에 전하는 조선 초기의 향악정재는 「보태평(保太平)」 「정대업(定大業)」 「학무(鶴舞)」 등 8종목이다.

조선 후기에 오면 당악정재와 향악정재로 구분되지 않을 정도로 대개가 국풍화되었다. 효명세자 이전에 창작된 정재는 「검기무(劍器舞)」 「선유락(船遊樂)」 등 5종목이었으나 효명세자가 세 차례 진찬연을 여는 동안 「춘앵전(春鶯囀)」 「헌천화(獻天花)」 등 무려 19종목의 새로운 정재가 등장했다. 그중 효명세자가 13종목의 정재 창사(唱詞)를 지었다. 또 효명세자 이전에는 정재에 독무(獨舞)가 거의 없었는데 「춘앵전」에서 과감히 시도되었다. 짧은 생애에 발군의 실력을 드러내며 궁중무용을 크게 발전시킨 그의 업적은 조선 예술사에 길이 남았다.

우아하고 고운 궁중무용, 「춘앵전」

효명세자의 대표작인 「춘앵전」은 효명세자가 어머니 순원왕후의 40세를 경축하기 위해 만든 춤으로 춘앵(春鶯)은 봄 꾀꼬리, 전(囀)은 지저귄다

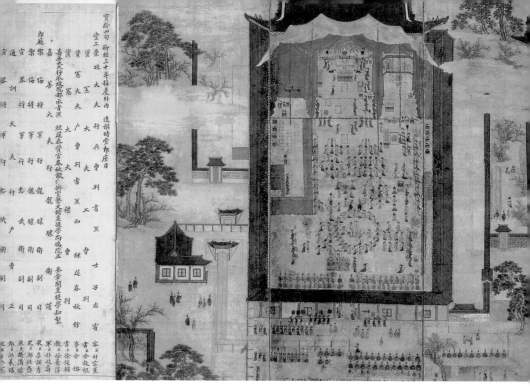

| **「기축 진찬의궤도 병풍」**| 대리청정 기간의 효명세자는 기축년(1829)에 부왕 순조의 등극 30년과 탄신 40년을 기념하는 '기축 진찬의' 연회를 열었고 이를 의궤도로 기록했다.

는 뜻이다. 「춘앵전」은 고요하고 우아하면서도 정적인 것이 특징이다.

좁은 화문석 위에서 꾀꼬리를 상징하는 노란 복색인 앵삼(鶯衫)을 입고 춤을 추는데, 적은 움직임 안에 온 몸짓을 축약해 담아낸 정중동(靜中動)의 춤사위가 일품이라고 무용 전문가들은 말한다. 여령(女伶, 어린 여자 무용수)으로도 추고, 무동(舞童, 어린 남자 무용수)으로도 추나 여령의 춤이 무동의 춤보다 더 잘 어울리고 아름답다.

막을 여는 음악은 「유초신지곡(柳初新之曲)」으로, 번역하자면 '버들잎 새로운 노래'라는 뜻이다. 악사가 박(拍)을 치면 무용수가 손을 여미고 느린 걸음으로 나와 화문석 위에 서고 음악이 그치면 창사한다. 창사는 춤추는 사람이 직접 부르는 노래 가사를 말하는 것으로 효명세자가 지었다.

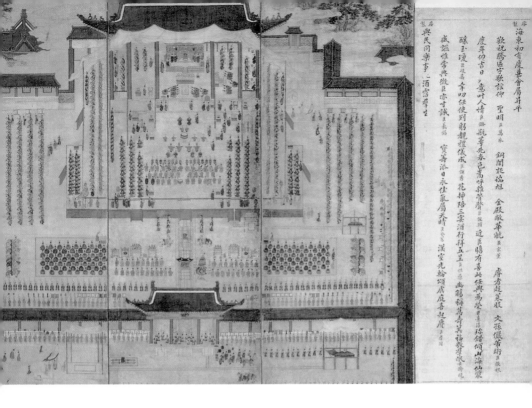

빙정월하보(娉婷月下步, 고울사 달빛 아래 걸으니)

나수무풍경(羅袖舞風輕, 비단 옷소매에 바람이 일렁이네)

최애화전태(最愛花前態, 꽃 앞의 자태를 가장 아끼나니)

군왕임다정(君王任多情, 임금님 마음에 정이 일렁이네)

   그러고는 다시 반주에 맞추어 춤을 추는데 소매를 높거나 낮게 뿌리기도 하고, 허리를 굽혔다 폈다 하기도 하고, 한 바퀴 맴돌기도 한다. 「춘앵전」 안무에는 많은 춤사위가 있는데 이를 무보(舞譜)에서 지시하는 표현이 아주 재미있다. 이런 식이다.

낙화유수(落花流水, 좌우로 한 번 떨쳐 뿌리고 한 번 돈다)

회파신(廻波身, 물결이 돌듯 몸을 돌린다)

화전태(花前態, 두 손을 뿌려 뒤에 내려 여민 다음 양 무릎을 굽히면서 오른발을 놓고 왼발을 들었다가 놓는다)

과교선(過橋仙, 선녀가 다리를 건너듯 두 팔을 좌우로 크게 벌려 세 번 돈다)

이 춤은 '제비가 보금자리로 돌아오듯' 하는 춤사위로 끝난다.

2016년 창경궁에서는 한국예술종합학교 산학협력단과 함께 해설을 곁들인 궁중무용 공연과 일반인 대상의 궁중무용 체험교육 프로그램을 창경궁 일원에서 개최했는데 그중엔 '춘앵전 배워보기'라는 프로그램도 있어서 쉽게 보고 즐길 수 있었다. 이 「춘앵전」은 춤과 창사가 아주 우아하고 매력적이다.

나는 이 「춘앵전」을 승무 인간문화재로 유명한 이애주 씨가 1974년 국립극장 소극장에서 첫 무용발표회를 할 때 처음 보았다. 이때 이애주 씨는 어려서부터 배운 모든 춤과 창작춤인 「땅끝」을 발표했다. 그때는 유신시절이어서 「땅끝」 같은 저항적인 춤에 큰 감동을 받았지만 「춘앵전」은 변화가 없어 지루하기만 했다. 그러면서도 고요하고 우아한 춤이라는 인상을 받아 오랫동안 잊히지 않았다. 이애주 씨는 어려서 김보남, 김천흥 같은 마지막 정재에게 이 춤을 배웠다고 한다.

그뒤 나는 다른 분의 궁중무용 발표회에서 몇 번 「춘앵전」을 감상했는데, 무용수가 창사를 하지 않고 녹음곡을 틀어주는 경우가 있어 그 맛이 덜했다. 창사와 춤을 모두 할 수 있는 무용가는 많지 않았던 것이다.

몇 해 전 나는 국립중앙박물관 대극장에서 답사기 300만 부 돌파 기

| **「기축 진찬의궤도 병풍」 부분** | 「기축 진찬의궤도 병풍」에 따르면 효명세자 시절 연경당은 지금과 달리 디귿 자 모양의 큰 집이었고, 그 마당은 연회를 위한 야외 공연장으로 제격이었다.

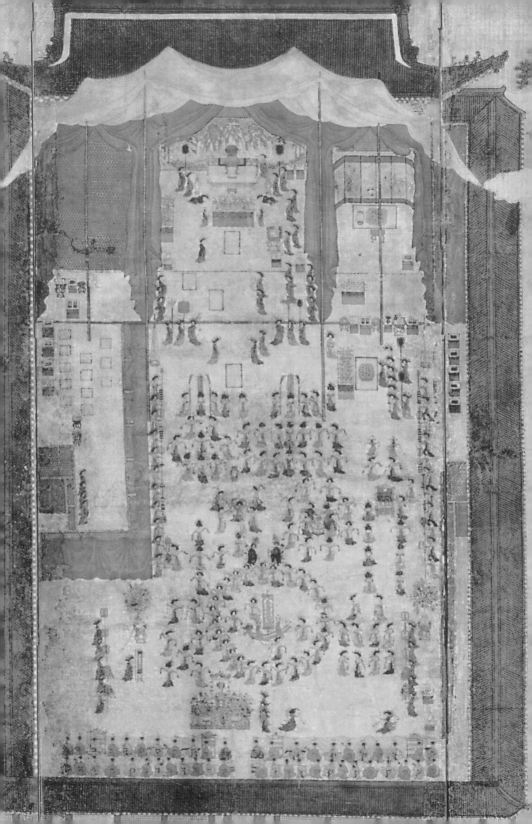

넘 강연회를 가진 바 있다. 이때 나는 이애주 씨에게 축하공연으로 「춘앵전」을 부탁했다. 답사기에 어울릴 춤과 노래로는 이것이 적격이라고 생각했고 또 궁궐 답사기를 대비해서 멋진 「춘앵전」을 다시 한번 보고 싶었던 것이다. 역시 이애주 씨의 「춘앵전」은 감동적이었다. 「춘앵전」에 대한 나의 인상을 한마디로 요약하라면 '우아한 절제미'라고 하겠다.

만천명월(萬川明月) 주인옹은 말한다

후원 정자의 모습과 특징 / 관람지 / 관람정 / 존덕정 /
만천명월주인옹 / 옥류천 유상곡수 / 조선의 마지막 재궁 /
수령 700년 향나무

후원의 산길과 돌계단 길

연경당을 두루 돌아본 다음 다시 장락문 앞마당에 서면 동쪽은 애련
정 쪽으로 훤하게 열려 있고 서쪽은 산자락으로 둘러져 있다. 이 산자락
뒤편으로는 옥류천 가는 산길이 있고 앞쪽으로는 규장각 가는 돌계단이
가지런히 나 있다. 우리는 무심코 다음 행선지를 향해 걷지만 외국인들
은 한결같이 창덕궁의 길들이 가장 인상적이라고들 한다. 특히 늦가을
낙엽으로 덮일 때면 거의 환상적이라고 감탄한다.

사실 후원의 길에는 도시의 길 못지않게 많은 건축적 사고가 들어 있
다. 거리도 고려해야 하고 높낮이도 고려해야 하고 포장 방식도 고려해
야 한다. 우리는 늘 그렇듯 땅이 시키는 대로 혹은 흙길로 혹은 박석으
로 혹은 돌계단 길로 걸어가지만, 한국의 야산이 낯선 외국인들은 그 자

| 낙엽이 쌓인 후원 길 | 존덕정에서 옥류천으로 가는 길은 이처럼 그윽한 매력의 산책길이다.

연스러운 변화, 인공을 가미했지만 두드러지지 않고 자연스러움에 묻히는 정서에서 한국 건축의 자연미와 인간미를 동시에 느끼는 모양이다.

창덕궁 후원의 관람 동선은 이 두 길의 아름다움과 길을 걷는 즐거움까지 고려한 결과물이다. 갔던 길을 되돌아오지 않고 후원을 한 바퀴 돌아 나온 듯한 기분을 주면서 두 길을 모두 걸을 수 있는 방안을 고려한 것이 현재의 관람 코스다.

먼저 부용정과 규장각을 본 다음 애련정과 의두합을 보고, 연경당 대신 관람정과 존덕정 영역부터 보고 나서 고개 너머 후원의 마지막 골짜기인 옥류천까지 다녀온 다음, 산길로 내려와 맨 마지막에 연경당을 보고 돌계단 길을 통해 규장각 윗길을 거쳐 출구로 나가는 것이다.

내가 후원 답사기를 쓰면서 의두합 다음에 연경당을 해설한 것은 효명세자의 이야기가 그렇게 연결되었기 때문이고, 이제 나는 다시 관람

코스를 따라 존덕정 영역으로 향한다.

창덕궁 후원 정자의 모습과 특징

애련지를 떠나 존덕정과 옥류천 영역으로 가면 우리는 계속 정자를 만나게 된다. 창덕궁 후원을 다 둘러본 다음에 명확히 알게 되는 것은 우리 정자의 아름다움과 다양성, 그리고 그 의미다.

이제까지 우리는 창덕궁에서 많은 정자를 보았다. 낙선재의 평원루, 부용지의 부용정, 규장각의 희우정, 애련지의 애련정, 연경당의 농수정, 모두 5개다. 존덕정 영역으로 가면 6개가 더 나오고, 옥류천 영역에 또 6개가 더 있다. 모두 17개다. 거기에 개방되지 않아 가지 못하는 능허정이 있고, 「동궐도」를 비롯한 옛 문헌에는 나오지만 아직 복원되지 않은 정자의 수도 미처 헤아려보지는 않았으나 족히 열은 넘을 것이다.

그동안 보면서 느꼈을지 모르지만 창덕궁 정자들은 모두 다르게 생겼다. 형태도 다르고, 스케일도 다르고, 자리앉음새도 다르다. 평원루는 언덕 위에 높직이 올라앉은 2층 누각 정자이고, 부용정은 부용지를 빛내는 더없이 화려한 정자이고, 희우정은 규장각 뒷전의 다소곳한 정자이고, 애련정은 연못에 두 발을 담그고 큰 연못을 감당하는 당당한 정자이고, 농수정은 이름 그대로 비단을 펼친 것 같은 정자다.

우리나라 정원에서 정자가 갖는 의미는 정말로 크다. 어쩌면 정자는 정원의 얼굴이다. 어느 나라 정원이든 정자가 있지만 대개는 정원의 부속 건물에 지나지 않는다. 이에 비해 우리나라 정원에선 정자가 필수이고 정자가 있음으로 해서 정원이 완성된다.

중국의 정원에는 괴석이 없으면 안 된다. 얼마나 좋은 괴석을 갖고 있느냐가 정원의 수준을 좌우하기도 한다. 일본 정원에서는 연못이 없으면 안 된다. 오죽하면 지천회유식이라고 하겠는가. 이에 반해 우리나라 정원에선 정자 하나가 있는 것으로 골격이 갖추어진다. 그윽한 골짜기가 정자 하나로 인해 정원으로 바뀌고, 언덕 위에 오롯이 올라앉아 있음으로 해서 자연 풍광에 인간적 체취를 불어넣는다. 앞으로 그런 정자를 12개나 더 만나게 된다니 기대되지 않는가?

관람지라는 연못

애련정을 왼쪽에 끼고 작은 언덕을 넘어 좀 더 올라가면 이제까지 동쪽에서 서쪽으로 열리던 골짜기가 북서쪽에서 동남쪽으로 방향을 틀면서 좁고 가파른 골짜기를 만난다. 골 안은 깊은 수림이고 초입 연못가에 관람정(觀纜亭)이라는 예쁜 정자가 나오며 그 너머로 존덕정이 얼비친다.

존덕정 영역은 후원의 세번째 골짜기다. 내전에서 산 너머 있는 첫번째 골이 부용지이고 산자락 한 굽이 너머 두번째가 애련지인데 또 한 굽이 너머 만나는 세번째 골짜기에 관람지라는 연못이 있다. 모두 골짜기의 물을 모아 연못을 만든 것이다.

이 연못은 형태가 한반도를 닮았다고 해서 한때 반도지(半島池)라 불렸다. 보기에 따라서는 그럴듯하다고 할는지도 모르지만 원래는 이렇지 않았다. 관람지는 고종·순종 연간으로 들어오면서 가장 많이 변형된 곳이다.

「동궐도」에서는 앞쪽에 소나무 한 그루가 심긴 섬을 품은 둥근 연못이 있고, 그 뒤로 네모진 연못 둘이 나란히 줄지어 있는 모습이 나온다. 그림으로만 보아도 가지런하고 그윽하고 품위가 넘친다. 1907년에 처음으로 관람정 관련 기록이 확인되는 것을 보아 아마도 고종 말년이나 순종 초에 이 세 연못을 하나로 합쳐 지금의 모습으로 만든 듯하다.

| 관람정 | '연못에서 뱃놀이하며 구경하는 정자'라는 이름의 뜻이 형식을 지배해 건물 자체가 부채꼴 모양에 대단히 공예적이고 장식적이다.

연못을 한반도 모양으로 만든다는 것 자체가 촌스러운 발상인 데다 반도라는 말에는 애국적 의미보다 식민지시대의 개념이 들어 있어 더 못마땅하다. 일제강점기에 일본인들은 일본 본토를 내지(內地, 나이치), 우리나라를 반도라고 불렀다. 반도호텔이라는 이름이 그 대표적인 예다. 그래서 요즘은 반도지를 관람지라 바꿔 부르고 있다.

이름뿐 아니라 연못도 원형대로 복원하는 것이 창덕궁의 숙제인데, 건물의 경우는 고치면 되지만 형질이 변형된 연못을 원형으로 되돌리려면 엄청난 공사가 요구된다. 땅 파기야 포클레인 한두 대로 며칠만 하면 되지만 그렇게 파낸 땅을 복구하는 데는 수십 년, 수백 년이 걸린다. 자연의 원형 훼손은 아주 신중해야 한다는 교훈을 여기서 알 수 있다.

관람정의 장식미를 생각한다

관람정의 '람(纜)'은 닻줄이라는 뜻이다. 즉 '연못에서 뱃놀이하며 구경하는 정자'라는 의미로 한가함이 아니라 여흥을 즐기려는 뜻이 정자의 형식을 지배했다. 관람정은 부채꼴 모양에 대단히 공예적이고 장식적인 정자다. 구조 자체도 홑처마 굴도리집이다.

목조건물에서 기둥 위를 가로지르는 수평 부재를 도리라고 하는데 도리 위로는 서까래가 얹혀 지붕의 무게를 기둥으로 전달해주는 역할을 한다. 이 도리는 대개 사각형이지만 둥글게 다듬은 것은 굴도리라고 하며, 주로 권위 있는 건축물에 사용된다.

관람정은 평면이 부채꼴인 만큼 기둥도 4개가 아니다. 앞면에 넷, 뒷면에 둘, 모두 6개의 가늘고 긴 기둥이 부채꼴 지붕을 받치고 있는데 기둥마다 커튼을 두른 듯한 낙양각이 장식되어 있다. 지붕에는 용두로 장식된 용마루 끝을 꼭짓점으로 각각 세 줄의 추녀마루가 뻗어내렸다. 바닥엔 장마루를 깔고 난간엔 투각무늬를 돌렸으며 관람정 현판은 마치 파초 잎에 글씨를 써놓은 것 같다. 이렇게 장식미가 맘껏 구사된 정자는 창덕궁뿐만 아니라 우리나라 어디에서도 볼 수 없다.

관람정은 머리부터 발끝까지 예쁘다. 그러나 여기엔 건축물이 지녀야 할 힘이 느껴지지 않는다. 부용정이나 애련정처럼 장식은 장식으로 그쳐야 하는데 관람정은 과도한 장식이 본체의 무게를 지워버렸다. 서양미술사의 로코코 현상과 유사하다. 지나친 장식성은 말기적 현상의 하나다. 정신의 힘이 받쳐주지 못할 때 절제되지 않은 감성의 소비가 일어난다고 하니, 이 정자가 세워진 왕조 말기 망국의 징후가 그렇게 나타난 것인지도 모른다.

그렇게 생각하니 어여쁨은 어여쁨이로되 애수가 떠오르는 어여쁨이

| **관람정 현판** | 파초 잎에 글씨를 써놓은 듯한 이 현판은 관람정의 장식미를 한껏 높인다.

다. 더욱이 그 앞의 연못이 반도지라고 불렸기 때문에 식민지 시절의 아픔이 떠올라 그냥 어여쁨으로 받아들여지지 않는다. 그래서 나는 이 골짜기를 더 안쪽 늠름한 정자의 이름을 끌어와 존덕정 영역이라고 부르고 있다.

예사롭지 않은 구조의 존덕정

골짜기 안으로 더 들어가면 존덕정이 계곡 한가운데를 당당히 차지하고 그 주위로 청심정, 승재정, 폄우사 등 다양한 모습의 정자가 여기저기 오밀조밀하게 어우러져 있다. 그중 대장은 역시 존덕정이다. 존덕정(尊德亭)은 선조의 어필이 있는 것으로 보아 임란 전에도 있었던 것 같은데 지금의 정자를 세운 것은 인조 22년(1644)이라고 한다.

평면이 육각형이기 때문에 처음엔 육면정(六面亭)이라 불렸고 육우정(六隅亭)이라고도 했다. 본채 처마에 잇대어 눈썹지붕을 씌우고 툇간을 한 겹 돌려서 2층지붕집으로 착각하기 쉽다. 지붕 꼭대기에는 탑의 상륜부 같은 구조물이 얹혀 있어 중앙으로 힘을 모아주는데, 이를 절병통이라고 한다.

본채의 창방 아래로는 빗살무늬와 꽃무늬 교창이 번갈아 설치되어 궁궐의 정자다운 멋이 살아난다. 몸체의 툇간 모서리마다 가는 기둥을 3개씩 세워 마치 24개의 기둥이 지붕을 받치고 있는 듯이 보인다. 이처럼 여느 정자와 다른 복잡한 구조에 기둥의 굵기 차이와 배열의 정연함이 엇갈리면서 예사로운 정자가 아님이 확연히 드러난다.

천장의 짜임 또한 육각−사각−육각으로 바뀌는 변화가 있고 마름모꼴 반자로 둘러싸인 정가운데의 육각 평면에는 왕을 상징하는 청룡과 황룡을 화려하게 그려넣어 이것이 임금의 건물임을 암시하고 있다.

뒤에서 보면 존덕정은 연못에 두 다리를 담그고 있는 모습이다. 원래는 반달 모양의 연못과 네모진 연못으로 나뉘어 있던 것이 어느 때인가 합쳐져 하나가 되었다. 관람지로 흘러내리는 물길 위에는 화강암을 다듬어 둥글게 홍예를 튼 예쁜 다리 하나가 놓여 있고, 다리 이쪽과 저쪽에는 몇 점의 석물이 놓여 있는데, 높은 것은 해시계를 받쳤던 일영대(日影臺)라고 하고, 낮은 팔각 석물에는 괴석이 얹혀 있다.

희대의 명문, 「만천명월주인옹 자서」

이처럼 아름답고 당당하고 기품있는 정자이기 때문에 인조 때 세워진 이래로 숙종, 영조, 정조, 순종까지 많은 임금이 존덕정에 와서 시와 문장을 남겼다. 그중에서도 정조가 지은 「만천명월주인옹 자서(萬川明月主人翁自序)」라는 장문의 글이 잔글씨로 새겨져 있어 이 정자의 역사적 주인공이 되었다. '만천명월주인옹'이란 '만 개의 냇물에 비치는 달의 주인'이라는 뜻이고, 정조 자신이 직접 썼다는 의미에서 자서라고 한 것이다.

재위 22년(1798) 정조가 세상을 떠나기 2년 전인 47세 때 쓴 이 글은

| **존덕정** | 인조 때 세워진 이래로 숙종, 영조, 정조, 순종 등 많은 임금이 이 아름답고 당당하고 기품 있는 정자에 와서 시와 문장을 남겼다.

제목만 보면 군주의 초월적이며 절대적인 위상을 강조한 글이라고 생각하기 쉽다. 그러나 글 내용을 보면 자신이 만천명월의 주인인 근거와 그렇기 때문에 임금이 해야 할 일이 무엇인지를 논리 정연하게, 그리고 당당하게 피력해 놓았다.

이 글은 대문장가이기도 했던 정조의 글 중에서도 명문으로 꼽힌다. 얼마나 잘 썼기에 명문이라는 이름을 얻었는지, 또 정조가 통치 철학을 세우려고 얼마나 노력했는지 궁금해서라도 한번 읽어볼 만하다. 엄청난 장문이고 고전의 인용이 많아 주석 없이는 이해하기 힘든 글인지라 많은 것을 생략하고 정조가 말하고자 한 내용의 요체만 압축해 옮겨본다. 그래도 긴 글이니 긴장하고 끝까지 읽어주기 바란다.

나는 물과 달을 보고서 태극, 음양, 오행의 이치를 깨우친 바 있다.

달은 하나뿐이고 물의 숫자는 1만 개나 되지만 물이 달빛을 받을 경우, 앞 시내에도 달이요, 뒷 시내에도 달이어서 달과 시내의 수가 같게 되므로 시냇물이 1만 개면 달 역시 1만 개가 된다. 그러나 하늘에 있는 달은 물론 하나뿐이다.

내가 많은 사람을 겪어보았는데 아침에 들어왔다가 저녁에 나가고 무리 지어 쫓아다니며 가는 것인지 오는 것인지 모르는 자도 있었다. 모양이 얼굴빛과 다르고 눈이 마음과 다른 자가 있는가 하면 트인 자, 막힌 자, 강한 자, 유한 자, 바보같이 어리석은 자, 소견이 좁고 얕은 자, 용감한 자, 겁이 많은 자, 현명한 자, 교활한 자, 뜻만 높고 실행이 따르지 않는 자, 생각은 부족하나 고집스럽게 자신의 주장을 하는 자, 모난 자, 원만한 자, 활달한 자, 대범하고 무게가 있는 자, 말을 아끼는 자, 말재주를 부리는 자, 엄하고 드센 자, 멀리 밖으로만 도는 자, 명예를 좋아하는 자, 실속에만 주력하는 자 등등 그 유형을 나누자면 천 가지 백 가지일 것이다.

처음 이 글을 읽을 때 나는 가슴에 찔리는 바가 있었다. 윗사람에게 나는 어떤 유형의 인간이었던가 생각하니 아차 싶었다. 그러나 정조는 이 모두를 끌어안는 너그러움을 말한다.

내가 처음에는 그들 모두를 내 마음으로 미루어도 보고 일부러 믿어도 보고, 또 그의 재능을 시험해보기도 하고 일을 맡겨 단련도 시켜보고, 혹은 흥기시키고 혹은 진작시키고 규제하여 바르게도 하고, 굽은 자는 교정하여 바로잡고 곧게 하면서 그 숱한 과정에 피곤함을 느껴온 지 어언 20여 년이 되었다.

근래 와서 다행히도 태극, 음양, 오행의 이치를 깨닫게 되었고 또 사람은 각자 생김새대로 이용해야 한다는 이치도 터득했다. 그리하여 대들보감은 대들보로 기둥감은 기둥으로 쓰고, 오리는 오리대로 학은 학대로 살게 하여 그 천태만상을 나는 그에 맞추어 필요한 데 쓴 것이다. 그의 단점은 버리고 장점만 취하고, 선한 점은 드러내고 나쁜 점은 숨겨주며, 잘한 것은 안착시키고 잘못한 것은 뒷전으로 하며, 규모가 큰 자는 진출시키고 협소한 자는 포용하고, 재주보다는 뜻을 더 중히 여겨 양쪽 끝을 잡고 거기에서 가운데를 택했다.

이어서 정조는 신하들을 대하는 자신의 태도에 대하여 말했다.

트인 자를 대할 때는 규모가 크면서도 주밀한 방법을 이용하고 막힌 자는 여유를 두고 너그럽게 대하며, 강한 자는 유하게 유한 자는 강하게 대하고, 바보 같은 자는 밝게 어리석은 자는 조리 있게 대하며, 소견이 좁은 자는 넓게 얕은 자는 깊게 대한다. 용감한 자에게는 방패와 도끼를 쓰고 겁이 많은 자에게는 창과 갑옷을 쓰며, 총명한 자는 차분하게 교활한 자는 강직하게 대하는 것이다.

술에 취하게 하는 것은 뜻만 높고 실행이 따르지 않는 자를 대하는 방법이고, 희석하지 않은 순주(醇酒)를 마시게 하는 것은 생각은 부족하나 고집스럽게 자신의 주장을 하는 자를 대하는 방법이며, 모난 자는 둥글게 원만한 자는 모나게 대하고, 활달한 자에게는 나의 깊이 있는 면을 보여주고 대범하고 무게가 있는 자에게는 나의 온화한 면을 보여준다. 말을 아끼는 자는 실천에 더욱 노력하도록 하고 말재주를 부리는 자는 되도록 종적을 드러내지 않도록 하며, 엄하고 드센 자는 산과 못처럼 포용성 있게 제어하고 멀리 밖으로만 도는 자는 포근하게 감싸주며, 명예를 좋아하는 자는 내실을 기하도록 권하고 실속만

| 존덕정 내부에 새겨진 「만천명월주인옹 자서」 | 　정조가 지은 「만천명월주인옹 자서(萬川明月主人翁自序)」라는 장문의 글이 존덕정에 잔글씨로 새겨져 있어 이 정자의 주인공이 되었다. '만천명월주인옹'이란 '만 개의 냇물에 비치는 달의 주인'이라는 뜻이다.

차리는 자는 달관하도록 면려하는 것이다.

그리하여 정조는 다음과 같이 결론지어 말한다.

　　내가 바라는 것은 성인을 배우는 일이다. 비유하자면 달이 물속에 있어도 하늘에 있는 달은 그대로 밝은 것과 같다. 달은 각기 그 형태에 따라 비춰줄 뿐이다. 물이 흐르면 달도 함께 흐르고 물이 멎으면 달도 함께 멎고, 물이 거슬러 올라가면 달도 함께 거슬러 올라가고 물이 소용돌이치면 달도 함께 소용돌이친다. 거기에서 나는 물이 세상 사람들이라면 달이 비춰 그 상태를 나타내는 것은 사람들 각자의 얼굴이고 달은 태극인데 그 태극은 바로 나라는 것을 알았다. 이것이 바로 옛 사람이 만천(萬川)의 밝은 달에 태극의 신비한 작용을 비유하여 말한 뜻이 아니겠는가.

그리하여 내가 머무는 처소에 '만천명월주인옹'이라고 써서 나의 호로 삼기로 한 것이다. 때는 무오년(1798) 12월 3일이다.

과연 통치자로서 정조의 철학이 밝게 드러나는 천하의 명문이다. 정조는 이처럼 만 가지를 생각하고 만 가지 고민을 하면서 지냈다. 그것이 나라를 통치하는 분의 마음이고 자세였다. 글을 읽다보면 인간의 심성을 그처럼 섬세하게 읽고 있다는 것이 놀랍고 무섭다.

정조는 실제로 '만천명월주인옹'이라는 호를 도장에 새겨 여러 작품에 찍었다. 또 수십 명의 신하들에게 이 글을 써오게 하여 자신의 방에 붙여놓고 보았다고 한다. 그러면서 대신들이 점을 찍고 획을 그은 것을 보면 그 사람의 됨됨이와 기상을 상상할 수 있어 그 또한 만천명월 같았다고 했다.

존덕정에 온 노무현 대통령

정조는 계몽군주이자 개혁군주였다. 정조의 개혁 드라이브는 가히 혁신적이었다. 그런 정조가 1800년(정조 24년) 6월 28일 49세의 젊은 나이로 갑자기 세상을 떠났다. 그해 여름 들어서면서 지병인 종기가 도져 병석에 누웠다가 마지막 탕약을 먹고 죽은 것이었다.

정조의 뜻밖의 죽음에 대해 당시에도 독살설이 나돌았다. 남인들은 정조의 개혁 드라이브에 불만과 위협을 느끼고 있던 노론 벽파를 의심했고, 궁중에서는 영조의 계비인 정순왕후 김씨를 지목하기도 했다. 그 진위는 알 수 없으나 정조 사후 개혁 세력은 급격히 와해되었고, 정순왕후의 수렴청정을 거쳐 세도정치가 시작되었다.

2004년 11월, 어느 날 노무현 대통령이 창덕궁을 찾아와 나와 함께 규장각을 둘러보고 존덕정에서 잠시 휴식을 취했다. 그때 노 대통령은 규장각을 둘러본 소감을 이렇게 말했다.

"정조가 규장각을 세운 뜻을 알겠네요. 요즘 내가 위원회를 많이 만든다고 언론에서 위원회 공화국이라고 비꼬는데, 정조는 죽을 때까지 통치하니까 규장각을 세웠지만 나는 5년 임기인데 위원회도 안 만들면 어디서 혁신적인 방책을 내놓겠습니까? 혁신에 대해 청장님은 학자로서 어떻게 생각하십니까?"

참여정부의 모토는 혁신이었다. 개혁도 아니고 혁신이었다. 혁신도시도 그런 기조에서 만든 이름이었고, 인사과도 혁신인사과라고 바꿔 불렀다. 나는 이렇게 대답했다.

"혁신한다는 것은 정말 힘든 일입니다. 개혁을 하면 손해 보는 집단이 생겨서 금방 반발에 부딪칩니다. 무를 갖고 동치미 담그는 것이 아니라 깍두기를 씻어서 동치미를 담그는 것과 비슷합니다. 잘못하다가는 동치미도 안 되고 깍두기만 버리는 일이 생길까 그게 좀 염려스럽습니다. 그래서 저는 혁신이라는 말을 쓰지 않고, 수동적인 관리에 능동적인 큐레이터십을 더하는 문화재 행정을 정책 방향으로 삼고 있습니다."

"그게 바로 내가 바라는 혁신이죠. 문화재청장은 그런 식으로 문화재를 적극 활용하면서 관리하면 되겠습니다. 다만 정무위원의 한 사람으로서 참여정부 국정 철학의 기조에 대해서도 아실 필요가 있습니다."

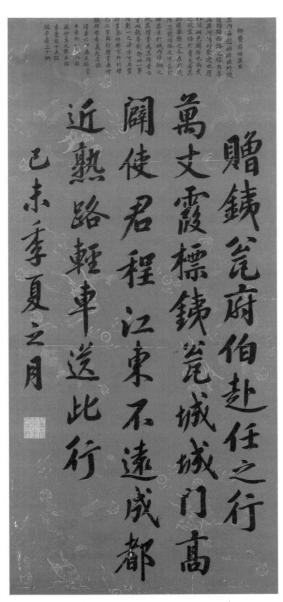

| **정조대왕 「송별시축」** | 정조가 1799년 임지로 떠나는 철옹부사에게 써준 송별시다. 정조의 부드러우면서도 절도 있는 필치가 잘 살아 있는 명품이다. (국립중앙박물관 소장)

그러고는 자세를 고쳐앉아 이렇게 힘주어 말했다.

"저는 특권과 반칙이 없는 사회 만들기를 기조로 삼고 있습니다. 그래서 임기 동안 해낼 네 가지 과제를 세웠습니다. 첫째는 정경유착 근절입니다. 난 재벌들에게 돈 안 받겠다고 했습니다. 둘째는 지방분권입니다. 지방에 힘을 실어줘야 합니다. 셋째는 영호남 갈등 해소입니다. 이를 위해서라면 야당에 뭐든 양보할 생각입니다. 여기까지는 내 의지대로 하면 되는데 넷째가 어렵습니다. 권력기관 힘을 빼는 겁니다. 이게 잘 안됩니다."

이때 나는 평소 남들과 대화할 때처럼 의문스러운 부분을 즉시 물었다.

"어디까지가 권력기관입니까?"

윗분이 말씀하시는데 말을 끊는 것은 예가 아니었지만 노 대통령은 나를 불경하게 생각하지 않고 지체 없이 내 질문에 이렇게 대답했다.

"국정원, 검찰청, 경찰청, 국세청, 그리고 언론기관입니다. 쉽게 말해서 전화 와서 받았는데 기분 나쁘면 다 권력기관입니다."

노무현 대통령은 이렇게 감성적이고 솔직 담백한 분이셨다. 그뒤로도 '언론개혁은 언론이 각을 세우고 사사건건 물고 늘어지는 바람에 힘들고, 따로 공수처(고위공직자 비리 특별 수사처)를 만들려고 하면 검찰의 반발이 만만치 않아 어렵다'는 이야기를 한참 하고 자리에서 일어났다.
결과적으로 노 대통령은 깍두기를 썰어 동치미를 담그는 도중 임기가

| **폄우사** | 낮은 기단 위에 세운 홑처마 맞배지붕의 아담한 집이다. '폄우(砭愚)'는 '어리석은 사람에게 돌침을 놓아 깨우친다'는 뜻이니 여기서 쉬면서도 어리석음을 경계하라는 뜻을 담아 붙인 이름인 듯하다.

끝난 셈이었다. 그리고 그 여파로 세상을 일찍 떠나고 말았다는 생각이 든다. 정조가 그러했듯이.

폄우사, 청심정, 승재정

존덕정 주위 연못가 언덕에는 폄우사(砭愚榭), 청심정(淸心亭), 승재정 (勝在亭)이라는 3개의 정자가 더 있다. 청심정은 숙종 14년(1688) 옛 정자 터에 고쳐 지은 홑처마 사모지붕의 사방 한 칸짜리 단출한 정자이다. 정 자 남쪽에 연못을 파서 빙옥지(氷玉池)라 하고 물 위로 무지개다리를 놓 아 통로로 삼았다고 하는데, 지금은 빙옥지만 남아 있다. 빙옥지 앞에는 돌로 만든 조그만 거북 한 마리가 그때 모습대로 남아 있는데 거북의 등 에 가는 글씨로 '빙옥지'라 쓰여 있다. 그 글씨 위에 더 작은 글씨로 어필

| **존덕정 뒤편 연못** | 존덕정 뒤편에서는 둥글고 네모진 연못과 존덕정 너머 폄우사가 보인다. 이처럼 시점을 이동할 때마다 후원은 색다른 장면을 연출해 보이고 있다.

(御筆)이라고 새겨져 있는데 어느 임금의 글씨인지는 밝혀지지 않았지만 필체를 보면 인조의 글씨 같다.

폄우사는 외벌대 낮은 기단 위에 세운 홑처마 맞배지붕의 아담한 집이다. 정면 3칸, 측면 1칸에 2칸이 온돌방이고 나머지 1칸은 누마루여서 간혹 낮잠을 잘 만하다. '폄우'는 '어리석은 사람에게 돌침을 놓아 깨우친다'는 뜻이니 이곳에 쉬면서도 어리석음을 경계하라는 뜻을 담아 붙인 이름인 듯하다.

언덕 위에 있는 승재정은 사방 한 칸짜리 겹처마 사모지붕 정자다. 이름이 '빼어난 경치가 있다'는 뜻인 만큼 여기서 내려다보는 풍광은 과연 일품이다. 건너편으로는 관람지에 오뚝 서 있는 예쁜 관람정이 보이고 왼쪽으로는 연못을 낀 늠름한 존덕정이 앞산을 배경으로 다가온다.

건물은 기둥 사이 4면에 완자무늬 사분합문을 달아 화사하게 꾸몄으며, 기둥 밖으로는 쪽마루를 깔고 아(亞)자 난간을 돌렸으나 계단이 연결되는 앞과 뒤는 터놓아 출입할 수 있게 했다. 분위기와 장식, 수법이 연경당의 농수정을 연상시키는 정자다.

취규정과 취한정

존덕정을 떠나 후원의 가장 깊숙한 골짜기인 옥류천으로 가자면 이번엔 북쪽 산자락을 넘어가는 고갯길이다. 편안한 흙길을 따라 고갯마루에 닿으면 창덕궁 후원을 한 바퀴 돈 한길과 만나게 되고 머지 않아 한길 한쪽에 자리잡은 취규정(聚奎亭)이라는 정자와 만난다. 짧아도 고개를 올라온지라 쉬어가고 싶은 생각이 드는데 마침하게 정자 하나가 있는 것이다.

취규정은 인조 18년(1640)에 세운 정자로 정면 3칸, 측면 1칸에 홑처마 팔작지붕을 이고 있는데, 창호와 벽체 없이 사면을 모두 개방해 시원스럽고, 가운데 칸의 너비가 양끝 칸 너비의 배에 가까워 느긋이 쉬기보다는 잠시 걸터앉기 좋은 분위기다.

취규란 '별들이 규성(奎星)으로 모여든다'는 뜻인데 규성은 28수 별자리 중 문운(文運)을 주관하는 별이다. 즉 '인재가 모여든다'는 뜻이니 이 정자에 들어가 쉬면 인재가 되는 셈이다.

취규정에서 한길 건너편에 있는 좁고 가파른 오솔길로 내려가면 거기가 옥류천이다. 옥류천으로 가는 길에는 취한정(翠寒亭)이라는 또 하나의 정자가 나온다. 취(翠)는 푸르다는 뜻이고 한(寒)은 차갑다는 뜻이니, 푸른 숲에 둘러싸여 시원하다는 뜻이 된다. 취한정은 그 규모나 모습이 취규정과 닮았는데, 정면 3칸, 측면 1칸 홑처마 팔작지붕이고 가운데 칸이 양쪽 칸보다 현저하게 넓으며 사면이 벽체나 창호 없이 트인 점 등이 같다.

| **취규정** | 인조 18년(1640)에 세운 정자로 홑처마 팔작지붕을 이고 있는데, 창호와 벽체 없이 사면을 모두 개방해 시원스럽다. 느긋이 쉬기보다는 잠시 걸터앉기 좋은 분위기다.

내려갈 때는 그냥 가지만 옥류천에서 비탈길을 올라올 때면 잠시 쉬어가고 싶은 마음이 든다. 취한정은 꼭 그럴 만한 위치에 있다. 정확한 창건 연대는 알 수 없으나 취한정에 대한 숙종과 정조의 시가 남아 있어 1720년 이전에 세워진 것만은 분명하다.

취한정 기둥에는 원래 12개의 주련이 걸려 있었는데 1개가 분실되어 지금은 11개의 주련이 남았다. 여기에는 숙종과 정조가 옛 시를 차운하여 지은 긴 시가 쓰여 있으며, 아래의 두번째 시구가 분실된 주련의 내용이다.

拂水柳花千萬點 　물을 스치며 버들꽃이 천만 송이 피었고
隔林鶯舌兩三聲 　수풀 너머 꾀꼬리가 두세 마디 울어댄다

| **취한정** | 그 규모나 모습이 취규정과 닮았는데, 홑처마 팔작지붕이고 가운데 칸이 양쪽 칸보다 현저하게 넓으며 사면이 벽체나 창호 없이 트인 점 등이 흡사하다.

답사를 다니면서 나를 가장 괴롭히는 것은 건물마다 걸려 있는 주련이다. 거기에 걸린 시판을 보아도 고작 제목과 언제 썼는가 정도만 읽을 뿐이니 그 건물의 인문적 가치를 알아챌 수 없어 답답하다.

육당 최남선이 『심춘순례』에서 선암사 강선루에 올라 정자에 걸린 다섯 편의 시를 한 번 소리 내어 읽어보고는 두 번 읽고 싶은 시는 없다고 한 대목에 주눅이 들었다. 나는 '소리 내서 읽을 수 있는 시가 하나도 없구나'라고 해야 할 판이다. 이런 한이 있어 지금도 한 달에 한 번씩 열리는 한문 강독 모임 세 곳에 참석하며 공부하고 있지만 마냥 어려운 것이 한문이다. 관람객들도 마찬가지일 것이다.

문화재청장 시절 나는 최소한 고궁의 현판과 주련만은 다 한글로 번역하여 고궁 답사객들이 이용할 수 있도록 연세대 국학연구원의 이광호 교수팀에게 번역을 의뢰하여 완료했다. 관례대로 하면 정부간행물로 내야 하지만 그렇게 되면 일반인은 이 책을 구할 수 없게 된다. 나는 과감하게 이를 아웃소싱하여 수류산방에서 『궁궐의 현판과 주련』(전3권)을 펴내게 했다. 그래서 지금도 누구나 이 책을 사볼 수 있다. 이는 내가 청장으로 재임하며 이룬 작은 혁신 중 하나라고 자부한다.

『궁궐의 현판과 주련』은 역사, 문학, 사상, 예술 등 14명의 전문학자들이 윤독하면서 펴낸 것이어서 번역이 정확할 뿐 아니라 그 전거까지 소상히 밝혀두어 여간 도움되는 것이 아니다. 내가 고궁을 답사할 때면 항시 들고 다니는 책이 바로 이 『궁궐의 현판과 주련』이다.

인조의 후원 복원

옥류천(玉流川)은 창덕궁 후원에서 가장 깊숙한 네번째 골짜기로 골이 깊고 물이 많아 마침내 천(川)이라는 이름까지 갖게 되었다. 후원의 산자락이 점점 북쪽으로 방향을 틀어 존덕정만 해도 서북쪽이었으나 이제는 정북쪽에서 남쪽으로 흘러내려 문묘 앞으로 흘러간다. 앞의 골짜기와 달리 개울의 낙차가 크고 화강암 위로 물이 흐르는데, 이 자연 조건을 이용하여 폭포를 만들고 구불구불한 물길에 술잔을 띄우는 유상곡수(流觴曲水)를 만들었으며, 샘을 파고 정자를 세워 후원 안에서도 가장 아름답고 공력이 많이 들어간 정원을 완성했다. 옥류천이 있기 때문에 창덕궁 후원은 넓이와 깊이와 명성을 더할 수 있게 되었다.

옥류천을 이처럼 아름답게 꾸민 이는 인조였다. 인조는 인조반정, 이괄의 난, 정묘호란, 병자호란 등, 주로 그가 재위 기간 중에 겪은 역사적 사건으로 기억된다. 그런 병란의 와중에 인조는 창덕궁을 중건하고 후원을 가꾸었던 것이다. 인조의 아이러니다.

사실 임진왜란 후 일껏 지어놓은 창덕궁은 인조반정 때(1623) 모두 불

| **옥류천** | 창덕궁 후원에서 가장 깊숙한 골짜기로 골이 깊고 물이 많아 마침내 천(川)이라는 이름까지 갖게 되었다.

타고 말았다. 반정 군인들이 한밤중에 궁을 점령하고는 광해군을 찾는다
고 횃불을 들고 수색하다가 내전을 모두 태워버린 것이다. 창덕궁이 다
시 영건된 것은 화재로부터 24년이 지난 인조 25년(1647)이었다.

창덕궁을 다시 짓는 사이 인조는 재위 14년(1636)에 옥류천을 경영하
면서 소요정, 태극정, 청의정을 짓고 어정을 팠다. 이어 재위 20년에 관
덕정(觀德亭), 재위 21년에 심추정(深秋亭), 재위 22년에 존덕정, 재위
23년에 희우정을 지었고, 또 재위 24년에 벽하정(碧荷亭), 재위 25년에
취승정(聚勝亭)과 관풍각(觀豊閣)을 지었다. 인조를 역사적으로 어떻게
평가하는가는 별개로 하더라도 재위 27년 동안 창덕궁 복원과 후원의
정자 건설로는 확실한 자취를 남긴 셈이다.

옥류천의 유상곡수

옥류천의 유상곡수는 천하의 명작이다. 암반 위로 흐르는 물줄기를
원형으로 한 바퀴 돌려 홈을 파서 경주 포석정과 마찬가지로 술잔을 띄
우면 돌아가게 했는데, 이는 남북조시대 왕희지가 난정(蘭亭)에 만든 이
래로 풍류의 한 상징이 되었다.

유상곡수 뒤쪽으로는 듬직한 바위가 있어 정원을 만드는 데 방해가
될 법도 한데, 이를 오히려 소요암(逍遙巖)이라 이름 짓고 병풍바위로 삼
았다. 인조는 거기에 '옥류천' 세 글자를 아주 조용한 필치로 새겨넣고
앞쪽에는 물길이 낙차 크게 떨어지도록 실폭포를 만들어 물이 많을 때
는 장관을 이룬다. 숙종은 이 옥류천 폭포를 시로 지어 바위에 새겼다.

> 飛流三百尺　삼백 척 높이에서 날아 흐르니
> 遙落九天來　저 멀리 하늘에서 떨어져 내리는 듯
> 看是白虹起　바라볼 땐 흰 무지개 일어나더니
> 飜成萬壑雷　갑자기 온 골짜기 우렛소리 이루었네

숙종은 「상림 삼정기(上林三亭記)」를 지으면서 "(세 정자의) 곁에는 못을
파서 물을 대고 돌을 뚫어 천류(泉流)를 끌어들였는데 규모는 그리 크지
도 사치스럽지도 않았으나 경관이 십분 시원스럽고 맑다"면서 "왕희지
의 난정인들 어찌 이보다 낫겠는가"라고 했는데 실제로 중국 절강성(浙
江省, 저장성) 소흥(紹興, 사오싱)에 있는 난정은 평지를 흐르는 냇물로 이루
어져 옥류천처럼 그윽하고 아기자기한 맛이 없다.

소요암 뒤로 돌난간이 둘려 있는 우물은 인조가 판 샘이라 어정(御井)
이라 부르는데 후원 안에서도 가장 좋은 약수였다고 한다. 그러나 더 이상

| **옥류천의 유상곡수** | 달리 예를 찾아볼 수 없는 조원(造園)의 명작이다. 흐르는 물줄기를 원형으로 한 바퀴 돌려 홈을 파서 술잔을 띄우면 돌아가게 했다. 유상곡수 뒤쪽으로는 '소요암'이라는 이름의 듬직한 바위가 있다.

샘이 솟지 않아 지금은 뚜껑을 닫아 보호하고 있다.

옥류천 정자의 중심은 소요정

숙종이 꼽은 상림삼정(上林三亭)은 소요정(逍遙亭), 태극정(太極亭), 청의정(淸漪亭) 세 정자를 말한다. 그중 소요정이 옥류천의 중심 정자다. 『궁궐지』에서는 인조 14년에 세워졌다는 이야기와 여기에 성종과 선조의 어필 현판이 걸려 있었다는 이야기를 함께 전한다. 그런 것으로 보아 소요정은 임란 전부터 있었던 듯하다.

사방 한 칸짜리 사모정이지만 여기서 옥류천을 가장 아름답게 바라볼 수 있다. 앞을 보면 소요암의 병풍바위와 유상곡수를 타고 내린 폭포가 한눈에 들어오고, 뒤를 보면 돌다리 너머 골 아래로 냇물이 장하게 흘러

| **소요정** | 옥류천의 대장격인 소요정에는 성종과 선조의 어필 현판이 걸려 있었다고 전한다. 그런 것으로 보아 소요정은 임란 전부터 있었던 듯하다. 여기서 옥류천을 가장 아름답게 바라볼 수 있다.

가는 모습이 보인다. 처음 이 정자를 세우면서는 물이 흘러가는 모습을 담아 탄서정(歎逝亭)이라 했다가 소요하는 정신을 담아 이름을 바꾸었다.『궁궐지』에 실린「소요정 기문」에서 이렇게 말한다.

정자를 소요로 이름 지은 것은 마음과 땅이 서로 맞았기 때문이다. 마음이란 사물이 아니지만 능히 사물에서 소요하게 되는데, 그러나 그럴 만한 땅을 얻지 못하면 비록 소요하고 싶어도 되지 않는 것이다. (…) 올가을에는 장마가 달포를 끌었는데 바람이 불어 정자를 쓰러뜨렸다. 소요할 곳에서 소요하지 못하게 되었으니 애석한 일이다. 이에 임금께서 내탕금(內帑金, 내탕고에 둔 임금의 개인 재산)으로 수리하라는 명령을 내리셨는데, 진실로 소요함이 공손하고 조용히 도를 닦는 데 도움됨이 많다고 해서 그러하신 것이지 한가하고 여유롭게 쉬려고 해서 그러하신 것은 아니다. 후인들은 이 뜻을 알고 옛 모습을 잃지 않게 할 지어다.

이러한 소요정이기에 역대 임금들이 즐겨 찾는 곳이 되어 이곳에서 바라보는 옥류천 경치를 시로 읊고 글로 지은 것이 아주 많이 전한다. 숙종은 「소요관천(逍遙觀泉)」이란 시를, 정조는 「소요정유상(逍遙亭流觴)」 등의 시와 「소요정기(逍遙亭記)」를 남겼으며, 순조 역시 이곳에서 신하들과 연회를 열고 「소요관천」이라는 시와 글을 남겼다. 확실히 소요정이 옥류천의 대장이다.

농산정, 태극정, 청의정

소요정에서 안쪽으로 들어가면 정면 5칸, 측면 1칸의 맞배지붕 일(一)자 집이 한 채 있다. 농산정(籠山亭)이다. 마루 2칸, 방 2칸, 부엌 1칸으로, 정자가 아니라 잠시 쉬는 공간인 듯싶은데, 정조, 순조, 효명세자가 자주 이용하면서 시문을 남겼을 뿐 아니라 같이 온 신하들에게 글을 짓게 하고 성균관 유생들에게 경전을 강론하게도 했다.

소요정 더 안쪽에선 태극정이라는 정자가 정원의 중심을 잡고 있다. 원래 이름은 운영정(雲影亭)으로 역시 선조 이전부터 있었던 듯하나 인조 때 다시 지으면서 이름도 바꾸었다. 사방 한 칸에 사모지붕을 얹은 정자인데, 장대석 기단을 3단으로 쌓고 그 위에 다시 안쪽으로 한 단 더 들여쌓은 기단에 주춧돌을 놓고 건물을 올렸다. 내부에 마루를 깔고 퇴를 달아 평난간을 둘렀으며 천장은 우물천장이고, 지붕 꼭대기에는 절병통을 얹어 마무리했다. 격식을 다 갖춰 궁궐의 정자임을 과시하는 듯하다.

태극정 곁에는 또 청의정이라는 초가 정자가 있다. '청의(淸漪)'는 '맑

| **옥류천의 정자들** | 1. 농산정 2. 태극정 3. 청의정 4. 능허정(능허정은 후원 제일 높은 곳에 위치한 정자로 현재는 비공개 구역이다.)

은 잔물결'이란 뜻이다. 사방 한 칸으로 궁궐에서 유일한 팔각 초가지붕이다. 그러나 여염집 초가 정자와는 격조도 다르고 가구(架構) 수법도 다르다. 4개의 기둥머리에 연결된 창방 위에 걸린 도리는 팔각이 되도록 연결했으며, 지붕 중심에서 퍼져내린 서까래 역시 처마에서는 팔각이 되도록 마감한 뒤 지붕의 이엉은 둥글게 엮어올렸다. 그래서 안에서 천장을 바라보면 서까래들이 정연히 퍼져 있는 것을 볼 수 있다. 겉으로는 소박해 보이지만 디테일이 정교하여 더욱 매력적이다. 창방에 아주 작은 현판이 걸려 있는데 모양도 글씨도 조신하고 예쁘다.

청의정 곁에는 논이 있어 지금도 논농사를 시범으로 짓고 있다. 그러나 「동궐도」를 보면 이곳은 본래 연못이었고, 궁궐의 농포는 창경궁 춘당대 가까이 있었다. 그 농포가 춘당지 조성으로 없어지면서 이곳으로

| **청의정의 천장 무늬** | '청의(清漪)'는 '맑은 잔물결'이란 뜻이다. 정자 안에서 천장을 바라보면 서까래들이 정연히 퍼져 있는 것을 볼 수 있다. 겉으로는 소박해 보이지만 디테일이 정교하여 더욱 매력적이다.

옮겨온 것이 아닌가 짐작한다. 2005년부터는 창덕궁 관리소에서 여기서 벼를 재배하여 추수한 쌀로 떡을 빚어 관람객들에게 나눠주곤 하는데 벼 재배를 시작한 이듬해엔 어디서인지 메뚜기가 날아왔다. 어디서 이 먼 데까지 날아왔을까? 참으로 이상하고 기이한 일이다.

조선의 마지막 재궁과 700년 된 향나무

이로써 우리는 창덕궁 후원을 둘러보는 긴 유람을 마쳤다. 이제 옥류천을 떠나 궁궐 밖으로 나가자면 관람객들은 왔던 길이 아니라 내가 칭송해 마지않던 연경당 뒷길로 해서 연경당을 둘러본 다음, 다시 돌계단 길로 올라 규장각 위쪽으로 난 길에서 부용정을 내려다보고, 서쪽으로 난 숲길을 걸어 돈화문에 이르게 될 것이다.

가는 길에는 창덕궁에서 가장 높은 곳에 있는 능허정(凌虛亭)이라는 정자도 있고, 새로 지은 신선원전(新璿源殿)과 명나라 신종을 제사지내

| 창덕궁 후원의 단풍과 낙엽 | 답사를 안내해보면 외국인은 한결같이 창덕궁 후원 길이 가장 인상적이라고들 한다. 특히 늦가을 낙엽으로 덮일 때면 거의 환상적이라고 감탄한다.

기 위해 지은 대보단(大報檀) 터도 있지만 모두 일반 관람이 허용되지 않는 관리 보호구역이다. 산길을 내려와 금호문을 앞에 두고 긴 담장과 금천을 따라가다보면 왼쪽으로 창덕궁 궐내각사가 나오는데 금천 너머로 긴 건물이 있어 저기는 또 어디인가 절로 눈길이 간다.

의풍각(儀豊閣)이라는 이 건물은 주로 재궁(梓宮, 왕실에서 미리 준비해 두었던 장례용 관) 등 제사용품을 보관했던 왕실의 창고이다. 궁중의 장례에 대비해 재궁은 항시 여러 개를 확보해두었으며, 주로 황장목(黃腸木)이라고 불리는 울진 소광리의 금강송으로 제작되었다. 왕조가 막을 내리면서 더 이상 재궁을 만들어 보관하는 일이 없어졌고 의풍각에는 마지막까지 재궁이 2개 남아 있었다. 하나는 이방자 여사의 장례 때 사용되었고, 마지막 하나는 영친왕의 아들인 황세손 이구의 장례 때 사용될 것이

| 신선원전 내부 | 신선원전은 일반 관람이 허용되지 않는 관리 보호구역에 있는데, 선왕과 선후의 화상을 모시는 선원전 지역에 새로 지은 건물이다.

었다.

2005년 이구 공의 장례를 앞두고 마지막 재궁을 확인하러 의풍각에 가보았더니 재궁이라는 것이 엄청난 유물이었다. 나는 황세손장례위원회의 이환의 위원장과 이용규 부위원장을 찾아가, 이것은 왕실 재궁이 어떤 모습인지를 보여주는 마지막 유물이니만큼 고궁박물관에 영구히 보관하자고 제안했다. 대신 우리나라에서 가장 좋은 관을 문화재청에서 구입해드리겠다고 약속했다. 장례위원회도 흔쾌히 내 제안을 받아들여 나는 그 재궁을 언론에 공개하고, 고궁 관계자와 목공예 연구자, 식물학자와 황장목 관리자들도 함께 볼 수 있게 했다. 모두들 말로만 들어온 재궁의 위용에 놀라는 표정이었다. 노란빛을 띠는 황장목에 옻칠을 스무 번은 입힌 대단한 목공예품이었다. 형태도 그렇고 무게도 엄청났다. 사

| 천연기념물 제194호 향나무 | 1404년 태종이 창덕궁 창건을 시작할 때부터 이 자리를 지켜온 것으로 추정되는 이 나무는 동쪽 가지가 꼬불꼬불 기형으로 자라 마치 용이 하늘로 올라가는 것처럼 보인다.

진 촬영을 위해 재궁의 방향을 돌리는 데에만 의무경찰 12명을 동원해야 했다.

  길을 따라 내려오다 금호문 못미처에 다다르면 천연기념물 제194호로 지정된 향나무 한 그루와 만나게 된다. 1404년 태종이 창덕궁 창건을 시작할 때 어느 정도 자란 것을 심었다고 치면 수령이 700년 가까이 된다. 높이는 6미터, 가슴높이의 줄기 둘레 4.3미터다. 동서남북으로 가지가 뻗어나갔는데 남쪽 가지는 이미 잘려나갔고 북쪽 가지는 죽었는데 동쪽 가지만은 온갖 풍상 속에서도 용틀임을 하며 꿋꿋이 살아남아 주인 잃은 창덕궁을 홀로 지키고 있다. 이 향나무가 그 옛날의 창덕궁을 증언하는 유일한 증인인 셈이다.

제4부
창경궁

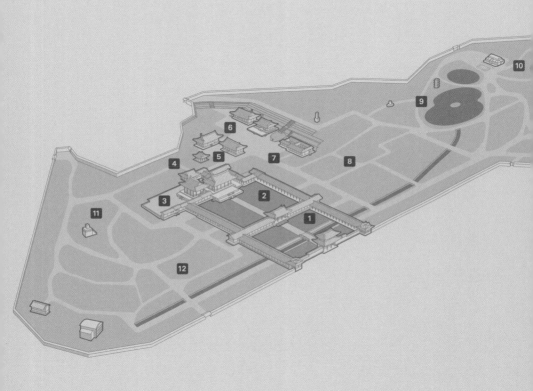

1 홍화문과 외행각   2 명정전   3 문정전   4 숭문당과 함인정   5 경춘전과 환경전   6 통명전과 양화당

7 영춘헌과 집복헌   8 내전 터   9 춘당지   10 관덕정과 집춘문   11 동궁 터   12 궐내각사 터

영조대왕의 꿈과 한이 서린 궁궐

창경궁 조망 / 명정전 / 창경궁의 역사 / 홍화문과 영조의 균역법 /
옥천교와 주자소 / 문정전과 숭문당 / 사도세자와 정조

5대 궁궐의 조망처

서양미술사에서 풍경화라는 장르가 생긴 것은 17세기 들어서의 일이었음에 반해, 동양미술사에서 산수화는 5세기부터 발달하기 시작해 10세기에 이르면 가장 핵심적인 장르로 확고한 위치를 갖게 된다. 산수화에서 화가의 시각은 고원(高遠), 심원(深遠), 평원(平遠)의 삼원법을 기본으로 하는데 고원은 아래에서 위로 올려다보는 것, 심원은 깊숙이 내려다보는 것, 평원은 멀리 내다보는 것을 말한다.

또 부감법(俯瞰法)이라는 것이 있다. 부감법은 새가 날아가면서 내려다보는 듯한 시각 구성법으로 풍광을 일목요연하게 장악한다. 겸재 정선의 「금강전도」가 대표적인 예인데 당시엔 헬리콥터도 없었건만 어떻게 일만이천봉을 하늘에서 내려다본 듯이 그릴 수 있었을까 신기하기만 하다.

단원 김홍도의 「도담삼봉」 그림을 본 한 영화감독은 이를 '헬기 숏(shot)'이라고 했다. 이 부감법은 특히 고지도에 아주 많이 구사되었고, 창덕궁과 창경궁을 그린 「동궐도」의 정확성 역시 부감법에서 나왔다. 서울 도심의 어느 고층빌딩에서 망원렌즈로 포착한 것처럼 그 많은 전각을 방향에 맞게 정확히 그려낸 것이 놀랍기만 하다.

궁궐을 답사하면서 내가 항시 아쉬워한 것은 5대 궁궐을 조망할 수 있는 곳이 마땅치 않은 것이었다. 덕수궁은 더플라자호텔이나 행사가 많이 열리는 한국프레스센터 20층에서 보면 방향이 좀 틀어지긴 해도 전체가 조망된다. 경복궁은 북악산과 인왕산에 올라가면 내려다볼 수 있는데 거리가 너무 멀어 점경(點景)은 되어도 근경(近景)으로는 잡히지 않는다. 경복궁 조망에는 정부서울청사가 가장 제격이고, 창덕궁은 삼환기업 빌딩과 현대 빌딩 옥상이, 종묘는 보령약국 빌딩이 제격이다. 하지만 일반인이 함부로 거기에 올라갈 수는 없는 일이다.

그러나 근래 들어 궁궐들을 부감하기 좋은 곳이 많이 생겼다. 덕수궁은 서울시청이 개방되어 훌륭한 조망을 제공하고 있고, 경복궁은 대한민국역사박물관 8층에서 보면 「북궐도」를 그릴 수 있을 정도로 훤하게 보인다. 종묘는 세운상가 옥상에서 보면 숲속의 정전이 그림처럼 드러나고, 창덕궁은 근래에 문을 연 '공간' 신사옥 4층의 카페에서 보면 측면관을 조망할 수 있다.

창경궁은 서울대병원 암센터 6층 옥상에 행복정원이 생겨 더없이 훌륭한 조망을 제공한다. 더욱이 창경궁은 동향 궁인지라 「동궐도」에서는 남쪽에서 부감한 측면관으로 나타나 있지만 행복정원에서 바라보면 정문인 홍화문, 정전인 명정전, 그 너머 내전 건물의 지붕들이 한눈에 들어온다. 그뿐만 아니라 궁궐 뒤쪽으로 멀리 인왕산 자락이 길게 펼쳐져 나아가고 오른쪽으로 눈을 돌리면 순간 거짓말 같은 풍광이 전개된다.

| 창경궁 전경 | 서울대병원 암센터 옥상에 행복정원이 생겨 더없이 훌륭한 창경궁 조망을 제공한다. 정문인 홍화문, 정전인 명정전, 그리고 그 너머 내전 건물의 지붕들이 한눈에 들어온다.

　창경궁 춘당지 주변의 울창한 나무들과 창덕궁 후원이 거대한 숲으로 한데 어우러져 낮은 능선을 그리며 길게 뻗어 있는데 그 뒤를 푸름을 머금은 북악산 매봉 자락이 바짝 받치고 있어 한 폭의 산수화 같다. 철마다 우리나라 야산의 빛깔을 그대로 발하여, 봄이면 산벚꽃의 연둣빛이 파스텔 톤으로 눈부시고, 여름철이면 진초록의 풍요로움으로 가득하고, 가을이면 갈색으로 물들고, 눈 덮인 겨울이면 그 자체로 단색조의 수묵화가 된다.

　2015년에 서울시 주관으로 시민과 함께 서울의 명소를 답사하는 프로그램을 진행하면서 창경궁 답사에 앞서 이곳을 안내했을 때 모두들 감격해 절로 한마디씩 했다.

　"이것이 진짜 고궁의 아름다움이네요."

"서울의 녹지가 이렇게 훌륭한 것이었던가요?"

"저 숲을 사진 찍어 어디냐고 했을 때 알아맞힐 사람이 있을까?"

"그냥 여기서 창경궁 바라보며 얘기해주시면 안 돼요?"

그렇게 눌러앉아 마냥 바라보고만 싶은 전망대다. 더욱이 누구나 와서 즐기라고 옥상에 만든 정원이니 얼마나 고마운가. 내가 이런 조망을 제공해준 서울대병원에 더없이 감사할 따름이라고 했더니 답사객인 한 인생 상수가 한마디 하고 지나간다.

"오히려 서울대병원이 이런 조망을 제공해준 창경궁에 감사해야지."

동물원 시절에도 살아남은 명정전

창경궁은 서울의 5대 궁궐 사이에서 그 위상이 좀 애매하다. 경복궁, 창덕궁처럼 법궁으로서의 모습도 없고 덕수궁처럼 별격을 지닌 것도 아니고 경희궁처럼 완전히 새로 복원된 것도 아니다. 1909년 일제에 의해 식물원·동물원으로 바뀐 창경원 시절을 청산하고 다시 창경궁으로 회복한 때는 1983년이지만 그렇다고 창경궁의 주요 전각들을 모두 새로 지은 것은 아니다. 새로 복원된 것은 회랑과 부속 건물들이다. 창경원 시절에도 명정전(국보 제226호)은 엄연히 건재했다.

50년 전 이야기다. 1960년대 말, 내가 동숭동에 있는 대학 미학과에 다닐 때 미술대학 회화과 1년 후배로 신경호라는 학생이 있었다. 훗날 전남대 교수를 지내고 제1회 광주비엔날레 초대작가 중 한 명으로 선정되기도 했던 그는 학창 시절부터 인간적 정직성에서 나오는 유머 감각이 아주 뛰어났다. 그런 그가 어느 날 한 여학생에게 데이트를 청하면서

| **명정전** | 창경궁의 정전인 명정전은 임란 후 광해군 8년(1616)에 지은 모습 그대로를 유지하고 있어, 5대 궁궐의 정전 중 가장 오래된 건물이다.

"학교 뒤에 있는 창경원에서 만나자"고 했다. 여학생이 창경원 어디서 만나느냐고 하자 신경호는 "우리 할아버지의 할아버지의 할아버지 집 앞에서 만나자"고 했다.

그리하여 수수께끼를 안고 창경원에 들어간 이 여학생은 동물원만 있는 줄 알았는데 과연 할아버지의 할아버지가 살았던 옛 건물로 명정전이 있어 그 앞에서 기다렸단다. 속으로 신경호의 문화적 식견에 얼마나 감동했을까. 그런데 정작 신경호가 나타나지 않았다. 그가 말한 할아버지의 할아버지 집은 명정전이 아니라 인간의 조상인 원숭이 우리였던 것이다. 그래서 두 사람의 데이트는 무산되었다.

창경궁의 정전인 명정전으로 말할 것 같으면 임란 후 광해군 8년(1616)에 지은 모습 그대로를 유지하고 있어, 5대 궁궐의 정전 중 가장 오래된 건물이다. 창덕궁 인정전은 화재로 소실되어 1804년에 복원된 것이고 경복궁 근정전이 1867년에 중건된 것임에 비하면, 명정전은 200년에서 250년이나 더 오래됐다.

왕비와 왕대비를 위한 궁궐

명정전뿐만이 아니다. 정문인 홍화문(보물 제384호), 명정전 앞의 옥천교(보물 제386호)와 명정전으로 들어가는 명정문(보물 제385호), 왕비의 침전인 통명전(보물 제818호) 등도 옛 모습 그대로여서 모두 국보와 보물로 지정되었다. 그리고 왕이 경연을 열었던 숭문당과 신하들의 접견장으로 쓰였던 함인정, 내전의 환경전, 경춘전, 양화당, 영춘헌 등도 옛 건물이다. 창경궁은 동물원이 되면서 궐내각사와 회랑 등 부속 건물들을 잃어 구중궁궐의 장중함을 보여주지는 못하지만 각각의 전각들이 위용을 당당히 드러내고 있다.

더욱이 창경궁은 왕비와 왕대비의 생활공간이었기 때문에 「고공기」의 격식에 구애받지 않았다. 각각의 건물이 독립성을 갖고 자연 지형에 맞춰 배치됨으로써 건물 자체의 아름다움과 구조를 살피는 데에는 더 유리하다. 경복궁, 창덕궁에서는 볼 수 없는 창경궁의 별격이다.

창경궁의 역사성 또한 결코 무시할 수 없다. 옛 건물들이 형체만 남아 있는 것이 아니라 거기서 일어났던 역사적 사건들을 침묵으로 증언하는 바, 순조와 사도세자를 비롯해 많은 왕과 왕자가 여기서 태어났고, 인종의 즉위식과 봉림대군의 왕세자 즉위식이 있었으며, 중종과 소현세자를 비롯해 많은 왕과 왕자가 여기서 세상을 떠났다. 조선왕조 500년 역사에서 드라마로 가장 많이 재현되는 사도세자의 죽음과 장희빈 사건이 모두 이곳 창경궁에서 일어났으니, 이곳은 그야말로 숱한 궁중비사의 현장이다.

그중 다른 궁궐에는 없는 오늘날 창경궁의 가장 큰 매력은 항시 자유 관람이 가능해 느긋이 고궁 산책을 즐길 수 있다는 점이다. 울창한 숲과 함께 창경원 시절 보트놀이를 하던 춘당지도 일본식 연못을 우리 정서에 맞게 개축하여 창덕궁 후원과는 다른 정원으로서의 매력이 있다.

경복궁에서는 이런 그윽한 맛을 느낄 수 없고, 창덕궁 후원은 안내원을 따라다녀야 하는 제약이 있어서 이처럼 홀로 즐길 수 없다. 2005년 경복궁 입장료를 1천 원에서 3천 원으로 대폭 인상할 때도 창경궁은 국민들이 편안히 즐길 수 있는 '고궁 공원'이라는 점을 고려해 인상하지 않았다. 세계 어느 나라를 가보아도 역사적 공간, 그것도 왕궁을 이처럼 국민 공원으로 개방하는 곳은 없다. 그 규모가 자그마치 7만 평에 이른다.

'고궁 공원'이라는 콘셉트로 이 넓은 공간에 새로 공원을 짓는다 쳐도 이처럼 과거와 현재가 어우러지는 공원을 설계할 건축가가 어디 있겠으며, 있다 한들 이처럼 품위 있게 만들지는 못할 것이다. 그래서 나는 창경궁을 어느 궁궐 못지않게 사랑하고 즐겨 찾는다. 봄꽃이 만발한 창경궁, 낙엽이 지는 창경궁, 비 오는 여름날의 창경궁을 홀로 거닐며 나만의 시간을 가질 수 있는 것은 서울에 사는 가장 큰 행복의 하나다.

창경궁의 역사

창경궁은 창덕궁과 함께 '동궐(東闕)'이라 불렸다. 궁궐은 임금이 정무를 보는 곳인 동시에 왕의 직계존속이 생활하는 곳이기 때문에 계속해서 공간을 확장할 필요가 생겼다. 우선은 왕이 모셔야 할 어머니와 할머니 혹은 상왕(上王)으로 물러난 아버지가 기거할 전각이 필요했다. 이 전각들은 가까이 있으면서도 조금은 멀어야 편했다. 그래서 창덕궁 곁에 지은 것이 창경궁이다.

세종은 즉위하면서 상왕으로 물러난 아버지 태종을 모시기 위해

1418년 창덕궁 곁에 수강궁(壽康宮)을 지었다. 이것이 창경궁의 시작이다. 그뒤 성종은 무려 세 분의 대비를 모시게 되었다. 할머니인 세조 비(정희왕후 윤씨), 작은어머니인 예종 계비(안순왕후 한씨), 생어머니인 덕종 비(소혜왕후 한씨) 등이다.

이에 성종은 수강궁을 중건하고 정전인 명정전, 정무를 보는 문정전 등을 지어 궁궐의 격식을 갖추고 창경궁이라 했다. 창경궁은 '빛나는 경사'라는 뜻이며 궁의 둘레가 4,325척이었다. 창경궁은 창덕궁과 담장을 맞대고 있어 둘을 합쳐서 동궐이라 불렀다.

창경궁은 다른 궁궐과 마찬가지로 임진왜란 때 전소되어 광해군 8년(1616)에 복원되었는데, 인조 2년(1624)에 일어난 이괄의 난 때 통명전을 비롯한 주요 건물들이 다시 소실되어, 9년 뒤인 인조 11년(1633)에 복원되었다. 그때도 창경궁은 여전히 왕대비를 위한, 여성들을 위한 공간이었다.

창경궁이 왜 동향 궁이 되었는가에 관해서는 여러 추측이 있다. 터가 궁궐을 남향으로 앉힐 수 없는 형태여서 그랬다면 동향으로 앉힐 명분이 있어야 한다. 이에 대해서는 효종 6년(1655), 대동법으로 유명한 김육(金堉)이 차자(箚子, 간단한 서식의 상소문)를 올려 창덕궁 안에 대비전을 세우는 것의 불가함을 상소한 내용에서 알아볼 수 있다.

신이 듣건대, 예전에 우리 성종대왕이 창경궁을 수강궁 터에 세워 정희·소혜·안순 세 대비를 여기에 모시고, 명절이나 나라에 큰 경사가 있는 때에는 (윗전께) 문안한 뒤 이어서 명정전에 나아가 뭇 신하들의 조회를 받았다 하니, 대개 창경궁은 대비를 위해서 세운 것으로 오늘에 이르기까지 160여 년이 되었습니다. (…) 예로부터 태후가 거처하는 곳은 반드시 대내(大內)의 동쪽에 있었기 때문에 동조(東朝)라고 말했습니다. 창경궁이 동쪽에 있는 것도 또한 이런 까닭입니다.

| 홍화문 | 창경궁 정문인 홍화문은 보물 제384호로 '조화를 넓힌다'는 뜻이다. 경복궁의 광화문, 창덕궁의 돈화문과 마찬가지로 '화(化)' 자에 운을 맞춘 이름이다.

　여기에서 우리는 창경궁이 어떤 성격의 궁이고 왜 동향으로 지었는가를 명확히 이해할 수 있다.

　한편 정조는 즉위하자마자 어머니 혜경궁 홍씨를 위해 양화당 위쪽 언덕바지에 자경전(慈慶殿)을 지었다. 이곳은 오늘날 서울대병원 자리인 함춘원(사적 제237호) 내 사도세자의 위패를 모신 수은묘(垂恩廟)가 바라다보이는 곳이다. 정조는 이 수은묘를 개축한 뒤 경모궁(景慕宮)이라 높여 부르도록 하고 친히 편액을 써 달았다. 또 홍화문 북쪽에 작은 문을 내고 달마다 경모궁에 참배했다. 그래서 '매달 찾아뵙는다'는 뜻으로 이 문의 이름을 월근문(月覲門)이라고 했다.

　순조 30년(1830) 동궐의 대화재로 중요한 건물들이 모두 불탔으나 4년 뒤인 순조 34년(1834)에 복원되었다. 이것이 일제에 의해 훼철되기 전 창경궁의 역사다.

늠름하고 품위 있는 홍화문

창경궁 정문을 홍화문(弘化門)이라 하여 '조화를 넓힌다'는 뜻을 새긴 이유는 경복궁의 광화문, 창덕궁의 돈화문과 마찬가지로 '화(化)' 자에 운을 맞춘 것이다. 그런데 태조 5년(1396) 축성된 한양도성의 동소문 이름도 홍화문이었기 때문에 혼동이 일어났다. 이에 중종 6년(1511) 동소문을 혜화문이라고 개칭했다. 굴러온 돌이 박힌 돌 뺀다는 것이 이런 경우일 것이다. 경복궁의 궁궐과 전각의 이름을 정도전이 지었듯이 창경궁 전각의 이름은 당대의 문장가인 서거정이 지었다.

홍화문은 정면 3칸, 측면 2칸의 우진각지붕으로, 중층다포집이다. 광화문처럼 육축이 있는 것도 아니고, 돈화문이 5칸임에 비해 3칸 대문이니 규모가 큰 것도 아니다. 그래도 아래위층 추녀의 양 날개를 활짝 편 자태가 화려하면서도 전아한 느낌을 준다. 강회로 마감한 추녀마루에 잡상들이 정연히 늘어서 있어 시선에 변화를 주며 궁궐의 대문다운 위엄을 잃지 않고 있다. 위층은 마루를 깔고 앞뒤 벽면에 조그만 널문들을 달아 여닫을 수 있게 만들었다. 400년 된 건물이 지닌 고전미도 느껴진다.

그럼에도 불구하고 사람들은 홍화문의 건축미에 크게 주목하지 못하고 그냥 지나치기 일쑤다. 대문 앞으로 한길이 지나가기 때문에 정면으로 보지 못하고 측면에서 봐야 하는데다가 문 앞 월대가 아주 좁아 거의 없는 것이나 마찬가지이기 때문이다.

홍화문 월대가 좁은 데는 이유가 있다. 지금 홍화문 앞은 한길이 지나지만 옛날에는 앞쪽이 넓은 마당으로 함춘원과 맞닿은 숲속 빈터였다. 여기서는 대대로 무과 과거시험의 활쏘기와 말달리기가 열렸다. 이런 사실이 『조선왕조실록』에 계속 나온다.

| 영조의 초상 | 영조는 균역법을 시행하기 전 홍화문 앞에 관리와 백성들을 불러놓고 두 차례 여론을 청취했다고 한다. 홍화문은 그런 역할을 하기도 했던 공간이다.(국립중앙박물관 소장)

임금이 홍화문에 나아가 무신이 활 쏘는 것을 관람했는데 세자가 수행하여 참여했다. (『조선왕조실록』 중종 33년(1538) 3월 26일자)

문신에게 제술 시험을 보이고, 무신 및 무재를 가진 문신의 활쏘기를 시험하다. (『조선왕조실록』 명종 16년(1561) 4월 6일자)

6일에 진법(陣法)을 연습한 뒤에 도감 살수(殺手)의 마상재(馬上才)에 대한 시험과 종친 문신의 활쏘기 시험만 시행하고, 여타의 활쏘기 시험은 10일 홍화문 밖에서 시행하도록 하는 일을 해당 부서[該曹]로 하여금 살펴 거행하게 하라고 하셨다. (『조선왕조실록』광해군 11년(1619) 10월 2일자)

무과 시험을 치르는 날은 도성 사람들이 와서 구경하는 것이 관례였다. 이처럼 홍화문 앞은 백성들이 접근할 수 있도록 열린 공간이었기 때문에 임금과 백성이 만나는 광장으로도 사용되었다. 특히 영조대왕은 이 홍화문 앞에서 백성들과 자주 만났다.

조선의 제왕 중 정조가 신하들과 친하게 지냈다면 영조는 백성들과 자주 만났다. 빈민들을 직접 만나 쌀을 나누어주기도 했고, 왕이 직접 금주령을 발표하는 금주윤음(禁酒綸音)을 내리기도 했다. 영조가 양역(良役)에 대한 백성들의 의견을 청취한 뒤 균역법을 시행한 것은 역사에서도 유명한 사실이다.

균역법을 위한 영조의 여론 청취

영조는 균역법을 시행하기 전 홍화문 앞에 관리와 백성들을 불러놓고 두 차례 여론을 청취했다. 1750년(영조 26년) 5월 19일 임금은 홍화문에 나아가 "백성의 폐단 중에 양역의 폐단이 크니, 일찍 고치지 않으면 어떻게까지 될는지 모른다"며 백성들에게 조세제도에 대해 물었다.

"호포(戶布)가 편한가, 결포(結布)가 편한가?"

호포는 봄 가을에 집집마다 포(布, 무명이나 모시 따위의 옷감)를 내던 세법
이고 결포는 전결(田結, 논밭에 물리는 세금)을 단위로 포를 징수하는 세법이
다. 이에 백성들 일고여덟이 호포가 편하다고 했다. 한편 대신들 사이에
서는 의견이 갈렸다. 영의정 조현명 등은 결포를 주장한 반면 호조판서
박문수는 호포를 근본으로 세워야 한다고 했다. 이에 영조는 그 자리에
서 결정을 내리지 않고 한 달 보름이 지난 7월 3일 홍화문에서 다시 백성
들을 만나 이렇게 말했다.

'백성은 나라의 근본이니 근본이 튼튼해야 나라가 태평하다'고 성
현들은 가르쳤다. (…) 아! 양민은 지금 도탄에 빠져 아우성인데 그 임
금이 되어 구제해주지 못하고 있으니, 이 어찌 백성의 부모 된 도리라
하겠는가? (…) 법을 고치면 반드시 폐단이 따르게 되고 새 법은 또 묵
은 법만 못하기가 쉽다. 이에 대신과 여러 신하에게 명해 좋은 대책을
강구하게 한 것이다. (…)
바야흐로 삼복더위를 맞아 또 백성 앞에 나선 것도 이러한 뜻에서
였다. 아! 하늘이 굽어보고 조상들이 살피고 계신다. (…) 이번의 이 마
음은 하늘을 두고 맹세할 수 있다. (…) 친히 물음에 있어서 나는 긍정
도 부정도 하지 않겠다. 우리 경사(卿士)와 군민(軍民)은 각자 소회를
다 말하고 물러간 뒤 허튼소리를 하지 말지어다.

이런 여론 청취 끝에 결국 영조는 균역청(均役廳)을 두어 호포와 결포
문제를 풀었다. 균역청이 조세를 전담하도록 하고 8도에 균세사(均稅使)
를 보내, 그뒤로는 조세 변경을 함부로 의논하지 못하게 '대못질하듯' 박
아두었다.

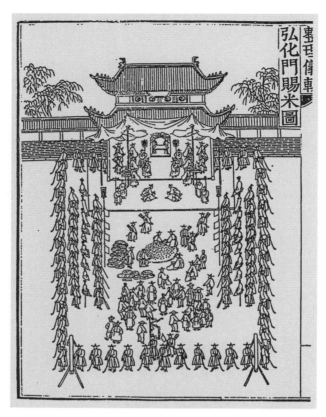

| **정조의 「홍화문 사미도」** | 정조 역시 홍화문 앞에서 빈민들에게 쌀을 나눠주었다. 이 행사 장면은 『원행을묘정리의궤』에 「홍화문 사미도(賜米圖)」라는 그림으로 남아 있다.

영조와 정조의 애민정신

영조는 재위 52년 동안 많은 옥사를 일으키고 아들인 사도세자를 죽이는 데까지 이르러 그의 성격과 치세의 잘잘못을 많이들 따진다. 그러나 영조가 정치적으로 탕평책을 쓰고, 경제적으로 균역법을 실시하고, 문화적으로 학예를 진흥시켰다는 사실은 변함이 없다. 그리고 영조는 역대 어느 임금보다 백성을 사랑하는 애민정신이 깊었다. 『조선왕조실록』

영조 25년(1749) 8월 15일자에는 "임금이 홍화문의 누(樓)에 나아가 왕세자(사도세자)를 거느리고 사민(四民)에게 진휼을 시행했다"며 다음과 같은 기사를 실었다.

아! 푸른 하늘이 나에게 부탁한 것도 백성이요, 조종(祖宗, 선대 임금)께서 나에게 의탁한 것 또한 백성이다. 지금 보고[抄記]한 바를 보니 그 수효가 아주 많고, 문루에 나아가서 보니 마음에 더욱 측은하고 불쌍하다. (…) 다섯 걸음밖에 안 되는 가까운 거리에 억울함을 호소할 길 없는 백성이 이와 같이 많은데도 백성의 부모가 되어 오늘날 처음 보게 되니, 어찌 백성의 부모 된 도리라고 하겠느냐. (…)

저 푸른 하늘이 나에게 명해 임금이 되게 한 것은 임금을 위한 것이 아니고 곧 백성을 위한 것이다. (…) 백성을 사랑하지 아니하고 백성을 구제하지 아니하면 민심은 원망할 것이요, 천명도 떠날 것이니, 비록 임금이 자리에 있다고 하더라도 하나의 필부에 불과할 것이다.

또 『조선왕조실록』 영조 33년(1757) 1월 28일자 기사에는 이렇게 전한다.

오늘 홍화문에 나아가 나의 백성들의 굶주려 누르스름한 얼굴빛과 갈가리 해진 옷을 입은 몰골을 보았는데, 이로 미루어 먼 지방에서 가난해 의지할 데 없어 구렁에 뒹구는 모양을 직접 보는 듯했다. (…) 아! 우리 주자(冑子, 사도세자)는 내 말이 늙은이의 잔소리라고 하지 말고 무릇 대리(代理)함에 있어서 반드시 백성을 우선으로 삼아 내가 30년 동안 미치지 못했던 정치를 보좌하도록 하라.

영조가 이렇게 가르침을 내렸건만 사도세자는 끝내 그 기대를 저버리고 아비가 자식을 죽이는 비극으로까지 몰고가게 했다. 그러나 영조의 그런 애민정신은 손자인 정조가 이어받아 정조 역시 홍화문 앞에서 빈민들에게 쌀을 나눠주었다. 『조선왕조실록』 정조 19년(1795) 6월 15일자 기사에는 다음과 같은 임금의 지시 사항이 기록되어 있다.

경사스러운 탄신(혜경궁 홍씨의 환갑)이 얼마 남지 않은 이때에 경축하는 정성을 드러내보이고 싶은데, 이 경사를 백성들과 함께 나누는 것보다 더 나은 일이 어디에 있겠는가. 더구나 화성(華城, 수원) 백성들에게 이미 행했으니 서울에서 그런 일을 행하지 않는다면 어찌 되겠는가. 18일 자궁(慈宮, 어머니)께 음식상을 차려 올리는 예식을 마친 뒤에 홍화문에 가서 굶주린 백성들에게 미곡을 나눠주어야 하겠다.

이때의 행사 장면은 『원행을묘정리의궤(園幸乙卯整理儀軌)』에 「홍화문 사미도(賜米圖)」라는 그림으로 실려 있다.

옥천교 너머의 명정전

홍화문을 들어서면 첫인상부터 경복궁·창덕궁과 다르다. 명당수(明堂水)가 흐르는 어구(御溝, 대궐에서 흘러나오는 개천)가 금천(禁川)이라는 이름으로 정전의 안과 밖을 가로지르고, 금천에 놓인 옥천교(玉川橋) 너머 정전으로 들어가는 명정문의 긴 회랑이 앞쪽을 포근하게 감싸며, 대문 사이로 멀리 명정전이 은근히 모습을 드러낸다. 금천을 지나 한참 가야 정전에 다다르는 경복궁·창덕궁과 비교해 창경궁에는 궁궐의 권위보다 사람 사는 공간다운 인간미가 흐른다. 옥천교 석축 위에는 살구, 자두, 앵두가 철따라 꽃과 열매를 맺어 정원처럼 더 살가운 느낌을 준다.

| **옥천교** | 홍화문을 들어서면 금천을 가로지르는 옥천교를 만나게 되는데, 이는 성종 때 창건된 모습 그대로다. 다리 아래를 보면 2개의 홍예(무지개)가 떠받치고 있다.

옥천교는 성종 때 창건된 모습 그대로다. 말이 그렇지 500여 년 동안 그 많은 인파를 견뎌내기란 쉽지 않다. 다리 아래를 보면 2개의 홍예(虹蜺, 무지개)가 떠받치고 있으며 두 홍예 사이로 난 역삼각형 공간에는 귀면(鬼面)을 돋을새김으로 조각한 돌이 장식되어 있다. 다리의 길이는 약 10미터, 너비는 6.6미터이고 돌난간은 연꽃잎을 소재로 한 4개의 동자기둥 사이로 한 장의 돌로 만든 풍혈판(風穴板)을 끼워 맞췄다. 난간 양끝에는 법수(法首)라는 돌기둥을 세우고, 그 위에 지킴이로 동물 조각을 얹었다. 아담한 크기에 형태도 아기자기해 더욱 정겹다.

비스듬한 곡선의 상판은 명확히 3칸으로 분리되어 가운데 칸이 임금을 위한 어도(御道)임을 분명히 하고 있으며 이 어도는 곧장 명정문까지 이어진다.

| 주자소 활자 | 태종이 1403년 2월 13일 주자소를 설치한 이래 수개월 동안 수십만 개의 활자를 만들어냈다. 지금 국립중앙박물관에 소장되어 있는 이 활자들은 우리나라가 인쇄·활자 문화의 왕국이었음을 증언하는 위대한 유물이다.

주자소를 바라보며

옥천교를 건너 명정전으로 들어가기 전에 나는 답사객들에게 시선을 뒤로 돌려서 홍화문 회랑 오른쪽에 있는 십자각 건물을 보라고 주문한다. 홍화문이 본래 이 남북의 십자각까지 두 팔을 벌린 모양으로 위용을 갖췄음을 상기시켜주기 위함이다. 그런 뒤 남십자각에는 조선왕조의 마지막 주자소(鑄字所)가 있었다는 사실을 이야기해준다. 활자를 보관하던 곳이다.

인쇄 문화에 관한 한 우리나라는 대단히 오랜 전통을 가진 문명국이다. 고려시대에 이미 금속활자를 만들었음은 익히 아는 바이지만 조선시대에 수많은 책이 간행되어 위대한 기록유산으로 남게 된 것 또한 이 주자소 덕분이다.

주자소는 태종 3년(1403) 2월 13일에 설치된 이후 수개월 동안 수십만 개의 활자를 만들어냈다. 이때 만들어진 활자가 계미자(癸未字)다. 주자소는 본래 서울의 남부 훈도방(熏陶坊)에 있었는데 인쇄 업무를 관장하는 승정원과 떨어져 있어 불편했기 때문에 세종 17년(1435)에 경복궁 안으로 옮겼다.

『경국대전』 교서관(校書館) 조를 보면 주자소의 직제는 야장(冶匠) 6명, 균자장(均字匠) 40명, 인출장(印出匠) 20명, 각자장(刻字匠) 14명, 주장(鑄匠) 8명, 조각장(雕刻匠) 8명, 목장(木匠) 2명, 지장(紙匠) 4명으로 되어 있다.

임란 후에는 창덕궁 돈화문 바깥 정선방(貞善坊)에 주자소를 두었는데 정조가 규장각을 세우고 많은 책을 펴내기 위해 재위 18년(1794)에 창경궁의 옛날 홍문관 자리에 새로 주자 시설을 설치했다. 『한경지략(漢京識略)』에 따르면 창경궁 선인문 안에 있는 주자소에 '규영신부(奎瀛新府)'의 편액을 걸었다고 하는데, 아마 홍문관 자리에 세운 주자소를 말하는 듯하다. 그리고 이것을 정조가 세상을 떠나기 2개월 전인 1800년 윤4월, 홍화문 오른쪽 익랑(翼廊)의 의장고(儀仗庫) 대청으로 옮겨 운영했으니 이것이 지금 우리가 보고 있는 주자소 건물이다.

불행히도 철종 8년(1857) 10월, 순조 비 순원왕후의 빈전도감(殯殿都

| **옥천교와 명정문** | 홍화문 위에서 내려다본 옥천교와 명정문 일대 광경이다. 창경궁의 건물 배치는 이와 같이 아주 정연했다.

監)에서 일어난 화재로 주자소 창고에 있던 정유자(丁酉字), 한구자(韓構字), 정리자(整理字)와 인쇄 도구, 책판 등이 모두 소실되었다. 그러나 이 듬해 한구자, 정리자를 다시 주조하여 교서관에 따로 보관해두었던 임진자(壬辰字)와 함께 왕조 말까지 인쇄에 사용했다. 이 활자들은 지금 국립중앙박물관에 소장되어 있으며, 2016년에 '활자의 나라, 조선'이라는 이름으로 특별전이 열린 바 있다. 주자소는 우리나라가 인쇄·활자 문화의 왕국이었음을 증언하는 위대한 유적이다.

명정문 너머 명정전으로

창경궁의 정전을 '명정'이라 이름 지은 것은 '정사를 밝힌다' 혹은 '밝게 다스린다'는 뜻으로 경복궁 근정전의 '부지런히 다스린다', 창덕궁 인

| **명정전 권역** | 홍화문에서 명정전까지의 구조는 아주 정연하다. 그러나 창경궁은 경복궁, 창덕궁 같은 법궁이 아니라 만약을 위한 이궁이었기 때문에 명정전의 규모가 비교적 작고, 왕이 일상 업무를 보는 문정전이 명정전에 바짝 붙어 있다.

정전의 '어질게 다스린다'는 뜻과 통한다.

명정문 안에는 박석을 깐 넓은 마당 한가운데로 어도가 나 있으며 그 좌우로 품계석(品階石)이 있다. 회랑으로 감싼 공간의 품이 넓어 위엄 있어 보이지만 회랑의 지붕이 그리 높지 않아 아늑한 품에 안긴 듯 편안한 느낌을 준다. 여기에서 나는 명정문이 동서 중심축에서 남쪽으로 약 1.2미터 벗어나 있고, 명정전 앞뜰이 반듯한 사각형이 아니라 약간 기울어져 있는 것이 늘 궁금하고 의아했다. 무슨 사연 내지 계산이 있었을 성싶다. 추측건대 남쪽이 낮은 지세에 맞추다보니 도면상의 가운데가 아니라 체감상의 비례를 따른 것이 아닌가 생각해본다. 아무튼 관람객들이 이런 사실을 전혀 느끼지 못하고 지나가는 것을 보면 실수가 아니라 계산된 결과일 터이다.

명정전은 창경궁의 정전으로 정면 5칸, 측면 3칸의 단층 팔작지붕이기 때문에 근정전, 인정전에 비하면 규모가 작다. 월대도 3단이 아니라 2단이다. 월대의 기단은 장대석으로 쌓았고 계단 중앙에는 쌍봉(雙鳳)을 돋을새김했으나 난간은 설치하지 않았다. 모든 점에서 격이 한 단계 낮은 것이 분명한데 건물 자체는 현존하는 조선시대 궁궐의 정전 가운데 가장 오래된 것으로 고전적인 품위만은 잃지 않았다. 특히 내부를 보면 천장의 봉황 조각이 아주 뛰어나고, 닫집도 우수한 공예품처럼 정교하게 조각되어 있으며 창살 문양도 매우 아름답다.

명정전이 특이한 것은 근정전, 인정전처럼 건물이 외따로 있지 않고 왕이 일상 업무를 보던 문정전과 경연이 열리던 숭문당에 처마를 맞대고 바짝 붙어 있다는 점이다. 명정전과 문정전 사이에는 복도각이 있어 두 건물이 긴밀하게 연결되어 있었음을 보여준다. 창경궁은 법궁이 아니어서 왕이 오래 머무는 일이 없기 때문에 형식은 형식대로 갖추되 편리함은 편리함대로 추구한 결과다.

문정전과 숭문당

명정전에서 뒤쪽에 있는 복도각을 지나면 왼쪽에 문정전이 나온다. 그러나 이 길은 왕이 다니던 길이고 문정전의 대문은 마당 동쪽에 따로 나 있다. 문정전은 경복궁의 사정전, 창덕궁의 선정전과 마찬가지로 왕이 업무를 보는 치조의 핵심 건물이다. 이 또한 규모가 작고 기둥도 둥근 원주(圓柱) 대신 네모로 다듬은 각주(角柱)를 썼다. 공사 현장에 온 광해군이 이 점을 지적하면서 원주로 바꾸라고 했지만 이미 공사가 많이 진행되어 각주로 남았다고 한다. 문정전은 일제강점기에 철거되었다가 1980년대에 복원한 새 건물이다.

이에 반해 옆에 있는 숭문당은 임금의 서재이자 신하들과 경연을 열

| **숭문당** | 숭문당은 임금의 서재이자 신하들과 경연을 열던 곳이다. 누각형 건물로 앞쪽 툇마루로 출입했으며 영조 친필의 현판이 달려 있다.

었던 곳으로 화재로 소실된 것을 1830년에 재건한 그대로다. 앞쪽에 설치한 누각형 툇마루로 출입했으며 영조 친필의 현판이 달려 있다. 정면 3칸, 측면 4칸으로 지형이 약간 경사져 있기 때문에 뒤쪽은 장대석 석축을 4단으로 쌓고 다시 돌기둥 위에 세워 높이를 맞췄다. 그리고 넓은 툇마루 양옆으로 나무 계단을 두어, 여기 앉으면 누각에 오르는 기분을 준다. 지형이 반듯하지 않은 조건을 오히려 건축의 또 다른 이점으로 활용해 남다른 아름다움을 보여준 예라고 할 수 있다.

그런데 2006년 4월 26일, 문정전에 방화 사건이 일어났다. 당시 관람 중이던 이규남 씨가 급히 "불이야!" 소리를 질러 창경궁 관리소 직원들에게 알렸고, 그사이 다른 관람객인 양해룡·이윤정 부부가 옆에 상비된 소화기로 문살에 타오르는 불길을 잡기 시작하여 급히 달려온 직원들과 4분 만에 진화했다. 다행히 불은 문짝을 태우고 서까래로 옮겨붙기 직전

| **문정전** | 문정전은 편전으로 지어졌지만 임금이 창경궁에 잠시 들렀을 때만 사용했으며, 국상을 당했을 때 혼전(魂殿)으로 많이 사용되었다.

에 꺼져 검은 그을음만 남겼다.

목조건축 화재에서 초동 진화가 얼마나 중요한가를 보여주는 장면이다. 골든타임은 5분이다. 문살에 불이 붙으면 이것이 불쏘시개가 되어 삽시간에 번지고 서까래로 옮겨가면 목자재들이 건조한 상태여서 걷잡을 수 없게 된다. 지붕을 헐어내야 진화할 수 있다. 몇 분만 늦어도 건물 전체를 태울 것을 기민하게 진화한 것이다. 불을 끈 양해룡 씨는 거제 조선소에서 근무하는 분으로 직장에서 한 달에 한 번씩 소화 훈련을 한 덕분에 소화기를 쓸 줄 알았다고 한다. 부인 이윤정 씨는 남편이 진화하는 모습을 찍어 언론기관에 보내 화재 교육 자료로 써달라고 했다. 당시 문화재청장이던 나는 이분들에게 약간의 포상금과 '평생 고궁 무료입장권'을 드려 감사를 표시했다.

경찰은 문정전에 불을 지른 채종기라는 노인을 체포해 문화재 방화범으로 검찰에 넘겨 재판에 회부했다. 노인은 정부의 재개발 보상금에 불만을 품고 방화한 것이라고 했다. 법원은 나이가 많고, '피해가 경미하다'고 집행유예를 선고했다. 이 채종기가 또 2008년 2월 11일에 숭례문에 불을 질렀다. 그가 바로 숭례문 방화 사건의 범인이다.

혼전으로 사용된 문정전

문정전은 편전으로 지어졌지만 임금이 창경궁에 잠시 들렀을 때만 사용했을 뿐 상주 공간은 아니었다. 오히려 국상을 당했을 때 혼전(魂殿)으로 더 많이 사용되었다. 중종·인조·효종·숙종·경종 등의 혼전이 여기에 있었다. 하지만 정조의 혼전이 파격적으로 창덕궁 선정전에 모셔진 후부터는 이것이 관례가 되어 순조·헌종·철종의 혼전은 창덕궁에 모셔졌다.

문정전은 왕비의 혼전으로도 사용되었다. 성종 계비(정현왕후)의 혼전으로 사용된 후 현종 비(명성왕후)·인조 계비(장렬왕후)·경종 계비(선의왕후)·철종 비(철인왕후) 등의 혼전이 여기에 있었다.

왕비가 왕보다 먼저 죽으면 삼년상을 치르고도 종묘에 부묘(祔廟)하지 못하고 왕이 승하한 다음에야 종묘에 함께 모실 수 있다. 이 경우 왕비의 신주는 궁에 계속 남아 왕이 승하할 때까지 기다리게 된다. 영조의 원비인 정성왕후는 1757년에 나이 66세로 영조보다 먼저 죽었다. 이때 정성왕후의 신주를 문정전에 모시고 이 건물을 휘령전이라 불렀다. 이 휘령전이 바로 사도세자의 죽음이라는 비극적 사건의 현장이 되었다.

1762년 윤5월 13일, 영조는 세자를 폐해 서인으로 만든 다음 죽이기로 마음먹고 세자를 휘령전으로 불렀다. 영조가 휘령전에 왔을 때 세자는 미처 도착하지 않았다. 이윽고 세자가 나타나자 영조는 세자에게 칼을 주고 자결하라고 명했다. 세자가 용서를 빌며 명을 거두어줄 것을 거듭 아뢰었고 신하들도 만류했지만 영조는 이를 물리치고 창경궁 군영(軍營)에 있는 뒤주를 가져오게 하여 세자를 가두고 직접 못을 쳐 봉했다. 사도세자는 8일 만에 허기와 갈증으로 죽었다. 영조 38년 윤5월 21일이었다. 그때 세자 나이 28세였다.

사도세자가 죽은 그날 영조는 곧바로 신분을 복권시키고 직접 사도라는 시호를 지어 내렸다. 영조는 사도의 뜻을 말해 '사(思)는 자신의 과오를 반성했다는 뜻이고 도(悼)는 일찍 죽었다'는 의미라고 했다.

영조 40년(1764년) 봄, 경복궁 서쪽 순화방에 사당인 사도묘(思悼廟)를 지었다가 너무 화려하다는 이유로 허물고 그해 여름, 창경궁 홍화문 밖 오늘날 서울대병원 안에 있는 함춘원으로 옮겨서 수은묘라 했다.

정조는 즉위하자마자 아버지 사도세자에게 장헌세자라는 존호를 올리고 국왕의 생부로서 존대케 했으며, 수은묘를 경모궁으로 격상해 새로 지었다. 또 사도세자의 묘를 수원의 화산으로 옮긴 뒤 현륭원(顯隆園)이라 하고 국왕의 능묘에 버금가는 규모로 지었다.

정조는 생전에 아버지를 왕으로 추존하려고 시도했으나 노론의 반발에 부딪쳐 무산되었다. 아버지에 대한 그리움이 깊었던 정조는 사후 생부의 곁에 묻히게 되어 사도세자의 융릉 곁에 정조의 건릉이 있다. 사도세자는 결국 1899년 고종황제에 의해 임금으로 추대되어 장종(莊宗)이 되었고 그해 겨울 다시 장조의황제(莊祖懿皇帝)로 추존되었다.

사도세자

영조가 사도세자를 뒤주에 가두어 죽인 것에 대해서는 많은 이야기와 논란이 있다. 혹은 사도세자를 붕당정치의 희생양으로 보고 그를 동정하기도 하고 혹은 정신병이 심하여 악행을 일삼아 나라를 위해 죽일 수밖에 없었다고 영조를 이해하기도 한다.

사도세자가 붕당정치의 희생양이었다는 점은 그의 죽음을 둘러싼 붕당들의 평가만 보아도 대략 짐작이 간다. 노론은 사도세자의 죽음이 당연한 결과라고 주장한 벽파(僻派)와 그럴 것까지는 없었다는 시파(時派)로 나뉘었고 소론과 남인들은 시파에 동조했다.

사도세자의 악행에 대해서는 『조선왕조실록』에도 일부 기록되어 있고, 혜경궁 홍씨가 지은 『한중록(閑中錄)』에도 남편인 사도세자가 정신병을 앓았다는 사실이 쓰여 있다. 아마도 이에 관한 가장 자세한 기록은 『승정원일기』였을 텐데, 정조는 영조에게 『승정원일기』에서 부친의 비행에 관한 부분을 삭제하게 해달라고 요청해 허락을 받고 세검정에서 세초해버렸다. 그래서 사도세자의 악행과 관련된 설이 더욱 난무하게 되었다.

사도세자는 1735년 영조의 둘째 아들이자 영빈 이씨 소생으로 창경궁 집복헌에서 태어났다. 후궁 출신의 서자였지만 태어난 지 100일 만에 영조의 원비인 정성왕후 서씨에게 양자로 들어갔다. 유일한 아들이었던 효장세자가 일찍 사망한 데다 42세의 고령이었던 영조가 세자 자리를 비워둘 수 없어 태어난 지 1년밖에 안 된 그를 세자에 책봉한 것이다. 그래서 세자는 모친인 영빈 이씨의 곁을 떠나 내시와 나인들의 보살핌을 받고 성장했다. 한 상궁과 이 상궁이 주로 세자를 훈육했다.

사도세자는 어려서부터 매우 영특해 3세 때 『효경』을 읽었다고 한다. 10세 때 참봉 홍봉한의 딸과 혼인했다. 딸이 세자와 가례를 올린 뒤 홍봉한은 과거에 급제한 지 10년도 안 돼 종2품으로 승진하며 출세가도를 달렸다.

부왕 영조는 세자에게 학문에만 열중하는 게 세자의 도리라고 강조했다. 그러던 어느 날 이 상궁과 한 상궁이 칼과 칼집을 가지고 와 세자와 함께 전쟁놀이를 한 것을 안 영조가 크게 분노해 직접 동궁으로 가서 사

| 사도세자의 간찰 | 사도세자가 섭정할 당시 김가신(金嘉愼)에게 사양하지 말고 관직에 나와 국사를 함께 돌보자고 부탁하는 내용이다. 사도세자와 관련된 유물은 드물어서 매우 귀한 간찰이다. (48.2×29.1센티미터, 경남대박물관 소장)

도세자를 심하게 꾸짖었고, 이 상궁과 한 상궁은 벌을 받다 죽었다.

이 일로 세자는 아버지 영조를 무서워하게 되었다. 영조 앞에서는 말 한마디도 못했다고 한다. 영조는 영조대로 세자가 기대처럼 행동하지 않아 못마땅해하며 더욱 심하게 꾸중했다. 『한중록』에 의하면 아버지에 대한 두려움이 공포증과 광증(狂症)으로 표출되었다고 한다.

15세가 되는 1749년(영조 25년) 사도세자는 대리청정을 시작했다. 영조는 세자가 정무 보는 태도를 심히 못마땅해하며 세자가 결정한 사항을 매번 뒤집었다고 한다. 1752년(영조 28년) 세자가 병석에 누운 영조에게 약을 올리자 영조는 약내를 맡은 후 이런저런 흠을 잡아 면박을 주고 약을 물리쳤다. 이때 세자는 밖에 우두커니 서서 미동도 하지 못했는데, 이에 영조는 또 그런 꾸짖음 하나 못 받느냐며 몹시 화를 냈다고 한다. 이 일로 세자는 장인인 홍봉한에게 다음과 같이 호소하는 편지를 보냈다.

나는 원래 남모르는 울화의 증세가 있는 데다 지금 또 더위를 먹은 가운데 임금을 모시고 나오니 (긴장돼) 열은 높고 울증은 극도로 달해 답답하기가 미칠 듯합니다. 이런 증세는 의관과 함께 말할 수 없습니다. 경이 우울증을 씻어내는 약에 대해 익히 알고 있으니 약을 지어 남몰래 보내주면 어떻겠습니까.

사도세자의 정신분열증

세자는 급기야 정신분열증을 일으켜 창덕궁 낙선재 우물에서 자살을 시도하기도 했다. 일반불안장애와 충동조절장애를 앓다가 1760년 이후로는 가학증이 일어나면서 사람까지 죽이는 도저히 이해할 수 없는 행동을 하기 시작했다. 혜경궁 홍씨는 경진년(1760) 이후로 세자가 얼마나 많은 사람을 죽였는지 기억할 수조차 없다고 했고, 사도세자가 내관과 나인을 비롯해 영조에게 자신의 비행을 고해바친 사람 100여 명을 죽이고 불에 달궈 지지는 악형을 가했다는 기록도 있다.

1761년 1월, 세자는 자신이 사랑하던 여인인 빙애(경빈 박씨)까지 죽였다. 옷을 갈아입다가 의대증이 발병해 구타해 죽였다고 한다. 빙애를 구타할 때 세자는 빙애와의 사이에서 낳은 돌이 갓 지난 왕자 은전군(恩全君)도 칼로 쳤다. 그러고는 칼에 맞은 은전군을 문밖 연못에 던졌다.

영조 37년 4월, 세자는 평안도에 다녀왔다. 신하들은 이를 막지 못했고 영조에게도 알리지 않았다. 영조는 5개월 후에야 그것도 본인이 직접 『승정원일기』를 보고 나서야 이 일에 대해 알게 되었다.

영조 38년(1762) 나경언이 세자의 결점과 비행을 10여 조에 걸쳐 열거했다. 이를 본 영조는 크게 화내며 이런 사실들을 자신에게 알리지 않은 신하들을 질책하고 나경언을 처형했다. 그리고 윤5월 13일 생모인 영빈 이씨가 영조에게 '세자(世子)를 처분해 세손(世孫)을 보호하라'며 세자의 비

| **'효손' 도장을 담은 궤** | 영조가 정조에게 내린 '효손' 도장은 주칠 상자에 보관되어 있는데, 겉면에 '어필은인(御筆銀印)'이라고 쓴 동판이 붙어 있다.

행을 낱낱이 고발했다. 결국 영조는 그날 세자를 뒤주에 가두어 죽였다. 『조선왕조실록』은 이 사건에 대해 이렇게 쓰고 있다.

(사도세자는) 정축년·무인년(영조 33~34년) 이후부터 병의 증세가 더욱 심해져서 병이 발작할 때에는 궁비(宮婢)와 환시(宦侍)를 죽이고, 죽인 후에는 문득 후회하곤 했다.

결국 사도세자는 아버지로부터 따뜻한 사랑을 받아보지 못했고, 어머니 품에서 보호받지 못하면서 정신질환을 앓았던 것이다. 사도세자는 더이상 조선왕조를 짊어지고 갈 왕세자가 아니었기에 영조는 그를 죽일 수밖에 없었다.

영조가 정조에게 내려준 '효손' 지위

영조가 세상을 떠난 것은 재위 52년, 나이 83세 때인 1776년 3월 5일

354

| **'효손' 도장** | '효손 팔십삼서'라고 새겨진 이 거북 모양의 은 도장은 아버지 사도세자에 대한 기록을 지워달라고 요청한 정조의 효심에 감복해 영조가 내린 것이다.

이었다. 병석에 누워 임종이 임박함을 느낀 영조의 마음속 걱정이란 오로지 왕세손인 정조가 국정을 제대로 수행할 수 있을 것인지, 또 대신들이 제대로 정조를 보필해줄 것인지였다. 자식(사도세자)을 자신의 손으로 죽음에 이르게 하면서까지 국정을 반듯하게 꾸려가고자 했던 터라 그 걱정은 눈을 감는 순간까지 거두지 못했다.

영조는 세상을 떠나기 한 달 전인 2월 7일, 집경당에 나아가 세손을 불러 영의정을 비롯한 대신들과 자리를 같이했다. 이때 영조는 세손이 아버지 사도세자의 죽음과 관련된 『승정원일기』의 기사를 삭제해달라고 요청한 효심에 감동해 직접 '효손(孝孫)'이라 쓰고 이를 은(銀)도장으로 만들어주겠다고 공표했다.

임금이 말하기를 "내가 친히 효손 두 자를 써서 보(寶, 도장)를 주조해 세손에게 주어 그 효성을 나타내려 한다"고 하고(⋯) "호조판서를 시켜 주조를 끝내면 가지고 들어오게 하라. 내가 누워서 친히 주려 한다. 이렇게 하고 나면 우리 손자의 지극한 효도를 팔방에 보일 수 있고

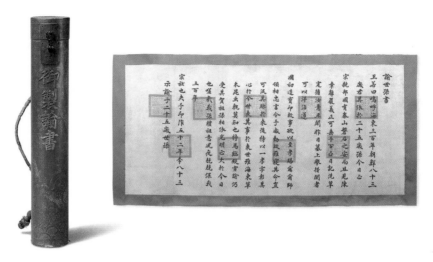

| 「유세손서」가 보관되었던 어제유서 통 | '효손' 도장과 함께 영조가 '세손에게 이르는 글'이라는 뜻의「유세손서(諭世孫書)」도 전하는데, 영조의 이 유서는 겉에 '어제유서(御製諭書)'라는 동판이 붙어 있는 긴 나무통 안에 들어 있다. 정조가 재위 25년 동안 이 통을 계속 지니고 다닌 탓에 통에 달린 질빵이 다 닳았다.

또 만세에 전할 수 있을 것이다"라고 했다.(『조선왕조실록』 영조 52년(1776)
2월 7일자)

지금도 국립고궁박물관에는 이 은도장과 관계된 유물이 일괄 소장되어 있다. 하나는 '효손 팔십삼서(書)'라고 새겨진 거북 모양의 은도장이다. 도장은 주칠 상자에 보관되어 있는데, 상자에는 '어필은인(御筆銀印)'이라고 쓴 동판이 붙어 있다.

그리고 영조가 '세손에게 이르는 글'이라는 뜻의「유세손서(諭世孫書)」가 함께 전한다.

아! 해동의 300년 역사를 지닌 조선의 83세 임금이 25세 되는 손자에게 의지한다. 오늘날 종통(宗統)을 바르게 하니 나라는 태산과 반석처럼 편안하다. (…) 특별히 효(孝) 자로 그 마음을 세상에 드러내며 이 일을 후대의 본보기로 삼으니 산천초목과 풀벌레인들 누가 이 뜻을 모르겠는가. (…) 아, 내 손자야! 할아버지의 뜻을 온몸으로 간직해 밤 낮으로 두려워하고 삼가서 우리 300년 종묘사직을 보존할지어다.

영조는 이 글을 쓰고 한 달 뒤에 세상을 떠났다. 영조의 이 유서는 긴 나무통 안에 들어 있는데 겉에는 '어제유서(御製諭書)'라는 동판이 붙어 있다. 정조는 할아버지의 유지를 받들어 '효손'이라는 은도장을 담은 상 자와 유서를 넣은 나무통을 항시 지니고 다녔다. 멀리 행차할 때도 들고 오게 하여 자신 앞에 놓게 했다.

정조 때 그린 의궤도를 보면 옥좌 앞에 도장함과 나무통이 놓여 있는 것을 볼 수 있다. 정조가 재위 25년 동안 그렇게 지니고 다녔기에 나무통 엔 손때가 깊이 배고 가죽끈은 다 닳았다.

'효손' 은도장과 「유세손서」 나무통, 그리고 영조의 글을 보고 있자면 가슴이 절로 뭉클해진다. 아들을 자신의 손으로 죽인 아비의 한과, 눈을 감는 순간까지도 나라의 종통을 지켜야 한다는 늙은 왕의 간절한 소망 이 절절히 다가온다. 결국 정조는 할아버지 영조의 유지를 받들어 세종 대왕 다음가는 계몽군주, 문화군주가 되었다.

전각에 서려 있는 그 많은 궁중비사

함인정 / 환경전 / 소현세자 / 경춘전과 정조·순조의 기문 / 통명전 /
인현왕후와 장희빈 / 양화당과 내명부의 여인들 / 영춘헌과 집복헌

창경궁의 센터, 함인정

모든 궁궐에는 매시간 문화재 해설사가 안내하는 투어가 있다. 해설
사를 따라다니며 각 전각에 얽힌 스토리텔링을 듣는 것도 재미있지만
코스가 궁궐의 전체 구조를 파악할 수 있게 짜여 있어 유익하다. 창경궁
관람은 홍화문에서 시작해 옥천교 너머 정전인 명정전, 편전인 문정전,
경연이 열린 숭문당 등 외조와 치조의 전각들을 둘러본 다음 명정전 뒤
쪽에 딸려 있는 복도각을 따라 내전으로 향하게 된다.

복도각 끝에 있는 빈양문(賓陽門)을 나오면 홀연히 시야가 넓게 트이
면서 공터 한가운데 세벌대 석축 위에 당당히 올라앉은 함인정(涵仁亭)
이라는 듬직한 정자가 보인다. 해설사들은 관람객들을 이 정자에 올라
잠시 쉬어가게 한다.

| **빈양문** | 명정전 뒤쪽에 딸려 있는 복도각을 따라가다보면 함인정으로 통하는 빈양문을 만난다. 궁궐 건축에서 회랑은 참으로 멋지고 그윽한 공간이다.

　함인정은 그렇게 앉아서 느긋이 쉬어가기 제격이다. 사방이 훤히 뚫려 창경궁의 구조가 한눈에 들어오는 자리다. 동쪽은 명정전, 숭문당 건물로 막혀 있고, 반대편 서쪽으로는 낮은 언덕을 꽃밭으로 꾸민 화계와 길게 둘러진 기와담장 안쪽으로 고개를 내민 전각 지붕이 보인다. 담장 안쪽이 바로 창덕궁 낙선재 구역이고 여기서 보이는 건물은 취운정이다.

　방향을 고쳐 앉아 남쪽을 바라보면 원남동 고갯길과 맞닿은 담장까지, 허전할 정도로 아무 건물도 없이 빈터로 남아 있다. 원래는 창경궁의 궐내각사 구역으로 창경원 시절에 동물 우리들이 늘어서 있던 곳이다.

담장 쪽으로는 공작새를 비롯한 작은 동물의 우리가 있었고 끝에는 아이들이 주는 과자를 긴 코로 잘도 받아먹던 코끼리 우리가 있었다. 그 맞은편엔 높은 그물망 속에서 온갖 재주를 부리며 뛰놀던 원숭이 우리가 있었다. 그리고 함인정 앞마당에는 한때 육중한 장서각 3층 건물이 가로막고 있었다.

뒤로 돌아앉아 북쪽을 바라보면 여기가 창경궁의 내전 구역이다. 창경원 시절에 건물과 건물을 연결하여 공간을 감싸주던 회랑과 행각을 모두 철거하고 행락객들이 돗자리를 펴고 도시락을 먹는 잔디밭으로 조성했기 때문에 그때 살아남은 전각들이 들판의 섬처럼 듬성듬성 퍼져 있다.

넓은 공터 한가운데엔 임금의 침전으로 중종과 소현세자가 운명했던 환경전이 외로이 서 있고, 왼편 산자락 아래엔 정조가 태어난 곳이라 탄생전이라는 별칭을 갖고 있는 경춘전 큰 건물이 보이며, 멀리 언덕 아래로는 왕비의 침전으로 내전의 핵심 건물인 통명전과 후궁들이 살던 집복헌, 영춘헌이 보인다. 그리고 그 언덕 너머엔 춘당지 연못과 식물원이 있다.

함인정에 앉아서 보면 창경궁 궁궐의 외전과 내전이 명확히 구획되고 창경원 시절 동물원, 식물원, 위락 공간의 배치가 어떠했는가를 일목요연하게 알아볼 수 있으니 함인정은 창경궁 관람의 배꼽에 해당한다고 할 수 있다.

그 옛날의 함인정

현재의 함인정은 정자처럼 되어 있지만 옛날엔 사뭇 다른 모습이었다. 함인정 양옆으로는 행각이 둘려 있어 그 안쪽이 왕대비와 후궁들이 상주하던 출입금지 구역임을 명확히 했다.

함인정에서 남쪽을 바라보면 왼쪽으로는 임금의 서재인 숭문당이 있

| 함인정 | 오늘날의 함인정은 앉아서 느긋이 쉬어가기 제격이다. 사방이 훤히 뚫려 창경궁의 구조가 한눈에 들어오는 자리다.

고 앞마당은 궐내각사로 열려 있었다. 원래 이 건물은 임금이 신하들을 맞이해 국사를 논하기도 하고 앞마당에서 연회를 열기도 하는 공간이었다. 창덕궁으로 치면 희정당에 해당하는 곳이다.

현재 이 건물은 정면 3칸, 측면 3칸으로 사방이 개방되어 있다. 그러나 「동궐도」를 보면 양옆에 세살 분합문이 설치되어 있어 평소에는 3면을 아늑하게 닫아두고, 행사가 열릴 때만 분합문을 걷어올려 사방에서 접근할 수 있게 했던 것 같다. 마루 한가운데에는 한 단 높이 상석이 설치되어 있는데 임금이 이 자리에 화문석을 깔고 앉았던 것으로 짐작한다.

이때의 모습은 영조가 지은 '함인정에 붙이는 작은 글'이라는 「함인정명 병소서(涵仁亭銘幷小序)」에서 실감나게 그려진다.

명정전 서쪽 집서(集瑞)의 동쪽에 건물 하나가 있으니 이름하여 함인정이라 한다. 인양전(仁陽殿)의 옛터이다. 인조 11년(1633)에 인경궁

362

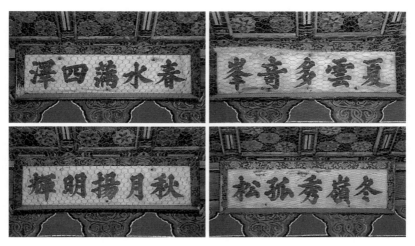

| 함인정 천장 아래 새겨진 오언절구 현판 | 함인정 천장 아래에는 사방으로 「사시(四時)」라는 유명한 오언절구가
현판에 새겨져 있다.

함인당을 철거하고 여기에 옮겨 세우면서 옛 호칭을 그대로 남겨두고
이름만 고쳐서 정(亭)이라 했다. 함인의 뜻은 해동의 만 가지가 인의(仁
義)에 흠뻑 젖는다는 뜻이니, 아! 크고 크도다.

　내 선왕(숙종) 때에 이르러 내부에 명하여 정자 북쪽에 일월오병도
병풍을 설치하고 또 그 뒤에 협실을 만들었다. 대개 명정전의 뒤쪽 전
각은 원래 문신이 정사를 보는 곳인데 (…) 선왕의 뜻이 이 정자를 명정
전의 후전(後殿)으로 삼은 것은 헤아릴 수 있다. (…)

　지난 10년 사이에 문신들과 정사 보던 곳이 혼전이 된 것이 이미 세
번이고 (내가 혼전을 찾아오느라) 빈양문을 드나든 것이 또 2번이라. 이에 따
르는 마음의 고통이 가슴속에 깊고 절실하나 의지로 강하게 누르는 것
은 300년 종사의 막중함을 생각하고 나라의 수많은 백성을 살펴야 하
기 때문이다. 감정을 억누르고 슬픈 뜻을 푸는 것이 이와 같으면 내 선
조가 정자 세우기를 명령한 위대한 뜻을 반드시 깊이 느낄 수 있으리라.

추측건대 임금이 항시 사용하는 공간이 아니었기 때문에 당(堂)을 정(亭)으로 바꾼 모양이다. 날이 찰 때는 마당 왼편에 있는 숭문당에서 신하를 맞이하고, 이곳은 여름철에 주로 이용한 것 같다. 함인정 천장 아래 사방에는 「사시(四時)」라는 유명한 오언절구가 현판에 새겨 걸려 있다.

春水滿四澤　봄물은 네 연못에 가득하고
夏雲多奇峯　여름 구름은 기이한 봉우리를 많이도 만든다
秋月揚明輝　가을 달은 밝은 빛을 떨치고
冬嶺秀孤松　겨울 고갯마루엔 외로운 소나무가 빼어나구나

이 시는 『고문진보』 앞부분에 실려 있어 조선시대 문인이라면 익히 알았고, 고등학교 시절 우리 한문 교과서에도 나와 나도 외우고 있는 명시다. 예전에는 도연명이 지은 시라고 알려져 있었으나 근래 들어 고개지(顧愷之)의 글로 고증되었다고 해 문화재 해설사들은 그렇게 설명한다. 하지만 조선시대 사람들은 다 도연명의 시로 알고 썼다. 어느 때 누가 쓴 현판인지는 알려지지 않았지만 이로 인해 정자는 이채를 띠고 품격도 높아 보인다.

함인정 앞마당에서는 민간이 참가하는 궁중 행사가 여러 차례 열렸다. 창덕궁과 달리 창경궁은 민간인들의 접근이 용이하기 때문이었는데 영조는 여기서 자주 과거 1차 시험인 생원·진사 시험의 합격자 발표를 했다고 알려져 있다.

초창기 창경궁에 입주했던 덕종 비 인수대비(소혜왕후)와 예종 계비 인혜대비(안순왕후)가 성종 17년(1486)에 왕실 여인들을 위해 이곳에서 연회를 베풀었는데 그때 사람이 얼마나 많았던지 한 부인은 가마를 잘못 타서 도착해보니 남의 집이었다는 기록이 있을 정도였다.

| 환경전 | '기쁘고 경사스럽다'라는 뜻을 가진 환경전은 임금의 침전으로 왕과 왕세자를 위한 남성들의 공간이었다.

왕의 침전인 환경전

함인정 안쪽의 경춘전, 통명전은 모두 왕비와 왕대비를 위해 세운 건물이고, 양화당은 왕비의 응접실 겸 생활공간이며, 집복헌과 영춘헌은 후궁들을 위한 건물이었다. 창경궁은 한마디로 여성들을 위한 공간이었다. 그래서 많은 왕과 왕세자가 여기서 태어났고 많은 왕비와 왕대비가 여기서 세상을 떠났다.

내전 가운데 '기쁘고 경사스럽다'라는 뜻을 지닌 환경전(歡慶殿)만은 임금의 침전으로 왕과 왕세자를 위한 남성들의 공간이었다. 그래서 외조와 치조에 더 가깝다. 「동궐도」를 보면 환경전은 본래 정면 7칸, 측면 4칸의 장중한 규모로 가운데 3칸을 대청으로 하고 좌우에 온돌방을 들였으며 사면으로 퇴가 돌아간 번듯한 건물이었다. 또 동서남쪽으로 각기 10칸이 넘는 월랑이 환경전을 감싸고 있었고 동쪽 월랑에 소주방(부엌)

| **환경전 현판** | 순조의 글씨로 글씨가 반듯하고 임금다운 권위도 엿보인다.

이 딸려 있었다.

중종이 이 환경전에서 세상을 떠났다. 중종은 오랫동안 중풍과 합병증으로 고생하면서 더 편안함을 느끼는 이곳으로 옮겨와 치료를 받았다. 이때 중종을 간호하고 치료한 주치의가 대장금이다. 대장금은 1515년 중종의 계비인 장경왕후의 출산을 맡았고, 1522년 자순대비(정현왕후)의 병을 치료했으며, 이어 중종의 주치의가 되었다. 대신들은 의원이 아닌 일개 의녀에게 주치를 맡긴 것에 불만이 많았지만 중종은 마지막까지 대장금의 치료를 받다. 『조선왕조실록』에는 중종이 1524년부터 1544년까지 20년 동안 수차례에 걸쳐 대장금에게 치료받은 기록이 나온다. 인종이 창경궁 명정전에서 즉위식을 갖게 된 것은 중종이 이곳 환경전에서 승하했기 때문이다.

인조 때 청나라에 볼모로 잡혀갔다가 신문명을 익히고 돌아온 소현세자가 머문 곳도 이 환경전이었다. 북경에서 서양인 천문학자 아담 샬(Adam Schall)을 만나기도 했던 소현세자는 귀국 후 석 달 만에 갑자기 세상을 떠났다.

소현세자의 죽음

당시에도 소현세자의 죽음은 독살 때문이라는 주장이 계속 제기되었다. 소현세자는 인조와 인렬왕후 사이에서 태어난 적장자다. 1625년(인조 3년) 세자로 책봉된 그는 1636년 병자호란 이후 자진하여 봉림대군 및 주전파 대신들과 함께 청나라에 가서 9년 동안 청과 조선 사이에서 조정자 역할을 했으며 서구 과학 문명에 대해 탐구했다. 1645년 귀국했으나 인조와 조정은 세자의 귀국을 못마땅해했다.

소현세자는 대청외교를 담당하면서 청나라의 힘을 알게 되었기에 청과의 타협을 추구했고, 청이나 서양의 문화를 수용하자는 데에까지 이르렀다. 이에 반해 봉림대군은 부왕의 뜻을 충실히 받아들여 반청의 감정을 더욱 다졌고, 전통을 고수하고 서양 문물을 거부했다. 이런 분위기 속에서 소현세자가 봉림대군(효종)을 남겨두고 먼저 귀국했던 것이다. 인조는 만약 세자가 귀국하면 청나라로부터 세자에게 왕위를 물려주라는 요구가 있을까 걱정하며 의심했다.

1645년 2월 18일, 소현세자는 그리던 서울에 돌아와 부왕을 만났지만 의외로 부왕의 쌀쌀한 태도를 접했다. 야사에 따르면 소현세자가 청나라의 사정과 서양 문물에 대해 이야기하자 인조가 매우 언짢아했으며, 서양의 책과 기계를 보여주자 소현세자의 얼굴에 벼루를 내리쳤다고 한다.

소현세자는 귀국한 지 석 달 만에 병이 들었다. 세자는 평소에도 몸이 건강하지 않는데, 학질이라는 진단을 받은 뒤 열을 내리려고 세 차례 침을 맞고, 병이 든 지 사흘 만에 갑자기 세상을 떠나고 말았다. 그의 죽음에 대해 사관은 이렇게 적었다.

세자는 환국한 지 얼마 안 되어 병을 얻었고, 병을 얻은 지 며칠 만에 죽었다. 시체는 온몸이 새까맣고 뱃속에서는 피가 쏟아졌다. 검은 천으로 얼굴의 반을 덮어서 옆에서 모시던 사람도 알아보지 못했다. 낯빛은 중독된 사람과 같았는데 외부 사람은 이 사실을 아무도 몰랐다. 임금도 이를 알지 못했다. (『조선왕조실록』 인조 23년(1645) 6월 27일자)

이 기록으로 보면 소현세자는 독살된 것이 거의 틀림없다. 그 또한 사도세자와 같은 비운의 왕자였던 것이다.

환경전은 이처럼 가끔 사용하는 공간이었기 때문에 국장 때 빈전이나 혼전으로 사용되어 순조의 아들인 효명세자의 빈전도 여기에 마련되었다. 그런데 1830년, 효명세자의 빈전으로 모셔진 지 두 달 만인 7월에 환경전에 원인 모를 불이 일어나 건물이 전소되었다. 군사들이 화염 속으로 뛰어들어가 효명세자의 재궁을 건져냈지만, 불은 경춘전과 함인전을 비롯한 다른 건물들에까지 번져갔다. 1830년 창경궁의 주요 건물을 다 태운 동궐의 대화재였다.

탄생전이라 불린 경춘전

환경전 건너 서쪽 언덕에 바짝 붙어 동향으로 앉아 있는 경춘전은 왕비와 왕대비의 공간이었다. 지금은 두 건물이 기역 자로 배치되어 있지만 그 옛날에는 회랑으로 구분되어 있었다. 지금처럼 휑한 것이 아니라 아늑하고 품위 있게 감싸인 공간이었다. 볕 경(景), 봄 춘(春) 자로 '햇볕 따뜻한 봄'이라 이름을 지은 것에는 동향 집이라는 의미도 있다.

경춘전은 성종이 생모인 인수대비를 위해 1483년 지은 건물로 인수대비는 여기서 세상을 떠났다. 임란 후에는 숙종의 제1 계비인 인현왕후가 장희빈과 많은 갈등을 빚다가 결국 여기서 죽었다. 경춘전과 가장 인연이 깊은 분은 혜경궁 홍씨이다. 혜경궁은 여기에서 첫아들 의소세손과 둘째 아들 정조를 낳았고, 그 자신 또한 여기서 세상을 떠났다. 훗날 헌종도 여기서 태어났다.

이런 각별한 인연이 있기에 경춘전에 부친 정조의 기문(記文)과 순조의 기문에는 이곳에 서린 깊은 사연이 절절히 들어 있다. 본래 건물을 낙성할 때나 중수할 때 부치는 기문 중에는 명문이 많다. 답사기를 쓰면서 나는 거의 반드시 그 건물에 부친 기문이 있는가를 찾아보고 있다.

공주 취원루에 부친 서거정의 기문, 평양 보통문의 채제공 기문, 청풍 한벽루의 하륜 기문을 소개했고, 궁궐 답사기에서도 경복궁 근정전에 부친 정도전의 기문, 창덕궁 애련정에 부친 숙종의 기문, 창덕궁 성정각 희우루에 부친 정조의 기문을 소개한 바 있다. 그리고 이제 이 경춘전에 부친 정조와 순조의 절절한 기문을 따라가본다.

정조와 순조의 경춘전 기문

정조는 경춘전 기문에서 이렇게 말했다.

『시경』에 '뽕나무와 가래나무여 반드시 공경할사'라 했는데 해석하는 사람이 '아버지가 심으신 바이다'라 했다. 아버지가 심으신 나무는 감히 공경하지 아니할 수 없다. 하물며 부모가 거처하시고 내가 생명을 받은 방도 반드시 공경해야 하는 것이니 (…) 공경하면 사모하게 되고 사모하면 돌아보아 잊을 수 없다.

선친(사도세자)이 이 전당에 거처하셨고 이 자식(정조)이 태어났도다. (…) 황조고(영조)께서는 매번 소자를 가르치시며 "이 일은 정치와 무관하지만 뒤에 자손이 이 전당에 올라와 이 편액을 보고 자연히 감동하

| **경춘전** | 경춘전은 왕비와 왕대비의 공간이었다. 지금은 경춘전과 환경전 두 건물이 기역 자로 배치되어 있지만 옛날에는 회랑으로 구분되어 있었고 지금처럼 휑하지 않았으리라 짐작한다.

고 공경하는 바가 있으리라. 너는 이 말을 반드시 잊지 마라"고 하셨는데, 아! 이 고아가 불쌍한 마음을 품고 천지에 이르지 못하면 여기에 감동과 공경함이 일어나는 바가 어떠해야 하겠는가.

유사(有司)가 나서서 양 대궐을 수리할 것을 청했으나 내가 허락하지 않았다. 흉년이 들어 백성이 곤궁했기 때문이다. 그러나 이 전각을 수리하지 않아 무너진다면 그것이 어찌 되돌아보며 사랑하는 마음이겠는가. 이에 유사에게 명해 수리하게 하되, 서까래 몇 개를 바꾸고 초석 하나를 바르게 했으니 비스듬한 것은 지지하고 새는 것을 막았을 따름이다. 바른 곳이 떨어져나온 곳이나, 문창이 이지러진 것은 고치지 말게 했다. 비용을 절감할 뿐만 아니라 옛 모습을 남겨 보면서 추모의 감정이 깃들게 함이다. 공사가 끝나고 나서 '탄생전(誕生殿)' 3자를 써서 문고리 사이에 걸고 또 이 기문을 써서 달았다.

| **경춘전 현판** | 환경전 현판과 함께 순조의 글씨로, 아주 아름다운 액틀에 들어 있어 그 옛날을 증언한다.

정조는 이처럼 문화재 복원에 대해서도 깊은 안목이 있었다. 훗날 순조는 이 경춘전에 왔다가 아버지(정조)와 할아버지(사도세자)의 자취를 보고는 다음과 같은 기문을 남겼다. 굉장히 긴 문장인데 그 내용을 간추리면 다음과 같다.

창경궁에 전각 하나가 있는데 경춘전이라 한다. (…) 내 어릴 때부터 이 집이 있는 줄은 알았지만 (…) 감동을 일으키고 공경함을 일으키는 곳인지는 몰랐다. 하루는 전당의 동쪽 벽에 용 그림이 있는 것을 보고 자궁(慈宮, 혜경궁 홍씨)께 여쭈었다. 혜경궁께서는 눈물을 흘리시면서 이렇게 알려주셨다.

"이것은 경모궁(敬慕宮, 사도세자)이 그린 그림이오. 예전에 선조(先祖, 정조)가 탄생하시기 전날 밤에 경모궁의 꿈에 용이 나와 나의 침실에 들어왔었지요. 잠에서 깨자 매우 기뻐하고 나라의 경사가 있음을 알았지요. 드디어 꿈속의 용을 동쪽 벽 위에 그림으로 그렸답니다. 먹이 또렷하고 광채가 찬란하며 비늘 뿔이 움직이는 것 같았어요. 그 다음날 선조(정조)가 탄생했으니 바로 임신년(1752) 가을 9월 22일이었지

요. (…) 매번 쳐다볼 때마다 흐느껴 눈물이 먼저 나오더군요. 지금 주
상(순조)께서 물으시니 내 마음이 더욱 슬프고 간절하구려" 하셨다.

  그러고는 몸소 전당 남쪽 문 위를 가리키시며 "이것은 선조(정조)가
직접 쓰시고 판을 건 것이오"라 하셨다. 또 전각 북쪽 문 위를 가리키
시며 "이것은 선조(정조)가 할아버지를 사모하는 마음이 깃든 것을 몸
소 기록한 것이오. 아직 몰랐단 말이오"라 하셨다.

  소자가 "몰랐습니다"라고 대답하고 두 곳의 옥으로 장식한 액자를
바라보니 남쪽 문에는 '탄생전'이라 쓰여 있으며, 북쪽 문에는 임금이
지으신 전기(殿記) 341자가 있고 그 왼쪽에 소지(小識) 92자가 있었다.
(…) 아! 소자가 태어나서 열두 살이 되도록 이곳이 내 돌아가신 아버
지가 태어나신 전당임을 몰랐으니 슬프도다. (…) 기문에 "부모가 거처
하시고 생명을 받은 방이므로 반드시 공경해야 하니, 어찌 뽕나무와
가래나무뿐이리요"라는 문장에 이르러서는 나도 모르게 흐느낌과 눈
물이 번갈아 나왔다.

  지금 경춘전에는 사도세자가 그린 용 그림도, 정조가 쓴 '탄생전' 현판
과 341자의 기문도, 순조의 긴 기문도 걸려 있지 않다. 창경원 시절에 이
건물을 국화 전시장으로 사용했을 정도이니 남아 있지 않은 것이다. 다
만 경춘전 현판은 환경전과 함께 순조의 글씨로, 아주 아름다운 액틀에
들어 있어 그 옛날을 증언하고 있다.

내전의 법전, 통명전

  궁궐의 내전은 지극히 비밀스러운 곳이라 지밀(至密)이라 한다. 지밀
안에서도 왕비의 침전은 내전의 법전(法殿)인데 창경궁에서는 통명전이

| **경춘전 화계** | 어느 궁궐을 가나 뒤편 언덕에 꾸민 화계는 우리나라 조원의 특징과 멋을 동시에 보여준다. 화계를 꾸미지 않았으면 이 공간이 어떻게 되었을까.

이에 해당한다. 이제 우리는 창경궁 답사의 하이라이트인 통명전으로 향한다.

통명전은 창경궁에서 가장 깊숙한 곳에 남향으로 앉아 있다. 서쪽과 북쪽은 언덕이 감싸고 있어 더욱 깊고 아늑해 보이는데 지세에 따라 3단으로 이루어진 화계가 철따라 아름다운 꽃을 피우면서 전각 뒤쪽을 아름답게 장식하고 있다.

통명전은 정면 7칸, 측면 4칸으로 자그마치 28칸 건물이다. 이런 집 세 채면 84칸으로 99칸에 육박하는 셈이니 그 규모가 얼마나 큰가를 가늠할 수 있을 것이다. 가운데 6칸은 대청으로 삼고 좌우로 2칸씩 온돌방을 들여 몸체로 삼았으며 사면으로 툇간이 돌아간다. 이런 구조는 환경전이나 경춘전도 마찬가지지만 지붕 위에 용마루가 없는 무량각이라는 점이 크게 다르다. 창덕궁의 대조전과 흡사한 위용이 있다.

| **통명전** | 통명전은 창경궁에서 가장 깊숙한 곳에 남향으로 앉아 있으며 창경궁 답사의 하이라이트이다. 내전의 법전답게 높직한 기단 위에 올라앉아 있고 정면에는 넓은 월대가 설치되어 있다.

통명전은 내전의 법전답게 높직한 기단 위에 올라앉아 있고 정면에는 넓은 월대가 설치되어 있다. 통명전 월대는 창경궁에서 유일한 것으로 제법 넓어 폭이 6미터, 길이가 20미터나 되며 양쪽에 무쇠 드므가 듬직이 놓여 있어 그 권위를 더한다. 왕과 왕비의 생신을 축하하는 진찬연(進饌宴)을 비롯해 수많은 궁중 연희가 여기서 열렸다. 그러다가도 왕비가 죽으면 빈전으로 사용해 애도의 장이 되었다.

영조의 통명전 기문

이런 통명전을 가장 잘 말해주는 것은 1757년(영조 33년) 영조가 쓴 「통명전 기문」이다. 영조는 "이 궁전은 내전에서도 법전으로 무릇 술을 올리거나 존호를 올리거나 가례를 수행할 때 모두 이 궁전에서 했다"며 다음과 같이 회상하였다.

소자가 동조(東朝, 대비)를 모신 뒤 이 궁전에서 책봉례를 올린 것이 일곱 차례요. 장수 술잔을 올린 것이 세 번이다. 이런 까닭에 궁전의 서쪽에 글을 걸어놓은 것이 있는데 바로 '첨보좌축강릉(瞻寶座祝岡陵, 임금의 자리를 바라보며 장수를 축하드림)'이고, 동쪽에 걸어 놓은 것은 '봉장락하회갑(奉長樂下回甲, 오랜 즐거움을 받들고 회갑을 축하드림)'이라는 여섯 자다. 그뒤 10년 동안 연세를 더해 71세가 되셨으니 남산이 칭송하고 북두칠성이 축복했더라.

그런데 어찌 뜻했으랴. 금년에 갑자기 이 망극한 고통(숙종의 제2 계비 인원왕후의 죽음)을 당할 것을. 더욱 마음을 아프게 하는 것은 임신년(1752) 봄에 의소(정조의 형)를 이 방 가운데서 염했는데 또 올해 궁전 안에서 재궁을 받들게 된 것이다. 그 앞뒤를 계산해보니 불과 60년이라.

그러고는 이 건물을 보면서 일어난 슬픈 마음을 다음과 같이 술회하였다.

아아! 궁전 북쪽에 선왕(숙종)의 필적이 있으니 바로 '소기무일(所其無逸, 게으르지 아니하는 바)'이라는 네 자다. 지난해 비단으로 바른 농(籠)으로 보호했다. 또 추모의 뜻으로 나도 남쪽 문미에 글을 써서 자성(慈聖, 어머니)이 바라보시게 했다. 그런데 돌아가심을 붙잡지 못하고 글씨만 여전히 남아 있도다.

동쪽의 여섯 자를 바라보니 마음을 가르는 것 같고, 서쪽의 여섯 자를 바라보니 피눈물이 상복을 적시는구나. 지금부터 받들어 모시는 성대한 행사를 언제 다시 볼 수 있으며, 술잔을 올리는 화려한 의식을

| 통명전 내부 | 통명전은 정면 7칸, 측면 4칸으로 28칸 규모이다. 가운데 6칸은 대청으로 삼고 좌우로 2칸씩 온돌방을 들였으며 사면으로 툇간이 돌아간다.

언제 다시 해보리오.

그윽한 푸른 하늘이여, 사람의 일이 어찌 이러한가. 다다르지 못하는 심정을 간략하게 기록하여 궁전 오른쪽에 거노라.

아아! 소자의 영구히 추모하는 마음이 궁전 안에 남아 앞으로 닳아 없어지지 않기를 바라노라.

이렇듯 통명전 사방에 숙종과 영조의 글씨가 걸려 있었다고 하는데 지금 남은 것은 없고 대청에 순조가 쓴 현판 글씨가 걸려 있을 뿐이다. 이 현판은 내가 창경궁에서 본 것 중 가장 아름답고 뛰어난 작품이다. 글씨의 새김 또한 후대의 모사본들과는 격조를 달리하는데 어쩌면 가장 잘 남아 있는 어필 현판이라고 해도 과언이 아닐 성싶은 감동적인 명작이다. 서예에 취미가 있는 분이라면 통명전 현판 하나를 보기 위해서 창

| **열천과 연지** | 통명전 뒤에는 맑고 찬 물이 솟아나는 천연 샘인 열천과 정성스레 조성한 연지가 아기자기한 정원을 이루고 있다. 못 가운데는 2개의 괴석과 석주로 장식했다.

경궁에 와도 후회하지 않을 것이다.

통명전 뒤란으로 나가면 화계와 굴뚝이 있어 대조전과 비슷한 분위기를 느낄 수 있는데 규모가 작고 꽃밭이 아직 자리를 잡지 못해 특별한 아름다움이나 감동은 못 느낀다.

통명전 뒤에는 맑고 찬 물이 솟아나는 천연 샘인 열천(洌泉)과 정성스레 조성한 연지(蓮池)가 아기자기한 정원을 이루고 있다. 연지는 장대석으로 네모반듯하게 만들고 한가운데를 돌다리로 가로질렀으며 못 가운데는 2개의 괴석과 석주로 장식했다. 궁궐에 이처럼 완전히 인공적인 연못을 조성한 예는 여기에서만 볼 수 있다.

우리도 하자면 이렇게 공교롭게 할 수 있다는 시범을 보이는 듯한 별격의 아름다움인데, 역시 우리는 이 연지보다 자연석을 다듬어 샘물이 연지로 흘러들게 한 열천의 모습에서 더 큰 미학을 느끼게 된다. 샘을 동

그렇게 판 것도 그렇지만 물길을 길게 내어 연못에 낙차지어 떨어지게
한 구조를 보면 기꺼운 미소가 절로 인다.

인현왕후와 장희빈

통명전이 관람객들에게 각별한 주목의 대상이 된 이유는 여기가 장희
빈 사건의 마지막 현장이기 때문이다. 장희빈과 인현왕후의 이야기는 조
선왕조 3대 궁중문학 중 하나로 꼽히는 『인현왕후전(傳)』에서 상세히 다
루어져 일찍이 세상에 유포되면서 조선왕조 500년 역사에서 궁중비사
로 가장 많이 극화되었다.

라디오도 귀하던 시절인 1960년대에 연속 방송극 「장희빈」이 방송되
면 우리 동네 재봉집 마루에는 동네 아주머니들이 모여 숨죽여 듣다가
간혹 비탄을 지르기도 하는 등 대단한 인기를 누렸다. 라디오 시대 최고
의 히트작이었다.

1961년 김지미 주연 「장희빈」, 1968년 남정임 주연 「요화 장희빈」이
영화로 만들어져 공전의 히트를 쳤고, 텔레비전 시대로 들어가면 MBC
는 1971년 윤여정 주연 「장희빈」을 비롯해 2010년 이소연 주연 「동이」
까지 네 차례나 연속극으로 방영했고, KBS는 2002년 김혜수 주연 「장
희빈」, SBS는 1995년 정선경 주연 「장희빈」에 이어 2013년 김태희 주연
「장옥정, 사랑에 살다」를 내보냈다. 장희빈은 잊을 만하면 드라마로 다
시 우리 앞에 나타날 것 같다.

숙종의 두 여인, 인현왕후와 장희빈의 이야기는 그 사실 자체가 극적
이다. 노론 대신의 정숙한 딸로 왕후에 올랐다가 사랑싸움에 밀려 폐비
가 되고 다시 왕비로 들어왔으나 얼마 뒤 이유 없이 세상을 떠난 인현왕
후, 중인 집안의 딸로 궁녀로 들어와 일약 왕의 사랑을 독차지했으나 일

시 축출되었다가 왕의 사랑에 힘입어 복귀해 왕자(경종)를 낳아 잠시나마 왕비 자리에까지 올랐으며, 결국 후궁 가운데 가장 높은 정1품 빈(嬪)으로 생을 마감한 장옥정.

두 여인을 두고 서인과 남인이 끊임없이 정쟁을 벌이고, 숙종은 정국을 수습하기 위해 정치적 수완을 발휘해 서인에서 남인으로, 남인에서 서인으로 정권을 교체하는 환국(換局)을 단행한다. 그 와중에 송시열 같은 거물마저 사약을 받아 죽고, 인현왕후의 폐위를 반대하는 상소를 올렸던 박태보는 죄를 혼자 뒤집어쓰고 엄청난 고문을 받지만 끝까지 의리를 지킨다. 얼마 후 인현왕후가 갑자기 병들어 죽자 그녀를 저주하는 굿판을 벌였다는 사실이 발각되어 장희빈마저 사사된다. 그때 장희빈의 나이 43세였다.

이 이야기의 마지막은 장희빈이 취선당(就善堂) 한쪽에 신당을 지어놓고 무녀를 불러 굿을 하면서 비단옷까지 입은 인형을 만들어 바늘로 찌르고 활로 쏘면서 인현왕후를 저주하는 장면이다. 사도세자를 뒤주에 가두어 죽인 것 못지않게 엽기적인 굿판이었다. 게다가 흉물까지 만들어 통명전 침실 안에 묻었다. 이는 궁녀 숙정이가 끌려와 문초를 받고 실토함으로써 드러났는데 그 내용이 『조선왕조실록』 숙종 27년(1701) 10월 3일자 기사에 다음과 같이 실려 있다.

외신당(外神堂)에서 굿할 때에 무녀가 "중전 전하가 만약 없어진다면, 희빈께서 다시 중전이 될 것이다"라고 했습니다. (…) 재작년 9, 10월에 희빈이 말하여 (…) 죽은 새, 쥐, 붕어 각각 7마리를 버드나무 고리에 담아 (…) 한 상궁과 숙이가 통명전·대조전 침실 안에다 같이 묻었습니다.

드라마적인 요소가 이렇게 넘치고도 넘친다. 그런데 이야기는 여기서 끝나지 않는다. 죽은 지 250여 년 뒤에 숙종, 인현왕후, 장희빈이 서오릉에 다시 모인 것이다.

숙종은 인현왕후와 함께 서오릉의 명릉(明陵)에 묻혔고, 장희빈의 묘는 원래 경기도 구리시 부근에 있었다가 숙종 45년(1719) 경기도 광주시 진해촌(眞海村, 지금의 오포읍 문형리)으로 옮겨졌다. 그러다가 1969년 이곳을 통과하는 도로가 생기는 바람에 장희빈 묘소가 서오릉 경내 한쪽 구석에 있는 대빈 묘역으로 이장되었다. 결국 숙종 곁으로 돌아온 것이다. 장희빈의 그 끈질긴 사랑의 집념은 귀신이 되어서도 어쩔 수 없었던 것인가.

양화당과 내명부의 여인들

통명전 곁에는 양화당(養和堂)이라는 정면 6칸, 측면 4칸의 번듯한 건물이 있다. 왕비의 침전 바로 옆에 있어 왕비가 손님을 접견하는 생활공간으로 지어진 것으로 추정되는데, 건물이 번듯해서 때로는 임금이 사용하기도 했다. 인조반정으로 창덕궁에 불이 나 황폐해졌을 때 인조가 이곳에서 사신을 맞이했고, 경춘전의 인현왕후를 만나러 온 숙종이 묵어가기도 했으며, 경종이 치료를 받은 적도 있다.

「동궐도」를 보면 양화당이 통명전과는 별도로 떨어진 독립채로 그려져 있어서 나중에 후궁의 거처로 사용된 것으로 짐작한다. 후궁이 새로 들어오면 자연히 이에 딸린 공간과 인원이 필요했기 때문에 공간의 변화가 일어나곤 했다.

이쯤 되면 후궁은 도대체 얼마나 되고 궁중의 여인들은 어떤 위계가 있었는지 궁금할 것이다. 또 후궁의 이름이 희빈 장씨, 숙빈 최씨, 귀인 엄씨, 숙의 윤씨 등으로 불리는 것은 무엇 때문인가, 머릿속이 어지럽다.

| 양화당 | 왕비의 침전 바로 옆에 있어 왕비가 손님을 접견하는 공간으로 지어진 것으로 추정되나 건물이 번듯해서 임금이 사용하기도 했다.

그래서 나는 창경궁 인솔 때면 이곳 양화당에서 이에 대해 간략히 설명해주곤 한다.

조선시대 궁내에 기거하는 여인들 중 품계를 받은 후궁, 궁녀들을 '내명부(內命婦)'라고 한다. 왕비, 세자빈, 왕대비(왕의 어머니), 대왕대비(왕의 할머니)는 무품으로 품계를 초월하지만 내명부의 여인들은 품계를 받았고, 내관과 궁관으로 나뉘었다.

내관은 왕과 세자의 후궁으로, 정1품부터 종4품까지였다. 서열은 빈(嬪, 정1품), 귀인(貴人, 종1품), 소의(昭儀, 정2품), 숙의(淑儀, 종2품), 소용(昭容, 정3품), 숙용(淑容, 종3품), 소원(昭媛, 정4품), 숙원(淑媛, 종4품) 등이다. 정1품 빈에 봉해지면 이름 앞 한 자씩 좋은 단어를 얹어주는데 희빈, 숙빈, 수빈 등이 그것이다.

궁관은 흔히 궁녀라고 하며 정5품부터 종9품까지 각 처소마다 소임에

| 양화당 뒤뜰의 화계 |

따라 배치된다. 정5품 상궁(尙宮)은 총책임자로 제조상궁(提調尙宮)이 그 중 가장 높다. 정7품 전빈(典賓)은 손님 접대를 맡고, 정8품 전약(典藥)은 처방에 따라 약을 달이고, 종9품 주치(奏徵)는 음악에 관한 일을 맡는 식으로 직급이 아주 세세히 나뉘어 있었다. 즉 장희빈은 궁관에서 내관으로 승진한 뒤 종4품 숙원에서 정1품 빈까지 초고속 승진을 했던 것이다.

이 밖에 궁관이 되기 위해 어릴 때 궁으로 들어와 일을 배우는 나인(內人)이 있고, 궁관들의 허드렛일을 하는 무수리와 비자가 있다. 무수리는 상궁의 처소에 소속된 하녀로 통근을 하는 데 비해, 비자는 상근하는 하녀다. 영조의 어머니 숙빈 최씨는 무수리 출신이었다.

궁녀의 수는 후궁의 수에 따라 달라졌다. 후궁의 수는 임금에 따라 많고 적음이 달랐는데 성종의 경우 왕후가 3명, 후궁이 11명이었다. 그렇다고 왕후가 동시에 3명인 것은 아니었다. 왕이 하나듯 왕후도 1명으로, 왕후가 죽거나 폐비되었을 때 다음 왕후가 그 자리를 이어받았다. 그 예로 성종의 첫 왕비는 한명회의 딸 청주 한씨(공혜왕후)였고, 청주 한씨가 죽은 뒤 왕후 자리를 이어받은 것이 함안 윤씨(제헌왕후)다. 이분이 왕자(연산군)를 낳았으나 인수대비에게 밉보여 궁에서 쫓겨난 폐비 윤씨다. 그리고 폐비 윤씨를 뒤이은 세번째 왕후로 파평 윤씨(정현왕후)가 들어왔다.

성종의 후궁으로는 명빈(明嬪) 김씨, 귀인 정씨, 소의 이씨, 숙의 홍씨, 숙용 심씨 등이 있는데 이중 숙의 홍씨는 남양 홍씨 홍일동(홍길동의 형)의 딸로 7남 3녀를 낳았다. 내명부에도 이처럼 서열과 직책이 분명했다.

영춘헌과 집복헌

양화당 바로 곁에는 우람한 너럭바위가 힘차게 굽이치며 뻗어내려 보는 이의 눈을 시원하게 해주고, 그 뒤편으로는 언덕 위로 올라가는 돌계단이 그 너머 춘당지로 이어진다. 안내원의 설명이 없으면 원래 길이 그렇게 난 줄로 생각하기 십상인데 이 암반 위에 정일재(精一齋)라는 서재가 있었다.

바위를 자세히 보면 배수를 위해 판 홈이 길게 뻗어 있는 것을 확인할 수 있다. 현종과 숙종이 여기에 와서 책을 읽고 시를 읊은 흔적이 남아 있으니 어쩌면 통명전, 경춘전에 있는 왕대비, 대비, 후궁을 만나러 왔다가 쉬어가지 않았을까 짐작한다.

정일재가 있던 큰 암반 아래쪽으로는 후궁들의 처소가 있었다. 현재는 다 헐리고 영춘헌과 집복헌 두 채만 어깨를 맞대고 남아 있다. 겉보기에도 궁궐 건물치고는 소박한 인상을 주는데, 안으로 들어가보면 작은 미음 자 정원을 중심으로 건물이 둘려 있어 여기에 앉으면 궁궐이 아니라 여염집에 온 것 같은 느낌이 든다. 그래서 여기에 헌(軒)이라는 이름

| 집복헌과 영춘헌 | 후궁들의 처소였던 집복헌과 영춘헌은 어깨를 맞대고 있다. 겉보기에도 소박한 인상을 준다.

이 붙었다.

그러나 두 건물의 내력은 아주 크다. 집복헌에서는 영조의 후궁인 영빈 이씨가 사도세자를 낳았고 정조의 후궁인 수빈 박씨가 순조를 낳았다. 그리고 영춘헌에서는 정조가 등창을 치료받다 세상을 떠났다. 특히 정조는 이 집을 좋아해 자주 머물렀다고 한다. 어쩌면 수빈 박씨가 좋아 자주 온 것인지도 모른다.

정조의 네 아내

정조의 아내는 모두 5명으로 왕후가 1명, 후궁이 4명이었다. 왕후(효의왕후 청풍 김씨)는 1762년, 10세 때 세손빈으로 간택되어 들어왔다. 하필이면 궁에 들어온 그해 여름에 시아버지인 사도세자가 죽임을 당했다. 왕후는 아이를 낳지 못했지만 시어머니 혜경궁 홍씨와 정조의 후궁들과도 의좋게 지냈고, 정조가 죽은 뒤에도 21년을 더 살아 1821년 69세로 세상을 떠났다.

정조는 왕자를 얻기 위해 후궁을 들였다. 첫번째 후궁은 원빈(元嬪) 홍씨로 홍국영의 여동생이다. 1778년 13세 때 후궁으로 들어왔지만 1년 만에 요절했다.

두번째 후궁으로 들어온 분은 화빈(和嬪) 윤씨다. 1780년 원빈 홍씨가 죽은 이듬해에 들어와 1년 만에 낳은 딸이 일찍 죽고 이후 자식이 없었다. 화빈 윤씨 역시 정조가 죽고도 24년을 더 살아 1824년에 세상을 떠났다.

세번째 후궁은 화빈 윤씨를 모시던 궁녀였다가 특별상궁으로 봉해진 뒤 후궁이 된 의빈(宜嬪) 성씨다. 의빈 성씨는 궁녀 출신이었기 때문에 가문을 알 수 없으나 정조가 직접 선택한 유일한 후궁이었다. 그래서 정조가 더 사랑했는지도 모른다. 의빈 성씨는 1782년 원자를 낳아 1783년에 소용에서 의빈으로 승격되었다. 이듬해에 옹주도 낳았으나 첫돌 전에 죽었고, 1786년 5월 세자가 5세에 홍역으로 죽는 슬픔을 당하고 그해 9월에 셋째 아이를 임신한 채로 세상을 떠났다.

이리하여 여전히 후사가 없는 정조는 네번째 후궁을 들이게 되었다. 삼간택과 가례 절차를 거쳐 처음부터 빈으로 입궁한 수빈(綬嬪) 박씨다. 반남 박씨 명문으로 정조의 고모부인 박명원 집안의 딸로 1787년 18세에 후궁으로 들어왔다. 그리고 1790년 6월 18일, 마침 혜경궁 홍씨의 생일날 순조를 낳았고, 3년 후 숙선(淑善)옹주도 낳았다.

수빈 박씨는 평소 예절이 바르고 사치를 멀리했으며, 성품 또한 온화해 어진 후궁이라는 뜻으로 현빈(賢嬪)이라 불렸다. 그녀의 아들이 세자가 되자 아첨하는 무리들이 뇌물을 바쳤으나 이를 고발해 의금부로 잡

혀가게 하는 청렴한 처신을 보였다.

정조가 죽고 11세의 세자가 순조로 즉위했다. 대왕대비(영조 비)인 정순왕후 김씨의 수렴청정이 시작되자 수빈 박씨는 시어머니인 혜경궁 홍씨와 대비인 효의왕후를 잘 모시고 봉양하여 칭송이 끊이지 않았다. 혜경궁 홍씨는 1815년 81세, 효의왕후는 1821년 69세까지 장수했다. 수빈 박씨는 1822년 53세로 생을 마감했는데 늘 절약하며 살림도 잘했다고 한다. 『조선왕조실록』 순조 23년 1월 27일자 기사에 다음과 같은 이야기가 나온다.

자궁(慈宮)께서 평소 사후의 일을 생각하여 별도로 두신 은자(銀子) 1만 6천 냥이 있기에 지금 호조에 내어주니, 잘 헤아려서 원(園, 묘소)을 만들 때와 후일 별묘(別廟, 사당)를 지을 때 보태 쓰도록 하라.

| **영춘헌 현판** | 예서풍으로 또박또박 쓴 것이 아주 조신하고 느낌이 있어 누가 썼을까 궁금했다. 낙관을 확인해보니 헌종의 도장이었다.

영춘헌 마루와 현판

이런 영춘헌이었고 이런 수빈 박씨였기 때문에 정조는 영춘헌에 자주 머물렀다. 혜경궁 홍씨는 『한중록』에서 아들의 삶을 이렇게 증언했다.

선왕(정조)은 천품이 검소하시고 만년에는 더욱 검약하셔서 상시 계신 집의 짧은 처마와 좁은 방에 단청의 장식을 하지 않고 수리를 허락하지 않으셔서 숙연함이 한사(寒士)의 거처와 다름이 없었다.

정조가 영춘헌에 있으면서 쓴 시가 여러 편 있는데 그중 아주 인상적인 구절이 있다. 영춘헌 툇마루에 앉아 편안히 봄을 맞으며 쓴 시 가운데 일부이다.

마루가 탁 트여 봄을 맞으니 봄이 늦지를 않는구나

답사기를 쓰기 위해 다시 한번 영춘헌을 찾아 이런저런 생각을 하며 둘러보았는데 전에는 눈에 들어오지 않던 현판 글씨가 눈에 띄었다. 예서풍으로 또박또박 썼는데 필획에 연륜이 담겨 있지 않아 서예가의 글씨가 아닌 것이 분명했지만 아주 조신하고 느낌이 있어 누가 썼을까 궁금했다. 사진을 찍어 낙관을 확인해보니 원헌(元軒), 필정묵의(筆情墨意)라 읽혔다. 헌종의 도장이었다.

헌종의 「묘지명」과 「행장」에서는 한결같이 전서와 예서를 잘 썼다고 했지만 그의 작품으로 알려진 것은 창덕궁 병영(兵營)에 걸었던 '내영(內營)'이라는 현판으로 현재 국립고궁박물관에 소장되어 있는 것뿐이었다. 그런데 이제 여기서 또 한 점을 만나니 낙선재의 헌종 모습이 떠오른다. 글씨는 곧 그 사람이라는 '서여기인(書如其人)'이라는 말이 하나도 틀리지 않는다는 생각을 다시 했다.

남아 있는 건물을 중심으로 할 때 창경궁의 내전 답사는 여기서 끝난다. 그러나 내전 위쪽엔 혜경궁 홍씨가 『한중록』을 집필한 자경전 터가 우리를 기다리고 있다. 창경궁의 이야기는 이처럼 끝없이 이어진다.

춘당지 연못에는 원앙이 날아든다

자경전 / 혜경궁과 『한중록』 / 풍기대 / 앙부일구 /
성종 태실 / 명나라 석탑과 식물원 / 춘당대 관덕정

자경전 터에서

창경궁 내전의 건물들을 두루 답사하고 정일재가 있었다는 넓은 암반 위로 나 있는 돌계단을 오르면 반듯한 언덕배기가 나온다. 여기가 정조가 즉위하면서 어머니 혜경궁 홍씨를 모시기 위해 지은 자경전 자리다. 저 건너편 함춘원에 있는 사도세자의 경모궁이 훤히 바라보이는 곳이다. 「동궐도」를 보면 자경전은 정면 9칸, 측면 3칸의 대단히 큰 전각으로 가운데 3칸이 대청마루로 넓게 열려 있다. 자경전에서는 혜경궁 홍씨를 위한 많은 잔치가 벌어졌으나 그보다는 바로 여기가 『한중록』의 집필 현장이라는 의의가 더 크다.

혜경궁 홍씨를 생각하면 한없는 동정과 존경의 마음이 일어난다. 그녀는 80여 년의 한 많은 삶을 견디고 마침내 그 모든 것을 증언한 조선

최고의 궁중문학 작품『한중록』을 저술한 위대한 여인이었다. 남편이 뒤주에 갇혀 죽은 뒤에도 혜경궁 홍씨가 생명을 부지한 이유는 두 가지였다고 한다. 하나는 겨우 열한 살 된 아들에게 아버지 어머니를 모두 잃는 아픔을 줄 수 없었기 때문이고, 또 하나는 아들이 왕위에 올라 아버지의 한을 풀어주기를 바랐기 때문이다.

그래서 혜경궁은 모자 간의 정을 덮어두고 아들을 영조의 처소로 보내 할아버지와 손자의 정을 쌓도록 했다. 남편의 정신병이 부자 간 사랑의 결핍 때문이라고 생각했기 때문이다.

그렇게 해서 왕위에 오른 정조가 즉위하자마자 외가인 풍산 홍씨 집안을 치기 시작하여 혜경궁을 더욱 놀라고 슬프게 했다. 사도세자를 뒤주에 가두어 죽인 엽기적인 살인 방법이 외할아버지인 홍봉한의 아이디어라는 이유였다. 정조는 훗날 그것이 사실이 아님을 알게 되어, 전날의 처분을 후회하고 어머니를 더욱 효성으로 모셨다고 한다.

네 차례 걸친『한중록』집필

한중록은 아직 그 원본이 확인되지 않고『한중록(恨中錄)』『한중록(閒中錄)』『읍혈록(泣血錄)』등 많은 필사본이 이름을 달리하여 전하고 있다. 학계에서는 아직 확정짓지 못했으나 한가할 한(閒) 자 한중록을 원래 이름으로 보는 견해가 많다.

혜경궁은 처음부터 이 책을 회고록으로 쓸 생각은 아니었다. 환갑이 되는 61세부터 칠순을 넘긴 71세까지 10년 간 모두 네 편을 집필했는데 각 권의 집필 동기가 다 다르다.

| **「동궐도」 창경궁 부분** | 「동궐도」를 보면 자경전은 정면 9칸, 측면 3칸의 대단히 큰 전각으로 가운데 3칸이 대청마루로 넓게 열려 있다.

첫번째 저술은 정조가 아버지 사도세자의 무덤인 현륭원 참배를 마치고 화성행궁에서 어머니 혜경궁의 회갑잔치를 베풀었던 1795년(정조 19년)경에 이루어졌다. 혜경궁은 '내가 이렇듯 인생을 한가하게 즐길 때가 있었던가'라는 마음에 지난날을 돌이켜보며 붓을 들었다. 그래서 이 책의 최초 제목은 '한가한 가운데 썼다'라는 뜻의 '한중록(閒中錄)'이었다.

여기서 혜경궁은 사도세자의 죽음에 대해 세자가 병이 없는데 영조가 공연히 죽였다느니 친정아버지(홍봉한)가 뒤주를 들이게 했다느니 하며 이런저런 맹랑한 말이 많으나 자신보다 더 잘 알 사람이 없을지니 "이 기록을 보면 일의 시종을 분명히 알 것"이라며 이렇게 말했다.

영조께서 사도세자께 자애를 베풀지 않으시어 세자께 병환이 생겼고 (…) 병환이 만만(萬萬) 망극하셔 종묘와 사직이 위태로우니 끝내 어쩔 수 없이 일을 당하시니라.

67세(순조 1년) 때의 두번째 집필과 68세(순조 2년) 때의 세번째 집필은 정조 사후 대리청정을 맡은 정순왕후에 의해 집안이 풍비박산나 동생 홍낙임이 죽고 많은 친척이 유배형을 당하면서 시작되었다. 그 무렵 기대했던 가문의 신원은 고사하고 오히려 핍박이 가중되자 혜경궁은 피를 토하는 비통한 심정으로 붓을 들었다. 이때의 책 제목은 '읍혈록(泣血錄)'이 되었다.

혜경궁은 죽기 전에 이 책을 순조의 생모인 수빈 박씨에게 맡겼다. 훗날 순조가 친히 정사를 관장하게 되면 정순왕후 일파를 몰아내고 친정인 풍산 홍씨 가문의 억울함을 풀어주기를 바랐던 것이다.

네번째 집필은 수렴청정을 하던 정순왕후가 죽은 뒤 71세(순조 5년)에 1, 2, 3편에서 차마 말할 수 없었던 사도세자의 병의 원인과 증세를 상세

| **자경전 터에서 바라본 창경궁** | 정조가 혜경궁 홍씨를 모시기 위해 지은 자경전의 옛터는 창경궁 답사의 끝이다. 자경전 터에서 내전 쪽을 내려다보면 늠름한 전각들과 아름다운 나무들이 궁궐의 아름다움과 위용을 보여준다.

하게 기록한 것이다.

이렇게 쓰인『한중록』은 역사적 사건에 대한 개인의 증언을 넘어 후세인들에게 그 당시 인물·정치·풍속·궁중 문화를 생생히 전해주는 고전문학 작품으로 남게 되었다.

내가『한중록』에 감동하는 것은 저자인 혜경궁 홍씨가 시아버지에 의해 남편을 잃고, 시어머니(정순왕후 김씨)에 의해 친정이 풍비박산나는 인고의 세월을 겪으면서도 엄청난 한이 서린 그 사건의 시말을 담담하게 풀어갔다는 점이다.

그것은 두 가지 때문에 가능했을 것이다. 하나는 혜경궁의 너그러운 인간성이고, 또 하나는 한(恨)을 한으로 풀지 않고 인생의 시련으로 생각하고 극복해낸 노년의 용서다. 그 점에서 한중록은 '한(恨)중록'이 아니라 '한(閑)중록'이 맞다고 생각한다.

순조가 지은 「자경전 기문」

혜경궁 홍씨가 기거하던 자경전 터는 창경궁 답사의 끝이다. 자경전 터에서 그 옛날의 창경궁을 생각하며 내전 쪽을 내려다보면 옛 모습은 잃었어도 늠름한 전각들과 아름다운 나무들이 그래도 궁궐의 아름다움과 위용을 보여준다. 지금 상태도 그러하니 그 옛날 여기서 보는 창경궁의 아름다움은 어땠을까. 『궁궐지』에 실려 있는 순조의 「자경전 기문」에는 자경전에서 본 사계절의 아름다움이 그림같이 묘사되어 있다.

순조는 할머니인 혜경궁 홍씨를 잘 따랐다. 자신은 할머니의 지극한 덕행을 돕기에 부족함이 많고 언사는 이 궁전의 아름다움을 덮기에 부족하여 조마조마 조심해서 쓰지만, 글은 성의에 있지 문자에 있지 아니하니 오직 있는 그대로 알린다면서 할머니에 대한 마음을 길게 말한 다음 자경전에서 본 창경궁의 사계절을 노래했다. 이 글을 통해 우리는 잃어버린 창경궁의 아련한 정취를 생생히 감상할 수 있다.

자경전에서는 궁전의 사방을 조망하는 경치가 아름답다. 봄볕은 잔잔하고 맑은 기운은 환히 비추며 돈다. 꽃은 비단 같은 정원에 어울려 피고, 버들은 금 같은 못에 일제히 떨치고 있다. 앵무새는 조각한 새장에서 말을 배우고, 꾀꼬리는 좋은 가지를 택해 소리를 보내고 있다. 붉고 푸름이 서로 섞여 흩어지고 어우러지며 만 송이 꽃술은 모양과 빛을 발하고 있어 실로 궁궐 정원의 번화함을 맘껏 보여주고 있다. 이것이 궁전의 봄 경치다.

난초 끓인 물에 목욕하고 쑥꽃을 꽂으니 이는 궁중에서 예부터 하는 일이란다. 꽃다운 풀에 앉고 무성한 수풀을 그늘로 하니 봄꽃이 향기를 토하는 것보다 낫다. 천도복숭아가 열매를 맺으니 열매는 삼천

개라, 아름다운 나무에 매미 우니 울음소리 가득하다. 잎을 천 개의 줄기에 실으니 향기가 자욱하다. 맑디맑은 연못은 또한 마치 살아 있는 물 같다. 정원가에 석류꽃 나무 수십 그루를 심으니 하나하나 붉게 익었고 계단 위에 기이한 풀 백여 포기를 심어두니 그릇마다 기이하고 오묘하다. 삼복더위에도 더운 기운이 침범하지 않는다. 궁녀가 부채 부치는 수고를 하지 않게 하고도 자연히 맑은 바람이 옷깃을 씻어준다. 이것이 궁전의 여름 경치다.

수풀 단풍이 비단처럼 펼쳐 있고 빼어난 국화가 어울려 향기를 낸다. 가을 달은 휘영청 밝게 빛나며 비추인다. 흰 이슬 버선에 스며드니 넓은 정원이 낮과 같다. 빗물이 스며든 것을 모아서 맑은 기운을 띄운다. 이에 온 나라가 풍년을 노래하고 만백성이 함께 즐거워한다. 올해는 작년과 같고 내년도 올해와 같으리니 해마다 이와 같으리. 들에는 배 두드리는 소리 들리고 조정에는 풍년 진상을 청한다. 이것이 궁전의 가을 경치다.

궁전의 나무는 구슬을 맺어 여섯 가지 꽃이 다투어 춤추는 것을 보고, 궁궐의 비단은 선을 더하여 동짓날의 처음 돌아옴을 다투어 축하한다. 임금의 생일이 돌아오면 만세 삼창 기원 소리 높이 오른다. 찬란한 빛과 상서로운 색에 관과 패물이 쟁쟁하다. 사람들은 채색 대오를 이루고 조화가 경계에 넘친다. 이것이 궁전의 겨울 경치다.

그런 창경궁의 아름다움을 보듬고 있던 자경전이었다. 내가 이 글을 더욱 귀하게 생각하는 것은 이것이 관람객이 아니라 사용자 입장에서 본 창경궁의 자랑이라는 점이다.

창경궁의 풍기대

자경전 터에서 내려다보는 것으로 사실상 창경궁 답사는 끝난 셈이다. 이후 춘당지와 식물원을 거쳐 홍화문까지 가는 길은 이제까지 보아온 궁궐과는 전혀 다른 모습으로, 편안한 산책길일 뿐이다. 느긋이 산책하는 마음으로 거닐면서 만나는 유물·유적은 답사의 보너스로 생각하고 그 내력과 의의를 알아본다.

우선 자경전 터를 떠나기 전에 빈터 동쪽 끝에 있는 풍기대(風旗臺, 보물 제846호)부터 살펴본다. 풍기대는 풍향을 측정하는 깃발을 꽂는 받침대로 1732년(영조 8년)에 세워진 것이다. 높이 약 0.9미터의 상다리 모양 화강석 받침대 위에 높이 약 1.4미터, 폭 약 43센티미터의 팔각기둥이 세워져 있는데 구름을 이방연속무늬로 새긴 것이 곱다. 혹 이 정도 시설로 자연을 관측했느냐고 안쓰럽게 생각할지 모르지만 그렇지가 않다.

팔각기둥 가운데에 지름 3.5센티미터의 구멍이 있고, 그 아래 기둥 옆으로 배수구멍을 뚫어 구멍에 물이 고이는 것을 방지했다. 『증보 문헌비고』에 "대궐 가운데에 풍기가 있는데, 예로부터 바람을 예측하기 위해 창덕궁 통제문 안과 경희궁 서화문 안에 돌을 설치하고 거기에 풍기죽을 꽂아놓았다"는 기록이 있다. 대나무를 꽂았다는 것인데 「동궐도」에 나와 있는 그림을 보면 장대가 사뭇 높이 솟아 있다.

거기에 걸린 기의 모양에 대해서는 성호 이익이 『성호사설』의 '오냥팔냥(五兩八兩)'이라는 대목에서 다음과 같이 설명했다.

바람이 불면 원판 위에 설치된 구리 혹은 나무로 만든 까마귀의 머리가 바람의 방향을 향하고 입에 문 꽃잎이 돌아가는데 이는 민간에서 아이들이 가지고 노는 바람개비와 비슷하다.

| 풍기대 | 보물 제846호 풍기대는 풍향을 측정하는 깃발을 꽂는 받침대로 1732년(영조 8년)에 세워진 것이다.

　풍향은 까마귀의 머리 방향을 보고 알고 풍속은 꽃잎의 회전속도로 측정했다는 것이다. 풍향은 24방향으로 관측했고, 풍속은 강우량과 마찬가지로 8단계로 나눴을 것으로 짐작한다. 이처럼 풍기대는 조선시대에 농업을 위한 기상 관측이 얼마나 중시되었는지를 알려주는 실증 유물이다.

앙부일구 읽는 법

　풍기대 옆에는 세종 때 만든 해시계인 앙부일구(仰釜日晷, 보물 제845호의 복제품)가 있다. 해설사들은 여기서 관람객들에게 해시계 보는 법을 자세히 설명해준다. 앙부일구의 앙부는 '솥을 뒤집어 위로 보게 했다'는 뜻이고 일구는 '해 그림자'라는 뜻이다. 우묵하게 파인 반구 안에 가로세로로 미세한 줄이 그어져 있고 한쪽에 영침(影針)이라는 바늘이 있다. 바늘

| **앙부일구** | 풍기대 옆에는 세종 때 만든 해시계인 앙부일구(보물 제845호)의 복제품이 있다. 앙부일구는 우리 과학사의 위대한 발명품이다.

의 그림자가 떨어진 지점을 통해 시각과 절기를 알 수 있다.

가로줄을 따라가면 절기가 보이고 세로줄을 따라가면 시각이 보인다. 이 영침은 남극과 북극을 일직선으로 긋는 방향에 놓여 있기 때문에 서울의 동경(127.5도)에 정확히 맞는 시각을 알려준다. 현재 우리는 동경 135도를 기준으로 표준시각을 삼기 때문에 약간의 차이가 있지만 실제는 앙부일구가 더 정확한 것이다.

이 앙부일구는 세종대왕이 재위 16년(1434)에 이순지(李純之)에게 명해 제작한 우리 과학사의 위대한 발명품이다. 여기에 앙부일구를 설치해 놓은 것은 창경궁 남쪽 끝에 남아 있는 관천대(觀天臺, 보물 제851호)와 함께 조선시대에 천문학과 농업 기상학이 얼마나 발달했는지 알려주기 위해서다.

『서운관지(書雲觀志)』에 의하면 창경궁 관천대는 숙종 14년(1688)에 축조된 것으로 높이 2.2미터, 가로 2.4미터, 세로 2.3미터 정도의 화강석 축조물이다. 관천대는 옛 휘문고등학교 자리에 있던 관상감에도 있었는데 그것이 지금 계동 현대 사옥 입구에 있는 것이다.

| 관천대 | 보물 제851호 관천대는 천문을 관측하는 기구로, 창경궁 관천대는 숙종 14년(1688)에 만들어진 화강석 축조물이다.

창경궁에는 물시계인 자격루가 설치돼 있던 보루각도 있었다. 보루각은 창경원에 동물 우리가 들어서면서 헐려 지금은 자취를 찾아볼 수 없다. 다만 그 안에 있던 자격루의 일부가 남아 현재 덕수궁에 보관되어 있다.

창경궁에는 별자리를 돌에 새긴 멋진 성좌도(星座圖)도 있었다. 지금 국립고궁박물관에 진열되어 있는 국보 제228호 '천상열차분야지도 각석(天象列次分野之圖刻石)'은 1970년대 초까지 창경궁 명정전 앞에 있던 것이다.

태조 4년에 제작된 이 성좌도는 '천체(天體)의 현상을 차(次)와 분야(分野)에 따라 열(列)하여 그린 그림을 새긴 돌'이란 뜻이다. 여기서 차(次)란 목성의 운행을 기준으로 설정한 적도대의 열두 구역을 말하고 분야(分野)란 하늘의 별자리 영역을 지상의 각 영역과 대응시켰다는 뜻이다.

'천상열차분야지도'는 정확성도 정확성이지만 그림도 아름답고 이름도 예뻐서 과학사 연구의 원로학자이신 박성래 선생은 이를 일러 '태조 때 만든 은하철도 999'라고 했다. 이 모든 자연 관찰 시설은 조선의 과학 기술과 문화 수준을 여실히 보여준다.

성종 태실

앙부일구 옆에는 정체를 알 수 없는 돌조각이 있다. 아마도 창경원 시절에 기이한 괴석의 아름다움을 보여주려고 받침대 위에 세워놓은 추상 조각이 아닌가 생각하는데 이처럼 창경궁에는 정원 장식을 위해 가져다 놓은, 궁궐과 관계없는 석물들이 곳곳에 있다. 환경전 돌계단 앞에는 고려시대 오층석탑이 있는데 이 역시 창경원 개원 당시 정원 장식품으로 이전해온 것으로 언젠가는 박물관 야외전시장으로 옮겨야 한다.

자경전 터를 떠나 춘당지로 향하다보면 이번엔 성종 태실이 나타난다. 조선시대 왕자와 공주의 태는 백자항아리에 담아 태지석(胎誌石)과 함께 명당에 묻고 불가의 승탑 모양으로 장식했다. 전국에 있는 태봉산은 모두 태실이 있던 곳이다.

전국 산골에 산재되어 있던 태실이 일제강점기 도굴꾼에 의해 많이 파괴되어 1928년 무렵 중요한 태실을 모두 서삼릉 한쪽으로 옮겨놓기 시작했다. 그때 경기도 광주에 있던 형태가 가장 온전한 성종 태실을 이곳 창경원으로 옮겨와 관람객의 호기심을 불러일으키는 볼거리로 장식한 것이다.

아닌 게 아니라 성종 태실은 조선시대 석조문화의 명작이라고 할 수 있다. 연꽃잎을 형상화한 지붕 조각이 일품이고 듬직한 돌난간도 옥천교의 솜씨를 방불케 한다. 그러나 그만 장소성을 잃어버린 것은 이 유적의 가치를 반감시키는 결과를 가져왔다.

| **성종대왕 태실** | 자경전 터에서 춘당지로 가다보면 성종 태실이 나타난다. 조선시대 왕자와 공주의 태는 백자항아리에 담아 태지석과 함께 명당에 묻고 불가의 승탑 모양으로 장식했다.

비석을 보면 앞면에는 '성종대왕 태실'이라 새겨져 있고, 뒷면엔 성종 2년(1471) 처음 세우고 그 후에 3번에 걸쳐 고쳐지었다고 되어 있다. 마지막에 적힌 해가 순조 23년(1823) 5월이니 이로써 돌거북에 용머리 지붕돌을 얹은 비석은 19세기 전반기 형식임을 명확히 알려주는 기준이 됐다. 한편 태실에 들어 있던 백자 내호와 외호 역시 조선백자의 편년을 세우는 데 결정적 역할을 하며 지금은 국립고궁박물관에 소장되어 있다.

산사나무와 『궁궐의 우리 나무』

성종 태실을 떠나 언덕길 아래로 내려가면 탐방로가 여러 갈래로 갈라지고 왼편으로 춘당지(春塘池) 큰 연못이 나온다. 길가에는 잘 자란 산사나무가 있어 봄이면 하얀 꽃을 복스럽게 피워내고, 잎을 다 떨군 늦가을에는 푸른 하늘을 배경으로 빨간 열매가 모습을 보이며 봄꽃에서는 볼 수 없는 환상적인 아름다움을 연출한다.

궁궐 답사 때마다 내가 꼭 지참하는 책은 『궁궐의 현판과 주련』과 박상진 교수의 『궁궐의 우리 나무』(눌와 2001)이다. 박상진 교수는 나보다 여러 해 선배인데 내가 영남대에 재직하고 있을 때 경북대에 계셨다. 그때는 전공이 달라 만나뵐 일이 없었는데 나중에 만났을 때 이런 말씀을 하셨다.

『나의 문화유산답사기』를 통해 미술사가가 연구한 것을 대중들에게 알기 쉽게 설명해준 것을 보면서 자신도 나무 이야기를 들려주고 싶은데, 문화재는 어디라고 하면 그곳에 가볼 수 있지만 우리 나무를 설명해보았자 독자들이 어디 가서 볼 것인가가 문제였다고 말이다. 그래서 착안한 것이 이 『궁궐의 우리 나무』라고 한다.

그래서 이 책에는 궁궐에 있는 나무 지도가 그려져 있다. 산사나무만 해도 환경전 동쪽 잔디밭에 있다고 표시되어 있다. 춘당지 옆에 있는 나무는 다른 나무에 가려져 있지만 환경전 산사나무는 수형을 통으로 드러내 그것을 산사나무의 대표로 삼은 것 같다.

박상진 교수의 나무 해설은 식물학의 인문학적 해설이라고 할 만하다. 식물분류학이 아니라 우리 생활 속에 나타난 나무의 모습과 생태를 이야기해주는데 그 정보가 정확하고 문장이 매끄러워 나는 답사 때 궁궐의 그 나무 아래서 이 책을 곧잘 읽어주곤 한다. 산사나무 해설의 한 대목이다.

산사나무는 한자 이름 산사목(山査木)에서 따온 것으로 북한 이름은 질꽝나무다. 북한에서는 어느 지방 사투리를 그대로 쓰는 모양이다. 흔히 아가위나무라고도 부른다. (…)

| 창경궁 백송 | 창경궁 관람로엔 '궁궐의 우리 나무'가 즐비하다. 그 숲길을 걷는 것이 다른 궁궐에서는 가질 수 없는 창경궁의 큰 매력이다.

　계절의 여왕이라는 5월에 막 들어설 즈음, 산사나무에는 동전만 한 새하얀 꽃이 10여 개씩, 마치 부챗살을 편 것 같은 꽃대에 몽글몽글 달린다. 여름을 지나 가을 초입에 들어갈 즈음이면 앙증맞은 아기 사과처럼 생긴 열매가 새빨갛게 익기 시작한다. 흰 얼룩점이 있는 열매는 어린이들이 갖고 노는 구슬만 하며 띄엄띄엄 몇 개씩 감질나게 달리는 것이 아니라 수백 개, 나무가 크면 수천 개씩 달려 마치 새빨간 구슬 모자를 뒤집어쓴 것 같다. 초가을에는 열매가 초록빛 잎 사이에서 얼굴을 내밀다가 가을이 점점 깊어져 잎이 떨어지고 나면 붉은 열매 사이로 가을 하늘이 멋스럽게 눈에 들어온다.

　그런 다음 산사나무 열매인 산사자로 술을 빚는 방법과 『동의보감』에서 산사자를 두고 "소화가 잘 안 되고 체한 것을 낫게 한다"고 한 것, 순조 2년(1802)에 "중궁전에서 산사차와 함께 가미강활산(加味羌活散) 한 첩을 올렸다"는 실록 기록을 소개하고 마지막에 가서야 '잎 떨어지는 넓은잎 중간키나무'라는 생태적 특성을 알려준다.

궁궐에는 우리가 알아둘 만한 나무가 100여 종 있다고 한다. 박상진 교수가 창경궁에서 소개한 나무는 자두나무·함박꽃나무·고추나무·산딸나무·물박달나무·찔레꽃·단풍나무·백송·팥배나무·고광나무·다래·오갈피나무·히어리·보리수나무·대추나무·으름·조릿대·비자나무·탱자나무·꾸지나무·회양목·황벽나무·귀름나무·좀쉬땅나무·다릅나무·목련·국수나무·소나무·산사나무·생강나무·황철나무·가래나무·마가목·느릅나무·무궁화 등이다.

식물원에 가면 진귀한 식물을 많이 볼 수 있을 것이다. 그러나 궁궐을 거닐면서 볼 수 있는, 우리와 아주 친숙한 이 나무들의 이름도 알고 생태도 익히는 것은 어쩌면 대자연이라는 식물원 답사가 아닐까? 창경궁에서는 근래 박상진 교수와 함께하는 '궁궐의 우리 나무 답사'가 열리고 있다. 그때면 나는 학생들을 강제로 보내 배우게 한다.

나무에 대해 알게 되면, 궁궐에 왔을 때 건축물뿐만 아니라 나무를 살피면서 얻는 즐거움까지 누릴 수 있기 때문이다. 학교에서 학생을 가르칠 때 학생들 이름을 알고 가르치는 것과 모르고 가르치는 것이 질적으로 다른 것과 같다. 그러나 나무를 익히는 것은 미술사의 유물을 익히는 것보다 훨씬 어렵다. 사계절 표정이 다르기 때문이다.

춘당지의 원앙

춘당지는 1907년 일제가 창경궁을 동물원·식물원으로 바꿀 계획을 세우면서 우선 우리 궁궐을 일본식 정원으로 꾸미기 위해 조성한 연못

| **춘당지에서 노니는 원앙** | 춘당지는 일제가 창경원을 조성하며 만든 일본식 연못이다. 원앙은 본래 철새인데 춘당지가 복원되면서 텃새로 바뀌어 수십 쌍이 사철 연못에서 노닌다. 여지없는 한 폭의 채색화조화이다.

이다. 일본의 지천회유식 정원을 염두에 두고 연못을 판 것이다. 본래 이 자리에는 임금이 농사를 경험하기 위해 만든 11개의 내농포(內農圃) 논이 있었고 안쪽의 작은 춘당지와 연결되어 있었다. 내농포 한쪽에는 '풍년을 본다'는 뜻을 지닌 관풍각(觀豐閣)이라는 정자가 있어 권농 행사장으로 쓰이곤 했다.

창경원 시절 춘당지에는 위락시설이 즐비하여 보트놀이도 하고, 겨울에는 스케이트장이 되기도 했다. 춘당지 위를 가로지르는 케이블카가 행락지, 유흥지의 분위기를 돋웠다. 1966년에는 재일동포 실업가가 춘당지 가장자리에 바짝 붙여 수정궁(水亭宮)이라는 레스토랑을 지었다.

1980년대에 창경궁을 복원하면서 이 연못을 어쩔 수 없어 그대로 두고 섬도 만들고 수목도 개량하여 한국적인 분위기로 바꾸었는데 아직도 일본 정원의 잔재가 완전히 가신 것은 아니다.

그래도 춘당지에서 우리의 서정을 일으키는 것은 보트놀이가 아니라 이곳에 쌍으로 날아드는 원앙이다. 원앙은 본래 철새인데 춘당지가 복원되면서 텃새로 바뀌어 수십 쌍이 사철 연못에서 노닌다. 금슬 좋고 어여쁜 원앙이 춘당지에서 헤엄치는 모습을 보면 여지없는 한 폭의 채색화 조화다.

원앙은 4월 하순부터 7월까지 우거진 숲속에서 쓰러진 나무의 구멍을 이용해 알을 낳고, 알에서 깨어난 새끼는 병아리만 할 때 춘당지 물가로 기어나온다. 이 원앙은 창덕궁 부용지와 애련지를 오가며 텃새로 살고 있는데 중간에 안타까운 일이 생겼다. 창덕궁 후원 숲을 정비하면서 고목을 제거하는 바람에 보금자리를 많이 잃은 것이다. 게다가 창덕궁 숲에서 깨어난 새끼는 담장에 막혀 춘당지로 기어가지 못하고 애련지에 터를 잡거나 죽는 수가 생겼다.

그래서 창경궁과 창덕궁 관리소에서는 고사목 일부를 원앙의 보금자리로 남겨두고 경계 담장 한쪽을 터주었다. 그 때문인지 아니면 동물의 본능적 생명력이 위대해서 그런 것인지 춘당지 원앙은 줄지 않고 지금도 변함없이 노닐고 있다.

명나라 석탑과 식물원

춘당지를 끼고 연못을 한 바퀴 돌자면 갑자기 이국적이고 낯선 8각 7층 석탑이 나온다. 이 또한 창경원 시절이 남긴 유물이자 창경궁의 상처다. 창경궁 내에 이왕가박물관을 만들 때 골동상이 만주에서 가지고 온 것을 매입하여 옥외전시물로 세워놓은 탑이 이제껏 있는 것이다. 탑에 적힌 명문을 확인해보면 이 탑은 요양성(遼陽省)에 있던 것으로 1470년에 세워진 명나라 탑이다.

| 춘당지 석탑 | 춘당지를 끼고 연못을 돌자면 갑자기 이국적이고 낯선 8각 7층 석탑이 나온다. 창경궁 내에 이왕가 박물관을 만들 때 골동상이 만주에서 가지고 온 것을 매입하여 옥외전시물로 세워놓은 것으로, 1470년에 세워진 명나라 탑이다.

만주에 있던 것인지라 완전히 중국풍도 아니고 라마교풍과 이종교배된 형식이다. 생긴 것도 이상하고 분위기에 맞지도 않는 것을 왜 구입했고, 왜 나라의 보물로 지정했으며, 왜 아직도 여기에 두는지 나는 도저히 이해하지 못한다. 이 또한 박물관 야외전시장으로 옮겨야 마땅한데 이것을 기꺼이 받아줄 박물관도 없다. 계륵(鷄肋) 같다는 것이 이런 것을 두고 하는 말일 터이다.

춘당지 서북쪽 끝에 다다르면 넓은 마당에 식물원이라는 이름으로 알려진 대온실이 나온다. 일본인이 설계하고 프랑스 회사가 1907년 기공하여 1909년 완공한 이 온실은 건축 당시에는 170여 평으로 동양 최대 규모의 목조 식물원이었으며, 열대지방의 관상식물을 비롯한 각종 희귀식물을 전시했다고 한다.

1969년에는 대온실 양옆에 돔 모양의 온실을 설치했다. 그러나 대온실만 등록문화재 제83호로 지정하여 남겨두고 양옆 온실은 창경궁 복원 공사 때 철거했다. 요즘에는 이 온실에 한국 자생란을 비롯한 세계의 난들을 진열하고 있고, '한국 자생식물 화단'을 만들어 세계적 희귀식물인 미선나무를 비롯해 월동이 가능한 중부 지방 자생식물 400여 종 600여 포기를 모아놓은 자연생태 학습장으로 바꾸어가고 있다.

식물원 앞마당은 굉장히 넓다. 여기는 본래 활쏘기와 말타기 등 무과 시험이 치러진 춘당대 자리로 「동궐도」를 보면 이 넓은 개활지가 담 너머 창덕궁 영화당 앞까지 연결되어 있었다. 지금도 이곳에 오면 그 옛날의 춘당대 모습을 어림짐작할 수 있다.

춘당대의 관덕정

지금은 창덕궁 영화당 앞마당이 담장으로 막혀 있지만, 원래는 이곳 식물원 앞까지 넓은 개활지로 펼쳐져 있었고 여기를 춘당대라고 했다. 춘당대 들판 동쪽 끝은 낭떠러지로 그 아래에 백련지라는 연못이 있었다. 이 백련지 못물은 내농포로 흘러갔는데 일제가 그 자리에 연못을 파고 춘당지라 이름 지으면서 백련지는 소춘당지라 불리게 되었다.

춘당대에서는 무과 시험의 활쏘기와 말타기가 열렸고 때로는 임금이 문신들과 활쏘기 대회를 열기도 했다. 일례로 영조는 문신들은 활을 잘 못 쏘니 화살이 백련지에 떨어질 게 뻔하다며 거기에 군사를 많이 배치하라는 농을 건네기도 했다.

이런 춘당대였기 때문에 식물원 뒤편 언덕에는 1642년 관덕정(觀德亭)이라는 정자가 세워졌다. 옛날에 활쏘기는 그냥 무술이 아니라 예(禮)·악(樂)·사(射)·어(御)·서(書)·수(數)의 육예(六藝) 중 하나로 꼽혔다. 이를테면 교양필수에 해당하는 것이었다. 『예기』에서 "활을 쏜다는 것은

| 관덕정 | 전국 활터에 있는 정자의 이름은 모두 '관덕정'인데, 창경궁 관덕정은 일반 개방되어 있지만 안내 코스에는 들어 있지 않아서 대개는 그냥 지나친다.

훌륭한 덕을 보기 위함"이라고 한 데서 관덕정이라는 이름이 나왔고, 제주목 관아를 비롯해 전국의 활터에 있는 정자는 다 관덕정이라 불렸다.

창경궁 관덕정은 일반인에게도 개방되어 있지만 안내 코스에는 들어 있지 않아 대개는 그냥 지나친다. 관덕정 앞은 숲으로 막혀 있어 시야가 열려 있지도 않다. 그러나 이 관덕정은 창경궁 답사의 종점으로 삼기에 부족함이 없다.

그 옛날 여기에는 춘당대 넓은 터와 창덕궁 영화당이 한눈에 들어오고 낭떠러지 아래로 백련지(소춘당지) 연못과 내농포 열한 논이 펼쳐지는 더없이 시원한 전망이 있었다. 그것을 보면서 창경궁 답사를 해야 제맛일 텐데 그 모습은 「동궐도」에서만 찾아볼 수 있을 따름이다.

오늘날에도 봄이면 멀리서 수줍은 듯 피어나는 진달래가 정겹고, 매미 소리 요란한 여름날 시원한 골바람이 땀을 씻어준다. 단풍이 짙게 물

| **식물원** | 일제에 의해 동식물원으로 개조된 창경궁은 창경원으로 이름을 바꿨으나, 해방 후 동물원은 과천으로 이전되고, 식물원 자리만 남아 옛 모습을 짐작하게 한다.

들 때면 찾아오는 이 없는 정자에 홀로 앉아 아름다운 단풍과 깊어가는 가을날을 마냥 즐길 수 있다. 그럴 때면 세상에 이런 고궁 공원이 또 있을까 싶다.

관덕정 위쪽 언덕마루에 보이는 문은 집춘문(集春門)으로 성균관으로 가는 대문인데 문밖이 명륜동 주택가인지라 늘 닫혀 있다.

관덕정에서 일어나 다시 춘당지 옆을 돌아 홍화문으로 향하면 이미 다녀온 내전을 옆으로 비켜 보면서 해묵은 고목들 사이로 난 길을 가게 된다. 창경원 시절에 일제가 심어놓은 벚나무들은 동물원을 철거하고 창경궁을 복원하면서 모두 여의도로 옮겨심어 오늘날 윤중로가 벚꽃길 명성을 얻는 계기가 되었다.

꽃나무에서 민족성을 찾는 것은 옹졸한 생각이라는 견해도 있지만 식물에도 장소성이라는 것이 있다. 윤중로의 벚꽃은 즐길 수 있어도 창경

410

궁의 벚나무는 허할 수 없는 일이다.

그 대신 창경궁 관람로엔 '궁궐의 우리 나무'가 즐비하다. 봄이면 하얀 꽃을 솜사탕처럼 피어내는 귀룽나무도 있고, 느티나무와 팽나무가 하나로 엉켜 겉으로는 사이좋아 보이지만 속으로는 200년을 두고 싸우고 있는 연리목 아닌 연리목도 있다. 그 숲길을 걷는 것이 다른 궁궐에서는 가질 수 없는 창경궁의 큰 매력이다.

식물원과 동물원의 개원

일제가 창경궁에 식물원과 동물원을 만들기 시작한 것은 1907년부터였다. 강제로 폐위시킨 고종황제를 덕수궁에 남게 하고 이어 즉위한 순종황제를 창덕궁에 기거하게 하면서 순종황제를 위로한다는 구실로 동물원과 식물원을 만들기 시작한 것이다.

개원을 앞두고 일제는 일본의 우에노(上野) 동물원에서 일본인 사육사 20명을 극비리에 교육시켰다. 조선인을 고용하면 맹수들을 풀어 사회 혼란을 야기할 우려가 있다는 생각에 일본인만 채용했다.

일제는 1차로 창경궁의 행각, 궁장, 궁문을 헐고 이를 경매에 붙였다(이 중 몇 채가 지금도 개인 저택으로 남아 있다). 순종은 이를 애석해했지만 소용없는 일이었다. 2차로 춘당대 북쪽에 식물원 터를 잡고 내농포 논에 연못을 파 춘당지를 만들었다. 3차 공사로 보루각 자리를 중심으로 주변에 위치한 궐내각사를 모두 헐고 종묘와 인접한 넓은 마당까지 동물원을 세웠다.

1909년 초부터는 전국에 산재해 있는 각종 동물들을 수집하고 방방곡곡의 진귀한 식물들을 채집해 이곳으로 옮겨왔다. 우리나라에 서식하지 않는 코끼리·사자·호랑이·곰·원숭이·공작 등의 동물들과 파초·고무나무·바나나 등 고가의 열대식물들까지 수입해 전시했다. 당시 창경궁은

17만 평 규모를 자랑하는 동양 최대의 동·식물원이었다.

1909년 11월 1일 아침 10시, 개원식이 열렸다. 순종은 연미복 차림에 모닝코트(morning coat)를 걸치고 회색 중절모를 쓴 개화된 예복을 입고 참석했고, 문무백관과 외국 사신을 비롯하여 무려 1천 명에 달하는 축하객들이 모여들었다. 그러나 정작 개원을 총괄한 이토 히로부미는 이 자리에 없었다. 닷새 전인 10월 26일 안중근 의사의 총에 맞아 죽었기 때문이다.

창경원 시절의 이야기

순종황제가 창경원의 동물원과 식물원을 공개하여 온 백성들이 구경할 수 있도록 하라는 명을 내렸으나 노대신들이 한사코 반대했다. 그럼에도 순종황제는 뜻을 굽히지 않고 마침내 일반에게 공개했다. 『한국동물원 80년사』(서울특별시 1993)에 따르면, 개원 첫해 동물원의 식구는 "반달곰 2마리·호랑이 1마리·집토끼 18마리·진돗개 1마리·제주말 2마리·고라니·노루 10마리…" 등 총 72종 361마리였다.

입장료는 어른 10전, 어린이 5전이었다. 그렇게 창경궁은 창경원으로 바뀌었고, 마땅한 위락시설이 없던 시절 어른 아이 할 것 없이 모두가 즐겨 찾는 대공원이 되었다. 창경원은 하루 2~3만 명이 입장할 만큼 나들이 장소로 큰 인기를 얻었다.

1911년 일제는 자경전 터에 2층 규모의 이왕가박물관 건물을 세우고 창경궁의 명칭을 창경원으로 바꾸어 격하했으며, 1912년에는 창경궁과 종묘로 이어지는 산줄기를 절단하고 도로를 내어 주변 환경을 파괴했다. 1922년에는 이곳에 벚나무 수천 그루를 심어 숲을 만드는가 하면 1924년부터 밤 벚꽃놀이를 열었다.

태평양전쟁이 막바지로 들어서면서 창경원 동물들은 비극적인 운명을 맞게 됐다. 패전을 앞둔 1945년 7월 25일, 창경원 동물원 회계과장은 전 직원을 모아놓고 도쿄로부터 지령이 떨어졌다며 "미군이 창경원을 폭격하면 맹수가 우리에서 뛰쳐나올 수 있으니 사람을 해칠 만한 동물을 모두 죽이라"면서 "동물들의 먹이에 몰래 넣어두라"며 극약을 나눠줬다. 코끼리·사자·호랑이·뱀·악어 21종 38마리가 그렇게 독살됐다. 동물들이 죽던 날 밤, 창경원에는 맹수들의 스산한 울부짖음이 밤새도록 가득했고 동물원 직원들도 모두 따라 울었다고 한다.

해방이 되고 창경원은 재정비되었다. 그러나 한국전쟁 중 창경원 동물들이 겪은 수난은 더욱 극심했다. 1·4후퇴 때에는 창경원 직원들도 피란을 떠났다. 돌아와서 보니 목숨이 붙어 있는 동물은 한 마리도 없었다. 부엉이·여우·너구리·삵 따위는 굶어 죽거나 얼어 죽었고, 낙타·사슴·얼룩말들은 도살당해 먹을거리가 없던 피란민들의 식량이 됐다.

전쟁이 끝나고 1954년에 동식물원재건위원회가 창립되어 정부기관과 기업체, 독지가들로부터 동물원 재건 기금으로 42만 2천 달러를 모았다. 이 기금으로 1955년에 호랑이·백곰·물개·하마·낙타 등 10여 종을 네덜란드, 미국, 태국 등에서 수입해 다시 동물원다운 동물원의 면모를 갖추기 시작했다.

사자는 한국은행이 사주었고, 코끼리는 이병철 당시 제일제당 사장이 기증했다. 식물원도 야자수 외에 107종의 관상식물을 기증받았다. 이리하여 창경원 재건 2년 만에 100종 500마리를 헤아리는 동물원이 되었다. 다시 관람객들이 모여들었고, 서울의 초등학교들도 봄가을 소풍 때 단골로 창경원에 갔다. 1950~60년대 서울의 최고 가는 유원지이자 연인들의 행락지는 단연코 창경원이었다.

인간과 동물의 관계에 대하여

1977년 마침내 창경원 동물원의 과천 이전 계획이 수립되어 1983년 12월 31일자로 공개 관람이 폐지되고 명칭도 창경궁으로 회복되었다. 1984년 5월 1일 서울대공원 동물원이 개장했고, 창경궁은 동물원과 식물원 관련 시설과 일본식 건물을 철거하고 명정전에서 명정문 사이 좌우 회랑과 문정전을 옛 모습대로 회복하여 1986년 8월 23일 일반에 공개했다. 이것이 창경원 74년의 역사다.

내가 창경궁 답사기를 쓰면서 창경원 시절까지 언급한 것은 그것도 역사이기 때문만은 아니다. 내 또래에게는 창경원이 지워지지 않는 추억의 현장이기 때문이다. 나는 또래 누구나와 마찬가지로 창경원에 여러 번 갔다. 초등학교 2학년 때 처음 창경원으로 소풍을 갔고, 아버지 손잡고 가서 놀이기구를 탄 기억이 아직도 새롭다. 어린 시절 즐거운 한때로 추억에 남아 있다.

나이가 제법 들고 보니 동물을 보던 그때의 시각과 지금의 시각은 너무도 다르다. 어려서는 인간과 다른 모습에 대한 호기심으로 동물원을 찾았다. 그것이 신기했던 것이다. 또 예전에는 인간성을 강조해서 말할 때 인간은 동물과 달리 문명을 창조한다는 것을 내세웠다.

그러나 요즘 나는 '내셔널지오그래피'에서 방영하는 「동물의 세계」를 보면서 인간과 동물의 같은 점을 보게 된다. 존 버거는 『본다는 것의 의미』(About Looking)의 첫장 「왜 동물을 보는가?」에서 인간이 동물원을 만든 것이 자연 속에서 동물과 만났던 관계를 단절하는 신호탄이 되었다고 했다.

「동물의 세계」를 즐겨 보면서 나는 인간이 만물의 영장이라고 기고만장하지만 결국 동물의 한 종일 뿐이라는 생각을 한다. 텔레비전에서 원

| 창경원 시절의 모습 |

숭이 편을 만들듯이 원숭이들이 인간 편을 만들면 어떨까라는 생각도 해보고 동물원이 아니라 대자연 속 동물의 생태에서 인간이라는 동물의 원형질을 유추해보기도 한다.

그런데 묘한 것은 어떤 동물의 모습을 머릿속에 그릴 때 가장 먼저 떠오르는 모습은 텔레비전의 영상에서 본 것도 아니고 그림으로 본 것도 아닌 어린 시절 동물원에서 본 모습이라는 것이다. 그래야 실체감이 있다.

그래서인지 창경궁에 오면 나도 모르게 어릴 적 기억이 자꾸 되살아난다. 그 점에서 창경원을 경험했던 구세대와 그렇지 않은 신세대는 창경궁 답사에 임하는 출발점부터 다를 수밖에 없다. 내가 창경궁 답사의 마지막을 창경원 이야기로 마무리한 것은 이 때문이다. 신세대들이 구세대의 이런 독백을 과연 이해해줄지 어떨지는 모르지만.

나의 문화유산답사기 9
서울편 1 만천명월 주인옹은 말한다

초판 1쇄 발행 2017년 8월 21일
초판 33쇄 발행 2025년 2월 11일

지은이 / 유홍준
펴낸이 / 염종선
책임편집 / 황혜숙 김효근 최란경
디자인 / 디자인 비따 김지선 노혜지
펴낸곳 / (주)창비
등록 / 1986년 8월 5일 제85호
주소 / 10881 경기도 파주시 회동길 184
전화 / 031-955-3333
팩시밀리 / 영업 031-955-3399 편집 031-955-3400
홈페이지 / www.changbi.com
전자우편 / human@changbi.com

© 유홍준 2017
ISBN 978-89-364-7439-3 03810